The Mystery Collection

FIRST LADY

ファースト・レディ

スーザン・エリザベス フィリップス／宮崎 槙 訳

JN262862

二見文庫

FIRST LADY

by

Susan Elizabeth Phillips

人は不可能だと思えることにこそ挑むべきである。

——エレノア・ローズヴェルト

ファースト・レディ

主要登場人物

コーネリア・リッチフィールド・ケース……元合衆国大統領の妻。愛称ニーリー
デニス・ケース……コーネリア・ケースの亡き夫で合衆国大統領
ジェームズ・リッチフィールド……コーネリアの父親で、元合衆国副大統領
レスター・ヴァンダーヴォート……現在の合衆国大統領
マット・ジョリック……ジャーナリスト
サンディ・ジョリック……マット・ジョリックのかつての妻
ルーシー・ジョリック……マット・ジョリックのかつての妻の娘
バトン・ジョリック……ルーシーの妹。通称バット
テリー・アッカーマン……故デニス・ケースの親友で大統領顧問
モーリン・ワッツ……ファースト・レディ担当主任スタッフ
アントニア・デルッカ……FBI特別捜査官。通称トニ
ジェーソン・ウィリアムズ……秘密警察局特別捜査官
フランク・ウォリンスキー……財務省秘密検察局局長
チャーリー・ウェインズ……フォート・ウェインの住人
バーティス・ウェインズ……チャーリーの妻

1

コーネリア・リッチフィールド・ケースは鼻がむずがゆかった。その点を別にすれば、気品のある鼻だ。形は非の打ちどころがなく、しかもどこか奥ゆかしさ、優雅さを感じさせる。気位の高そうな額。品位を損なわないていどにシャープで、優美なカーブを描く頬骨。彼女の血管には由緒あるアングロサクソンの名門の血が流れている。事実、かつてのファースト・レディ、ジャクリーン・ケネディよりはるかに優れた家系の出である。

数年前父親の反対さえなければ短くするつもりだった長い金髪は、フレンチ・ツイストで後頭部に美しくまとめられている。かつて夫はいつもの優しい調子で、きみはロングのほうが似合うよといったものだ。こうしてアメリカの特権階級のトップとして彼女はいま、大嫌いなヘア・スタイルのまま、鼻がむずがゆくても掻くこともできないでいる。なぜなら世界じゅうの人びとがテレビで彼女のようすを見守っているからだ。

夫を埋葬するということは、たしかに気の滅入る出来事だった。

彼女は身震いをすると、いまにも叫び出しそうな心の悲鳴を呑みこんだ。なんとかこの美しい十月の陽射しと、アーリントン国立墓地の墓標に躍《おど》るきらめきに心を集中しようとしたが、空はあまりに近く、太陽は大きすぎた。地面さえもが自分に襲いかかってきそうに思えた。両脇に控えた男たちが、すっと彼女に近づいた。アメリカ合衆国の新しい大統領が彼女の腕をつかみ、父親が彼女の肘を握りしめた。まうしろにいる、夫の親友で大統領顧問だったテリー・アッカーマンの深い悲しみが彼女を大きな暗い波のなかにひきずりこんだ。空気が足りない。これではまるで窒息してしまいそうだ。

　彼女は小綺麗《こぎれい》な黒のパンプスのなかで爪先を丸め、下唇の内側を噛みしめることで、やっと悲鳴を押し殺し、「黄昏《たそがれ》のレンガ路」のコーラスに心を逃げこませた。エルトン・ジョンの曲は彼のダイアナ元皇太子妃への鎮魂歌を思い起こさせた。エルトンは今度は暗殺された大統領のために一曲捧げてくれるかしら？

だめ！　そのことを考えちゃだめ！　彼女はヘア・スタイルのことを思い、むずがゆい鼻のことを考えた。ホワイト・ハウスからわずか三ブロックしか離れていない場所で大統領が暗殺されたというニュースを秘書から聞かされて以来、食べ物が喉を通らなくなったことを思った。犯人は射撃マニアの男で、武器を所持してよい権利は、すなわちアメリカ大統領を射撃練習に使っていい権利でもあると信じこんでいた。犯人はワシントンDCの警察官によって即刻射殺されたが、それでも、結婚して三年、かつて彼女が熱愛した夫が目の前の黒く光る棺《ひつぎ》のなかに横たわっているという事実に変わりはなかった。

　彼女は父親の腕をふりほどくと、喪服のスーツの襟の折り返しのところに留めたエナメルのアメリカ国旗に手をふれてみた。デニスがよく身につけていたピン。これはテリーにあげよう。彼の悲しみを少しでも癒せるよう、いまここでうしろを向いて、手渡してあげられればいいのに。

なんでもいい――希望がほしい。希望にしがみつきたい。だがどんな筋金入りの楽天家でも、この状況で希望を抱くのはむずかしいにちがいない。ふとそのとき、ある思いが心に浮かんだ……。

私はもう、アメリカ合衆国のファースト・レディじゃない。

だがものの数時間とたたないうちに、アメリカの新大統領レスター・ヴァンダーヴォートの手によって、彼女の小さな心の安らぎも奪われてしまった。彼は大統領執務室のデニス・ケースが使っていた机の向こうから、彼女を見つめた。テディ・ローズヴェルトのタバコ・ケースに夫が入れていたミルキーウェイ・チョコバーのミニチュアも、写真の数々もなくなっている。ヴァンダーヴォートは彼自身の個人的な色彩を執務室に加えてはいない。亡き妻の遺影さえ飾っていないのだ。うっかり忘れているはずはない。いつでもスタッフがぬかりなく管理しているからだ。

ヴァンダーヴォートは痩身で、禁欲的な雰囲気をたたえた人物だ。鋭敏な知性をもち、ユーモアとはまるで無縁、慢性的な仕事中毒者である。妻に先立たれた六十四歳の彼は、いまや、結婚相手として世界一好条件の独身男性といえるだろう。就任式から十八カ月後に妻エディスを亡くしたウードロー・ウィルソン以来初めて、アメリカにはファースト・レディが存在しないことになる。

大統領執務室は空調が効いており、机のうしろにある三段式の窓には防弾加工が施されている。彼女はまるで窒息しそうな息苦しさを感じながら、暖炉のそばでレンブラント・ピール作のワシントンの肖像画をぼんやりと見つめていた。新大統領の声が遠くかなたに聞こえる。「……こんなことをいま切り出して、きみの悲しみに対して配慮がないと思われたくはないが、ほかに取りうる道はないのだ。私は今後も再婚するつもりはないし、私の近親者にはとてもじゃないが、ファースト・レディの任務を果たせる能力を備えた女性などいない。なんとかこれからも任務を続けてくれないだろうか」

振り向いた彼女は爪がくいこむほど固く拳を握りしめていた。「無理だわ。できません」「私はまだ喪服を着たままなのよ！」とわめいてやりたかったが、感情を過度に表わすということは、彼女がホワイト・ハウスに来る前にすでに葬り去った行為だった。

クリーム色のダマスク織りのカバーのかかったカウチから著名な彼女の父親が立ち上がった。父は両手をうしろで組み、踵《かかと》に重心を乗せる、いつものフィリップ殿下風の姿勢を見せている。「大変な一日だったね、コーネリア。明日になればもっと事情がよく理解できるようになるよ」

コーネリア。関わりのある人は誰でも彼女のことをニーリーと呼ぶのに、父だけはその名をけっして使うことはない。「気持ちを変えるつもりはないわ」

「きっと変わるさ」父は反論した。「この政権には有能なファースト・レディが必要なのだ。

大統領と私はあらゆる角度からこのことを検討してみたが、これが理想的な解決法だということで意見が一致した」

彼女は自己主張のできる女性だったが、父親が相手だと勝手が違った。父の意見に異論をさしはさむには、鉄の意志が必要だった。「誰に対して理想的なの？　私にとってはそうじゃないわ」

ジェームズ・リッチフィールドは庇護者然とした表情で娘をながめやった。これこそ彼女が物心ついて以来知っている、父が人を支配するために使いつづけている表情だった。父は皮肉なことに、八年間の副大統領時代より、党代表を務める現在のほうが強い権力をもっている。ハンサムな独身のヴァージニア州知事だったデニス・ケースに大統領としての資質を最初に見いだしたのは、じつは父だった。四年前彼はまさにその男性に娘を嫁がせ、キング・メイカーとしての世評に最後の仕上げを施した。

「今回のことがどれほど心に大きな傷を残すかは、誰よりもよくわかっている」彼は続けた。「しかし、おまえはケース政権とヴァンダーヴォート政権を結ぶ絆《きずな》役としてもっとも目立つ存在なのだ。この国にはおまえが必要なのだよ」

「党が私を必要としているということじゃないの？」カリスマ性の欠如から、レスターが自力で大統領選を制することができないことは周知の事実だった。政治家としていかに有能であろうとも、ヴァンダーヴォートには、大統領デニス・ケースの巨大なスター性の一キロワット分さえも備わっていなかった。

「再選のことばかり考えているわけじゃない」父親の嘘は作りたてのクリームのように滑らかだった。「アメリカ国民を思いやってのことだ。おまえは安定と持続性の象徴なのだ」

ヴァンダーヴォートがきっぱりと言った。「きみにはファースト・レディとして、元のオフィスと同じスタッフを使ってもらうつもりだ。必要なものはなんでも用意しよう。一カ月間お父上のところで静養し、その後ゆったりとスケジュールを組めばいい。最初は外交団の歓迎晩餐会。一月中旬は先進八カ国会議と南アフリカ訪問のためにあけておいてほしい。これらはすでに予定されていたことだし、問題はないだろう」

ヴァンダーヴォートもようやくこれらのイベントが彼女のスケジュールに入っていたことを思い出したようだ。カリスマ性に満ちた金髪の夫のそばで彼女がその予定を実行するつもりだったことを。彼は声を低め、遅まきながらいった。「きみがいま辛いのはよく承知しているよ、コーネリア。しかし亡き大統領だって、きみがその任務を続けることをきっと望んだと思うよ。それに忙しくしていたほうが悲しみも癒えていくものだ」

この人でなし！　そう叫んでやりたかったが、物心ついて以来、父から感情を押し殺すことをたたきこまれた娘にはできなかった。そのかわり、彼女はふたりの男をじっとにらみつけた。「できません。自分の生活を取り戻したいの。私にはそうする権利があるはずよ」

父は大統領の紋章がついた楕円形の絨毯《じゅうたん》を横切って彼女のそばに来た。父はそうすることで娘がやっと呼吸できるだけのわずかな酸素さえ横取りしてしまった。これではまるで囚人だ。そういえばかつてビル・クリントンがホワイト・ハウスのことを連邦刑務所に置かれた戴冠用宝玉のようだと形容したことがあった。

「おまえは育てるべき子どももいないし、従事すべき職業にもついていない」父親がいった。「おまえは自分本位の人間じゃないだろう、コーネリア。それにおまえはおのれの義務を果たすよう躾《しつけ》られてきたはずだ。しばらく島で静養すれば、やがて自分らしさを取り戻せるだろう。アメリカ国民はおまえに期待している」

どうしてこんなことになったんだろう。考えてみれば不思議だ。こんなに国民に愛されるファースト・レディになれた理由はなんなのだろう。父は、幼いときから彼女の成長をアメリカ国民が見守ってきたからではないかと理由づけたが、自分では幼い頃から大衆の視線にさらされ、しかも大きな過失を犯さなかったためではないかと思っている。

「私は人気取りは不得手だ」ヴァンダーヴォートがぶっきらぼうにいった。彼の直截さにはニーリーはしばしば尊敬の念さえ覚えるほどだったが、そのために彼が多くの票を失っていることも事実だった。「きみならそれを補える」

彼女は、もしジャクリーン・ケネディがリンドン・B・ジョンソンにいまのようなことをいわれたらどうしたかしら、とぼんやりと考えていた。でもLBJには代理のファースト・レディなど不必要だった。彼には最高の伴侶がいたのだもの。

私にも最高の伴侶がいたのね、とニーリーは思った。もっとも私の場合は少し事情が違うけれど。「ファースト・レディはもうたくさん。私には普通の生活を取り戻す権利があるわ」

「普通の生活を送る権利など、デニスと一緒になったときに捨てたはずだ」

そうじゃない。ジェームズ・リッチフィールドの娘としてこの世に生を受けたときから、その権利は奪われたのだ。

父が副大統領に就任するずっと以前、ニーリーが七歳のとき、ホワイト・ハウスの芝生で彼女が見つけたイースター・エッグをひとりの身体障害児に手渡したというエピソードが全米の新聞に掲載されたことがあった。じつはこれには新聞に載らない裏話があった。イースター・エッグをあの子に譲らなくちゃだめだよと耳元でささやいたのは、当時上院議員だったジェームズ・リッチフィールドであり、その行為が不本意だったニーリーはあとで泣きじゃくったのだ。

十二歳のときには、ワシントンDCの貧しい人びとのための給食施設で、ギラギラした歯列矯正器の口元をほころばせながら、トウモロコシのクリーム煮をよそっている写真を撮られた。十三歳では、鼻を緑のペンキで汚しながら老人ホームの修理を手伝った。しかし彼女の人気が不動のものとなったのは、十六歳のときエチオピアで、流れる涙で頰を濡らしながら飢えた幼児を抱いている写真を撮られたときだった。その写真は『タイム』誌の表紙に使われ、それ以来彼女は「アメリカの同情」の象徴となったのである。

淡いブルーの壁がニーリーに迫ってきた。「夫の埋葬をすませてまだ八時間とたっていないのよ。いまこんなことを話題にしたくないわ」

「そうだろうとも。打ち合わせは明日にしよう」

やっとどうにか、ひとりになれる時間を六週間だけ取りつけることはできたが、結局彼女は元の職務に復帰させられることとなった。幼い頃から仕込まれ、アメリカという国の期待を一身に背負うべき職務。ファースト・レディという職務に。

2

六カ月半がたち、ニーリーはタブロイド紙で拒食症が取り沙汰されるほどに痩せ細ってい
た。食事時間は拷問のように感じられた。夜も眠れず、たえず息が詰まるような閉塞感に悩まされていた。それでも彼女はレスター・ヴァンダーヴォートのファースト・レディとして、国家のために尽くしていた。……だが些細なあるできごとを機に、すべてが音をたてて崩れていった。

六月の午後、フェニックスの病院の小児科リハビリ施設でニーリーは、赤毛のカールした幼い女の子が新しい下肢矯正器で懸命に歩こうとするようすを見守っていた。

「ねえ見てて！」赤毛のぽっちゃりした女の子はニーリーに輝くような笑顔を向け、松葉杖にすがりながら、苦心惨憺《さんたん》一歩を踏み出そうとしていた。

なんという勇気。

ニーリーはふだんあまり自分を恥じることはないが、この光景には圧倒された。この子は自分の人生を取り戻そうとして、たくましい闘志を発揮しているというのに、ニーリーはいたずらに過ぎ去っていく人生を看過しているだけなのだ。

彼女は臆病ではないし、自己擁護能力に欠けているわけでもないが、こんな状況に手をこまねいているのはひとえに、父や大統領に対し、彼女の天職ともいえるこの任務を続けるべきでないという説得性のある理由を挙げることができないからだった。

リハビリ施設でのことがあってから、ニーリーの決意は固まった。時機と方法はともかくとして、自分自身を解放しようと思っていた。たとえその自由がかりに一日、いや一時間しか続かなかったとしても、試みるつもりでいる。

彼女の望みは明確だった。ごく普通の生活を送りたいのだ。人からじろじろ見られずに食料品店に入ったり、アイスクリーム・コーンを食べながら微笑みとともに名もない町の通りを歩いたりしたいのだ。それも、課せられた行ないとしてではなく心のおもむくままに。自分の本心でものをいいたいし、たまには失敗だってしてみたい。ファースト・レディの公式訪問に備えて体裁を整えた社会ではなく、ありのままの現実をこの目で見てみたい。そうすれば、今後いかに生きるかについてもおのずと心が決まってくるだろう。

ニーリー、大人になったら何になりたい？　ごく幼い頃、「あたしは大統領になりたいの」と誰にでも言っていた。いまやそんな明確な希望はない。

だがアメリカでもっとも有名な女性が、どうしたら急に普通の人間になれるというの？前途にはさまざまな障害が次つぎと待ち受けているはず。無理だ。ファースト・レディがそう簡単に姿をくらますことなど、できはしない。

警護されるためにはこちらの協力が必要であり、一般的なイメージとは逆に、シークレット・サービスの目をあざむくことは不可能なのだ。ビル、ヒラリーのクリントン夫妻は政権発足後まもない頃に一度逃避行を試みたことがあったが、結局そうした自由はもはや手の届かないものになったということを再認識することになっただけだった。JFKは幾度となく行方をくらましてはシークレット・サービスを慌てさせた。たしかにちょっと姿をくらますくらいは可能だが、自由に行動できないのでは、意味がない。いまできることは、方法を見いだすことしかない。

一ヵ月後、彼女は計画を実行に移した。

七月のある朝、ホワイト・ハウスのステート・フロアめぐりをしている観光客のグループに、ひとりの老女がすっと紛れこんだ。ぴっちりとらせん状に巻いたまっ白な髪、緑と黄色の柄もののワンピースに大ぶりの樹脂のバッグ。痩せた肩は前屈みに曲がり、細い脚には伸縮性の強いストッキング、編み上げの茶の靴を履いている。老女はパールっぽいグレーのフレームに小さな金の飾りがついたメガネで案内書を覗いた。その額は高貴で、鼻梁には気品が宿り、その瞳はアメリカの空のように紺碧《こんぺき》だった。

ニーリーは緊張で固唾《かたず》をゴクンと呑みこみ、かつらをたったいま引き剝がしてしまいたいという衝動と闘わなくてはならなかった。このかつらはあるカタログ販売で手に入れたものだった。ポリエステルのワンピースとストッキング、靴はまた別のカタログで注文した。プライバシーを守るには、カタログ・ショッピングは重宝だ。いつも主任スタッフのモーリン・ワッツの名前に、偽りのCを入れたミドル・ネームを使って注文する。これでモーリンにもそれがニーリーの注文であることがひと目でわかる、というわけだ。モーリンは最近ホワイト・ハウスにその小包を届けてくれたが、中身がなんであるかはまったく知らない。

観光客の人波がアメリカアンピール様式の家具調度がしつらえられた赤の間から公式晩餐会室へ移るあいだも、ニーリーはまわりに歩調を合わせていた。ビデオ・カメラがそのようすをすべて録画している。それを意識すると緊張で指先が冷たく痺《しび》れた。ニーリーは暖炉の上にかかったリンカーン像を凝視し、なんとか気持ちを鎮めようとした。その下にあるマントルピースには見慣れたジョン・アダムスの言葉が刻まれている。『この館とこの館の未来の住人に幸多からんことを。願わくば誠実と叡智《えいち》をそなえた者のみがこの館で国の政《まつりごと》を執るように』

女性のツアー・ガイドが暖炉のそばで、丁寧に質問に答えていた。ホワイト・ハウスのガイドは全員シークレット・サービスのメンバーだという事実を知っているのは、この部屋にいる人間のなかでもニーリーぐらいだろう。ガイドの女性がニーリーに気づいて警報を鳴らすのではないかと心のなかで待ったが、ガイドはニーリーのほうをほとんど見もしなかった。

長いあいだに顔見知りになったシークレット・エージェントは多い。高校時代から大学まで通学にはいつでもシークレット・エージェントが随行した。生まれて初めてのデートのときも、お酒を飲みすぎたときもそばにいた。車の運転を仕込んでくれたのもエージェントだったし、ニーリーが初めて好意を抱いた男の子にふられて見せた涙もエージェントは知っている。義母が風邪でダウンしていたので、女性エージェントがかわりに高校の卒業パーティ《プロム》のドレス選びを手伝ってくれたこともある。

グループはクロス・ホールへ向かい、そこから北柱廊へ出た。ワシントンの七月らしく、蒸し暑い。ニーリーは目を細めてまぶしい陽射しを見た。あと何歩進めば彼女が年寄りの観光客ではなくファースト・レディなのだということを守衛が見破るのだろう。

胸の鼓動が高まっていく。隣りで母親が幼い息子を叱っている。一歩ずつ前へ進みながら、ニーリーの緊張はますます昂まった。ウォーターゲイト事件で苦悩の日々を過ごしていたパット・ニクソンはスカーフとサングラスで変装し、シークレット・サービスのエージェントをひとりだけ随行させ、ホワイト・ハウスを抜け出したことがあった。ウィンドウ・ショッピングしたり、辛い状況が一日でも早く終わってくれと願いながらワシントンの街を歩きまわった。しかし世相が厳しくなるにつれ、ファースト・レディにそうした慰めが許された時代は終わった。

出口が間近に迫り、ニーリーは呼吸もままならないほど緊張していた。シークレット・サービスのホワイト・ハウスを指すコード・ネームは『王冠《クラウン》』だが、『要塞』のほうがよっぽどふさわしい。通過する人間のほとんどは知らないが、フェンス沿いにはいくつものマイクが仕掛けられており、なかにいる特別警護班が視野計周辺の話し声をすべてチェックできるようになっている。大統領がホワイト・ハウスを出入りするたびに、特殊機動隊《SWAT》がマシンガンとともに屋上に現われ、構内にはビデオ・カメラや挙動検知器、圧力感知機、あらゆる赤外線装置が備えつけられている。

ことがこれほど面倒でなかったなら、記者会見を開き、公務から退きたいという考えを公表していただろうが、そうなればマスコミに付きまとわれ、結局いまよりましな状況にはなりえなかったはず。やはりこうするしかなかったのだ。

ペンシルヴェニア通りまで来た。ガイド・ブックを樹脂製バッグに入れながら、何千ドルもの現金を入れた分厚い封筒にぶつかり、手が震えた。ニーリーはまっすぐ前を見ながら、ラファイエット・パーク沿いにメトロ・センター駅へ向かった。こちらへ向かってくる警官の姿が目に入り、胸の谷間を冷たい汗が伝った。もし気づかれたらどうしよう。警官が彼女に向かって軽く会釈し、立ち去ったとき、心臓が止まりそうになった。警官はたったいま自分がアメリカ合衆国のファースト・レディに会釈したとはゆめゆめ思ってもいない。

息遣いもやっと落ち着いた。大統領の家族は全員、追跡装置を身につけている。クレジット・カードほどの厚みしかない彼女の装置は、ホワイト・ハウスの四階にある彼女の部屋の枕の下に置いてある。運がよければ、ニーリーの失踪が発覚するまで、あと二時間ぐらいかかるだろう。主任のモーリン・ワッツには、気分が悪いので何時間か休むといってはあるものの、緊急を要する事柄だと判断すればモーリンは躊躇《ちゅうちょ》なくニーリーを起こしにくるはずだ。そうなればモーリンは追跡装置に添えられた手紙を発見し、そのあとは大混乱が待ち受けている。

ニーリーは極力早足にならないよう気をつけながらメトロ駅へ入り、運賃カード機のひとつに向かった。そんな機械が存在することすら知らなかったのだが、二人の秘書の会話を小耳にはさんで知ったのである。乗り換えをしなくてはならないので、運賃を計算する。お金を入れて、該当するボタンを押すと、運賃カードが出てきた。どうにか回転式改札口にカードを通し、プラットホームに出た。ガイド・ブックにそれこそ鼻をこすりつけんばかりにして熱心に見入り、胸をときめかせながら列車の到着を待った。いよいよメリーランド郊外への旅が始まるのだ。ロックヴィルに着いたら、タクシーを拾ってルート・355沿いの中古車販売店へ向かうつもりでいる。そこで、運転免許証も確認しないくらいガッガッしたセールスマンを見つけよう。

三時間後、ニーリーはなんの変哲もない四年もののシボレー・コルシカのハンドルを握り、ルート11-270上をメリーランド州のフレデリックに向かっていた。成功したのだ。ワシントンを抜け出せたのだ！　車は割高だったが、コーネリア・ケースには似つかわしくない車だからまあいい。

力みがちな指をゆるめようとしても、どうしてもハンドルを握る手に力が入ってしまう。いまごろはホワイト・ハウスでも緊急事態が報じられているはずだ。そろそろ電話を入れておかなくてはいけない。次のランプを下りながら、フリーウェイで運転したのは何年ぶりだろうと思った。ナンタケット島やキャンプ・デービッドでハンドルを握ったことはあるが、それ以外では皆無だ。

左手にコンビニを見つけた彼女は車を停め、店の脇に設置された公衆電話に向かった。ホワイト・ハウスで電話交換のオペレーターの手際のよさに慣れている彼女は、使用説明を念入りに読まなくてはならなかった。ようやく大統領執務室のもっともプライベートなラインの番号を押すことができた。この番号なら傍受されるはずがないのだ。

二回目のコールで大統領自身が電話に出た。「はい？」

「ニーリーよ」

「どういうことだ。いったいどこにいる？　無事なのか？」

切迫した大統領の声を聞いて、この電話を先延ばしにしなかった決断は正しかったとニーリーは実感した。手紙が見つかったのは明白だが、ホワイト・ハウスの誰ひとりとして手紙が強要されて書かれたものではないという確信は持てないはずだ。彼女としても、必要以上の動揺を与えたくはない。

「私は元気です。かつてなかったほどに元気よ。手紙も本物よ、大統領。頭に銃をつきつけられたりしてもいないわ」

「ジョンは動転している。よくもこんなひどい仕打ちができるな」

これは予想どおりの答えだった。大統領の家族は全員、何かを強要されたとき使える暗号を与えられている。もし彼女がジョン・ノースの名を入れた文を口にすれば、彼女が意に反する形で拉致されていることが大統領に伝わるのだ。

「彼とは関係ないことよ」とニーリーは答えた。

ようやく彼もニーリーが自分の自由な意思でこのことを実行したのだと理解できたらしい。

彼の怒りが電話の向こうからパチパチと音をたてて伝わってくる。

「きみの手紙はたわごとの羅列だ。お父上は半狂乱になっておられる」

「自分自身にしばらく休暇を与えるつもりでいると父には伝えてください。無事を知らせるためにときどき電話は入れます」

「だめだ、やめなさい！　姿をくらますなんてとんでもない。よく聞くんだ、コーネリア。きみには責任がある。きみにはシークレット・サービスが必要なんだ。きみはファースト・レディなのだ」

彼と口論しても仕方がない。ここ何ヵ月間か大統領と父には、自分に休養が必要なこと、ホワイト・ハウスから離れたいということを主張しつづけてきたが、まるで取り合ってもらえなかったのだ。「モーリンに私が風邪でダウンしたと発表させれば、数日はマスコミに嗅ぎつかれないですむはずよ。何日かしたらまた電話します」

「待て！　危険だ！　シークレット・サービスなしじゃ、無理だ。とてもじゃないが――」

「さようなら、大統領」

自由世界でもっとも絶大な権力を持つ人物が話している最中に、彼女は電話を切った。

車へ戻るとき、走り出そうとする気持ちを抑えなくてはならなかった。ポリエステルのワンピースは二度と剝がすことができないほど肌にぴったりと張りついており、伸縮性のストッキングをはいた脚もまるで自分の脚のようではなかった。深呼吸するのよ、と彼女は自分にいい聞かせた。ただ深呼吸すればいいの。なすべきことは山ほどある。動揺している場合ではないのだ。

ハイウェイに戻るとき頭皮がかゆかった。かつらを取ってしまえたらどんなにかいいだろうとは思ったが、それは次の変装道具を手に入れるまで待つしかなかった。

先週インターネットのイエロー・ページで場所を確認したウォール・マートを見つけるまで、かなり時間を要した。脱出したとき、バッグに入るものしか持ち出せなかった。だから今回の買い物は慎重に実行しなくてはならない。

子どもの頃からそうだったが、ニーリーの顔はよく知られているので、店に一歩足を踏み入れれば、一挙一動人からじろじろ見られるのが常だった。だがあまりに緊張していたので、誰の目も気にしないで買い物ができるという珍しい経験を楽しむ気持ちの余裕はなかった。大急ぎで買う物を選び、列に並んでレジで支払いをすませ、車に戻った。買ったものをトランクに突っこんで、またフリーウェイに戻った。

宵闇が迫る頃にはペンシルヴェニアに入れそうだった。明日じゅうにはフリーウェイとも永遠にさよなら。そして漂泊の旅路が始まる。熟知しているようで、何も知らないこの国をめぐる旅が。所持金が尽きるか捕まるまで旅を続けようと思っている。どちらが先になるのだろうか。

これまでの行動が実感として心に染みてきた。肩に誰の視線を感じることもない。こなすべきスケジュールもない。生まれて初めて、彼女は自由になったのである。

3

椅子に腰かけたマット・ジョリックは、身動《みじろ》ぎしようとして弁護士の机の端に肘を思いきりぶつけた。しょっちゅう、あらゆる物に体がぶつかってしまう。それは彼ががさつだからではなく、彼のような体の大きさを持つ者にとって、屋内の世界はあまりに小さすぎて適応しにくいからである。

身長六フィート・六インチ、体重二一〇ポンド。ペンシルヴェニア州ハリスバーグの事務弁護士の机と向かい合う小さな木製の椅子は、マットが座るとまるで小人の椅子のように見えた。それでもマットは体に合わない椅子だの、膝がぶつかるような浴槽には慣れていた。地下室への階段を下りるときも自然と体をかがめてしまう。とはいえ、飛行機のエコノミー・クラスは、彼にいわせれば地獄そのものだし、そこらを走っている車の後部座席に座るなんて、それこそ無理な相談というものだ。

「子どもたちの出生証明書の父親の欄にはあなたの名前が書かれているんですよ、ジョリックさん。だからあなたには扶養の義務があります」

その事務弁護士は、ユーモアのセンスのかけらも持ち合わせていないコチコチの堅物で、マット・ジョリックがもっとも苦手なタイプだった。そこでマットは縮めていた脊椎の骨の一部をゆるめ、長い脚を片方伸ばすことにした――でかい図体を使って、ちっぽけな虫けらを威圧するのはじつに気分がいいものだ。「筆跡を見てくださいよ。そのサインはぼくのじゃない」

　事務弁護士はたじろいだ。「それはどうかな。そうはいっても母親はあなたを保護者に指名しているんですよ」

　マットは弁護士をにらみつけた。「丁重にお断わりします」

　いまはロサンゼルスやシカゴに住んではいるが、生まれ育ったピッツバーグの肉体労働者《ブルーカラー》的郷土気質はまるで工場の煙のように彼にまといついていた。歳は三十四歳、鉄鋼の町の腕っ節の強い荒くれ男タイプで、迫力のある低音の声の持ち主だ。しかも文才に恵まれている。昔の彼女が彼のことを「アメリカの本物の男の名残り」といったことがあったが、結婚情報誌『ブライド・マガジン』を投げてよこしながらの言葉だったので、マットもよもやそれが褒《ほ》め言葉とは思わなかったのだ。

　弁護士は気を取り直していった。「自分の子じゃないと主張なさってますがね、この子たちの母親と現に結婚してらしたじゃないですか」

「二十一のときにね」まさしく若気の至り。その後二度と同じ過ちは繰り返していない。

　マニラ紙のフォルダーを持った秘書が部屋に入ってきて、会話はさえぎられた。いわゆる無駄口をたたかない事務的なタイプだが、部屋に入るなり、彼女の視線はマットの全身をなめまわした。マットも自分のルックスが女性を惹きつけることは知っているが、七人もの妹がいるにもかかわらず、いまでも確たる理由はわからないままだ。自分の目から見れば、ただの男にしか見えない。

しかし秘書の目にはそうは映らなかったようだ。オフィスに入ってきた彼がマット・ジョリックと名乗ったとき、秘書は彼が痩せ型で筋肉質であることに注目した。広い肩、大きな手、狭い腰幅。秘書は今度は、わずかに曲がった鼻、女好きのする口元、無遠慮なほどの攻撃性を感じさせる頬骨に気づいた。豊かな茶色の髪にはくせっ毛を生かした、手入れのいらないごく短いカットが施されており、角張った力強い顎には「その気ならいつでも相手になってやるぜ」といわんばかりの向こう意気の強さが漂っている。荒々しいくらいに男っぽい男性は総じて魅力的どころか不快であることが多いので、秘書は上司から頼まれたフォルダーを手渡して自分の机まで戻ってきて初めて、なぜこの男にこうも心を惹きつけられるのかようやく理解できた。あのキラリと光る灰色の目は、人の心を乱すほどの鋭敏な知性の輝きを宿しているのだ。

事務弁護士はフォルダーにちらりと視線を走らせ、ふたたびマットの顔を見上げた。「あなたが彼女と結婚したとき、元妻が長女を身ごもっていたことは認めますね」

「もう一度説明させてください。サンディはおなかの子がぼくの子だと言ったし、ぼくも結婚式から何週間かはそれを信じていた。あるときサンディの友だちのひとりが本当のことを知らせてくれたんですよ。サンディに問いただすと、彼女も嘘をついていたことを認めました。ぼくは弁護士に会い、それでケリがつきました」望みもしないものと縁が切れて心底安《あん》堵《ど》したあのときの気持ちは、いまもよく覚えている。

虫けら弁護士はまたしてもフォルダーに目をやった。「何年ものあいだ、あなたは彼女に送金していましたよね」

どんなに必死で隠しても、遅かれ早かれ「お人好し」だと見抜かれてしまう。だがマットにしてみれば、分別のない母親のおかげで子どもが苦労するのを黙って見ていられないだけなのだ。「情っていうやつですかね。サンディは気のいい女でしたから。ただ、寝る相手を選ばなさすぎるのが玉に瑕《きず》で」

「で、離婚以来会ってないと？」

「論争の余地もありませんよ。十五年以上会ってない。なのに、去年生まれた赤ん坊の父親がぼくだというのは変じゃないですか」またしても女の子。彼の半生は女の子にたたられつづけたといっても過言ではない。

「ではなぜ出生証明書の父親があなたになっているんでしょうね？」

「そんなこと、サンディに訊いてくださいよ」ただし、サンディにものを尋ねるのは無理というものだ。六週間前に飲酒運転で男と一緒に事故死してしまったのだから。マットは旅行中だったので、三日前やっとボイス・メールをチェックして知ったのだ。

メッセージはほかにもいろいろ入っていた。前の彼女からのメッセージもあったし、ちょっとした知り合いが金を貸してくれといってきていた。シカゴの友人は、マットがまた戻ってくるのならアイス・ホッケー・リーグに参加してくれるかと尋ねていた。それと七人の妹のうち四人から話があるといってきている。いまに始まったことじゃない。あの環境劣悪なスラブ系居住区で育ったガキの頃からそうだった。

親父が蒸発してからというもの、残された男子は彼だけだったのだ。祖母が家事を受け持ち、母親が簿記係として週四十八時間働いた。そうなると七人の妹の面倒を見るのは当然彼の役目。しかも七人のうち二人は双子だった。少年時代のマットは、自分がやりたくてもやれないことを実行してしまった父を恨みながら、孤軍奮闘した。父は女だらけのあの家を棄てていったのだ。

女屋敷から脱出する前の数年間は特にひどかった。その頃には父親はすでに亡くなっており、そのうち父親が戻ってきて責任を引き受けてくれるだろうというかすかな希望もついえていた。妹たちは成長し、よりいっそう気まぐれになっていた。いつでも誰かしらが生理前で、別の誰かは生理のまっ最中、またほかの誰かは生理が終わろうとしている、といった状態だった。ときには誰かが真夜中に彼の部屋に忍び足でやってきては「生理が遅れているのよ」と取り乱したようすでささやいたりすることもあった。そうした問題の発生に対して兄として知らん顔は許されなかった。妹たちに対する愛情はあったが、責任を持つというのは、どうにも気の重いことだった。ようやく独りになれたとき、今後は家庭生活とは永久に縁を切ろうと自分に誓った。短く愚かしいサンディとの結婚生活を除けば、マットはその誓いを守りとおしている。

ボイス・メールの最後はバイラインのプロデューサー、シド・ジャイルスからだった。またしても、先月降板したロスの大衆テレビ・ショーにぜひとも戻ってほしいとせがんでいる。だが巨額のギャラと引き換えにマット・ジョリックはジャーナリストとしての信用を失ってしまったのだ。もう二度とそんな過ちを繰り返すつもりはない。

「……まずは結婚解消の判定書の写しを一部こちらに提出してください。あなたがたしかに故人と離婚したという証明をいただきたい」

思いをめぐらせていたマットはあらためて事務弁護士に目を向けた。「証明書はありますよ。でも、それを手元に取り戻すには少し時間がいりますね」急いでLAを離れたので貸金庫に預けたものを回収し忘れたのだ。「血液検査のほうがてっとり早いんじゃないのかな。今日の午後さっそく受けてきますよ」

「DNA検査の結果が出るのは数週間後です。それに子どもたちを検査するには、しかるべき認可が必要ですよ」

そんなことはたいしたことじゃない。出生証明書のことでこれ以上わずらわしい思いをするのはもうたくさんだ。離婚の証明がさほど厄介ではなかったとしても、マットとしては血液検査で証明しようと考えていた。「それは当然必要だと思ってます」

「真実はひとつなんですよ、ジョリックさん。あの女の子たちがあなたの血を引いているか、いないのか、どちらかなんです」

マットはそろそろ攻勢に出るタイミングだと決断した。「どうしてこんな厄介なことになったのか、説明があってしかるべきなんじゃありませんかね。サンディが亡くなってもう六週間もたっているのに、なぜいま頃になってぼくに知らせてきたんですか？」

「それはですね、私自身が数日前にやっと事実を知ったばかりだからです。彼女が働いていた額縁店に公文書を届けにいく用があって、それで知ったというわけなんですよ。彼女の弁護士なのに、何も知らされていなかったんです」

サンディが弁護士を雇い、しかも遺言という面倒このうえない手続きをすませていたなんて、マットにいわせればちょっとした奇跡みたいなものだ。

「私はすぐ彼女の自宅に行ってみました。そこで長女から話を聞きましてね。あの子の話だと近所の人が面倒を見てくれているということでしたが、隣人の姿を見かけたことはありません。二度ほど訪ねましたが、あれはどう見たって大人が面倒を見ている気配はないね」弁護士は黄色の便箋をトントンたたきながら、考えごとを声に出してしゃべっているらしかった。「あなたに責任を取るつもりがないのなら、私としては児童福祉課に連絡しなくちゃなりません。そうすればあの子たちを迎えに来てもらえ、なんらかの里子養育が受けられますからね」

古い記憶が鉄鋼の町の煤《すす》のようにマットの心に降りかかってきた。この世に素晴らしい里親はいくらでもいるのは事実だし、サンディの子どもたちがあのハフロフ一家のような家庭に引き取られる可能性は少ない。マットが子どものころ、隣りに住んでいたのがハフロフ一家だった。父親はたえず失職しており、一家は里子を引き取ることでなんとか生計を立てていた。引き取られた里子はまるで面倒を見てもらえず、マットの祖母やその友人たちが見かねて食事をさせたり、虐待を受けてできた傷の手当てをしたりしてやっていたのだ。そんなことをぼんやり思い出していたマットはふとわれに返った。いまは昔のことに思いを馳《は》せている場合じゃない。わが身にふりかかった法律上の災難に気持ちを集中させなくてはならないのだ。いまこの父性問題を解決しておかなければ今後何ヵ月も、いやそれ以後も、たえざる頭痛の種になってしまうだろう。「そういう類いの電話は何時間か保留にしておいてください。ぼくとしてもその間《かん》に調べて確認したいことがありますから」

弁護士の表情には安堵の色が浮かんだが、当のマットとしては、子どもたちの身柄が社会福祉の手に委ねられたり、お役所にあれこれ口出しされる前に子どもたちをつかまえてDNA検査を受けさせたいだけなのだ。

弁護士から聞いたとおりにサンディの家に向かっているとき、マットはふとサンディには母親がいたことを思い出した。記憶しているかぎりでは母親は比較的若く、未亡人だった。一度しか会ったことがないが、かなり印象的な人物だった。たしかミズーリかどこかの大学の教授をしていて、野放図な娘とは共通する点はないに等しかった。

もう一度携帯電話で弁護士に道を尋ねていると、めざす道路が視界に入ってきたので、電話を切った。数分後、荒れはてた町並みに建つ、薄汚れた平屋建ての家の前に車を停めた。車種はメルセデスSL600二人乗りスポーツ・コンバーティブル。ジャーナリストとしての魂を売った金で購入したものだ。車はマットには小さすぎたが、当時の彼はあらゆることで自分自身を欺いていたので、小切手を書き、しゃにむに乗ることにしたのだった。いまはこの車を処分するのが次なる予定だと思っている。

家に近づいてみると、剝げかかったペンキや、崩れかけた歩道、伸びた芝生の隣りに停めたかなり古そうなウィネベーゴ社のモーター・ホームが次つぎに目に飛びこんできた。家がこんなに傷んでいるというのに、モーター・ホームに金をつぎこむなんて、いかにもサンディらしい。マットは歩道を前に進み、玄関ポーチへ上る崩れかけた階段に足をかけ、玄関のドアを拳でたたいた。

すねた顔つきの、女優のウィノーナ・ライダーをすごく幼くしたような女の子が出てきた。

「なに？」

「マット・ジョリックだ」

女の子は腕組みをしたまま、脇柱にもたれていた。「あら、パパ来たの」

やはりそういう筋書きになっているらしい。

濃すぎるメイクに隠された顔の骨格は小さく華奢《きゃしゃ》だ。都会の退廃を思わせるブラウン系の口紅が幼い唇に滲《にじ》んでいる。マスカラをぼってり塗りたくった睫毛《まつげ》は、まるでまっ黒なムカデがとまっているみたいだし、短い黒髪の上には栗色のカラー・スプレーがほどこされている。ずたずたに裂いたジーンズが痩せた体にぶらさがるようにまといつき、あばら骨や腹部も目をそむけたいほどにあらわになっている。ぴったりとした短いトップスの開きすぎた襟元からは、十四歳には不釣合いな黒のブラがのぞいている。

「話がしたい」

「話すことなんかないって」

マットは少女の小さく反抗的な顔にじっと見入った。彼女にはさっと思いもよらないことだろうな。どんなひねくれた物言いだろうと、七人の妹に鍛えられたおれにはどうってことはないのに。マットは七人のなかでも特に手のかかったアン・エリザベスに昔よく使った表情を少女に向けた。「ドアを開けるんだ」

少女が必死でマットに反抗しようとしているのはわかったが、大成功とはいいがたく、結局体を脇へよけた。マットは少女のそばをすり抜けてリビング・ルームに入った。みすぼらしい部屋ではあったが、きちんと片づいていた。「聞いた話だと、誰もきみらの面倒を見ていないらしいね」

「そんなことないわ。コニーはいま食料品の買い出しに行ってくれてるの。コニーってあたしたちの世話をしてくれてる人だけど」

「もっとちゃんとした話が聞きたいね」

「あたしが嘘ついているっていうの？」

「ああ」

少女としては好ましい状況とはいえなかったが、どうしようもない。

「赤ん坊はどこ？」

「寝てる」

この少女とサンディの類似点は目元以外あまりないようだった。サンディは気だてがよくてはすっぱで、とにかくあふれんばかりの善意とまともな知能を持ち合わせた女だった。もっともその優れた知能を使う気はさらさらなかったらしいが。

「お祖母さんはどうしたの？　どうして面倒を見てくれないの？」

少女は親指を噛みはじめた。「内陸部でアボリジニの研究をするためにオーストラリアに行っているの。大学教授なのよ」

「孫娘の面倒を見る人が誰もいないと知ってて、オーストラリアに行っちゃったのかい？」

マットは懐疑の念を隠そうとはしなかった。

「それはコニーが……」

「嘘はやめろ。コニーなんてでたらめだ。嘘のない本当の話をしないと、一時間以内に児童福祉課の係員がきみらを迎えにやってくるぞ」

少女は表情をゆがめた。「誰の世話にもなるつもりはないわ！　自分たちだけで立派にやっていけるもん」少女の反抗心にあふれた顔を見ているうちに、子どものころ隣家にもらわれてきては次つぎと姿を消していった里子たちの顔がマットの脳裏に浮かんだ。なかにはいつか世間を見返してやろうという決意を抱いた子どもも何人かいたが、結局はみな現実に押しつぶされてしまった。マットは声にいくばくかの優しさをにじませた。「お祖母さんの話をしてくれないか」

少女は肩をすくめた。「おばあちゃん、サンディとうまくいってなかったの。サンディのお酒やら、それやこれやが原因でね。交通事故のことは知らなかったわ」

なぜか少女が母のことを名前で呼ぶのを聞いても意外ではなかった。サンディは若い頃アルコール中毒になりそうな徴候があったが、やはりマットの予想どおりの結果になっていた。

「つまりお祖母さんは、サンディの身に起きたことをまだ知らないってことかい？」

「いまは知ってるわ。電話番号を知らなくて電話できなかったんだけど、何週間か前に、オーストラリア内陸地の写真やなんかと一緒に手紙が送られてきたのよ。だからあたしも手紙を書いて、サンディの事故のことやらトレントのことを知らせてあげたの」

「トレントって誰？」

「赤ん坊の父親。すごいばかなの、あいつ。とにかくあいつも事故で一緒に死んだわ。死んだってちっとも気の毒だと思わないわよ」

サンディが現在の彼氏と同棲中だということは知っていたが、それが赤ん坊の父親だとは初耳だった。サンディはきっとその男をあまり信頼できなかったのだろう。そうでもなければ、出生証明書の父親の欄にはマットではなくその男の名前を載せていたはずだ。

「トレントには家族がいたのかい？」

「いないわ。カリフォルニアの孤児院で育ったのよ」少女は小さな顎をしゃくった。「あいつから孤児院の話はいっぱい聞かされたわ。あたしと妹は孤児院には行かないつもりだから、そのつもりでね！　とにかくおばあちゃんからもうすぐアメリカに帰るって手紙が来たんだから、孤児院に行く必要はないわよね」

マットは疑わしげに少女を見つめた。「その手紙を見せてくれ」

「信じないの？」

「というより、証拠がほしいね」

少女は怒ったような顔でマットの顔を見ていたが、キッチンに姿を消した。マットは少女が嘘をついていると確信していたので、しばらくして彼女がアイオワ州ウィロー・グローヴのローレンツ・カレッジの印章が入った小さな便箋を持って出てきたときは驚いた。マットはきちんとした手書きの文字を見おろした。


手紙を受け取りました。私も悲嘆にくれています。航空会社によって多少ずれるかもしれませんが、七月十五日か十六日に空路アイオワに帰るつもりです。帰国したらできるだけ早くそちらに連絡して、あなたたちのことをきちんと取り決めたいと考えています。心配しないでね。何もかもうまくいきますよ。

祖母　ジョアンより

マットは眉をひそめた。今日は七月十一日の火曜日だ。どうして祖母ジョアンはすぐに研究を中止して、飛行機に飛び乗らなかったのか？

マットはふと思い直した。そこまで考えるのはいらぬお世話というものだ。彼としては、官僚的なお節介やきのおかげで面倒なことにおちいる前に、さっさと血液検査をすませることだけ考えればいいのだ。

「あのさ、ちょっと聞いて。妹を連れておいで。検査がすんだら、アイス・クリームを買ってやるから」

生きる術《すべ》を知るしたたかな目がマットをじっと見返した。

「どんな検査？」

マットはさりげなく真実を伝えた。「三人とも少し血を取られる。たいしたことじゃないよ」

「注射針使うの？」

「やり方は知らない」マットは嘘を言った。「赤ん坊を連れておいで」

「そんなの、くそくらえだわよ。誰にもあたしの体に針を刺したりさせるつもりはないの」

「言葉づかいに気をつけろよ」

彼女は優越感から相手を哀れむような、軽蔑するような顔をマットに向けた。あたしの言葉づかいに文句をつけるなんてあんたはこの世で誰よりもばかよ、とでもいわんばかりの表情だ。「ボスでもないくせに、なによ」

「赤ん坊を連れてくるんだ」

「やめてよ」

この世にはまるきり価値のない争いもある。というわけで、マットは擦り切れたカーペットが敷かれた廊下づたいに行ってみた。行き止まりの両側にそれぞれ寝室の戸口があった。

片方は明らかにサンディの寝室だろう。もう一方にはベッド・メイクしていないツインサイズのベッドとベビー・ベッドがある。バンパー・パッドの向こうから哀れっぽい泣き声が聞こえてきた。

ベビー・ベッドは古い物だったが、清潔だった。まわりのカーペットも掃除機をかけてあるし、おもちゃは青いランドリー・バスケットに投げ入れてある。脚がぐらついたおむつ換えの台の上にはきちんとたたまれた衣類が重ねてあり、そばには口の開いた使い捨ておむつの箱が置かれている。

すすり泣きは完全に遠吠えのような泣き声に変わった。近づいてみるとピンクをまとった下肢が小刻みに空を蹴っている。と思うと何インチかの金髪におおわれた頭部がひょいと現われた。マットの目に怒り狂ったバラ色の顔、わめき声を上げる濡れてへの字型にまがった唇が飛びこんできた。彼の子ども時代とそっくり同じ光景だった。

「静かにしなよ、おい」

赤ん坊の泣き声はやみ、丸いチューインガムのような青い目が疑わしげにマットを見つめた。と同時にマットの鼻は不快な臭いを嗅ぎ取っていた。マットはこの日のツキのなさがもういちだん進んだことを認識した。

背後に人の気配を感じたマットは、ウィノーナのそっくりさんが彼の動きひとつひとつをじっと観察していたことを知った。ベビー・ベッドを見やる彼女の視線には、明らかに妹を守ろうという意識が感じられる。頑固なはねっ返り娘を演じてはいても、じつは少し違うのかもしれない。

マットは赤ん坊のほうへ顎をしゃくった。「おむつを換えてやりなよ。すんだらリビングに来てくれ」

「なんていうかさ、マジであたし、ウンチのついたおむつは換えないの」

何週間か彼女が赤ん坊の世話をしてきたのだから、これは明らかに嘘だ。だが彼女がもしマットにその行為を期待しているとしたら、考えをあらためたほうがいい。女の館からようやく逃げ出せたとき、マットは自分に誓ったのだ。もうおむつ換えは金輪際やらない。バービー人形も見ない。髪を結わえたりもしない、と。だがしかしこの娘の度胸に免じて、話を簡単にしてやることにした。「五ドルやるよ」

「一〇ドル。前金で」

マットもこんな不快な気分でなかったら、これには大笑いしていたかもしれない。少なくともこの娘には虚勢ばかりじゃない世渡りの才が備わっている。彼はポケットから財布を出すと、金を手渡した。「終わったらすぐおれの車まで来てくれ。赤ん坊も連れてくるんだぞ」

少女は額にしわを寄せた。そんな彼女は一瞬、すねたティーン・エージャーではなくうら若い母親に見えた。「チャイルド・シートはある？」

「おれがチャイルド・シートなんて持ってるように見えるか？」

「幼児はチャイルド・シートに座らせなくちゃいけないの。法律で決まってるのよ」

「おまえはサツかい」

彼女は胸を張った。「チャイルド・シートはメイベルのなかにあるわ。ウィネベーゴのこと。サンディがメイベルって呼んでいたの」

「車は持ってなかったの?」

「死ぬ何カ月か前に、ディーラーが回収にきたわ。だからメイベルに乗ってた」

「結構なことだ」使い古しのキャンピング・カーを所有するようになったいきさつを尋ねる気はない。そのかわりマットはティーン・エージャーと赤ん坊、チャイルド・シートを二人乗りのメルセデスに乗せる方法がはたしてあるのかどうか、思案してみた。答えはひとつ。不可能だった。

「キーをくれ」

マットには女の子がもう一度大口をたたけるかどうか思案した結果、無理と判断したのが見て取れた。

キーを手にしたマットはメイベルをつぶさに観察しようと外に出た。途中メルセデスのなかから携帯電話と、今日一度も読むチャンスがなかった新聞を取り出した。モーター・ホームのなかに入るのに首をすくめなくてはならなかった。なかは結構広かったが、六フィート・六インチの体には広いとはいえなかった。ハンドルの前に座ったマットはピッツバーグの知り合いの医師に電話して、近くの試験所の場所と必要な認可証書について尋ねた。回答を待っているあいだ、新聞を手にとった。

ジャーナリストの例にもれず、マットもニュース中毒だったが、特に目につくニュースはなかった。中国では地震があったし、中東では車の爆破、予算をめぐって議会が紛糾し、バルカン半島ではまた紛争が起きている。ページの下のほうに、またしても病気の子どもを抱いたコーネリア・ケースの写真がある。

彼自身はコーネリア・ケースをあまりよく観察しているほうではないが、最近の写真で、彼女はどんどん痩せているように見える。あの素晴らしい青い瞳も顔のわりに大きすぎるように思えてきた。美しい目だからこそ、そのなかに宿るものは生身の女性ではなく、父親にプログラムされた辣腕《らつわん》政治家の虚像なのだという事実をつくろうことができないのだ。

マットがバイラインを担当していたとき、コーネリアの特集をやったことがあった。彼女の美容師、好みのファッション、夫の思い出をいかに誇りにしているか、などじつにくだらない内容だった。それでもやはりコーネリアは気の毒だと思う。夫が暗殺されれば、誰しも幸せそうな顔はできないはずだ。

マットは大衆ワイド・ショーに関わった時期を思い出して、顔を曇らせた。それ以前に彼は活字メディアの記者として、シカゴでも評判の高い記者のひとりだったが、札束に目が眩《くら》んで記者としての名声を惜し気なく棄ててしまったのだ。しかも彼が金を使うことに少しも興味がないと気づくのに時間はかからなかった。いま人生に望むことはただ一つ。汚名返上だけだ。

マットの尊敬するのはいわゆるアイビー・リーグのジャーナリストではなく、かつて古いレミントン・タイプライターで二本指を使ってパンチの効いた記事を書いた、マットと同じ硬派のジャーナリストたちだ。『シカゴ・スタンダード』の記者時代に書いた彼の記事が華々しい脚光を浴びたことはない。インタビューした人物やその人物の関心事を描写するにしても、短い語句、簡潔な文章を使った。表現の直截簡明さでは読者に定評があった。いまはそうした自分の資質が偽りではなかったことをみずから証明するための、探求のときなのだ。

探求。この言葉にはやや古風な響きがある。探求は聖なる騎士の本分であり、おのれの人生の要《かなめ》さえ知らないような鉄鋼の町の無骨者には似つかわしくない。『スタンダード』紙の昔の上司から復職を許されはしたが、そのオファーも不承不承といった感じで、マットとしてはひたすら低姿勢で仕事に戻るのはいやだった。何か手土産がわりにちょっとした記事を持って帰りたくて、いま国じゅうのあちこちに車を走らせているところなのだ。大都会であろうと小さな町であろうと、どこかに車を駐めると、新聞を手にとり、人と話をし、何かないかと嗅ぎまわる。まだ見つけてはいないが、自分が何を探しているのかは明確に意識している。名望を取り戻すにふさわしいビッグな記事のネタがほしいのだ。

電話をかけ終わったとき、赤ん坊を抱いたウィノーナがモーター・ホームに乗ってきた。赤ん坊は裸足で、子羊の模様が入った黄色のロンパースを着せてある。ぽっちゃりした足首にはピース・サインのタトゥーが入っている。

「サンディは赤ん坊にタトゥーを入れさせたのか？」

ウィノーナは「なんてものを知らないおばかなの」とでもいいたげな顔を向けた。「こすってつけるやつよ。そんなことも知らないの？」

幸運なことに彼の妹たちはタトゥー・ブームが始まる頃には大人になっていたのだ。「こするタイプだということくらいわかったよ」マットは嘘をいった。「ただ赤ん坊にああいうものをつけるのはどうかな、って思っただけだ」

「この子は気に入ってるわ。自分でもかっこいいって思ってるみたいよ」ウィノーナは赤ん坊を注意深くチャイルド・シートに座らせ、ストラップを締め、マットの隣りのシートにドスンと座りこんだ。

何度か試すうち、やっとエンジンが息を吹き返した。マットはうんざりして首を振った。

「こりゃ、ほんとのポンコツだな」

「ばかいわないでよ」ウィノーナはダッシュ・ボードの上に足を載せた。足には底の厚いサンダルを履いている。

マットはメイベルのサイド・ミラーを見ながらバックで車を出した。

「おれが本当の父親じゃないってことは知ってるよな？」

「まるであたしがそれを望んでるみたい」

この子が自分に対してセンチな夢想を抱いているのではないかと、ひそかに案じていたが、杞憂《きゆう》だったようだ。車を走らせながら、マットはまだこの少女の名前も赤ん坊の名前も聞いていなかったことに気づいた。出生証明書を見ておきながら、父親の欄に書かれた自分の名前以外目に留めていなかったのだ。ウィノーナなんて呼んでも、きっとこの子は気に入らないだろう。「名前はなんていうの？」

少女がその答えを思案しているあいだ、かなり長い沈黙があった。「ナターシャ」

マットは吹き出しそうになった。昔、妹のシャロンときたら、三カ月間なんとかみんなに自分のことをシルバーと呼ばせようと頑張ったことがある。「うん、そりゃいい」

「そう呼ばれたいの」彼女はいい返した。

「なんて呼ばれたいか、じゃなく名前を訊いたんだ」

「ルーシーよ。これでいい？　この名前嫌いなの」

「ルーシーって別に悪くないじゃない」マットは試験所の案内係からもらった心得書を読みながら、ハイウェイに戻った。「本当のところ、歳はいくつなのさ？」

「十八」

マットはストリート・ファイターのような闘志むきだしのルーシーの顔に視線を投げた。

「わかったわよ。十六よ」

「じつは十四歳。しゃべらせるとまるで三十女みたいだけどな」

「知ってるなら、どうして訊くかな？　あたしはサンディと住んでたのよ。何を期待したのよ？」

マットはわずかにかすれたルーシーの声を聞き、哀れで胸が痛んだ。「わかったよ。ごめんな。きみの母親はさ……」サンディはおもしろくて、セクシーで、頭はいいのに分別はなくて、まったく無責任だった。「とにかくユニークだった」マットはあいまいな口調で言葉を切った。

ルーシーはフンと鼻を鳴らした。「酔っぱらいだったじゃない」

後部座席で赤ん坊がぐずりはじめた。

「そろそろ食事をさせる時間よ。だけど食べさせるものが切れてるの」

素晴らしい。これこそマットの追い求めていたものだ。「いま何を食べさせてるの？」

「粉ミルクとびん入りの離乳食」

「検査がすんだら、車を停めて買い物しよう」

後部座席から聞こえてくる音はだんだん不快感を訴えはじめた。「あの子の名前は？」

また沈黙。「バット」

「きみは正真正銘のコメディアンだよな」

「あの子に名前をつけたのはあたしじゃないわ」

マットは金髪でバラ色の頬、ガム玉みたいな目と天使の羽根のような唇をした赤ん坊をちらりと見やり、ルーシーを見た。「サンディが赤ん坊にバットなんて名前をつけたという話を信じろというのかい？」

「あんたがどう思おうと、知ったこっちゃないわ」ルーシーはダッシュ・ボードに載せた足をひっこめた。「どっかのトンマ野郎があたしの体に注射針を刺すなんて許すつもりはないから、あんたも血液なんとかなんてたったいま忘れるのよ」

「おれのいうとおりにすればいいんだ」

「やーだ」

「本当のことをいってやるよ。ママがきみらの出生証明書におれの名前を入れたんだ。だから間違いを正さなくてはいけないんだ。そのための手段はいまのところ、例の血液検査しかないってことなのさ」マットはもし祖母が現われないと、ふたりは児童福祉団体の保護下に置かれることになると説明しようとしたが、やはりそんな酷なことを告げる気にはなれなかった。それは弁護士に任せておけばいい。

試験所までの道すがらふたりは黙りこんだ。ただ利かん気の赤ん坊だけは別で、またまた泣きわめきはじめた。マットは二階建ての医療機関のビルの前に車を停め、ルーシーを見た。彼女はそこがまるで地獄への門であるかのように厳しい顔をしてビルの扉を凝視していた。

「検査を受けたら二〇ドルやる」マットは急いでいった。

ルーシーは首を振った。「針はいや。針は大嫌いよ。考えただけで、気持ちが悪くなるの」

マットは今日になって初めての幸運の訪れに、どうやって泣きわめくガキどもを試験所に連れて入れるか考えはじめた。

ルーシーは車から降りると嘔吐した。

4

まったくみごとなほど、正体を見破られない。ニーリーは首をのけぞらせて笑い、ラジオのスイッチをオンにして、ビリー・ジョエルの「アップタウン・ガール」のコーラス部を一緒にくちずさんだ。素晴らしい一日が始まったのだ。ジョージア・オキーフの幻想画のような空に白い雲がふんわりと浮かび、空腹でおなかがグーグー鳴っている。昨夜泊まったモーテルにほど近いレストランで、朝食にスクランブル・エッグとトーストをがつがつたいらげたばかりだというのに。卵は油っぽく、トーストは生焼け、コーヒーは香りが飛んでいたが、それでもここ何カ月間で最高にしあわせな食事だった。食べ物がひと口ひと口、スムーズに喉を通り、誰ひとりこちらを振り向くこともなかった。

自分がとてもスマートで抜け目ない人間のようで、誇らしい気分だった。だってアメリカ合衆国の大統領とシークレット・サービス、父の鼻を明かしてやったのよ。万歳！

ニーリーは声をあげて笑った。自画自賛できる自分が妙に嬉しい。こんな気分になれたのはすごくひさしぶりのことだ。助手席に手を伸ばして、さっき買ったスニッカーズ・チョコ・バーを探したが、すでに食べてしまったことを思い出した。こんなにおなかがすくなんて、と思ったらまたおかしくて笑ってしまう。ずっと長いこと女らしい曲線的なボディにあこがれてきたけれど、こんなふうなら、めざすボディ・ラインも夢ではないかもしれない。バック・ミラーをのぞいてみる。老女のかつらはもうはずしてしまったけれど、誰にも気づかれない。楽しくなるくらいごく普通の人物に変身したのだ。

ラジオからコマーシャルが流れてきた。ニーリーは音量を下げて鼻歌を歌いはじめた。午前中いっぱいは、ペンシルヴェニア・西ヨークの二レーンのハイウェイをのろのろ走った。ここは偶然にもこの国の最初の首都であり、連合規約が書かれた土地なのだ。気が向くと、ルート沿いの小さな町に寄り道した。道路脇に車を停め、広大な大豆畑に感心したりもしたが、やはりそんなながめを見るにつけ、フェンスにもたれながら思いは農業助成制度の複雑さに飛んでしまうのだった。また「骨董」と看板のかかったいまにも倒れそうな農家の前で車を停め、ゆっくり楽しみながらガラクタ類を見てまわったりもした。そんな感じなので、まだワシントンからそう離れてはいない。とはいえ、特に行くあてがあるわけでもなく、まるで目的を持たないというのが素晴らしいことなのだ。

大統領がまちがいなくアメリカ政府の総力を結集させて自分の行方を捜しているはずなのだから、こんなふうに能天気に浮かれているのは愚かなことなのかもしれないが、楽しくて仕方がない。いつまでもこんなことが通用すると思うほど天真爛漫《らんまん》ではないけれど、だからこそ、一瞬一瞬がいっそう貴重なのだ。

コマーシャルが終わって、トム・ペティの歌が始まった。ニーリーはまた笑い、メロディを一緒にくちずさんだ。気分はどこまでも自由だった。

おれは世にもまれな大ばか者だ、とマットは思った。メルセデス・コンバーティブルの運転席に座り、ラジオだけを道連れに気分のよい旅をするはずが、メイベルという名のおんぼろウィネベーゴを運転してペンシルヴェニアの裏街道を西へ向けて走っている。しかも七人の妹たちを全部一緒にしたくらいに扱いづらいふたりのガキどもが道連れとは。

きのうの午後、マットはサンディの弁護士に電話してジョアン・プレスマンの話をした。ところが弁護士は、祖母が帰国しだい孫たちを引き渡すことになると請け合ってはくれず、言葉を濁した。

「祖母が孫たちに十分な家庭を提供できるかどうか、児童福祉課の調査が必要になるでしょうね」

「それはおかしい」マットは反駁した。「だって彼女は大学教授なんですよ。それにどう転んでも、いまの状況よりかはましじゃないですか」

「それでも調査はするでしょうね」

「どのくらいかかるんです?」

「はっきりしたことはいえません。六週間以上はかからないんじゃないかな。多く見積もっても、せいぜい二カ月くらいですかね」

マットははらわたが煮えくり返る思いだった。里親保護システムの管轄下に置かれたら、ルーシーのような子はたった一カ月で身も心もボロボロにされてしまうだろう。マットはいつのまにか、その晩は一緒にいてやると子どもたちに約束していた。そうすれば児童福祉課だって少なくとも朝までは子どもたちを引き取りにきたりはしないだろう。

血液検査を受けさせる試みは結局うまくいかず、サンディのゴツゴツしたカウチ・ソファでなんとか眠りにつこうとしながら、マットは里親保護システムも昔にくらべれば比較にならないくらい改善されているのだと自分にいい聞かせた。里親候補の背景調査も完璧だし、家庭訪問も日常的に行なわれている。それでもハフロフ家で虐待されていたもらわれっ子たちのイメージが次つぎに脳裏によみがえってくる。

朝が来るまでに、マットはこの状況を無視して逃げ出すことは自分の良心が許さないと認識した。たった数日間彼が面倒を見てやれば、週末には祖母に引き渡すことができるというのに、ひねたティーン・エージャーや手のかかる赤ん坊が何カ月も里親保護システムの手にゆだねられるのを看過するわけにはいかない。

サンディのアドレス帳のなかにジョアン・プレスマンのアイオワの住所が書かれていた。とにかくこの子たちを朝早いうちにこの家から連れ出さなくてはならない。というわけでマットは子どもたちとバーリントン行きの朝一番の飛行機に乗ることに決めた。着いたらレンタカーでウィロー・グローヴまで行く。そこでジョアン・プレスマンの帰国を待つあいだに血液検査をすませる。試験所まで子どもたちを連れていかなくてはならないが、仕方ない。だが不運なことに、注射針だけがルーシーの病的恐怖の対象ではないということがわかったとき、彼の計画はもろくもくずれ去った。

「あたしは飛行機なんて乗らないわよ、ジョリック！　空を飛ぶなんて冗談じゃないわよ！無理やり乗せようとしたら、飛行場にいる人たちに向かってあんたが誘拐犯だってわめいてやる」

これがほかの子どもなら、ただのはったりと片づけてもいいだろうが、ルーシーなら本当にやりかねない。それに児童福祉課の介入をうまく避け、子どもたちを州外に連れ出すという法律違反すれすれの行動をすでにとっている身としては、これ以上のリスクは冒さないほうがいい。マットは、たたんで置いてあった子どもたちの衣類と昨晩買った食料をつかみ、ふたりをモーター・ホームに押しこんだ。どのみち四、五日ていどのひまはあるのだから、その時間を陸路の旅に使ったところでなんの支障もない。

警察がどのていど積極的に自分の行方を追ってくるのか、よくわからない。サンディの弁護士ならマットがどこへ向かっているのか見当がつくはずだからだ。それでもいちかばちかのあぶない賭けに出るのは得策とはいえないから、州間高速自動車道は避けることにした。料金所の係員や州警察にはウィネベーゴの登録ナンバーが知らされている可能性があるからだ。赤ん坊の泣き叫ぶ声とルーシーのぼやきを交互に聞きながら、マットはせっかくの美しい景色も楽しめなかった。

「なんか、あたし戻しちゃいそう」

ルーシーはモーター・ホームの小さな長椅子に座りこんだ。マットは顎をうしろにしゃくってみせ、赤ん坊のわめき声にかぶせるようにしていった。「トイレはうしろだぜ」

「あたしやバットにもうちょっと優しくしておかないと、あとで後悔するわよ」

「いいかげんに赤ん坊をそんな名前で呼ぶのはやめないか？」

「だってそれがあの子の名前なんだもん」

いくらサンディでもそこまで狂ってはいないはずだが、ルーシーは赤ん坊の本当の名前を明かしてはくれない。

泣きわめいていた赤ん坊の声がだんだん小さくなっていく。きっと眠りかけているのだろう。長椅子ごしに目を向けると、チャイルド・シートにおさまった赤ん坊は目をぱっちり開けて不機嫌そうにしている。

「あたしもあの子もおなかがすいてるの」

「たしか気持ちが悪いとかいってなかったっけ？」

赤ん坊のわめき声がまた始まった。さっきよりももっと大声だ。誰かを連れてきてこの怪物ベビーたちの面倒を見させればよかった。気が優しくて、耳の遠いおばあさんなんかならよかったかもしれない。

「おなかがすくと気持ち悪くなるの。バットだって食事の時間だわ」

「食わせろよ。ベビー・フードも粉ミルクも袋に入りきれないくらい持ってきてるだろ。食べさせるものがないなんていわせないぞ」

「メイベルが動いているあいだに食べさせると、あの子吐いちゃうわよ」

「吐くとか戻すとか、もういいかげんにしてくれ！　黙って食わせろよ！」

ルーシーはマットをにらみつけていたが、身をよじるようにしてシートから離れ、ベビー・フードや紙おむつなどの入った袋のところへ行った。

幸福な静寂のなかで一五マイルほど走っただろうか。いくつかの音が耳に飛びこんできた。初めは赤ん坊の咳きこむ声。次にゲエッという音。さらに噴き出す音。

「だからいったでしょ」


ニーリーは初めて寄ったガレージ・セールでの買い物を終え、車庫から私道に車を出し、ハイウェイに戻った。緑色をした巨大な陶磁器のカエルが助手席に座っている。一〇ドルでこれを売ってくれた女性によると、お姑さんが工芸教室で作った庭園の装飾品だそうだ。とにかく醜い。玉虫がかった緑色の光沢、飛び出た目は少し寄り目だし、一ドル銀貨ぐらいの大きさのくすんだ茶色の斑点が背中一面に入っている。約三年間、ニーリーはアメリカ一の骨董品の殿堂に住んできた。とっさに価値を見分けられたのも、こうした環境によって培われたセンスによるものだ。

買い物をすませ、重いカエルを抱えながらも、ニーリーはガレージ・セールの売り主と立ち話を続けた。もはや老女のかつらや伸縮製のストッキングは必要なかった。新しい扮装がじつにうまくいっているからだ。

「前方サービス・エリアあり」の標識が目に入った。ハンバーガーとフライド・ポテト、とろっとしたチョコレート・シェイク、厚切りのパイにありつける！　しあわせ！

サービス・エリアの駐車場でメイベルから降りたマットの鼻にディーゼル燃料と揚げた食べ物の匂いが漂ってきた。近所の畑から肥料の臭いもかすかに感じたが、赤ん坊の嘔吐の臭いにかき消されてしまった。女性がひとり乗ったシボレー・コルシカがすっと隣りに入ってきた。いいなあ。連れは唯一自分の心だけか。

ガソリン・ポンプの向こう側でヒッチハイカーがひとり、「セント・ルイス」と書かれたぼろぼろの厚紙を掲げている。凶悪犯のような顔つきのハイカーは、どう見ても同乗にありつけるだけのツキがあるようには見えないが、マットはその「自由」がちょっぴり羨ましかった。今日はまさに悪夢のような一日だった。

ルーシーは一〇ドル札を一枚バック・ポケットに押しこむと、マットに続いてメイベルを降りた。腰のまわりにフランネルのシャツを巻き、嘔吐臭を漂わせた赤ん坊にできるだけ触れなくてすむように脇の下に抱えている。ルーシーの体は小さいし、そんな抱き方で遠くへ運べるとは思えなかったが、マットは自分がかわって抱いてやるとはいわなかった。子どもの頃、泣きわめく赤ん坊を抱いて歩きまわったことがあまりに多すぎて、いまそれを懐かしむような気持ちにはなれない。たくさんの赤ん坊を世話して唯一よかった思い出は、それぞれの二十一歳の誕生日に酒を飲ませたことくらいだ。

マットは思い出し笑いをすると、ルーシーのカットオフ・ジーンズのポケットに一〇ドル札をもう一枚押しこんでいった。「洋服の汚れをとったら、自分で好きなランチを買っておいで。三十分後にここに集合しよう」

ルーシーは長いこと探るような目でマットを見つめていたが、そのまなざしにはいくばくかの失望の色が現われていた。みんなで寄り添うようにして食事をするとでも思っていたのだろうか？　そんなのは願いさげだ。

マットが羨望のまなざしを向けた女性は青のコルシカを降りた。髪はショートで色は明るめのブラウン、いま流行りの不揃いなカットだ。だがほかはあまりファッショナブルとはいえない。安っぽい白のスニーカー、紺のショート・パンツ、サイズが大きすぎるトップには行進するアヒルの絵がついている。顔はまったく化粧けがない。そして妊婦、おなかがかなり大きい。

大型の四輪駆動車がハイウェイでヒッチハイカーを見てスピードを落としたが、ドライバーは近くでヒッチハイカーの顔を見たとたん走り去ってしまった。ヒッチハイカーは中指を立てた。

マットは通りすぎる妊婦に一瞥《いちべつ》を投げた。どこか、なじみ深い感じがする。こわれそうなほど繊細な、美しい曲線を描くその面立ち。長く細い首。はっとするような青い瞳。その歩みにはほとんど貴族的ともいえる気高さが漂っている。バーゲンで買ったようないでたちとどうにもそぐわない感じだ。妊婦はレストランのドアに手をかけ、すぐうしろにいるルーシーのために開けたドアを押さえていた。ルーシーはそんな親切に礼もいわない。マットに不快な顔を向けるので精一杯なのだ。

コルシカのシートに置かれたものがマットの目に留まった。身を乗り出して見てみると、醜い陶器のカエルだった。こういう物を目にするたびに、いったいどんな連中が買うのかと不思議でしょうがない。そのとき、イグニッションからキーのセットがぶらさがっているのに気づいた。追いかけていって知らせてやろうかと考えたが、こんなカエルを買うような愚かな人間はどんな目に遭おうと自業自得だ、と思い直した。レストランのインテリアは大きなL字型に形作られている。マットは思いきり脚を伸ばせるように、奥のすみっこにある小さなテーブルに席をとり、コーヒーを注文した。コーヒーが来るまでのあいだに、アイオワまで少なく見積もっても二日はかかるだろうと考えた。アイオワか。エンジンから発せられる、あの不吉なピーンという音がひどくなったら、もっとかかるかもしれないな。あのガキどもと一緒の旅を、あと二日も我慢するなんて、考えられない。これまで懸命に避けつづけてきたものをみずから背負いこむという皮肉なことが、よりによってこの身に起きるとは。

ふたりはやはり、児童福祉課の手にゆだねればよかったのだ。

ニーリーは分厚く油っぽいフライド・ポテトをケチャップのなかで揺らしながら、サービス・エリアの食堂の反対側に席をとった三人連れをながめていた。最初男性はひとりでその席についた。ニーリーはすぐ彼に気づいた。あの体格では、見る気がなくてもつい目に留まってしまう。だが彼女が注目したのは体格ばかりではなかった。あらゆる点で目を奪われてしまったのだ。

まるで筋肉労働者のような堅くひき締まった体つきをしていて、日に焼けた上半身にシャツもまとわず屋根板に釘を打ち付けていたり、ウェーブのある黒髪に使い古したヘルメットをかぶり、市街地の道路で手持ち削岩機を使いこなしている姿が容易に思い浮かんでくる。しかもはっとするほどのハンサムなのだ。それも男性モデルのような整いすぎた美貌ではなく、その面立ちには生き生きとした人間性が感じられる。

男が隣りに座ったうら若い女の子を怖い顔でにらみつけているのを見て、ニーリーはがっかりした。女の子の膝の上には赤ん坊が脚を踏ん張っている。ご多分に洩れずこの男も「わが子をお荷物とみなしている」ような父親のひとりなのか。これこそ彼女がもっとも嫌いなタイプである。

娘はニーリーがさっきドアを開けてやった女の子だ。メイクは濃すぎるし、髪には栗色の縞が入っているけれど、その繊細な目鼻立ちからは素晴らしい美人になりそうな可能性が感じられる。赤ん坊も愛らしい。健康で金髪の、ニーリーができるかぎり避けつづけてきたいたずらな天使のような幼子だ。

人間ウォッチングは楽しかったが、旅に戻りたかったので、しゃにむに男から目をそらすとみんなのまねをして空になった容器をまとめた。隣りのテーブルに座っていた中年のカップルが微笑みかけたので、彼女も笑みを返した。どうやら世の人びとは身重の女性には思わず微笑みかけてしまうものらしい。

彼女の微笑みは自己満足の笑いに変わった。昨夜モーテルでベッドに入る前に、かつて父と夫が愛《め》でた長い金髪をカットし、自毛の本来の色である明るいブラウンに染めてしまったのだ。でも長いあいだその色を見ていなかったので、正確な色調は推測するしかなかった。くしゃくしゃっとした短めのヘア・スタイルがとても気に入った。若く見えるだけでなく、カジュアルだから上品なファースト・レディに似つかわしくないのがいい。

最初は老女の扮装をずっと続けるつもりだったのだが、かつらとあの服装のうっとうしさには閉口した。おなかにパッドを入れ、偽の妊婦を演じるのが最高の解決策だったのだ。たとえ妊婦を見てコーネリア・ケースに似ていると思う人がいても、単なる偶然と思うはずだ。

昨夜はウォール・マートで買った小ぶりの枕の四すみの形を変えたり、ひもをつけたりして形を変えた。短くした茶色の髪、ディスカウント・ストアの衣服、指輪をはずした手、薄化粧。これですっかり不遇の妊婦らしくなった。変身の最終的な仕上げとして、話すときも、最上流階級のアクセントをやめ、わずかに南部訛《なま》りのある話し方に変えた。

サービス・エリアのレストランを出ながら、ホワイト・ハウスを出たときから携帯しているバッグのなかを手さぐりして車のキーを探した。ティシュやミント・キャンディ、新しい財布は手にふれたが、キーがなかった。車に置き忘れたのだろうか？

もっと用心しなくてはいけない。幼いときから自分のものを持ち歩くにしても、常に誰かしらが注意してくれることに慣れてしまっている。今朝も朝食をとるのに立ち寄った食堂でバッグを置き忘れ、あわてて取りに戻った。今度はキーだ。

外へ出て駐車場に入り、あたりを見まわしてシボレー・コルシカを探したが、見つからない。おかしい。たしかポンコツの黄色いウィネベーゴの隣りに駐車したはずだが。いや絶対にそうだ。

ニーリーは急いでその場所に行ってみたが、車はなかった。

ぽっかり空いた駐車スペースをまじまじと見つめ、次に隣りのモーター・ホームを見やった。ひょっとして勘違いかもしれない。どこかほかの場所だったのかも。心臓は高鳴り、駐車場じゅうに視線を走らせた。この期に及んでもまだ信じたくなかった。車が消えた。キーを車に置き忘れ、盗まれてしまったのだ。

喉が締めつけられるようだった。自由は一日だけ。それで終わってしまうのか？　彼女は息苦しくなるほどの絶望感と必死で闘っていた。まだ望みはある。何千ドルという所持金があるではないか。車はまた買えばいい。ヒッチハイクで一番近い町へ行き、そこで車のディーラーを捜せば――。

ニーリーはがっくりと膝を落とし、木のベンチによろよろと座りこんだ。安全に保管するため、所持金はすべて車のトランクに入れ、鍵をかけておいたのだ。財布にはわずか二〇ドル札一枚だけしか入っていない。

ニーリーは両手のなかに顔をうずめた。こうなればもはやホワイト・ハウスに連絡をとるしかない。そうして一時間もしないうちに、平和ななんの変哲もないこの場所にシークレット・サービスが襲いくるだろう。ニーリーは追い立てられるようにしてヘリコプターに乗せられ、夕食の時間までにはホワイト・ハウスに戻っているだろう。

事態がどう展開するか、まるで目に見えるようだ。父からの厳しい非難。大統領からは祖国への忠誠心を再認識しろと注意されるだろう。息が詰まりそうな罪悪感。明日の夕刻までにはまた主催者側の歓迎の列に立って、何百人もの人びととの握手で指が痛くなっているだろう。誰のせいでもない、すべて自分が悪いのだ。イグニッションからキーを抜くなどという簡単なことさえ思い出せないのなら、どんな高い教育もあらゆる経験も無駄でしかない。

ニーリーは喉が締めつけられ、ゼイゼイいいながらやっと息を吸いこんだ。

「重いのよ、もう運べないわ！」

頭をあげると、さきほどニーリーがようすを見ていた女の子が見えた。女の子は抱いていた赤ん坊を歩道に下ろして、くだんの二枚目パパにわめきたてた。父親は先頭に立って黄色いウィネベーゴに向かって歩いていた。

「好きにしろ！」父親の声はけっして大声ではないのに、深くよく通る声だった。

女の子は赤ん坊のそばを離れはしないものの、赤ん坊を抱き上げはしなかった。赤ん坊はドンと膝をつくと、まっ昼間の歩道の熱気を避けるためにハイハイしそうになっている。それにしても赤ん坊にしてはかなり賢明な行動ではないか。熱いコンクリートにふれる体の部分を、掌と足の裏という最小限度の面積に抑えるためにみずから体を移動させたのだから。

赤ん坊はおしりを高く浮かせて蜘蛛《くも》のような動きで這いながら前進しはじめた。

少女はくるりと振り向くと父親のそばへ駆け寄った。「マジでいってるんだからね、ジョリック！　あんたの態度って、アホみたい！」ニーリーは少女の不作法な言葉づかいに驚いて思わずまばたきした。「この子はね、毒でもなんでもないのよ。手にふれるぐらいなんでもないでしょ」

「おまえは赤ん坊の係、おれは運転の係。行くぞ」ジョリックという名の男はどうしようもない父親かもしれないが、車のキーを抜いていくだけの知恵はきちんと持ち合わせているようで、モーター・ホームのドアの鍵穴にキーを差しこんでいる。

少女は自分の小さな尻を両手でたたいた。「くだらないったらありゃしない」

「そうともさ、人生の九〇パーセントはくだらない」

男と少女は口論に気をとられ、赤ん坊がゆっくりとしかし確実に蜘蛛のようなハイハイでカーブを下り、駐車場に向かっているのに気づかなかった。

ニーリーは思わず立ち上がっていた。危機にある赤ん坊。十六歳のとき以来、否応なく遭遇してしまう状況だった。

「四の五のいってないで、さっさと乗れ」男は怒鳴った。

「あたしはあんたの奴隷じゃない！　昨日から偉そうにあたしに指図ばっかりしてるけどさ、もううんざりなの！」

年配のカップルが乗ったキャデラックが、ハイハイしている赤ん坊に向かってバックでぐんぐん近づいてくる。ニーリーは思わず駆り寄り、赤ん坊をつかみ上げた。

現実の生活ではけっして口にできない類いの怒りが突き上げてきた。「あきれた父親だことね！」

マッチョ氏はゆっくりと振り返り、冷ややかな灰色の目でニーリーを見つめた。彼女は赤ん坊を腕に抱えて男のそばに駆け寄った。赤ん坊に恐怖を感じているという事実が怒りをさらにあおった。彼女は走り去るキャデラックをぐいと指さした。「あなたの娘さんは車道のどまんなかを這っていたわ。轢《ひ》かれていたかもしれないのよ」

男はニーリーの顔をまじまじと見つめた。

近くで見れば見るほど男は背が高かった。ニーリーは遅ればせながら南部訛りで話すはずだったことを思い出した。「どうしてそう無責任でいられるの？」

「どうでもいいってこと」少女が横から口をはさんだ。「あたしたちのこと嫌いなんだもの」

ニーリーは男をにらんだ。「子どもは誰かが見守ってやらなくてはいけないの。とくに赤ちゃんはね」

男はもぬけの殻になっている隣りの駐車スペースに向けて頭を傾げた。「車どうしたの？」

ニーリーは不意をつかれてどぎまぎした。「どうして私の車のことを知っているの？」

「車から降りるところを見ていたから」

話題をすりかえられるのは絶対いやだった。「私の車のことはどうでもいいわ。あなたの子どものことはどうなの？」赤ん坊を男に向かって突き出したが、受け取ろうとしない。それどころか、不思議なものでも見るようにまじまじと赤ん坊を見下ろした。男はやっと少女のほうを向いた。「ルーシー、赤ん坊を受け取って車に乗れ」

「あんた腕でも骨折してる?」少女はいい返した。「いったとおりにしろ。あと、出発する前に赤ん坊に食事をさせとけ」

男の口調はますます威圧的になり、少女がニーリーから赤ん坊を受け取ったのも無理はなかった。それでもいくばくかの反抗心は残していたらしく、思いきり憎らしい顔で男をにらむと、乱暴にドアを開けて赤ん坊をなかに連れていった。

ジョリックという名の男はニーリーをじっと見下ろした。ニーリーは背が高いが、男はまるでのしかかるように大きく、近くで見ると遠くで見ていたときよりさらにたくましい感じがした。鼻梁には、まるで溶接加工中の形鋼を落として付けたかのようなわずかな隆起がある。

「おれの子どもじゃないんだ」と彼は言った。「ふたりともな」

「それなら、あの子たちをどうしようというの?」

「おれはあの子たちの母親の友人だったんだ。じゃあ、あんたは車のこと話せよ」

ニーリーの脳のなかで黄色の注意信号が光った。「お話しすることはないわ」

「盗まれたんだろ?」

男があまりにまじまじと見つめるので、ニーリーは自分の正体が気づかれてしまうのではないかと心配になり、まっ正面から見られないよう顔を少しそむけた。「どうしてそんなことを?」

「おれはあんたがここに車を駐めるところを見た。それなのに車はここにないからさ。それにあんた、車にキーを置き忘れていたよね」

ニーリーはキッと見上げた。「見たの?」

「うん」

「見たのに何もしなかったというの?」

「まあね……いっそのことおれが車盗んでやろうかと思ったけど、カエルが不気味だったんでね」

これほど取り乱していなかったら、ニーリーはきっと大笑いしていただろう。男の話し方からはタフ・ガイ風の容貌に似つかわしくない教育の高さが感じられた。男がニーリーの突き出た腹部を見下ろしたので、彼女はパッドがずれていないか確かめたい衝動を抑えなくてはならなかった。

「レストランに戻って州警察に電話したほうがいい」彼はいった。「さっきヒッチハイカーがあそこにいた。やつが誰かに拾ってもらうのをただ待ってることにうんざりして、あんたが提供するタダの交通手段を利用してやろうと決意したとしても不思議じゃないと思うよ。警察が来るまでおれもここに残ってヒッチハイカーの人相を伝えてあげようか」

警察に電話するつもりなど毛頭なかった。「いいの。待ってくれなくていいわ」

彼は女の顔を見て何かを思い出そうとしていた。ニーリーは落ち着かなくなった。「お引き止めするのは悪いわ。いろいろありがとう」ニーリーはきびすを返して歩き出した。

「ちょっと待ってくれ」

5

いったいどこで会ったんだっけ？　マットは警戒したように振り向いた女の顔をますます熱心に観察した。そのふるまいはどこか特権階級を思い起こさせるものがあるが、あの痩せた体といい、長くこわれそうなうなじや結婚指輪の痕跡すらないその手を見るかぎり貧しい境遇が感じられる。大きなおなかと対照的に腕や脚が滑稽《こっけい》なくらいに細く、青い瞳にはある種の厭世観のようなものがうかがわれ、きっと望みもしない人生の悲哀を知ってしまったのではないかとマットは思った。

あの輝くようなブルーの目……見慣れたあの目。会ったことがないのは確かだが、でも会ったことがあるような気がする。女が見せた警察を呼ぶことに対するためらいがマットのジャーナリストとしての好奇心を呼び覚ました。「それじゃ、盗難を警察に届け出る気はない、というわけか」

首で鼓動が小さく脈打っているのが見えたが、女性はあくまで冷静だった。「どうしてそんなことをいうの？」

彼女は何かを隠している。それがなんであろうとかまわない。マットはふとある考えが浮かんだ。「よくわからないけど、もしかしてあれはあんたの車じゃなかったとか？」

女の瞳に警戒心が垣間見えたが、それは恐れではなかった。どんな不運に見舞われようと、気骨だけは失わない女なのだ。

「あなたには関わりのないことよ」

マットはあることを確信し、核心に迫るひとことを思いきって口にした。「警察を呼ぶと、あんたがボーイ・フレンドの車を持ち出したことがばれてしまうんだろ？」

女は目を細めた。「私にボーイ・フレンドがいるって、どうして思うの？」

マットは女の腹部をちらりと見下ろした。「あんたにこんなことをしたのは女友だちじゃないよね」

女はそれを忘れていたかのように、あらためて腹部を見下ろした。「ああ」

「結婚指輪をしていないし、盗難車を運転してる。これでつじつまが合うよな」マットはわれながらなぜこの女性をこうも追い詰めてしまうのかわからなかった。真実を隠そうとする人びとへの職業的な好奇心からくる習性なのかもしれない、とマットは思った。あるいはウィネベーゴに戻りたくなくて、時間稼ぎをしているだけなのかもしれない。

「車が盗まれたなんてひとこともいってないわ。そう決めつけているのはあなたじゃないの」

「じゃあなぜ、警察に電話しない？」

女はエジプトの女王のようにマットを見据えた。まるで重い石を運んで女王のためにピラミッドを建設している奴隷でも見るようなまなざしだった。女の態度の何かがマットを苛立《いらだ》たせた。

「ボーイ・フレンドのところへ戻ればいい」

「あくまでその説を引っこめない気ね」

マットは女の表現のなかに知性と超然とした意志の融合を見た気がした。この女性は相手と一定の距離をおくこつを身につけている。そのこつをボーイ・フレンドに対しては使わなかったのは不運なことだ。

誰かに似ているが、誰だろう？　その答えがすぐそばにあるのに、つかみきれない、そんな感じだ。歳はいくつぐらいかな？　二十代の終わりか三十代のはじめといったところか。その態度、ふるまいのすべてが女が特権階級の人間であることを示してはいるのだが、上流階級のメンバーにしては、この状況はあまりに不安定すぎる。

「戻る気はないわ」女はようやく返事をした。

「どうして？」

女はほんの一瞬沈黙した。「彼が暴力をふるうからよ」

これは彼の空想でしかないのか、彼女の言葉のなかにほんのひとつまみのおもしろみを見いだしたのか？　いったいどういうことなのか？「金はあるの？」

「少しだけ」

「少しってどのくらい？」

女はいまだ自尊心を失ってはいない。マットはその根性に脱帽した。「いろいろすみません。でもほんとにあなたには関わり合いのないことだから」

女は背を向けて歩み去ろうとした。しかし彼の好奇心はそれでは満足しなかった。かつて名声を生み出した記者としての勘を頼りに、マットは行動を起こした。女のぶかっこうなバッグのストラップをぐいとつかみ、女を引き戻したのだ。

「おい！」

マットは女の怒りなどおかまいなしに、肩からバッグを取り上げ、なかから財布を引き出した。なかを見ると、クレジット・カードも運転免許証もなく、ただ二〇ドル札が一枚と小銭が少しあるだけだった。「これでは遠くへは行けないよ」

「あなたにそんなことをする権利はありません！」女は財布とバッグをひったくり、歩み去ろうとした。

みずから多大な問題を抱える身としては、それ以上関わらないのが本当なのだろうが、彼の本能が何かを嗅ぎとっていた。「じゃあ、どうするつもりなんだい？」マットは女のうしろから声をかけた。

答えは返ってこなかった。

とつじょとんでもない考えがひらめいた。五秒ほど深く考えて、決意した。「相乗りしたいかい？」

女は歩みを止め、振り返った。「あなたたちと？」

「おれと、このクソガキどもと」マットは彼女に近づいた。「この子たちの祖母の家があるアイオワに向かっているんだ。そっち方面に行くんなら、途中で降ろしてやってもいいよ」

女は懐疑的なまなざしでマットを見つめた。「私を誘っているの？」

「そうだ。だがタダ乗りってわけじゃないよ」

女の表情に警戒の色が浮かんだ。マットは彼女が何を考えているのかはっきりとわかった。しかし、彼の性的関心を呼び覚ます女性のタイプの上位に妊婦は入っていなかった。「ルーシーがおれにかまわないようにしたり、赤ん坊の面倒を見てくれればいいんだ」

これを聞いて安心するると思ったのに、逆に赤ん坊という言葉に、女は身をこわばらせたようだ。「赤ん坊のことは勝手がわからないわ」

「いい勉強になると思わないか？」

一瞬おいて、彼女は自分が妊婦だということを思い出した。大いに喜ぶべきことでも、あまり感情表現しないタイプなのかなとマットは思いはじめた。彼女はしばし考えていたが、やがてその目が興奮らしきもので輝きはじめた。「そうね、いいわ。ええ、喜んで」

彼女の反応にマットは驚いた。この女性には見た目以上の何かがある。そのときふと、自分がこの女性のことは何ひとつ知らないのだということを思い起こした。おれは、サンディの子どもたちとあまり関わりすぎて脳がいかれてしまったんじゃないだろうか。しかしすねたルーシーと泣き叫ぶ赤ん坊を乗せて走るのはもう限界なのだ。それにそれでうまくいかなければ、この女に少し金をやって次に停まった場所で降ろしてしまえばいい。ウィネベーゴに向かいながら、マットは振り返っていった。「ひとつ注意しておくことがある」

「何かしら?」

「ガキどもはふたりとも胃袋がデリケートなんだ」

「どういう意味なの?」

「いまにわかるよ」マットは彼女のためにドアをあけてやった。「きみ、名前は?」

「ネ、ネル。ネル・ケリーよ」

そのためらいがマットの疑念を呼び起こした。きっとボーイ・フレンドは前科者なんだろう。「おれはマット・ジョリックだ」

彼女はうなずいたが、そのようすにはある種の威風が感じられ、その瞬間マットははっと思い当たった。コーネリア・ケース。彼女はファースト・レディに似ているのだ。

おれの頭のなかはきっと有名人のイメージでいっぱいなんだな。初めはルーシーのことをウィノーナ・ライダーに似ていると思ったし、今度はこの女性を見てコーネリア・ケースの妊婦バージョンなんて思っている。たしかに声はそっくりだが、アメリカの誇り高きファースト・レディが妊娠し、無一文になりはてて、ペンシルヴェニアのサービス・エリアで途方にくれている姿など想像もつかない。「コーネリア・ケースに似ているといわれたことはないかい?」

彼女はまばたきした。「いつもいわれるわ」

「声も似ている。でもきみは訛りがあるからな。どこの訛りかな。出身は?」

「キャロライナ、アラバマ、ミシガンにもしばらくいたわ。家族が引っ越しばかりしていたの。だからその影響があるかもしれないわね」

「うん、かもしれないな」ちょうど陽射しが彼女の髪の上を照らし、こめかみ近くの皮膚に小さな茶色のシミがついているのが見えた。ごく最近毛染めをしたばかりでヘアダイが完全に落ちてない、といった感じだ。マットは無意識のうちにこうした細かな情報をすぐに頭のデータにファイルした。ネル・ケリーは不幸な身の上らしいが、それでも時間をかけて毛染めをするだけの虚栄心が残っているということか。こうした鋭い洞察こそ、マットの新聞記事が他《た》より抜きんでているゆえんなのだ。

彼女はいい匂いがした。モーター・ホームに乗りこませるためにそばに近寄ったとき、いいようのない奇妙な感じにとらわれた。もし彼女が妊婦でなかったとしたら、マットは欲望をあらわにしていただろう。考えてみると恋愛から遠ざかってひさしい――マットは結婚雑誌が飛んできたときのことをふと思い出した。性生活はみじめな状態にあるが、痩せこけた妊婦に欲情するほど飢えてはいない。とはいえ彼女にはいわくいいがたい何かがある。

「プリンセス、どうぞお先に」マットは頭を下げた。

「プリンセス、ですって?」はっと頭を上げたニーリーの目に、あの女心をわしづかみにする笑みが飛びこんできて、ふと理性を忘れそうになった。見ず知らずの他人の車に同乗しただけでなく、その他人が自分より一フィートも背が高い男性とは。そしてあの微笑み……好色な感じはないものの、こちらの気持ちを乱すには十分な魅力をそなえている。

「なんか『プリンセス』って感じなんだな」とマットはいった。

ニーリーはどう反応していいかわからないので、落ち着かない気持ちのまま、ただ彼の前を通りすぎて、モーター・ホームに乗りこんだ。自分の決断は衝動的ではあったが、そう愚かなものではなかったとニーリーはモーター・ホームの内部を見まわしながら思った。この男性にはどこか危険なものが感じられるが、女性を凌辱《りょうじょく》して殺害するといった類いの危険ではない。車の盗難のことでも、残って警察の事情聴取に協力してもいいといってくれた。それになにより、これですばらしい冒険を終わらせないですむ。

訛りについての説明はきっと信じてくれただろうと思う。これからは訛りがいつのまにか出たり消えたりすることのないようもっと注意を払わなくてはいけない。それに自分の名前がネル・ケリーだということも胸に刻んでおかなくては。ふと思いついただけの名前だけれど。

赤ん坊は褪《あ》せた青と緑の格子柄のカバーをかけたカウチ・ソファの上でチャイルド・シートに座らされていた。カウチの向かい側、ニーリーの隣りには小さなクッション付き長椅子がある。テーブルの上には口の開いたポテト・チップスの袋、食べかけのドーナッツ、ヘア・ブラシ、ウォークマンが載っている。左隣りには小型の冷蔵庫、そのそばにはクローゼットかバスルームへ入るためのビニールの剝げかかったドアがある。また、ちっぽけなキッチンがあり、バーナーが三個ついたコンロや電子レンジ、シンクが設置されているが、シンクはスタイロフォームのカップやダンキン・ドーナッツの箱などのゴミで散らかっている。

モーター・ホームのちょうど裏側、半開きの引き戸の隙間から重なりあった衣類やらタオルが載ったダブル・ベッドがのぞいている。正面にはドライバー用と助手用のバケット・シートがふたつ並んでいる。

挑みかけるような声がさえぎった。「ここで何してんのよ?」

ニーリーは仕方なくルーシーという名の無愛想なティーン・エージャーのほうを向いた。ルーシーはカウチに座ってぴん入りのグリーン・ピースを赤ん坊に食べさせている。ニーリーの姿を見て気分を害しているのはまちがいない。

ニーリーはマットといい争いをしていたときのルーシーの飢えたような目を思い出していた。きっとほかの女が自分のテリトリーに土足で踏みこむなんて考えるのもいやなことなのだろう。

「便乗させてもらうことになったの」ニーリーは答えた。

ルーシーは怒りに満ちた目でニーリーをにらむと前方の運転席に視線を投げた。「いったいなにごとなの、ジョリック? セックスなしじゃどうにもならないから、彼女を乗せるわけ?」

これは絶対的所有権の主張だ。

「気にするな」マットは道路地図を手にとり、見はじめた。「ルーシーは汚い言葉を使っておれを困らせようとしているんだ」

ニーリーはルーシーをじっと見つめ、先週ホワイト・ハウスで接待したばかりの輝かしいティーン・エージャーたちを思い出していた。全員が全国育英奨学金に選抜された高校生だった。それにしても彼らとこの少女のなんと違うことか。たしかに、ここにはニーリーがあれほど垣間見たいと望んだ普通の生活が存在している。

ルーシーはベビー・フードのびんを置いた。口を緑色にふちどられた赤ん坊はすぐに要求の金切り声をあげた。ティーン・エージャーは立ち上がってどさりとソファに座りこんだ。

「あの子はまだ食べたいんだけど、あたしはもう食べさせるのいやになっちゃった」ルーシーは手を伸ばしてウォークマンをつかみ、ヘッドホンを耳にあて、ソファのすみにもたれた。

マットは肩越しにニーリーを一瞥《いちべつ》し、辛辣《しんらつ》な微笑みを投げた。「任務遂行の時間だよ、ネル」

ニーリーは一瞬、マットが誰に話しかけているのかわからなかった。

「早く出発できるように、赤ん坊の食事を終わらせろよ」とマットはいった。

ウォークマンから聞こえてくる音楽に合わせて頭を振っているものの、油断のないまなざしからルーシーが会話の一語一句に耳をすましていることがうかがえる。ニーリーはある意味で自分が試されているのだという明確な印象を持った。

ニーリーは赤ん坊のほうを向き、またいつもの恐怖を感じた。赤ん坊とよく結びつけて考えられてきたにもかかわらず、彼女にとって赤ん坊のそばに近づくことはまさしく拷問なのだった。この事実も厳密に守られてきた彼女の秘密のひとつだが、彼女が演じつづけてきた偽りのイメージを考えれば、じつに皮肉なことだった。原因を解明するために精神科医にかかる必要はなかった。十六歳のときに撮られた有名な『タイム』誌の表紙の写真を見ただけではわからないが、じつは彼女が抱いていたエチオピアの飢餓の赤ん坊はカメラマンが歩み去ってまもなく死んでしまった。その記憶がいまも頭にこびりついているのだ。

撮影で健康な笑顔の赤ん坊を抱き上げることも多いが、こうした接触はいつも短時間である。逆に彼女が仕事柄たびたび一緒に過ごさなくてはならないのは重病の赤ん坊ばかりなのだ。これまでずっと、未熟児保育器のなかに寝かされた、中毒患者から生まれた心身障害児を見つめたり、エイズの赤ん坊を抱きしめたり、舌を噛みそうな名前の病気に冒された赤ん坊をあやしたり、飢餓の赤ん坊の空疎な目から蠅《はえ》をはらってやったりしてきた。ニーリーの心のなかでは赤ん坊と苦しみは非情なほどに結びついていた。

「少し距離をおいて考えるようにしなければいけないよ」結婚する前、デニスにこうした気持ちを話して聞かせようとしたとき、彼は言った。「そういう子どもたちのためになんとか役立ちたいと願う気持ちが芽生えたら、任務からはずれるべきだ」

だが無垢《むく》な子どもたちの死を見守るという悲劇から距離をおくことなんてできない。赤ん坊たちの腫《は》れた腹部や不自由な肢のイメージが繰り返し繰り返し夢に現われた。赤ん坊はニーリーの贖罪《しょくざい》であり、改革でもあった。彼女はできるだけ多くの機会をとらえ、メディアを通し子どもたちの窮状を世に知らしめるよう部下に指示してきた。これが、彼女が救うことのできなかったエチオピアの赤ん坊の記憶を無駄にしない唯一の方法だったのだ。

代々のファースト・レディには伝統的にそれぞれの主張があった。レディ・バードは野生の花を研究、ベティ・フォードはアルコール・薬物乱用撲滅に尽力し、ナンシー・レーガンは『きっぱりノーといいましょう』という本を書き、バーバラ・ブッシュは読書を奨励した。自身が意図したわけではないが、コーネリア・ケースは世界でもっとも非力な罹災者の守護天使としてのイメージが定着していた。

こうして顔じゅうにグリーン・ピースの汚れをつけ、金髪でブルーの瞳をした元気に泣きわめく赤ん坊を見下ろしながら、ニーリーはただひたすら恐怖を感じていた。彼女の改革が生み出したもうひとつの暗黒面として、彼女が健康な赤ん坊を見ても理由のない恐怖を感じるという現実があった。もし手をふれてこの美しい赤ん坊になにか害を及ぼしてしまったらどうしよう、と感じてしまうのだ。こうした観念は非論理的なものではあったが、自分は赤ん坊の死の天使だと感じてきた感覚が心にしみついており、どうすることもできなかった。

マットの視線が自分に注がれているのを痛いほど感じた。ニーリーはやっとの思いで肩をすくめてみせた。「あ、赤ちゃんはどうも苦手で……。きっとあなたのほうが上手なんじゃないかしら」

「手が汚れると思っているのかい？　忘れているといけないからいっておくけど、手伝うのが便乗の条件だぜ」

もはや自分がマットのいいなりにならなくてはならない状況にあるのはわかっていた。彼女は散らかったモーター・ホーム、無愛想なティーン・エージャー、むずかる赤ん坊を見た。さらにどこか荒っぽい感じを漂わせた大男の広い肩幅、悪魔のような微笑みに視線を向けた。

自分はこんなものをすべて我慢してまで、本気でこの連中と旅したいと思っているのだろうか？

そう、私はそれを望んでいる。

厳しい決意とともに、ニーリーはべたつくスプーンを取り、びんに入れて、それを赤ん坊の口まで運んだ。赤ん坊はグリーン・ピースをむさぼるように食べ、「もっと」というように大きな口を開けた。その目はニーリーの顔を食い入るように見つめている。次のひと口を口に運ぼうとしたとき、赤ん坊がニーリーの指をつかんだ。

ニーリーはひるみ、かろうじて赤ん坊の手を振り払いたいという衝動を抑えることができた。「この子の名前は？」こう訊くのがやっとだった。

「知りたくもないくせに」ルーシーが片側のイヤホンをはずした。「この子、バットという名なの」

「バット？」ニーリーはグリーン・ピースの汚れを顔じゅうにつけた愛らしい顔をじっと見つめた。柔らかな目鼻立ち、健康そうな肌。まっすぐな金髪がタンポポの花びらのようにフワフワと顔を囲んでいる。赤ん坊はにこっと笑って小さな四本の歯をのぞかせ、緑の斑点がある唾の泡を吹いた。

「あたしがつけた名前じゃないのよ」とルーシーがいう。「だからそんな顔で見ないでよ」

ニーリーはかわりにマットを見た。

「おれじゃないよ」

ニーリーは急いで最後のひとさじを赤ん坊に食べさせた。「本当の名前は？」

「まいったな」マットは地図を手に取った。

「たしかあなたはこの子たちの母親の友人と名乗ったわよね。それなのになんでこの子の名前も知らないの？」それにどうしてわが子でもない子どもたちと旅をしたりしているのだろうか？

答えるかわりにマットはイグニッションのキーを回した。

「まだ出発しないわよ、ジョリック」とルーシーがいった。「バットは食べたものをあるていど消化するのに三十分はかかるのよ。そうしないとまた吐いちゃう」

「ちくしょう、こんなことしてたら永久に出発できねえよ」

たとえ相手がどんな汚い言葉を使っていても、ティーン・エージャーの前でこんな言葉づかいはふさわしくないとニーリーは思った。だが、しょせん余計なお世話というものだ。

ルーシーはヘッド・レストをぐいっとつかんだ。「エアコンつけて。暑いよ」

「おまえは『お願いします《プリーズ》』という言葉を知らないのか？」

「あんたは『メッチャ暑い』という言葉を知らない？」

ルーシーの言葉でマットは意地になった。エアコンはつけずエンジンを切ると彼は運転席から立ち上がってキーをポケットにしまい、「三十分後に集合しよう」といってウィネベーゴから出ていってしまった。

モーター・ホームのなかは暑く、ニーリーはルーシーを見て片眉をつり上げた。「すてきな状況だことね」

「あいつ、いかれてる」

「エアコンを切って私たちを置き去りにするなんてね」

「どうだっていいじゃん」

ニーリーがルーシーの年頃だったときは、きちんとした服装をし、世界の指導者たちと礼儀正しい会話を行なうことを求められた。ニーリーにとって、非礼な態度など思いもよらないことだった。ニーリーはいつしかこのティーン・エージャーに惹かれはじめていた。

赤ん坊はべたつく手でふわふわした金髪を汚しはじめている。ニーリーはペーパー・タオルを目で探したが、なかった。「赤ちゃん、どうやってきれいにしてあげればいいのかしら?」

「わかんない。洗面タオルかなにかでいいんじゃない」

「それはどこにあるの?」

「どこかにあるわ。引き出しのなかかも」

シンクのなかで濡れたままおかれている食器拭きのタオルを見つけたニーリーは、ルーシーがしっかり監視の目を向けるなか、赤ん坊の髪を拭きはじめたが、なんのことはない、最初から手で拭いたほうがずっとうまくいくことがわかった。手を動かしながらも、自分に向けられる赤ん坊のよだれだらけの微笑みに目を向けないようにした。ようやく赤ん坊はかなり清潔になった。

「シートから出してしばらくそこらへんをハイハイさせてよ」ルーシーはうんざりしきった声を出した。「少し運動させなくちゃいけないの」

絨毯はあまり清潔とはいえなかった。腸チフス、赤痢、肝炎などの多くの病名が頭のなかを駆けめぐり、あたりを見まわして何か敷くものがないか探した。ウィネベーゴの後部の頭上にある貯蔵庫のなかでやっとキルティングの布を探しだし、カウチとテーブルのあいだの床に広げた。ニーリーはぎこちない手つきでチャイルド・シートのストラップを探り、ほどいた。彼女はいつも子どもを抱き上げるときの習い性で、自分自身を励ました。死なないで。お願い、死なないで。

チャイルド・シートから抱き上げると、赤ん坊は嬉しそうに声をあげた。手の下から温かな充実感が伝わってくる。この至福に満ちた健やかさはどうだろう。ニーリーは赤ん坊をすばやく床に下ろした。赤ん坊は首をもたげてニーリーを見上げた。

ルーシーはウォークマンを聴いているふりすらもうやめてしまった。「毛布のことなんて気にしなくたっていいの。どうせじっとしてないんだから」

たしかに赤ん坊は両手両膝を使ってどんどん前進していく。数秒後には毛布を出てモーター・ホームの前面へ向かっている。

「それほどよくわかっているのなら、あなたが面倒見てあげればいいじゃないの」ニーリーは不作法な態度という珍しい体験を楽しんでいた。自分に不快感を与えるすべての相手にぴしゃりといい返せたらどんなにか気分がいいだろう。

赤ん坊は運転席を支えにして立ち上がり、乾いたグリーン・ピースの汚れがついた片手でバランスを取りながら、脚をグラグラさせて歩きまわっている。

「母親が亡くなって以来私が何をしてきたと思ってるのよ？」

ニーリーははっとした。「お母さんのこと、知らなかったわ。ごめんなさいね」

ルーシーは肩をすくめた。「べつにいいわよ。バット、それは触らないの」

赤ん坊がじりじりと前進し、爪先立ってギア・シフトに手を伸ばそうとしているのが目に入った。赤ん坊は姉のほうを向き、ニッと笑うと拳を口に入れた。

「私はこの子をバットという名で呼ばないわ」

「そしたらこの子、自分が話しかけられているかどうかわかんないじゃない？」

ニーリーは口論に引きこまれたくはなかった。「いいこと考えたわ。もうひとつ名前をつけてあげればいいのよ。ニック・ネームをね」

「どんなニック・ネームよ？」

「そうねえ、マリゴールドなんてどうかしら」

「なんかダサイ」

「野暮ったいかもしれないけど、バットよりはいいんじゃない」

「ほらまたやってるわよ。もうあっちへ連れてってよ」

ニーリーはティーン・エージャーからいちいち命令されることにうんざりしてきた。「あなたはこの子の行動パターンを熟知しているようだから、あなたが見守ってあげるほうがいいわね」

「ああ、そう」ルーシーはばかにしたように言った。

「私はそれが一番だと思うの。あなたは明らかに赤ちゃんのこと扱い慣れているわ」

ルーシーの顔がメイクの下で紅潮した。「違う！　あたしは騒々しいこのチビにもう我慢できないのよ！」

ニーリーはティーン・エージャーの顔を間近で見つめた。そんなに赤ん坊が嫌いなら、ルーシーはどうしていつも赤ん坊から目を離さないのだろう？

バット——いやマリゴールドはまたしてもギア・シフトに手を伸ばしている。ニーリーは赤ん坊に駆け寄り、脇の下に手をすべりこませ、カウチのそばまで運んで立たせた。赤ん坊は片手で体を安定させ、首を伸ばして姉のほうを向いた。姉は断固無視を決めこんでいる。

赤ん坊は気づいてもらおうと、要求めいた金切り声をあげた。

ルーシーは前屈みになり、大きな爪先の青いマニキュアをつついている。

赤ん坊はもう一度金切り声をあげた。さらにけたたましい声だった。

ルーシーは無視を続ける。

また鋭く高い声。さらに騒々しい声。

「やめなさい！　やめなさいったら！」

姉の怒りを見た幼い妹の顔がゆがんだ。目に涙があふれ、下唇が震えた。

「…ったく！」ルーシーはさっと立ち上がり、大股でモーター・ホームを出ていってしまった。あとにはニーリーと悲嘆に暮れた赤ん坊だけが取り残された。

「エンジンから聞こえるノック音が大きくなってくるのは気のせいだっていってくれよ」マットは助手席に座るニーリーをちらっと見やった。走りだして約一時間になるが、マットは何か一心に考えこんでいたらしく、これが初めての言葉だった。

「気づかなかったわ」ニーリーも走りすぎる田園の風景を楽しむのに忙しかった。

「停まろうよ。あたしモールに行きたい」

「この近くにモールはないと思うわ」とニーリーは答えた。

「ていうか、なんであんたが知ってるわけ？　それよか、あたしに運転させてよ。これなら運転できるんだ」

「静かにしろよ」とマット。「バットが目を覚ますだろ」

赤ん坊はチャイルド・シートでぐっすり眠りこみ、ニーリーもやっとほっとしていた。

「あの子の名前はマリゴールドよ」

「あほらしい」マットは小形の冷蔵庫から出しておいたルートビアーに手を伸ばした。これまで観察したところでは、マットにはややルートビアーの嗜癖《しへき》があるようだ。

「そんな名前、バットも気に入らないんじゃないの」とルーシーがいった。「まあでも、あの子にとっちゃ名前なんてどうでもいいことかな」

ニーリーは本当の自分を二〇マイルの後方に捨て去ってきた。

「私がつけた名前だから気に食わないってことでしょ」相手が気分を損ねそうな言葉を口にする、この気分のよさ。ニーリーは胸のすくような快感を味わっていた。上院議員にこんな言葉をかけることができたらどんなにいいだろう。「先生って口臭まで政治臭いんですね」ルーシーが「メイベル」と呼ぶモーター・ホームに静寂が訪れていた。この壊れかけたモーター・ホームの名前ですら、赤ん坊の名前よりはずっとましというものだ。

エンジンからの雑音に耳を傾けるため首を横に向けつつ、マットの目は前方の道路をにらみつけていた。ニーリーは好ましからざる道連れにもかかわらず、この旅を楽しんでいる自分に気づいていた。素晴らしい夏の日。今夜はレセプションも晩餐会もない。来賓歓迎の列で果てしなく握手した手の痛みを除こうと、氷で冷やすこともないのだ。

握手を繰り返して起きる痛みは政界の中心に身を置く者の悩みの種である。歴代大統領のなかにはそれを避けるため独自の方法を考えだした人もいる。ウードロー・ウィルソンは中指を下げ、人差し指と薬指をその上で交差させ、相手がしっかりと手を握れないようにした。ハリー・トゥルーマンはまず相手の拳をつかみ自分の親指をたがいの親指、人差し指のあいだにすべりこませ、圧力をコントロールした。ウィリアム・マッキンレーの妻アイダ・マッンキンレーはまるきり握手をしなくてすむよう、いつも花束を抱えていた。美人だが気取り屋だったアメリカ第五代大統領の妻エリザベス・モンローはさらに上手《うわて》だった。そもそもホワイト・ハウスに住まなかったのである。

著名人たちは儀礼的な場面における苦痛を緩和するためにさまざまなかたちでささやかな

工夫をこらしている。ニーリーが好んで実行するやり方はエリザベス女王陛下から学んだものだ。退屈な会話から救い出してほしいとお付きの者に伝えるのに、右腕にかけたハンドバッグを左に持ち替えるのだ。

「モールに行きたい」

こんなときこそ例のハンドバッグがあればいいのに。「ウォークマンでも聞いていればいいじゃない？」

ルーシーはポテト・チップの袋を放り投げた。「もう飽きたよ。なんかおもしろいことしたい」

「本は持ってないの？」

「あたしは学校行ってないの。本なんて読むわけない」

マットがにやりとした。「そうだよ、ネル。こいつが本なんか読みたがるわけがないだろ」

子ども時代のニーリーにとって書物は忠実な友だったし、読書を楽しめない人間など想像もつかない。世の親は旅行中どうやって子どもたちを楽しませてやるのだろう。アメリカ合衆国のファースト・レディ――いわば国の象徴的な母親――でありながら何も思い浮かばなかった。

「絵を描くのはどう？」

「絵？」まるでネズミの死体で遊べとでも勧められたような答え方だ。

「クレヨンはないの？　色鉛筆とか？」

ルーシーはフンと鼻を鳴らすと足の爪先のマニキュアをつつきはじめた。

マットはおもしろがるようにニーリーを一瞥した。「二十一世紀なんだぜ、ネル。クレヨンだの色鉛筆なんて古臭いよ。ハンドガンやドラッグがほしいかって訊いたほうがいい」

「そんな冗談ちっともおもしろくないわ」

「おもしろいわよ」と爪先を見ていたルーシーが目を上げた。「やっとおもしろいこといったわね、ジョリック」

「まあな。おれほんとはジム・キャリーなんだ」

ルーシーはカウチを離れた。「どうしても停まらなくちゃ。おしっこしたい」

「トイレがあるだろ。それを使えよ」

「ダメ。汚れてる」

「なら、掃除しろ」

ルーシーは軽蔑するように口をゆがめた。「なーんかさ」

マットはニーリーを見やった。「掃除しろよ」

ニーリーもマットに目を向けた。「なんだかね」

ルーシーはクスクス笑い、ニーリーもこのやりとりに思わず微笑んだ。

「座れよ」マットがルーシーに命令した。「座ってシート・ベルトをつけろ。カウチにはベルトがついてる。ちゃんと使え」

ルーシーはウォークマンをつかむとモーター・ホームの後部に移動しダブル・ベッドにど

さりと座るとヘッド・レストをつけ、音楽のリズムに合わせて拳で壁をたたきはじめた。

「たいした女の子よ」とニーリーはいった。「これならきっと刑務所に入ってもうまく立ちまわれるわ」

「あいつが赤ん坊を起こしたら殺す」

ニーリーはマットをまじまじと見た。「子どもたちと旅をした経験はないけれど、子どもたちが飽きてしまわないように、やっぱり頻繁に車を停めなくてはいけないんじゃないのかしら。景色のいいところとか遊戯施設とか動物園とか」

「ヘビ園の標識を見つけたらすぐ教えてくれ。三人とも降ろしてやるよ」

「あなたってすごく偏屈ね」

「そういうきみは財布に二〇ドルしかなくて車を盗まれたにしては妙に陽気だよな」

「盗まれたというわけじゃないわ。それに物質の所有なんて、精神の高揚にとって障害以外のなにものでもないわよ」

「そうかい」

「ルーシーからお母さんが亡くなったって聞いたけれど、いつのことなの？」

「六週間くらい前だ。とにかくイカれた女だったよ。飲酒運転であの世に行っちゃったんだ」

「この子たちの父親は？」

「それをいうなら、父親たちだよ。ルーシーの父親は行きずりの男。赤ん坊の父親は最後の彼氏。サンディと一緒に死んだんだ」

「だからあんなに反抗的なのね。お母さんの死をなんとか乗り越えようとしているのよ」

「おれはそうは思わないね。きっとルーシーのなかでは母親はずっと昔に死んでいたんだと思うよ。あいつはただ怖いだけで、ただ他人にそれを悟られたくないんじゃないかな」

「子どもが苦手だというあなたが、それほどあの子たちのことを深く観察してあげているなんてご立派だわ」

「このチビッコどもになんの問題もないさ。丈夫なコンクリート・ブロックだろうと深い湖だろうとこいつらには歯が立たないんだから」

ニーリーは微笑みを浮かべていた。彼女には誰もが最高の笑顔を向ける。陽気なあまのじゃくに囲まれるのもたまには悪くない。「あなたは生活のために何をしているの？　自分の子でもない子どもたちを連れて車を運転していないときは、って意味だけど」

マットはルートビアーをひと口飲み、缶を下に置いてから答えた。「鉄鋼所で働いてる」

「どこの？」

「ピッツバーグ」

ニーリーはシートにもたれ、すっかり普通の人間のようなおしゃべりを楽しんでいた。

「鉄鋼業の仕事って楽しい？」

「うん。すげえ楽しい」マットはあくびをしながらいった。

「そこでどんなことをしているの？」

「あれやこれやいろいろ」

「日本製品との競争にもかかわらず、鉄鋼業が復興しつつあるのはすごいことだわ。でも現在では鉄鋼業をリードしているのがペンシルヴェニア州じゃなくてインディアナ州だというのは意外ね。それにペンシルヴェニアって二位でもないのよね」

マットがしげしげと見ている。ニーリーは自分をさらけだしすぎたと気づき、「『ナショナル・エンクワイアラー』で読んだの」と慌てていった。

「『ナショナル・エンクワイアラー』？」

「『フィラデルフィア・エンクワイアラー』だったかも」

「ふうん」

刺すような怒りがニーリーの心を突き抜けた。長年自分の発言の一語一句に注意を払ってきたのだ。そんなことをいまはしたくない。「細かいことをよく覚えるたちなの」とニーリーはごまかした。「どうでもいいことをよく知ってるのよ」

「車のキーのことは覚えてられなくてあいにくだったね」マットはまたルートビアーをグイと飲んだ。「じゃあ、ペンシルヴェニアは第三位なの？」

「じつは第四位なの。オハイオとイリノイの次」

「そりゃいいや」マットはあくびをした。

「私に運転を替わってはしい？　そうすればあなたも少し眠れるわよね」

「そもそもきみはこういう車を運転できるのかい？」

ニーリーは戦車を運転したことはある。どちらもアメリカとロシアが共同開発したものだった。「似たようなものはね」

「じゃあ替わってもらいたいな。夜、寝られなかったんだ」マットは車のスピードを落とし、路肩に停車した。

「どうしたのよ？」ルーシーがうしろから声をあげた。

「おれはひと寝入りする。おまえ、ここへきてしばらくネルをいびってろよ。そしたらおれがベッドを使えるからさ。ネルにお得意の汚い言葉でも伝授してやればいい」

「ふたりとも静かにしてちょうだい。バ……マリゴールドが目を覚ましてしまうわ」

マットが運転席を離れると、ルーシーが前に来た。そしてまもなく車は発車した。数マイルがすべるように過ぎていったが、景色を楽しむどころか、気づけばニーリーの心はホワイト・ハウスに飛んでいるのだった。

大統領執務室の高い窓を突き抜けて入ってくる遅い午後の陽射しが秘密検察局フランク・ウォリンスキー局長のピカピカの靴に降りそそいでいる。彼は十九世紀風景画の近くにある名匠ダンカン・ファイフ制作の椅子に腰かけた。大統領最高顧問は執務室の壁龕《へきがん》つきの内扉のそばに立っており、ジェームズ・リッチフィールドはペディメントつきの外扉のそばに置かれた椅子に腰かけている。ウォリンスキーのライバルともいうべきＦＢＩとＣＩＡのトップはカウチにならんで座っている。彼らの直属の上官である司法長官、財務長官は下々の行動に対してはあくまで傍観の立場をとるのだとでもいわんばかりに、グループの端に座っていた。

ＦＢＩ長官ハリー・リーズ、ＣＩＡ長官クレメント・ストーンはウォリンスキーの報告の内容をすでに把握していた。チーフ・スタッフがコーネリア・ケースの失踪に気づいて以来ここ二十八時間というもの、三人はコンスタントに接触してきた。この会合を招集したのは大統領だった。

レスター・ヴァンダーヴォートがデスクの前の大統領の紋章が大きく描かれた敷物の上を歩いてきたので、ウォリンスキーは思わず腰をずらした。この部屋を支配する緊張は堪えがたいものだった。彼は大統領暗殺事件の結果として行なわれた各政府機関の人事刷新によって六カ月前に財務省秘密検察局局長に就任したばかりだったが、その地位は早くも危うくなっている。史上初めてファースト・レディを失踪させた秘密検察局の局長として歴史に名を残すなんて、考えるのもいやだった。

「とにかく報告を聞いてみようじゃないか」大統領が厳しい声でいった。

「そうですね」

ウォリンスキーが汗をびっしょりかいていることは誰の目にも明らかで、彼がこの切迫した状況をどう乗り越えるのかが見ものだった。「二時間前にわれわれはペンシルヴェニア州警察がジミー・ブリッグスという男をしょっぴいたという報告を受けました。逮捕の理由は武装強盗の容疑であります。逮捕時ブリッグスはデラ・ティムズという名で登録された青のシボレー・コルシカを運転していました。シボレーにはロックヴィルの中古車ディーラーのかりのナンバー・プレートがつけられていました」

ワシントンDC郊外の土地の名が出てきたので、ウォリンスキーの報告に初めてふれた連中の緊張はいっそう高まった。

「推測するかぎりではデラ・ティムズという人間は実在しないようです」

「しかしそれもまだ確実な情報ではない」

この情報が確定的なものになるにはいましばらく時間を要することは、CIA長官クレメント・ストーンもよく承知しており、こうした発言によって責任回避のために自己擁護するのが彼のやり方なのだった。ウォリンスキーは苛立ちを見せまいとした。「その点はいま確認中です。このディーラー・ショップは法的手続きがいいかげんということで有名な店でして、セールスマンはやはり運転免許証をチェックしなかったそうです。彼に訊いたところ、ティムズという人物はカールの強い白髪頭のひどく痩せた老女だったそうですが、それにしては妙に肌が滑らかだったとも述べています」

ウォリンスキーは聞き手それぞれに推断してもらうため、しばし間《ま》をおいてから話しはじめた。「ミセス・ケースがホワイト・ハウスを抜け出すのにいくつかの変装を用いたことは確かですし、タイミングもぴったり合います」

「彼女が変装していたというのは、あくまできみの推論なのだろう?」リッチフィールドが厳しく反論した。「私の娘が強要され連れ出されたのではないとする確たる証拠はいまのところ何もないのだ」

ウォリンスキーは常づねジェームズ・リッチフィールドに反感を抱いていたが、今回ばかりは同情を禁じえなかった。元副大統領の娘への寵愛《ちようあい》ぶりはワシントンではつとに有名だった。「証拠を見るかぎり、ファースト・レディがみずからの意思でホワイト・ハウスを出たことは明らかです」

大統領はウォリンスキーを厳しい表情でにらみつけた。「彼女がみずから老女に変装し、こっそりホワイト・ハウスを抜け出て、どうにかしてメリーランドまでたどりつき、車を購入した、ときみは考えるわけだな。もう少しくわしい情報を集めたほうがいい」

「すでに集めてあります。ペンシルヴェニア警察はシボレーのトランクから一万五〇〇〇ドル入りの封筒を発見しています」ウォリンスキーは報告のなかの次のくだりを口にするのはさすがに気が進まなかった。「また袋に入った女性用衣類と洗面用品も発見されています袋のひとつには白髪のかつらが入っていたそうです」

「なんてことだ」はっと立ち上がったリッチフィールドの表情は苦渋にみちていた。

「関連がない可能性もあります」ウォリンスキーは急いでいった。「しかしわれわれは現在ホワイト・ハウスのセキュリティ・テープをくわしく調べており、当日の午前中ツアーで入館したすべての高齢の女性のクローズアップ映像を取り出している最中です。結果は数時間以内に出るはずです」

大統領はののしりの言葉をつぶやき、リッチフィールドは文字どおり顔色を失っていた。

ふたりの心中は手にとるようにわかるだけに、ウォリンスキーは慌てて言葉を添えた。「暴力の形跡はまったくありません。ジミー・ブリッグスによると、車に入ったときキーがイグニッションに差しこまれたままになっており、運転者の顔も見ていないそうです。車はいま鑑識にまわされるところです」

「地方にはどういう説明をしたのだ？」ホワイト・ハウスの情報漏洩に対して偏執的なほど神経質だとされる大統領最高顧問が初めて口を開いた。

「型どおりの調査だと伝えてあります。大統領を恐喝する変質者からの手紙を受け取り、当局としては、その車の元の所有者からのものだという可能性があると見ているといってあります」

「連中はその話を信じているのか？」

「どうやら」

大統領の顧問は首を振った。「いままでのところ漏洩はないが、長期間となると無理だと思う」

リッチフィールドはとつじょ声を荒げた。「なんとしても秘密は守らねばならん！　もし娘の失踪がマスコミの知るところとなれば……」途中で言葉がとぎれた。だがそのあとを口にする必要はなかった。

「エージェント数名をペンシルヴェニアに向かわせました」とウォリンスキーがいった。

「まだそれでは不十分だ」大統領の鋭い視線がウォリンスキーと、ＦＢＩ長官ハリー・リーズをとらえた。「私としては今回の事件に対応すべく、特殊チームの連合による特別調査団を編成してほしいと思っている。ＦＢＩと秘密検察局からそれぞれエージェントを選び出して組ませる。それも精鋭中の精鋭をだ」

エージェントをこんなふうに組ませるというアイディアに、ウォリンスキーはこれ以上驚愕《きょうがく》と狼狽《ろうばい》を感じる人物は自分とハリー・リーズ以外にいるはずがないと思った。「しかし――」

「大統領、当方の言い分も聞いていただきたいのですが……」

「黙って実行しろ」大統領の視線は今度は司法長官と財務長官をとらえ、ふたたびウォリンスキーとリーズに戻った。「きみたちの任務についてはよく承知しているし、ミセス・ケースの失踪に関してはどの機関にも重きを置くつもりはない。各機関がぬかりなく連携してことに臨むことを強く希望する。よって合同チームの組織により、総責任者は私ということになる。みなわかったかな？」

「承知しました」

「承知しました」

「よし」大統領は目を細めた。「さあみな一刻も早く仕事に取りかかったほうがいい。ここでひとこと明言しておくが、コーネリア・ケースの居所が早期に突きとめられなければ、いまここの部屋にいる人間のうち何人かは更迭されると思ってほしい」

6

「マー、マー、マー」

マットは便所の掃除をしている夢を見ていた。夢が先に進み、一匹の邪悪な顔をした子猫が現われ、彼の腕に鋭い爪を立てた。マットはゆっくりと片方の瞼《まぶた》を開け、次にもう片方の瞼を開いた。マットは思わず目をパチクリした。子猫はいない。そのかわり、ベッドの端から赤ん坊の天使のようにあどけない青い目がのぞいている。

「マー、マー、マー、マー、マー!」赤ん坊の爪がマットの腕に食いこむ。細くまばらな金髪がもつれて頭の片側に寄り、ぽっちゃりした頰にはしわがついている。また、瞳は輝き、強烈な臭いがして、いつパーティが始まってもいいほどだった。「マー!」

「おい、相手が違うぞ」マットは赤ん坊から逃げるように寝返りを打って、あお向けになり、モーター・ホームの天井をじっと見上げた。車は動いていない。それが証拠に赤ん坊が動きまわっている。「ネル! ルーシー! バットのおむつを替えなきゃだめだぞ」

反応がない。

「ダー、ダー!」

マットは跳ね起きるとベッドから出て、身震いとともに髪をかきむしった。ダディといってるのか？　そしてＴシャツのうしろの片端をジーンズのなかに押しこむとウィネベーゴのフロントへ向かった。絶えず首をひっこめなくてはならないので、首に折りひだがついてもおかしくないくらいだ。ルーシーの姿は見えなかったが、ネルは助手席で両足をダッシュ・ボードに載せて座っており、その顔には純粋に満ち足りた表情が浮かんでいた。マットはふと気づくと立ち止まったまま彼女をじっと見つめていた。

遅い午後の陽射しが彼女の顔を陶器のように見せ、あたりには何かこの世ならぬ美しさが漂っていた。

振り返った彼女はマットがじっと視線を注いでいるのに気づいた。ダッシュ・ボードの時計をちらりと見たマットは自分がかなりの時間眠っていたことを知った。

「赤ん坊が野放しになってるよ」

「わかっているわ。少しは運動させなくちゃね」

ドアが大きく揺れて開き、ルーシーが戻ってきた。「森をじっくり見るなんて、これが最初で最後よ」

「じゃあ、トイレをお掃除してちょうだい」ネルがいった。

マットは何か脚にひっかかるもの、プンとくる臭いを感じた。下を見ると赤ん坊が彼のジーンズにぶらさがっているのだった。赤ん坊はよだれだらけの口でニコニコ笑いながら、マットの脚を支えにして跳ねはじめた。

のかもしれない。
おれはひょっとして気づかないうちに死んだのではないだろうか。まさしくここが地獄な
「ダー、ダー、ダー！」
「そんなことといってちゃだめ」ルーシーは妹の腕をとるとマットから引き離し、ひざまずく
と赤ん坊を注目させようと、小さな顔を両手ではさんだ。「どうせいうなら、もうちょっと
アホなことをいうのよ。アホをね」
ネルも作法などどこかにふっ飛んでしまい、慎重に赤ん坊を抱き上げておむつ替えのため
にカウチに運びながらも、おもしろがっている自分を隠そうともしなかった。「あなたには
大変なファン・クラブがついてるのね」
マットは新鮮な空気が吸いたくなった。「数分で戻ってくるけど、おれを置いていくんな
らどうぞご自由に」
戻ると悪魔っ子はしっかりとチャイルド・シートにつながれ、ネルが運転席に座っていた。
「おれが運転するよ」とマットがいった。
ネルは車を道路に出した。「すぐ替わるわ。夕食をとるところを探すのよ」
「まだ六時前だよ」
「ルーシーがおなかすいたって」
彼はティーン・エージャーのほうに顔を傾けていった。「ポテト・チップでも食ってろよ」
「私も空腹なのよ」とネルがいった。「それにマリゴールドにもきちんとした食事をさせな

くちゃ」

「その名前で呼ぶのはやめてよ！」ルーシーが声を大にして主張した。「この子絶対気に入ってないって。絶対嫌いだよ」

「車を路肩に寄せろよ」マットが命令した。

「もうちょっと先で。標識では一・五マイルってなってるわ。『ペグおばさんの美味しいお店』ですって」

「きっとこの先に四つ星レストランがあるぞ」

「鉄鋼労働者なのに四つ星レストランにくわしいの？」

「型にはめるなよ」

「型になんて全然とらわれてはいないわ。だからこそ私、無職なのよ」

ネルは絶望に打ちひしがれているはずの人間にしては妙に楽しそうだった。本当の職業を打ち明けたら、どんな反応を示すのかな、とマットは思った。昔はジャーナリストという身分を明かすのが好きだったが、ここ数年ははぐらかすようになってしまった。それだけとってもバイラインを辞めるには十分な理由になった。人は自分の仕事に対し誇りを持つべきなのだ。

「ほら見て！　あそこでピクニックしているわ！」ネルはスピードを落とし、道の端に車を停めて、古いステーション・ワゴンの後尾扉を下げてサンドイッチを食べている四人家族をしげしげと見つめた。青い目が嬉しそうに輝いた。「なんだかとっても楽しそう。ああいう夕食もいいわね！　道路脇でもピクニックができるのよ」

「ダメ。おれはもうペグおばさんの美味しいお店に心を決めた」

「ピクニックなんかサイテーだよ」ルーシーがぼやいた。

「ふたりとも精神安定剤でも飲んだほうがいいかもしれないわね」ネルはきっぱりといった。

「ぼろいステーション・ワゴンのうしろでほこりまみれのサンドイッチを食べさせられるとしたら、きみの子どもに同情しちゃうよ」

ネルは前方の道路を見つめながらいった。「聞こえない。楽しい言葉しか聞こえない」

マットは微笑んだ。このオメデタ・レディはたしかにものごとを楽しむ達人だ。


ペグおばさんのフラミンゴ・ピンクのTシャツとレギンス、ピカピカ光るイヤリングにネルは大喜びだった。それを身につけているのは、丸まる太った真鍮《しんちゅう》色の髪をした四十過ぎたばかりの女性。模造の松材の羽目板、食事スペースとレストランの入り口を分けているつい たてのプラスチックの花、長いフォーマイカ樹脂製のカウンターには黒いビニールのスツール。たしかにペグのレストランはニーリーが一度として目にしたことのない類いの場所だった。なんとかいいくるめてルーシーに赤ん坊を運ばせることができて、ネルはほっとしていた。マリゴールドのおむつ替えのとき、元気いっぱいの活発な動きを手の下に感じて大変だった。自分が何か害を及ぼしてしまったのではないかと思えて恐ろしかったのだ。

一連隊が店に入っていくと、ペグおばさんがレジから出て会釈した。「いらっしゃいませ。

喫煙席にします？　それとも禁煙席？」

「喫煙」とルーシーがいった。

「禁煙」とマット。

「なんておもしろみのないやつ」ルーシーの顔にはそう書かれていた。

マットが意図を感じさせるキラキラした目でカウンターを眺めるのをネルはじっと見守っていた。「そんなこと考えたりしないで」ネルは大急ぎでいった。「私たちと同じ席に座るのよ。そうじゃないと、マリゴールドをひもでゆわえてあなたの隣りのスツールに座らせちゃうわよ」

赤ん坊が嬉しそうに歓声をあげた。「ダー、ダー、ダー！」

「あれ、やめさせてくれないかな」マットがうなるようにいった。

「アホ、アホ、アホ」ルーシーが赤ん坊の頭に向かっていった。

マットは溜め息をついた。

ニーリーは声をあげて笑った。どう見ても最高とはいえない旅の道連れなのだから、こんなに楽しいはずはないのだが、彼らと一緒にいるとこれぞ本当のアメリカの家族なんだという気がしてくる。全員がみごとなほどズレているのだ。

マットが鼻をフンフンと鳴らし臭いをかいだ。「おむつ替えたばかりだっけ？」

「おむつ替えがあんまり楽しかったから、もう一度リクエストしてるんじゃない」

ニーリーはルーシーの顔をひと目見ただけで、おむつ替えをやってほしいと説得するチャンスはないと悟った。ネルは仕方なく赤ん坊をモーター・ホームに連れていった。

席に戻るとマットとルーシーがボックス席に座り、ルーシーがマットをにらみつけているのが目に入った。何があったの、などと尋ねる気はなかったが、いずれにしてもルーシーのほうから言ってくれた。

「ビールを注文しようと思ったのに、ダメだっていうの」

「なんて残酷な仕打ちなのかしらねえ」ニーリーはテーブルの端に置かれたハイ・チェアを見て眉をひそめた。この椅子にいったい何人の子どもが座ったか、その子どもたちがいったいどんな病気にかかっていたかわからないではないか。ニーリーは消毒薬を持ってこさせようと、あたりを見まわしてウェイトレスを探した。

「どうした?」マットが尋ねた。

「このハイ・チェア、あまり清潔とは思えないわ」

「清潔さ。赤ん坊を座らせなよ」

ニーリーはためらったが、仕方なく身をくねらせている赤ん坊をそっと椅子に下ろした。

「いい子だから、病気にならないでね。お願いだから病気にならないでちょうだい」

ニーリーがぎこちない手つきでトレイを元の位置に戻そうとしていると、ルーシーがそれを押し退けてすませてしまった。「あんたはいちいち感傷的になりすぎるの。生まれてくる子どもが気の毒だよ。ほんと気の毒」

「お黙り」とくに感情をこめていったわけではないが、ニーリーはじつに気分がよかった。

ニーリーはおまけのようにもう一度繰り返した。

「まだ悪口をいうだけの余裕はあるみたいね」ニーリーはいい返した。ああ、なんて楽しいの。

「失礼ね」

「お黙りなさい」

マットはおもしろがっていた。マリゴールドは姉の注意を引こうとして、ハイ・チェアのトレイをパチパチとたたいている。「マー、マー、マー!」

ルーシーは顔をしわくちゃにしながらいった。「あたしはあんたの母親じゃないのよ。お母さんは死んじゃったの」

ニーリーはマットに視線を投げたが、彼はすでにメニューに見入っていた。「ルーシー、お母さんのこと、本当にお気の毒だわ。私も母を亡くしたの、とても幼い頃に。お母さんの話がしたくなったら、いつでも私に――」

「話したいと思うわけないでしょ」ルーシーは顔をしかめた。「あんたのこと知りもしないのに」

「ネルはおまえをもう理解しているよ」とマットはいった。

白髪頭のウェイトレスが現われ、鉛筆とメモを持ってかまえている。「もうご注文決まりました? おや、チビちゃん。なんて可愛い赤ちゃんだこと。いくつ?」

ニーリーにはわからなかった。

「四十七よ」ルーシーが切り返した。「じつは小人なの」

「こいつのことは無視してください」マットはウェイトレスにいった。「これから法に触れるほど態度の悪い人間を更生させる施設に入れられようとしているから、いらついてるんですよ」

ウェイトレスはわけ知り顔でうなずいた。「十代の頃はなにかと親に逆らうものですよね」

マットは間違いを正そうとしたが、いっても詮ないことと納得したようだ。「ぼくはチーズ・バーガーとフライド・ポテト。あと、なんでもいいから生ビール」

「不公平じゃない！」ルーシーがぶつぶついった。「あんたがビール飲めて、どうしてあたしはだめなのよ？」

「おまえが歳とりすぎてるから」マットはメニューを投げ出した。

ニーリーは笑っていたが、自分の注文に注意を向けた。自分がひどく空腹なのはわかっていた。「フライド・チキンにマッシュド・ポテト、インゲンを添えて。サラダにブルー・チーズのドレッシングを」

「ベーコン・サンドイッチ」とルーシーがいった。「レタス抜き。トマト抜き。マヨネーズも抜き。白いパン。あと赤いゼリー」

「ライムしかありません」

「サイテー」

赤ん坊はトレイをたたいて要求めいた金切り声をあげている。自分の声から生じるその響きがよほど気に入ったとみえ、赤ん坊はまた金切り声をあげた。

ウェイトレスは寛大にうなずいた。「この小さな天使ちゃんには何をお持ちしましょうか?」

マットがフンと鼻を鳴らした。

赤ん坊がびん入りベビー・フード以外に何を食べるのか、ニーリーには皆目わからなかったので、またしても助けを求めてルーシーのほうを向くしかなかった。

「インゲンとごく少量の鳥肉をフォークですりつぶしてくれればいいわ。インゲンにはバターをかけないでね」ルーシーはウェイトレスにいった。「それと食事が来るまで間を持たせるのにクラッカーとアップルソースを持ってきて」

「スクランブル・エッグとか食べやすいものはどう?」ニーリーは何か役に立てないかと口をはさんだ。

「赤ちゃんは、一歳まで卵の白身を食べさせちゃいけないの。そんなことも知らないの?」

ウェイトレスはニーリーのことを今世紀最悪の母親と見たのだろう、かなり長いあいだじろじろと見ていたが、やがて背を向けて行ってしまった。

「ブー、ブー、ブー!」赤ん坊は声のかぎりに叫んでいる。「ガー!」

マットはずらりとスツールの並ぶカウンターをあこがれのまなざしで見つめた。

「そんなこと考えるのもやめて」ニーリーがいった。

「赤ん坊、声がでかいんだよ」マットはぼやいた。「なんであんなうるさい声を出さなきゃならないんだ?」

「あなたのまねをしているのかもしれないわよ」マットの声はうるさくはなかったが、体の他の部分と同様、声自体が大きいのだった。

ルーシーはいたずらっぽい笑いを浮かべ、赤ん坊にスプーンを手渡した。赤ん坊はそれをただちにハイ・チェアの上で強くたたきはじめた。近くのボックス席の若いカップルが、こちらを見て騒音に眉をひそめた。ニーリーはそっとスプーンを取り上げた。

それが大きな誤りだった。

赤ん坊は火がついたように泣き出した。

マットがうなり声をあげた。

ルーシーは満足げだった。

ニーリーは大急ぎで赤ん坊にスプーンを返した。

「ガー！」

「悪態をつくのはやめなよ、バット。ジョリックが困るからさ」

「頼んだビール早く持ってきてくれないか」マットはウェイトレスに声をかけた。

まもなく料理が来た。ニーリーはペグおばさんの料理を子どもたちに邪魔されず楽しもうと、ひたすら食事に没頭した。ニーリーはこれまで、世界じゅうの有名レストランで食事をしたけれど、トゥール・ダルジャンからレインボー・ルームまで、ここほど情緒的な雰囲気の店はひとつもなかった。ニーリーは勘定書が来てようやく自分が問題を抱えていることを思い出した。

「マット、お金を貸してくださるとありがたいんだけれど。少しのあいだだけ。自分の食べた分は自分で払いたいし、洋服も必要になるでしょうし、その他にもこまごました物もいるわ。五〇〇ぐらいあればなんとかなるわ」

マットはニーリーの顔をまじまじと見た。「五〇〇ドル貸してくれというのかい？」

「絶対返します。約束するわ」

「ほんとに？」

コーネリア・ケースの言葉を疑う人間がいるなんて想像もつかない。ただそれがコーネリア・ケースではなかったら話は別だ。彼女はネル・ケリーという名の放浪の妊婦なのだ。それだけにマットのいい分はもっともだと思った。「本当に返すわ。お金はあるの。ただ、いまのところ手元にないだけ」

「ふーん」

この件は厄介なことになりそうだった。身分を明かせないからクレジット・カードは持ってきていないが、どうにかして金を手に入れなくてはならない。

「五〇なら貸してもいいよ」ルーシーがいった。

ルーシーの気前のよさにニーリーは驚いた。「ほんとに？　ありがとう」

「いいよ」遅まきながらニーリーはティーン・エージャーの目に光る抜け目なさに気がついた。「ただ、なんでもあたしのいうとおりにすればいいのよ」

五〇ドルではわりに合わない。

「おれが五〇ドル貸すよ」マットがしぶしぶいった。

ルーシーが鼻で笑った。「あたしから借りなよ。あたしは服を脱げとはいわないから」

「くだらんことばかりいうやつだよ」とマットがいった。

「あんたが彼女のことじっと見ていたのを知ってるのよ。彼女は見られているのに全然気づいていなかったけどね」

「彼女がコーネリア・ケースに似ているから見ていただけだ」

「似てないよ」

悪魔に押されるようにニーリーはいった。「似ているってよくいわれるわ」

「願望でしょ」とルーシーがいった。

「お楽しみのところ残念だが」マットが立ち上がった。「そろそろ出発しないと」

「バット、まだ食べ終わったばかりじゃん」ルーシーが気づかせようとしていった。

「いちかばちかやってみようじゃないか」マットがぴしゃりといい返した。

ものの三十分もしないうちに、赤ん坊の乗り物酔いの最新エピソードは更新され、ニーリーはあと片づけをしながら「口でいうのは簡単よ」と心で思った。ホワイト・ハウスを抜け出して以来初めて、家庭内のありとあらゆる不快なことを始末してくれる有能なホワイト・ハウスのスタッフが恋しくなった。

赤ん坊を洗い、チャイルド・シートを雑巾で拭き終え、ディスカウント・ストアを見つけてニーリーの着替えを買おうという頃には、すっかり暗くなっていた。マリゴールドはまたしても泣きわめき、ニーリーも赤ん坊同様気が狂いそうだった。「医者を探さなくちゃだめだわ。この子どこか具合が悪いのよ」

ルーシーはビーニー・ベビーのせいうちのぬいぐるみで妹の気をそらそうとしたが、あきらめた。「バットに医者は必要ないわ。この子、医者を怖がるの。おなかがすいて疲れているのよ。シートから出たいし、ミルクもほしいの。ただそれだけのこと」

マリゴールドは姉のほうに腕を突き出し、焦《じ》れてしゃくりあげるように泣いた。

ニーリーは空いていた助手席に座った。「さっき看板で見たキャンプ場に車を駐めるしかないと思うの」

「駐めるつもりはないよ」とマットが言った。「ひと晩じゅう運転を続ける。ひとりが運転中もうひとりが睡眠をとればいいだろ」

断固とした声ではあるものの、彼もじつは自分の計画が頓挫《とんざ》することを知りつつ、それを認める機会がないのではないかとニーリーは思った。「赤ちゃんが泣いているあいだは眠れないわよ」ニーリーは理性的にいった。「いま駐まれば、たっぷり休息もとれるし、朝早く出発できるわ」

マットの溜め息はルーシーと同様いかにも苦しみに耐えているといった感じだ。「ほんとならいま頃オハイオまでの距離の半分くらいは行ってるはずなんだ。それがやっとウェスト・ヴァージニアの境界を越えたばかりとはね」

「でも、きっと楽しい時を過ごせるわよ」

鉄鋼労働者の口の端がねじれた。「わかったよ、駐まろう。でも夜明けとともに出発するぞ」

フーリハン・キャンプ場はレクリエーション用車両専門の広場で、木々のあいだに駐車している車はせいぜい十台程度だった。マットは指示された場所にバックで車を入れ、エンジンを切り、もう一本ルートビアーを冷蔵庫から出すために立ち上がった。その何秒後かには彼女と子どもたちを置いて出ていってしまった。こうするために彼がニーリーを道連れにしたことは承知していたものの、何もあんなに慌しく出ていかなくてもいいのに、とニーリーは憤りを覚えた。

ルーシーが気も狂わんばかりに泣き叫ぶ赤ん坊をニーリーに手渡した。ルーシーはマットに続いて外へ出ていくものとニーリーは思ったが、流しのところへ行き赤ん坊の哺乳びんの準備をするようすをながめることになった。用意ができるとルーシーは赤ん坊を受け取った。

「授乳はあたしがやるわ。あの子あんたが嫌いみたいだから。あんたに頼むとあの子、また具合が悪くなるからね」

そして死んでしまう……恐ろしい非論理的な考えがニーリーの脳裏を駆けめぐった。「私は——私は少し散歩をしてくるわ」

ルーシーは赤ん坊の授乳に熱中していて返事をしなかった。

一歩外に出ると夜気がまるでベルベットのように感じられた。じっとあたりに目を凝らしてみると、月明かりに照らされて、このキャンプ地が背後に山麓を控えた丘陵地のはずれ、森のなかの小さな開拓地に設《しつら》えられているのだとわかる。隣りのキャンプ場からラジオの音がかすかに聞こえ、懐かしいような炭火の匂いがした。黄色の防犯用のライトが生木の棒に取り付けられ、砂利道に点々と弱い光を落としている。ニーリーは近づいてみようとして、ふと足を止めた。何かが違う。どこか感情のバランスが狂い、いつもの感じがつかめない。

やがてそれがなんなのかわかってきた。背後に静かな足音が聞こえないし、送受両用無線機で彼女の居所を知らせる小声が聞こえないのだ。本当に数年ぶりに、彼女はやっとひとりきりになれたのだ。満ち足りた安らぎが体のすみずみまでしみこんでいく。

だがものの一〇ヤードも行かないうちに、彼女の孤独に聞き慣れた声が侵入してきた。

「楽しい一家からもう逃げ出すの?」

振り返ると木々のあいだに作られたピクニック・テーブルでくつろぐ黒い人影が目に入った。彼はテーブルにもたれながら逆向きにベンチに腰かけ、ルートビアーを手にして、長い脚を投げ出すようにして座っていた。

ニーリーは彼に惹かれているのを自分でも気づいているが、考えてみると子ども嫌いなことと鉄鋼所で働いているということ以外、彼のことは何ひとつ知らないのだ。どうしても訊いてみたいことがいくつかある。ルーシーがそばにいては、訊けなかった質問だ。

「あなたと一緒にいたら、逮捕されちゃうかしら?」

マットは立ち上がり、ニーリーと並んで歩きだした。

彼ほどの身長と体格があれば、諜報部員を務めてもおかしくないほどだが、違うのはニーリーが諜報部員に対して抱く信頼感を彼からは得られないところだ。それどころか彼は危険な香りがする。

「どうしてそんなことを訊くのさ?」

「旅を急ぐ人なのに、巧みに有料高速道路を避けたから」

「高速道路は嫌いなんだ」

「大好きでしょ。あなたって高速道路を好みそうなタイプだもの。ね、本当のことといってちょうだい、マット。あなたとあの子たちにどんな事情があるの?」

「知りたければ教えてやるよ。おれはあいつらを誘拐しているんじゃない」

その点についてはニーリーもまるで疑ってはいなかった。ルーシーはデコボコ道のことやぬるいコークのことは文句をいうが、無理に連れてこられたとこぼしたことはない。「じゃあ、何をしているの?」

マットはルートビアーをひと口飲み、遠くを見つめ、やがて肩をすくめた。「遠い昔、おれはあの子たちの母親と結婚していた。どちらの父親でもないのに、サンディはおれの名前を出生証明書の父親の欄に書き入れたんだ」

「じゃあ、やっぱり父親じゃない」

「人の話聞いてないの? 書類上そうなっているだけなんだよ。バットなんて子どもがいることすら、数日前まで知らなかったんだ」

「あの子のこと、そんな名前で呼ぶのはやめて」

「あんなにギャーギャー泣きわめくんだから、どんな不快な名前をつけられてもしょうがないんじゃないかな」

「たしかによく泣くけれど、見かけはまるで天使よ」

マットはまるで感動していないようだ。

遠くでフクロウの鳴き声がした。「まだ理解できないわ。あなたはどう見ても子どもと一緒にいたくなさそうなのに、どうして連れているわけ？　あなたが父親じゃないことを証明するのは、それほどむずかしくないいんじゃない？」

「そういうんなら、ルーシーに試験所で血液検査を受けさせてみてくれよ」マットはジーンズのポケットに片手をつっこんだ。「でもきみのいうとおりさ。むずかしくはないよ。おれもお祖母さんの家に着いたらすぐ実行しようと思ってるよ」

「なぜ高速道路を避けたのかはまだ説明していないわよ」

「サンディの母親は今週末にならないと帰国しないんだ。なのに、その前に児童福祉課からあの子たちを連れにくるんだよ。赤ん坊のほうはたぶん大丈夫だろうけど、たとえわずかの期間にせよ、ルーシーが孤児院にいる姿なんて想像できるかい？　アイオワに行く前に非行少年短期収容所に入れられるのがオチだよ」

「あの子はたしかに手に負えないけれど、憎めないところもあるわよね。あの子ならきっとどんなことになっても大丈夫だと思うわ」

「そうかもしれない……でもなんともいえないな……とにかくお祖母さんの手元に届けるほうが安心だと思えたんだ」

ジョアン・プレスマンのこと、手紙のこと、役所の介入が子どもたちの境遇を左右することなどを語るマットのようすを見ながら、無愛想なマッチョという外見からは計りしれないものが、彼にはあるとニーリーは感じた。「つまりあなたは地元当局からの介入を回避しようと決意したわけね」

「あのチビたちに対する愛情からではないよ」マットはドライな言い方をした。「でもたとえサンディから何をされたにしても、彼女にまつわるいい思い出だってあるんだし、おれがここでひと肌脱ぐのは当然だと思ったんだ。同時に、状況がはっきりする前におれがこの子たちを州外に連れ出すことに対して役所はきっといい顔はしないと踏んだのさ」

「だからあの子たちを誘拐したというわけ」

「いってみれば、当局の法律にのっとった裁定が下るまでジリジリしながら待つだけの忍耐力がおれにはなかったんだよ。最初は飛行機で行く予定だった。しかしルーシーが頑強に反対してさ」

「うわべは無愛想だけど、あなたって結構センチメンタルじゃない」

「やけに自信たっぷりだな」

たしかにセンチメンタルな男には見えない。むしろひどく迷惑しているように見える。しかし裏街道を通りたいという彼の事情がたまたま、小さな町を見たいというニーリーの強い希望と一致しているから、彼女としても異論を唱えるつもりはない。

マットの視線がニーリーをかすめるように動き、一瞬口のあたりをさまよって目に移った。

「今度はきみがこちらの質問に答える番だよ」

ニーリーは一瞬息が止まりそうになった。「私？　私は見たとおりの人間よ」神はただいま非番らしい。明かりはこちらを照らしてはいない。

「それじゃ、なぜきみは嘘くさい南部訛りを使ったりするんだい？」

「なぜ嘘くさいっていえるの？」

「だって半分くらい訛りを使い忘れてるじゃないか」

「あら、それは私がカリフォルニアにも住んでいたからよ」

「もうやめろよ、ネル。きみが高い教育を受けているのは明白だし、あのどうしようもないレストランで、鳥のモモ肉をナイフとフォークで食べる人間なんてほかにひとりもいなかったよ」

「指が油で汚れるのがいやなの」

「そんな嘘はもっと血のめぐりの悪い人間にいってくれ」

ニーリーはすばやく考えた。「いやな人間関係に巻きこまれてしまうのは女性なら珍しいことじゃないわ」

「いやな、ってどんな？」

「話したくもないような、ってこと」

「彼、あとを追ってきてるかもしれないのかい？」

「いまのところ来てはいないと思う」彼女は慎重に言った。「でも初めは追ってきていたかもしれないわ」

「助けてくれる友人はいないの？　家族は？」

「いまはいないわ」

「仕事もしてないの？」

「辞めなくてはならなかったの」

「警察へは行ったのかい？」

語れば語るほど深みにはまっていく。「禁止命令もかならずしも効果があるとはかぎらないのよ」

「彼の名前は？　赤ん坊の父親の名前は？」

「どうして知りたいの？」

「もし誰かに尾けられているとしたら、不意を襲われたくはないからさ」

心のなかに浮かんだ名前はひとつしかなかった。ひょっとすると最近「タイタニック」なんていう古いビデオを引っ張りだして見たからかもしれないのだが。ニーリーはぐっと唾を呑みこんでいった。「レオ……ジャック」

「へんてこな名前だね」

「たぶん偽名よ。レオってそういう男だもの」

「そいつがそれほどヤなやつなら、なぜつきあう？」

「私は共依存症という障害を抱えているの」

マットがまじまじと彼女を見つめた。

いい答えだと思ったのだが、マットは明らかに満足していない。ニーリーは話に潤色を加えた。「容姿端麗。褐色の髪、魅力的な目、ナイス・ボディ、泳ぎが下手。少し年下……」ああ、いったい私は何をしているの？「彼が精神異常だと気づいたときには、もう手遅れだったの」ニーリーは慌てていった。

「子どもを身ごもったことに対して彼はどんな反応を示したの？」

レオナルド・ディカプリオにおなかに子どもがいると告げたらどんな反応を示すだろうかと、ニーリーは必死で想像した。きっとひどく仰天することだろうと想像できる。

「彼、知らないの」

「長いこと会ってないわけ？」

ニーリーも今度ばかりは自分のおなかにひとかたまりの詰め物が入っていることを忘れていなかった。「しばらくは会ってないわ。車を借りたとき、彼はそばにいなかったの。できたらこのことは話したくないの。ひどく辛いんですもの」

マットのじっと探るようなまなざしに、ニーリーはこの話を彼がどのくらい信じているのだろうと不安になった。彼はどうやら鋭敏な頭脳の持ち主らしい。

「きみがそんな男と関わり合いになっているなんて想像もつかない」

「それはあなたが私という人間を知らないからよ」

「もう十分に知っているよ。おれには、いっそきみが貴族であるとか、司教制主義者《エピスコパリアン》とかいう推測のほうがよほどピンとくるけどな」

「長老派《プレズバティリアン》よ」

「どっちでも同じことさ。きみは明らかに知性があるし、高い教育も受けている。世事に長《た》けているとはいえないけれどね」

この言葉にニーリーは苛立ちを感じた。「車を盗まれる人なんてべつに珍しくはないわ。貴族みたいだといわれたなんて聞いたら、ママとパパも喜ぶわね」

「きみは嘘をつくとき口の端が引きつるように上がるの、知ってた?」

ニーリーはわざと口角を引き締めた。「あなたって親切で神経過敏な人間ね」

マットは声をあげて笑った。「わかった。このへんでやめとくよ。だがこれは覚えておいてくれ。きみは子どもたちがうるさくしないよう監督するという条件で相乗りを許されたんだ。今日の仕事ぶりはお粗末だった」

脅しには脅しで応える手もある。「私には親切にしておいたほうがいいわよ。でないと私、あなたたちを置いていなくなっちゃうわよ。あなたとルーシーと赤ちゃんのバット、三人だけになるのよ。あの子の『ダー、ダー?』っていう言い方、可愛いわよね」生意気な笑いを浮かべたつもりで、ニーリーはマットを置いて早足で歩み去った。

生意気か。まるでコーネリアらしからぬ形容詞だ。なんだか嬉しくなる。

マットはニーリーの後ろ姿をながめながら微笑みを浮かべていた。あのレディ、たしかに言い分は貫き通した。それは認めよう。うしろから見るととても妊婦には見えない。マットは彼女が妊婦でなかったらいいのに、と思っている自分に気づいた。セクシーなランジェリー姿が見たいと思っているのだ。

自分自身の気持ちに衝撃を感じることはめったにないことだが、今回はそんな気持ちをなんとか抑えよう。マットの笑いはだんだん消えていった。妊婦が象徴するものこそマットが人生でもっとも忌避しているものなのだ。それなのに心のなかで妊婦の服を脱がしている。マットはその思いに、身震いした。

彼の女性との関わりは常に複雑だった。多くの女性に囲まれて育ったおかげで、男らしさに対する焦《こ》がれるような憧れがあった。臭うようなロッカー・ルーム、荒っぽいつきあい。徹底的な政治論争が大好きだし、どら声が飛び交い、肉弾相打つホッケーの試合も楽しい。シャンプーひとつとっても、花や野菜、フルーツ・サラダなどいろいろなフレーバーを加えていない単純なシャンプーがいい。風呂だって自分専用にしたい。洗面器にヘア・クリップが入ったままになっていたり、シャワー・ヘッドにワイヤー入りのブラが掛けてあったりするのはまっぴらだ。洗面台の下の棚にはシェービング・クリームが入っていればそれでいい。ミニサイズの生理用ナプキン、重い日用の大きいナプキン、さまざまなサイズや形のタンポンの箱、軽い日用、重い日用の各製品、また髪のコンディションが悪いとき、太りすぎのとき効果を発揮する物たちがぎっしり入っていたりするのは最悪だ。男なら、男が必要とする物だけに囲まれていたい。残念ながら、何より男らしさを発揮できるのは、素晴らしい女性とのセックスなのだが。

マットはこのジレンマに対し、ただ率直に話すという、唯一自分が知る方法で解決をはかってきた。つきあいはじめにまず、自分がいままで自分の時間を犠牲にして家族に尽くしてきたこと、それはこの先二度とやりたくないと思っていることを相手の女性に伝える。さらにルールを説明する。素晴らしいセックスを楽しみ、尊敬し合い、たがいに気持ちのよい距離を保ち、結婚の約束はしない。

それでも、厳しく境界線を引く男にこそ執念を抱く女性はいる。なかには勝手に結婚できると思いこんだ女性もいたが、なぜ女たちがこれほど家庭生活を嫌悪している男から結婚の約束を取り付けようとしたがるのか、彼には皆目わからない。とうていダメ夫にしかなりそうもないし、父親なんてなおさら務まるわけがないのに。

子どもの頃、妹たちにいきなりパンチを食らわせたことを思い出すと、いまでもぞっとする。妹たちを統率するにはそれが彼の知る唯一の方法だったのだ。怪我をさせないですんだのは奇跡といっていい。

マットはルートビアーの缶をゴミ入れに投げこみ、両ポケットに手をつっこんだ。とんでもない災難に巻きこまれはしたが、少なくとも利点はひとつある。築き上げたキャリアをみずからだいなしにしたことをくよくよ思い悩むひまなどないことだ。

苦学生をしながらようやく大学を卒業してまもなく、母親が亡くなった。家族に対する経済面での責任がそれまで以上に大きくなり、マットはいっそうみずからのキャリア構築に励んだ。小さなタウン紙から大手の『シカゴ・ニュース・ビューロー』へ、最終的には『スタンダード』紙に転職でき、努力は報われた。ほしかったものはすべて手に入った。大都市で人から注目を浴びる職業、貯金、よき友人、そしてアイス・ホッケーを楽しむだけの時間的余裕。目標を達成した人間なら、もっと幸福を感じてもよさそうなものだという思いがときおり心をよぎったりもしたが……まあ人生は完璧ではないのだから。

そしてシド・ジャイルズに口説かれた。シドはバイラインというニュース・プログラムを手掛けており、マットをチーフ・プロデューサーに迎えたがっていた。マットにテレビの経験はなかったが、ジャーナリストとしての信任状は非の打ちどころがなく、シドは番組にその信頼性を貸りたかったのだ。シドはけたはずれに莫大な報酬をオファーしただけでなく、質の高い仕事を約束した。

マットは初めは取り合わなかったが、やはりオファーには心惹かれた。ひょっとするとこれこそ自分の人生に欠けているものではないのか、自分自身にとって新しい方向へ向かって一歩を踏み出すチャンスなのではないかと思ったのだ。結局彼はその仕事を受諾しLAに向かった。

最初シドは約束を守ったし、マットもいくつかは質のいい仕事ができた。しかしバイラインの視聴率が思うように上がらなかったこともあり、いつしか夫の浮気だのレズの妻だの、天才ペットなどをネタにするようになっていた。それでも自分の選択が間違っていたことを認めたくない、意地だけをエネルギーとして踏みとどまっていた。最後には題材もますます薄っぺらになり、新聞時代の友人に電話をかけても居留守を使われるようになって、さすがのマットも限界だと悟った。マットは辞表を書き、ゴージャスなマンションを売りに出し、LAを去った。

いまはシカゴに戻る前に、失ったプライドを取り戻せるような、スケールの大きな記事を物したいと思っているところだ。すでにいい題材は見つけてある。アルバカーキのストリート・チルドレンの話は読者の心をつかむだろうし、農場の抵当流れに一身代を投じる話もある。だがどちらも何かものたりない。もっと話題性のある記事がほしい。

二日前まではビッグな記事の題材を見つけることだけで頭がいっぱいだった。しかしいまは自分の子でもないふたりの子どもたちと、おまけに細い脚と癖のあるユーモアのセンス、そして不可思議な魅力を持つ妊婦に混乱させられている。あまり呑んべえではないのだが、メイベルの頭上の貯蔵所で目にしたジム・ビームの大びんに残りがないか探してもいいような気分だ。

7

「あんたとなんか寝ないわよ」ルーシーはきっぱりといった。「あんたがシラミ持ちじゃないとはいいきれないしさ」

「いいわ」ニーリーは溜め息をつき、ベッド・カバーをはがしながらいった。「じゃあ、前で寝てちょうだい」

「マットは前で寝るってあんたいったじゃない」

「たぶんそうするはずよ」

「マットは後ろで寝させてよ」

「ちょっと考えてみてくれない？　マリゴールドはダブル・ベッド脇の床の上で寝ているのよ。あの子が落ち着いて寝られるのはそこしかないからよね。だからマットが前で寝ようと決めていると想像するのはむずかしいことではないでしょ。長椅子は小さなベッドのかわりになるし、カウチにもうひとりは寝られるわ。ダブル・ベッドで私と一緒に寝るか、前で彼と一緒に寝るか、どちらでもいいわよ」

「あほくさ。彼が児童ポルノ好きの変態じゃないってどうしてわかるのよ？」

「直感よ」

「そんな、口でいうのは簡単だっていうの。あんたこそマット・ジョリックに力ずくでどうにかされるタイプじゃないよ」

マット・ジョリックに力ずくでどうにかされる、と考えてもそんなに不快じゃないのはどうしてだろう？　だがセックスこそもっとも考えたくない事柄だったので、あたりを見まわして、クレンザーを探した。

「マットはあんたと寝るようにして。あいつはそうしたいんだから」

手にスプレーのボトルを持ったまま、ニーリーは振り返ってティーン・エージャーの小さな完璧に整った顔を見た。「あなた、自分が何をいっているのかわかっていないのよね。彼が私に少しばかり好意を持っていたとしても、なんの意味もないことよ。私はシャワーを浴びるわ。好きな場所で寝てちょうだい」

ニーリーは掃除をした経験はあまりないが、こんな状態のバスルームを使うのだけは願いさげだった。時間は少しかかったが、やり終えると仕上がりにはかなり満足した。そのあとシャワーを浴び、いやいやながら腹部に詰め物を入れた。寝心地は悪いだろうが、これほどたがいが接近している状態では選択の余地はない。

ニーリーはディスカウント・ストアで買った青いナイト・ガウンを手にとった。シルクに慣れている彼女は、頭からかぶって着るとき、生地に違和感を覚えた。

バスルームから出てみると、ルーシーが眠っていたのでほっとした。洋服を着たまま、ダブル・ベッドに大の字になって眠っている。その繊細で無邪気な顔の上に塗りたくったメイクがまるで仮面のように見えた。

マリゴールドはニーリーが床の上に用意してやったベッドの上で眠っている。脇を下にして体を丸めるように寝ており、ふっくらした赤ん坊らしい唇は半開きで、頬の上の繊細な半月形の瞼を細々とした睫毛が縁取っている。ビーニー・ベビーは片方の膝の下にある。マリゴールドの小さな十個の爪が玉虫色のブルーに塗られているのにニーリーは初めて気がついた。

彼女はルーシーを見下ろしながら微笑み、後部の窓を開けた。夜風が肌にふれたとき、思わず闇の向こうに目をこらし、そこにいるはずのボディガードの姿を探した。いま自分は世間から完全に隔離され、絶対的に安全だと感じた。コーネリア・ケースは消滅したのだ。

ルーシーは何かにつつかれる感じがして目が覚めた。何やら静かな物音も聞こえる。起きるには早すぎるし、まだ目を開けたくもない。何が目に飛びこんでくるかわかっているだけになおさらだ。

「ガー?」

その言葉は静かでほとんどささやきに近かった。ルーシーは無理やり片目を開け、次にもう一方の目も開けた。ルーシーはマットレスのへりの向こうからのぞきこむ妹の姿をしばらく見ているだけだった。金髪が房になってあちこちピンピン立っている。髪に昨日の食事がゴワゴワに乾いてくっついているのだ。そして、まるでピーナッツ・バターのように、おおらかな笑みが顔じゅうに広がっている。それを見たルーシーは胃が痛んだ。

笑いはさらに輝きを増した。ルーシーは頭を上げ、髪にスプレーしたヘア・カラーが枕に紫色のシミをつけてしまったのを見た。それに眠っているあいだによだれを垂らしたらしく、枕の一カ所が濡れている。最悪。

ネルは眠っており、枕に頭を乗せて横たわるその姿の美しさにルーシーは刺すような嫉妬を感じた。ネルが出現してからというもの、マットの関心はルーシーからネルに移ってしまった。

自分がどれほどマットの関心を引きたがっているのか、考えるのはいやだった。そしてそのことから、長年自分が母親の関心を引きつけることができなかったという思いがよみがえった。母親の心にあったのは酒と男のことばかりだったのだ。

起き上がってみると、カウチの上で手足を伸ばし、顔を下にして眠っているマットの姿が目に入った。カウチの端から両脚が下に垂れ、片腕が床に落ちている。胸のうちに十四年分のサンディに対する怒りがこみ上げてきた。なぜジョリックが父親ではなく、カーネギーメロン大学の社交クラブで会った行きずりの酔っ払いが父親でなくてはならないのか？

「ガー？」

小さな爪がルーシーの脚に食いこんだ。ルーシーは汚れた金髪のカールとべとついた膝をまじまじと見た。ネルもジョリックも自分の知性には自信があるらしいが、ふたりとも赤ん坊は寝かせる前に入浴が必要だということも知らないようだ。

ルーシーは妹の手を振りほどき、立ち上がって、昨日の朝出発前に床に置いた清潔な衣類のなかから何枚かを引っ張りだした。すべてを手に持ち、かがみこんで赤ん坊も手に抱えた。メイベルのダッシュボードのデジタル時計は六時二分を示している。一度でいいから普通の少女のように遅くまで眠っていたいと思うが、それは無理だ。

妹は重く、ドアまで行くあいだにテーブルにドスンとぶつかってしまった。でもマットはビクとも動かない。そのとき床の上に置かれた半分空になったウィスキーのびんが目に入った。裏切られたような思いがルーシーの胸のなかで燃え上がった。この男も結局飲んだくれになってしまうのだろうか？

この四年間で唯一サンディが酒をやめていたのが妊娠中だった。ルーシーの目に涙があふれた。あれはかなりいい時期だった。サンディはトレントとかなりベタベタと一緒にいたが、母と娘水入らずで笑ったりおしゃべりしたりする機会も多かったのだ。

自分が母親の死をもっと悲しんでもいいはずなのにと罪悪感を覚えもするのだが、あらゆる意味で母親は妹が生まれた直後に死んだような気がしてならない。そのときを境に母親の飲酒がまた始まったのだ。それ以来サンディの興味はパーティに行くことだけになった。ルーシーのなかで母親への憎しみに近い感情が生まれたのもそのときだった。

外に出ると、ベーコンと新鮮な空気の匂いがした。ルーシーはサンディとトレントに連れられてここに似たところへ行ったことがあり、こうした場所にはたいてい、モーター・ホームのシャワーを使いたくない人たちのためにシャワー付きの休憩室が備えてあるのを知っていた。途中腕を休めるために何度か赤ん坊を草の上に下ろさなくてはならなかった。やっとのことでルーシーは緑色のペンキで塗られた木の建物を見つけた。なかが不潔でなきゃいいけど、とルーシーは思った。

ルーシーはふたたび赤ん坊を持ち上げた。「早く歩けるようになったほうがいいよ。マジで。あんた、だんだん重くなるから、もう運べない。それとあたしの目に指を突っこまないでよ、いいわね？」

赤ん坊はこんなふうに人をなめたようなまねばかりするものだ。まだ寝ていたいのに、朝早く起こす。目に指を突っこむ。爪でひっかく。赤ん坊は自分ではべつにばかやっているなんて意識はない。自分をコントロールすることができないのだ。

休憩所に入るとほかに誰もいなかった。不潔すぎるほどでもなくて、ルーシーは安心した。まるで誰かに肩から腕を引き抜かれようとしているような感じで、腕がいうことを聞かなくなる前に、やっとの思いでだだっ広いシャワー・コーナーにたどりついた。妹をコンクリートの床にドスンと座らせ、木のベンチの上に持ってきた物を投げるように置いた。

石鹼とシャンプーを持ってくるのを忘れたことに気づいたのはそのときだった。シャワー・コーナーをのぞきこんでみると、誰かが置き忘れた石鹼のかけらが目に入ったが、緑色の石鹼だった。じつはルーシーは匂いがいやで、緑色の石鹼を敬遠している。だが、もうこれを使うしかない。選択の余地はないのだ。これまでわが身に起きた出来事を、みずから選択できなかったのと同じように。

また胃がシクシク痛みはじめた。最近心配ごとが重なったせいか頻繁に胃が痛む。

服を脱がせているあいだ、赤ん坊はバブバブと声を出していた。楽しそうなその声を聞くと、早起きをしてよかったと報われた気持ちになる。赤ん坊がハイハイをしているあいだに
ルーシーは自分の洋服を脱ぎ、お湯の温度が高すぎないよう慎重に試してみた。なかに入り、ひざまずいて腕を前に出したが、妹は流れる水を怖がって入ろうとしない。

「おいで」

「ナー!」赤ん坊は顔にしわを寄せ、うしろへ向かって這いはじめた。

相手はまだほんの乳飲み子で、水が恐ろしいものではないのだということが理解できないのだ。ルーシーは苛立つのはやめようと自分にいい聞かせた。とはいえ胃は痛むし、こんな状況ではいらつくなというほうが無理だ。

「たったいまここへお入り!」

ルーシーは下唇を突きだしたが、赤ん坊は動こうとしない。

「マジだよ!　ここへおいで!」

しまった。赤ん坊の顔がゆがみ、目に涙があふれてきた。声もなく、唇をワナワナさせ、全身が小刻みに震えている。もう限界だった。ルーシーは裸で冷えきっていたが、コーナーから出てしゃがみこみ、妹を強く抱きしめた。

「怒鳴るつもりはなかったの。ごめんね、バトン。ほんとにごめんね」

バトンはいつものようにルーシーの首に顔を埋め、しがみついた。彼女にとってこの世に残された人間はルーシーしかいないからだった。

ルーシーが一緒に泣き出したのはそのときだった。全身鳥肌立って、バトンにしがみつかれ、胸の鼓動を感じながら泣き出した。泣いているうちに震えだした。バトンの面倒をどう見たらいいのかわからない。ジョリックが祖母の事情を知ったらどうするつもりなのかわからない。ルーシーはただ途方にくれていた。

ルーシーはたとえひとりぼっちになってもそれほど怖がることはないのだと、自分にいい聞かせた。もう十四歳だし、頭だっていい。落ちこぼれ通学仲間たちは誰も知らないはずだが、ルーシーはクラスで一番頭脳明晰なのだ。なかにはそのことを見抜いた教師がいて、そのうちの何人かの教師は、ルーシーに放課後職員室まで来るように命じ、どうして勉強ができないふりをしているのか説明させた。だがサンディのような母親がいて、お金もなく、いつもボロ家を転々としている身の上では、勉強以前に社会の落ちこぼれだと自分で感じていたくらいだし、いまさら鋭敏な頭脳の持ち主などと人に知ってもらう必要もなかったのだ。

ただしその明晰な頭脳をもってしても、これからバトンの面倒をどうやって見ていけばよいかという答えはつかめなかった。サンディの死後まもない頃は、母親の最後の給与支払い小切手を現金化し、家賃、電話代、その他もろもろの出費をまかなった。その後は近所の主婦が仕事に行っているあいだ、ベビー・シッターをした。あの弁護士に見つかるまで別に問題なくやっていたのだ。

もしひとりぼっちだったなら、ニューヨークかハリウッドのような土地へ逃げて仕事を見つけ、大金を稼ぎだすこともできただろう。しかしそんな夢の実現は、バトンがいてはできない相談だった。

いまたしかなことはひとつしかない。どんな場合も強靭《きょうじん》な精神力を保つこと。これこそサンディから教わった唯一のよい教訓だった。誰かになめたまねをされたら、そいつの顔に唾を吐きかけるの。誰も助けちゃくれないんだから、自分のことは自分で守るんだよ。

だからルーシーはその教訓を守っている。強靭な精神を持ち、自分のことは自分で守り、なんとかこの旅程を遅らせて、その間に幼い妹の面倒をどうやって見るか考えようとしているのだ。

バトンはルーシーの首をしゃぶりはじめた。ルーシーが抱きしめると、ときどきこうなる。バトンは姉と他人の区別もつかないのだと思ったら、胃が痛みまた泣きたくなった。さらに悪いことにバトンはルーシーが母親ではないこともわからないのだ。

こうなるさだめだったのだとニーリーは考えた。アメリカ合衆国のファースト・レディが、酔っ払いとはねっ返りのティーン・エージャーと、触ることさえ怖かった赤ん坊と、ウォール・マートの枕と一緒にアメリカの中核地帯へ向けて旅をしている。

「ここはどのあたりかな?」マットの太いとどろくような声がウィネベーゴの壁ではね返ってくる。

肩越しに見てみると、冬眠から覚めた熊のようにカウチで丸めていた体を伸ばしているのが見えた。乱れた髪、しわくちゃの黒いTシャツ、顎には無精髭。男前だが少々くたびれた海賊のようだった。

「ウェスト・ヴァージニアよ」

マットは反動をつけて起き上がり、身動《みじろ》ぎすると手の甲で口のあたりをこすった。「それは知ってる。ウェスト・ヴァージニアのどのあたりかなってことだよ」

「ここはアメリカじゅうでもっとも美しい州よ。山と川、牧歌的な森林地帯、曲がりくねった道」小声で例の「ウェスト・ヴァージニア、マウンテン・ママ」のメロディを口ずさもうとしたが、二日酔いでムカムカしている男にはうっとうしいだろうと思ってやめた。

「料金所はとっくに過ぎたし、曲がりくねった道には入りそうもないね。四レーンの高速道路に乗りそうだ」マットの声はまるで泥でも呑みこんだようにガラガラ声だった。

「近づいてはいるわ」ニーリーはいった。「大切なのはそれだけ。さあまた眠ってちょうだい。起きてるとろくなことにならないわ」

ルーシーはニヤニヤして聞いていた。長椅子に腰かけてメイクの最中なのだ。睫毛にはすでにぼってりとマスカラが塗られ、瞼が持ち上がるのが不思議なくらいだ。まわりにはマクドナルドの朝食セットの残りが散らかり、キャンプ場を出る前にニーリーが拾った新聞が置かれている。ドライブ・スルーの窓口でエッグマック・マフィンを待っているとき、なかをのぞきこんだニーリーはお目当てのものを見つけたのだ。新聞の三面にコーネリア・ケースがインフルエンザにかかり、来週の予定をキャンセルせざるをえないことを知らせる小さな記事が載っていた。

ニーリーは今朝はチャイルド・シートを仕切り席に固定した。キャンディ・ピンクのオーバーオールと踵のすり減ったブルーのスニーカーを身につけた赤ん坊は体をストラップで固定され、ますます機嫌が悪くなっている。ニーリーはまもなく車を停めるしかないだろうと考えたが、そのことをマットに伝える気にはなれなかった。「コーヒーを淹《い》れたわ。少し濃いめだけど、あなたの舌の味蕾《みらい》もたぶん酔っ払っているはずだから違いはないでしょうね。あなたに借りたお金はすべて記録しているから、きちんとお返しできるわ」

ニーリーはエッグマック・マフィンを二個とオレンジ・ジュースをひとりで平らげた。食欲が戻ったのが嬉しいし、何より食べ物が喉を通るのが最高の気分だ。

マットはひと声うなり、立ち上がってコーヒー・ポットのあるほうへ行ったが、最後の瞬間に気が変わってトイレに消えた。

「吐くのかな？」

「吐かないんじゃないの。私には鉄の胃袋を持つタイプに思えるわ」

ルーシーは茶色の口紅で唇の輪郭を描いていた。「サンディがあたしたちの出生証明書の父親の名前を選んだとき、どうしてメル・ギブソンみたいな名前の人を選ばなかったのかなあ」

ニーリーは笑った。「世界一いやみなティーン・エージャーにしては、あなたってかなり愉快な子ね」

「おかしくもなんともないって。もしあんたの名字がジョリックだったら、どうよ？　それもあいつの名字を名乗るとしたら？」

ルーシーの言葉とは裏腹に、その声にはいくばくかの憧れがこめられているとニーリーは思った。「ほんと？　あなたの名字はジョリックなの？」

「たとえばってこと。あたしの名字、なんだと思う？」

「あなたのお母さんの名字かしら？」

「サンディの名字はジョリックだったの。離婚後も名字を変えなかったのよ。サンディはあいつのこと、ずっと好きだったの」

ニーリーの耳にはシャワーの音がずっと聞こえていた。ニーリーはしばらく時間をおいてからわざとハンドルを左に切り、右に戻し、また左に切った。バスルームからドスンという音、次にくぐもったののしりの声が聞こえた。

ルーシーが笑った。いい感じの声だった。

ニーリーは微笑み、元の話題に注意を戻した。「じゃあ、マリゴールドの名字もジョリックなの？」

「そんな名前で呼ぶのはやめてよ！」

「それなら、別の名前を教えてちょうだいよ。例のあれはダメよ」

「ウザイなあ」長くわざとらしい溜め息。「だったら、バトンと呼んで。サンディがつけた名前よ。たしかにばかげた名前だけど、あたしがつけたわけじゃないからね」

「バトン？　じゃあ、バットの元になったのはそれだったのね」

ルーシーは口紅をテーブルにたたきつけるように置いた。「好きなように呼べばいいじゃん」

「バトンは好きよ。可愛いわ」

車がちょうど山の頂上を通過し、ニーリーは景観を堪能した。彼女はこれまでありとあらゆる景色を目にしてきた。晴天の日のマッキンリー山、夕暮れのグランド・キャニオン。サクレ・クールの階段からパリの町を眺めたり、レンジ・ローバーのフロント・シートからセレンゲティに見入ったり、海軍の駆逐艦のデッキから大西洋を泳ぐ鯨の群れを観察したりもした。しかしそうした景観も、この緑豊かなウェスト・ヴァージニアの丘陵地ほどには荘厳ではなかった。ここは貧しい州かもしれないが、美しさでは間違いなく随一である。

シャワーが止まった。一分が経過した。

「髭そりかもしれないね」ルーシーがいった。その声には漠然とした希望が込められていた。

ニーリーは微笑みながらもハンドルを持つ手はゆるめなかった。「私は彼に対してそんなに腹を立てていないわ」

「あいつ、昨日酔っ払ってなかった？」

「きっとそうね」

「酔っ払いは大嫌い」

「私もあまり好きではないわ」

「酔っ払いってさ、自分では酔うとおもしろくてセクシーになるって思ってるけど、哀れなほどカッコ悪い」

ルーシーが話題にしているのはマットのことではないな、とニーリーは感じた。母親のことについて、訊いてみたかったが、ルーシーが暴言を吐くことは目に見えていた。

電気カミソリの音が薄い壁を突き抜けて聞こえてきて、ちょうどそのとき赤ん坊がむずかりはじめた。チャイルド・シートから出すのは安全ではなかったが、こんなに活発な子どもをあと一日も閉じこめておくなんて考えられなかった。どうやらルーシーも同じ思いらしく、立ち上がって妹のところへ行った。バック・ミラー越しにルーシーがいまにもチャイルド・シートのストラップをゆるめようとしているのが見えた。「シートに座らせておいて。走っているあいだは危険すぎるわ」

「そういうんなら、さっさと車を停めてよ。そしたらこの子を少しは遊ばせてやれるよ」

そんな提案をしたらマットがどんな反応を示すか、ニーリーには想像がついた。バスルームのドアが勢いよく開いた。「いやらしい！」ルーシーが叫んだ。

バック・ミラーをのぞいたニーリーは、ベビー・ブルーのタオルだけを身につけたマットの姿を見て道を踏み外しそうになってしまった。いやらしいはずがなかった。髪は濡れてまっすぐになっていたが、乾けばカールが戻るだろうと思えた。電気カミソリは海賊の無精髭を一時的に抑えてくれた。ニーリーは日に焼けた伸び伸びと長い男の体に見とれた。こんなに狭い場所では体のサイズが大きすぎて、本来なら滑稽に見えただろう。しかしそうではなかった。

「洋服を取ってこないと」マットはブツブツいった。「いやなら、見るなよ」

「メル・ギブソンのほうがいい体してる」とルーシーがいった。

「それを聞いておれが気を悪くするとでもいうのか？　なぜ？」

メルよりずっといいわ、とニーリーはふと考えた。それにマットのほうが背が高い。彼女は運転に集中できなくて、道路のくぼみをよけるのに車がかなり横にそれた。

マットはドア・フレームにつかまった。「よく見て運転してくれよ」

「ごめんなさい」

「運転に集中してないよ」

「景色に気をとられちゃって」景色は景色でも六フィート・六インチの景色だが。

「わかるけど、ひとつのことに注意を向けてくれよ」

マットが車の後部に向かうとき、バトンが腕を突き出して金切り声をあげた。マットはたじろいだ。バトンの「抱っこして」のメッセージが明白だったにもかかわらず、マットは引き戸を閉めてしまった。赤ん坊は泣きわめき、ルーシーがビーニー・ベビーでなんとかなだめようとした。

ニーリーはマットが幹線道路に出ようといいだす前に景色を愛でることにした。案のじょうコーヒー・マグを持って出てきたマットは運転を替わるから停車しろという。

ニーリーはマットの着ている擦り切れたジーンズとスポーツ用Tシャツをじっと見た。

「その前にルーシーに屋根付きの橋を見せてあげたいの」

「なんの話だよ?」

「ウェスト・ヴァージニアでもこの地域は、全米一優れた屋根付き橋が集まっているところなのよ。キャンプ場でもらったパンフレットにそう書いてあったわ。そうした橋の維持管理に多くの税金がつぎこまれているそうよ。そのなかのひとつでも見ておくのはルーシーの教育にとって大切なことだと思うの」

「ルーシーの教育なんてどうだっていいよ」

「その態度こそ、この国の公的教育システムを危機におとしいれる元凶だわね」

マットはニーリーの顔をまじまじと見た。しまった、よけいなことをいってしまったと彼女は後悔した。マットは首を振った。「いいから、車を停めてくれないか」

「そんな気むずかしい顔するのはやめて。ルーシーも視野を広めるべきよ」

「こいつはどうせ重罪犯として一生を過ごすさ。屋根付き橋を見せたらどんな影響があるっていうんだよ?」マットは大儀そうに助手席に座った。

「ったく、あんたはおもしろみのないやつだよ、ジョリック」ルーシーが反駁《はんばく》した。「ネルが屋根付き橋を見せてくれるって約束したの」

「ここからいくらもかからないところよ」ニーリーがいった。「シートにゆったりともたれてドライブを楽しめばいいのに。ひどい二日酔いの人が楽しめるていどの楽しみ方でもいいから」

「いいたいことがあるんなら、いえよ」マットはぶつくさいった。

「それならいうけど、ルーシーも私も酔っ払うような人との旅は好まないの」

「なんだいそれ？　好まないって？」

「つまりカッコ悪いし、いけすかないってことよ」とルーシーが横槍を入れた。

「停めろよ」とマットが怒鳴った。赤ん坊がまたぐずりだした。

「この脇道を入ると屋根付き橋に行けるのよ」狭い田舎道に左折しながら、ニーリーは、この場合話題を変えるのが一番だと思った。「どうして屋根付き橋が造られたか知ってる、ルーシー？」

「知らない。そんなの、どうだっていいじゃん」

「馬が川の水の流れに驚いて逃げ出すのを防ぐために造られたという説があるけれど、たぶん橋の腐食を防いで長持ちさせようという意図から造られたんじゃないかしら。たしかなことはわからないのよ」

「まさしくきみは歩く百科事典だよな」マットが気取ってゆっくりといった。

「いったでしょ。私は細かいことをよく覚えるたちだって」赤ん坊の抗議のわめきはさらに大きくなった。

「じゃあ、いま通りすぎた看板にはなんて書いてあった？」

「注意してなかったわ」

「イエスは救いたまう」ルーシーが横からいった。

マットはルーシーを無視した。「キャンプ場の事務所にあったあの大きな看板はどうなのさ？　正面入り口のすぐ横にあったやつは？」

「興味をひかれなかったから読もうという気がなくて」

またしてもティーン・エージャーが不意に声をあげた。「『直火禁止』だよ」

ニーリーはルーシーをひとにらみした。「もう少しましな暇つぶしの方法はないの？」

「ない」ルーシーは妹に空《から》の紙コップを手渡したが、バトンは泣きわめきながらそれを床に放り投げた。

カーブした道をまわると、ゆるやかな丘陵地のふもとを流れる細い川にかかる古い橋が視界に入ってきた。風化した褐色の木材でできており、かつては赤のペンキが塗られていたと思しき色褪《いろあ》せたトタン屋根がつき、「車高一〇フィート以上の車両進入禁止」と書かれた穴だらけの看板がかかっている。ここはアイオワのマディソン郡ではなくウェスト・ヴァージニアではあるが、すばらしく画趣に富むながめで、薄暗い橋のなかからクリント・イーストウッドとメリル・ストリープが現われるような気がする。もっとも好ましい形のアメリカらしさがそこにはあり、ニーリーは思わず溜め息を洩らした。「素敵じゃない？」

旅の道連れは誰も反応を示さなかったので、ニーリーはふたりが牧歌的な美しさに感動して黙りこんだのだと思うことにした。

「車を降りて手足を伸ばしましょうよ」ニーリーはメイベルを路肩に停めた。「ルーシー、バトンを連れてきてちょうだい」

「この子は毒でもなんでもないのよ。ふたりともたまにはこの子を抱いてってよ」

ニーリーは聞こえないふりをした。

「長居はしないからな」マットが断言した。「二分たったらハイウェイに向かう」

「もうすでに二分たってるわ」二分では何もできない。

外はすべてのものが明るい日の光に包まれ、湿気をふくむなま暖かい風が、ほこりや草、田舎道の匂いを運んでくる。しばらく雨が降っていないのだろうか、川面はとても低く、あたりに聞こえる音は音楽そのものだ。岸辺の岩を洗う川の水音、小鳥たちのさえずり、コオロギの鳴き声、ブンブンという蜂の羽音。橋のかかる両側の土手は野生の花々と草が茂り、ゆるやかな坂となって川面に続いている。ルーシーは赤ん坊を草の上に座らせた。

「ガー！」バトンは嬉しそうな声をあげ、手をたたいた。

「バトンのお守り、かわってよ」反論するまもなく、ルーシーは橋の内部に向かって行ってしまった。

「ガー！」赤ん坊は蜂を捕まえようと手を突き出すがうまく届かない。

「バトン、気をつけなさい。その子たちはお友だちじゃないのよ」

「この子の名前は『マリゴールド』じゃなかったっけ？」マットがコーヒー・マグを手に持ってウィネベーゴから出てきた。

「この子のお母さんはバトンと呼んでいたって、ルーシーから聞いたの。うしろのほうに置いてあるキルトを持ってきてちょうだい」バトンはたぶんキルトの上にじっとしてなどいないだろうが、少しは汚れを防げるかもしれない。

ルーシーが朝早くバトンを入浴させたことに、ニーリーは気づいていた。バトンのタンポポのような髪の上で日の光がきらめき、着古した服はさっぱりと清潔だった。ホワイト・ハウスで接待した全国育英奨学金の受給合格者たちにしても、果たしてこんな厄介な幼い妹をこれほどきちんと世話できるだろうかとニーリーは考えてしまった。

マットはキルトを持ってまた車から出てきた。ニーリーはそれを受け取ると、傾斜した草地の上にふわりと敷き、バトンをその上に座らせたが、あっというまにキルトの外に這いだした。棘《とげ》だらけの草の上でもオーバーオールを着ているから大丈夫のようだ。キンポウゲの上を舞っている蝶に目を奪われたバトンは猛烈な速さで突進していったが、すばやく飛び去る蝶に憤然と抗議して、どすんと座りこんだ。

キルトに座ったニーリーは、マットがすぐそばに長々と手足を伸ばして横たわったのを見て驚いた。彼女は溜め息をつき、深く息を吸いこみ、盗むようにして手に入れたこの夏の日の一瞬一瞬を愛しんだ。

「いっとくけど、おれはいつも飲んだくれてるわけじゃないんだよ」

ニーリーは目を閉じ、太陽のほうに顔を向けた。「ふーん」

「ほんとだよ。酒なんてめったに飲まないんだ」

「それならいいんじゃない。だってあの年頃の女の子に大人のそういう面を見せるのはどうかと思うもの」

目を開けるとマットがじっとこちらを見ていた。そのまなざしの何かがニーリーをまばゆい光の雨にさらされているような気持ちにさせた。しばらくそのまま見つめていたマットはようやく目をそらせた。

「サンディが生きていた頃は、もっといろいろ見たくないものを見せつけられていたんじゃないかな」

ニーリーはマットの元妻のことを聞きたくないと思っている自分に気づいて、立ち上がった。「バトンを見ててちょうだい。橋を通ってみたいの」

「おい、子守りはきみの役目じゃないか。おれじゃないよ」

「休憩よ」

ちょうど休憩に出るように、ニーリーはマットを置いて屋根付き橋のほうへ行ってしまった。彼は橋のなかに消えていく彼女の背中をにらみつけた。次のサービス・エリアで彼女を降ろし、自力で旅を続けさせるようにすればいい気味といったところだが、絶対にそうはしないことは自分でもわかっていた。たしかに彼女はマットが理想とする、子どもの面倒をよく見てくれる小守り役ではないかもしれないが、いまは彼女以上の道連れは考えられない。それに彼女には不可思議な謎がある。

あのいかにも上流階級然とした気品と、あふれんばかりの善良さ、子どもっぽいくらいに何かに熱中するところが共存しつつ調和しているのは信じがたいことだ。たしかに人を楽しませる存在であることは否めない。少なくとも昨日の彼女はたしかに楽しかった。今朝の二日酔いでその楽しさにかなりケチがついてしまったが。

ちらちらする動きがマットの視線をとらえた。何やらピンク色のものが……。目を上げると赤ん坊が草の生い茂る土手を後ろ向きに這っており、そのすぐ先には川が迫っている。マットが慌ててマグを置いて立ち上がったとき、コーヒーがあたりに飛び散った。

赤ん坊は軽やかな速さで、猛烈な決意のもとに動いている。大急ぎであとを追うマットの靴底が草の上ですべった。

前ぶれもなく赤ん坊は腕を前に突き出し、転げはじめた。赤ん坊のスニーカーが川面に当たったかと思うと胸元まで浸かり、続いて体全体が水中にすべりこんだ。

水かさは高くはなかったものの、赤ん坊にとっては高かった。金髪の頭が見るまに消えていくのをマットは心臓が凍りつくような思いで見ていた。足場を失って、体勢を立て直したマットは赤ん坊に続いて川に入った。

川の水かさは膝ていどだった。水は泥が多く、水中は見えなかった。やがて一瞬川の流れに乗ったピンク色をとらえ、手を伸ばしてつかんだ。

水から現われた赤ん坊は恐怖に目をいっぱいに見開き、手足をぶらぶら揺らしていた。マットは赤ん坊のオーバーオールの後ろにあるひもをつかんだ。

赤ん坊は目をパチクリさせ、あえぎながら息を吸い、咳きこんだ。呼吸が戻るまで、マットは赤ん坊を曲げた腕で支えた。心臓の鼓動が鎮まると同時に、マットは泥っぽい川底にスニーカーが沈みこむのを感じた。川から出るとき、やっとの思いで泥から靴を引き抜いた。

バトンの咳がようやくやんだ。何秒間か身動ぎもしなかったが、やがて深呼吸しようとして胸が大きく膨らむのが見て取れた。次にどうなるのか、マットにはよくわかっていたから、なんとか機先を制しようとした。

「泣くな！」

ネルとルーシーはまだ橋のなかにいたが、橋を出てマットがもう少しでバトンを溺死させてしまうところだったとふたりが知ったときの声は聞きたくなかった。彼は赤ん坊を見下ろした。川の水が髪の毛から目のなかにしたたっている。憤怒のために口は開き、額にはしわが寄っている。これこそ憤怒の交響曲がいよいよ響き渡ることを約束する、ひとつ目の和音なのだ。

「そこでとどまれ！」バトンの腕の下に自分の手が入るように位置を変えながら、マットは赤ん坊が自分を直視でき、こちらが本気であることを見せられるよう、体を立ててやった。

「ほんの少し水を飲んだだけだよ。たいしたことじゃない。おまえは溺れそうになったわけじゃないんだぞ」

小さなふたつの眉のあいだにあった深いしわは消えた。目は開き、止めていた息も戻った。

「なーんでもないよ」マットはさらに穏やかな声でいった。

バトンは穴の開くほどマットの顔を見た。

ピンクのオーバーオールはきっと元に戻らないだろうし、スニーカーも片方なくなっている。マットはもう一方のスニーカーをするりと脱がせ、林のなかに投げた。

いい合うような女性の声が屋根付き橋のなかから聞こえてきた。いよいよ油を絞られるときがきた。マットはすばやく頭をめぐらせた。「そうだ、ふたりで川のなかへ戻ろう」

「ガー?」

彼はびしょ濡れの靴を脱ぐと、ふたたびバトンを腕に抱き、歩いて川のなかに戻った。

バトンはマットのシャツに顔をうずめた。

「めめしいまねはよせ」

バトンは顔を上げ、四本歯を見せて笑った。

「そのほうがおまえらしいよ、悪女ちゃん」

しかし水に入れようとすると、バトンは体をこわばらせ、マットの腕に爪を立てた。

「落ち着けよ。顔はなかに入れないからさ」

「ヌー、ヌー、ヌー!」

乳児の言葉を訳すのに学位はいらない。かつて妹たちにしたように、いまこそ乳児の言葉を訳す必要が出てきそうだ。あきらめの溜め息とともに、マットはバトンを肩に乗せ、泥の川に身を沈めた。

バトンは体を引くようにしてマットに笑顔を見せた。おいおい、こいつはこの目ととろけるような微笑みでいつか男殺しになっちまうぞ。「わかった、わかった。そいつは大事な人のためにとっとけよ」

バトンは掌でマットの顎をパチンとたたき、向きを変えると今度は水面をたたいた。水しぶきがマットの顔を濡らした。彼はまばたきして、バトンを川の流れに沈めた。

「いったい何やってるの？」ネルが勢いよく橋のなかから出てきた。妊婦突撃隊のお出ましだ。夏の麦穂のような金茶の巻き毛が紅潮した頬のまわりになびき、空と同じ色をしたあの素晴らしい青い瞳は怒りに燃えている。「たったいま汚い水から赤ん坊を出しなさい！」ネルは傾斜した土手を駆けおりた。「子どもは川の水で腸チフスに感染することがあるのよ！」

マットはちらっとバトンのようすを見た。深く沈めないかぎりかなりご機嫌のようだ。

「ウェスト・ヴァージニアでは腸チフスはあんまり聞かないな」

ルーシーも橋から出てきて、目を丸くしてふたりを見ている。

川べりに立ちすくみ、胸に手をあてたネルの顔は蒼白だった。どうやら彼女は本当に気が動転しているらしいとマットは気づいた。もう少しで本当に溺死してしまうところだったと知ったら、いったいどんな反応を示すのだろうか。「お願いだから落ち着いてくれよ。バトンはほらこのとおり無事なんだからさ」

「洋服を着たままじゃないの！」

「うん、だってさ、おれ男だから。男ってそんなことまるで頭にないんだよ」

「あなただって洋服着たままじゃないの！」

「なにもかもほんのはずみなのさ」

彼女は土手に置かれた泥だらけの彼の靴を見下ろした。「なるほどね」

マットは攻勢を続けた。「転んで靴が濡れたんだ。そして思いついたのさ」

「バトンが風邪をひくわ」

「水温は華氏八十度はあるよ」マットは川から赤ん坊を引き上げながら立った。

「ヌー！」バトンは抗議するように金切り声をあげ、なんとか水のなかに戻ろうとして身をよじりはじめた。

「その子の気をそらして。そうしないと、マジでとんでもないことになっちゃうよ」坂の上からルーシーが声をかけた。

バトンの鋭い声はますます大きくなっていく。「何をすればいいんだい？」マットが訊いた。

「動物の声が好きよ。特に牛のモーっていう声が好き」

マットはルーシーにうんざりした顔を向け、泣き叫ぶ赤ん坊をネルに押しつけた。「ほら、気をそらして」

ネルは腕を背中にまわし、あとずさった。「やり方がわからないわ」

赤ん坊の拳はあたり一面を打ち、蹴りまで始まった。ちくしょう。マットはくるりとうしろを向くと赤ん坊を川のなかに戻してやった。

「モー」なんて絶対ごめんだ。

8

マットはシャワー室の床の上で彼の指で遊んでいる裸の赤ん坊を驚きの目で見つめた。なぜこんな羽目におちいってしまったのか？　どうして赤ん坊とシャワーを浴びるなんてことになったのか？　ネルとシャワーを浴びるっていうのなら、話は別なのだが。

遅まきながらあの大きな身ごもった腹部を思い出し、そのイメージを振り払った。まだ屋根付き橋のそばに駐車を続けており、このぶんではバトンが思春期に達するまでアイオワには到達しそうもない。マットは胸に残った石鹸の泡を洗い流し、おれはきっと例の悪夢に囚われているんだと思った。どこかに行こうとしてがむしゃらに頑張っても、うまくいかない、そんな悪夢。

ふと身も凍るような思いが心に浮かんだ。最初はふたりの子どもをつかまえた。次は女性を拾った。まるで悪魔の力で自分のまわりに家族が作られていくような感じだ。

「大丈夫なの？」ネルがドア越しに声をかけた。

赤ん坊は屈んでマットの足の上に四本の歯を食いこませた。彼は甲高い声をあげ、しゃがんで赤ん坊を抱きあげた。「このチビめ――」

「川にはどんな微生物が棲んでいるかわからないのよ」とネルがいった。「バトンに石鹸はたっぷり使ったでしょうね？」

マットは赤ん坊を無理やりシャワーの水しぶきの下に置いた。「まる一個」

「そこでふざけたまねをしないほうがいいよ、ジョリック！」ルーシーが叫んだ。「マジで！」

「静かに、ルーシー。マットはただでさえいらいらしているんだから、これ以上刺激しないで」

バトンが水を吹き出したので、マットは水の当たらないところへ引っ張りだして赤ん坊を自分の裸の胸に押しつけた。赤ん坊はマットの一方の乳首を爪でつかもうとして躍起になっている。

「痛い！」

「バトンに痛い思いをさせているんでしょう」ルーシーがわめいた。「わかってるんだから」

「痛い思いなんてさせてないよ！」

バトンは自分以外の人間がわめくのが大嫌いだ。例によってまた唇がワナワナしだした。

「そんなまねしても、おれには免疫があるんだぞ」マットは下を向いて怒鳴った。

唇の震えはおさまり、輝かしい微笑みに変わった。その青い目のなかにはたしかに敬愛のかすかな光が見て取れ、そのすべてが彼に向けられているのをマットは知った。「もういいよ。抱きこもうとしたってそうはいかないぞ」

バトンは赤ん坊吸血鬼のような鋭い歓声をあげると、マットの胸に顔を向け、噛んだ。

「ちくしょう!」

ちょうどそのときシャワーのしぶきがだんだん弱くなり、点々としたしたたりに変わった。慌ててサンディの家を飛び出したので、タンクを満水にすることなどずっと気にもかけていなかったし、昨夜はキャンプ場でジム・ビームのびんに夢中で、そんな作業のことはとんと思い浮かばなかったのだ。

「あなたがあの汚い川で赤ちゃんを泳がせたりしなければ、こんなことにはならなかったのよ」ネルは義務感に駆られ、こごとをいう女房のような声で念を押した。

マットは歯が外を向くようにバトンの体をくるりとまわし、ちっぽけなシャワー室のドアから無理やり出て、これまた狭苦しいバスルームに入った。タオルを取ろうと手を伸ばしたとき、壁に肘をぶつけてしまった。「ちくしょう!」

「もう二回も『ちくしょう』っていったわ」ネルがドアの向こうからいった。「なんだか大変そうね」

「裸の男を見たくなかったら、ドアから離れてたほうがいい」マットはバトンの体にタオルを巻きつけ、ドアを開けて外の床の上に座らせた。「あとはまかせたよ」

彼はおもしろがっているネルの前でドアを閉めた。赤ん坊はたちまち泣きだした。

「あなたのほうがいいみたいよ」とネルがいった。

「番号札をとるようにいってくれよ」

笑ったような声が聞こえ、マットの顔にも悲惨だったこの日初めての笑みが浮かんだ。腰のまわりにしっかりとタオルを巻きつけるとドアを開けて外に出た。

「ガー！」赤ん坊が頭にタオルをかけたままマットのほうに手を伸ばした。甲高い叫び声を聞きながら、マットは赤ん坊のそばを通りすぎ、車の後部へ向かい、引き戸を閉めた。

ちょこちょこと動く音が聞こえた。きっと自分を追って這ってきたのだな、とマットにはわかった。

「こっちへおいで！」ルーシーが叫んだ。「そんな人、嫌いでしょ。変なやつよ」

どうやらバトンは少しばかり考えが違うらしく、マットがいま閉めたばかりの引き戸に小さな頭を押しつけている。しばし神聖な静寂があり、やがて地獄のような大騒ぎが始まった。憤怒の爆発は、とまどった赤ん坊の哀れをさそうすすり泣きなどというなまやさしいものではなく、むしろ男に捨てられた女の憤激の叫びのようだった。マットは苛立って身につけていたタオルを乱暴に引きはがした。なぜサンディは男の赤ん坊を生まなかったんだ。

ネルが「モー」と牛の鳴き声をまねはじめた。

バトンの体をきれいにしてやったら、今度は食事をさせ、その後胃が落ち着くまで待たなくてはならなかった。マットが靴底を舗道にぶつけるような歩き方で、額に深いしわを寄せ、大股で道路を行きつ戻りつするようすをニーリーはメイベルの窓越しに見ていた。ときおり石を拾っては川に投げこんだりしている。一度など実際に道路脇にしゃがんだかと思うと、腕立て伏せを長々と続けたりもした。その短気なところがニーリーには気ざわりだった。その一日をただ楽しめばいいのに。

ルーシーがバトンをチャイルド・シートに座らせると、ニーリーはドアを開けて外に出た。

「ちょっと試してみたいことがあるの」

「いま頃なんだい」

「そんなにすねた態度をとる理由はないはずよ」

マットは彼女を押しのけるようにして——アメリカのファースト・レディを押しのけるようにして、モーター・ホームに乗りこんだ。

「ダー!」バトンがチャイルド・シートから甲高い声をあげた。

マットのいかにも機嫌の悪そうな表情を見て、ニーリーは急いで運転席に向かった。

「私が運転したほうがいいんじゃないかしら。あなた、旅のいらいらが全身に刻まれているわよ」

「早くハイウェイに戻れるように、きみは助手席で標識に注意しててくれよ」マットは体をよじるようにして運転席に座った。

「つまんない」ルーシーがいった。「モールに行きたい」

「今度何かしゃべったら、三人とも縛り上げてうしろの荷物入れにぶちこんで閉じこめてしまうぞ」

ニーリーがルーシーを見た。ルーシーも視線を返した。ふたりのあいだに無言の対話が交わされた。バトンだけが嬉しそうだった。ようやく視界に愛しい男が戻ってきたのだ。

　みんな黙りこんだまま二〇マイルほど走った。たばこ畑や零細な農場、小さな村落を通りすぎた。州境にほど近いやや大きな町を通りすぎていたとき、メイベルの最前部から不気味な鈍い音がしたのにニーリーは気づいた。マットはすぐ車のスピードを落とし、ブレーキをかけ、ハンドルを右へ切ろうとしたが、ハンドルはそれに反応しなかった。彼はののしりの言葉を吐いた。

「どうしたの？」

「ハンドルが制御不能になった」

「だからこれはポンコツだっていったでしょう」ルーシーがうしろからいわずもがなの言葉をかけた。マットはハッシュ・パップスという古めかしいドライブ・イン・レストランの駐車場の端の路肩にメイベルを巧みに停めた。

「やった。スラーピー（シャーベット状の炭酸飲料）飲ましてくれる？」

「ルーシーちょっと黙って。どこが故障していると思うの、マット？」

「おれがエンジンのノック音を気にしていると思ってる？」

「ええ」

「そうじゃないね」

「あら」

　マットは身動ぎもせず、フロント・ガラス越しにじっと前を見つめていた。

「前輪連接棒《タイ・ロッド》の破損。何かそのあたりの故障だな」

マットがあまりにみじめなようすをしているので、ニーリーは思わず手を伸ばして彼の腕を強く握りしめた。マットは振り向いて彼女の顔にじっと見入った。視線がからみあい、ふたりのあいだに熱い何かがほとばしった。きまりが悪くなったニーリーは手をひっこめた。彼の体に触れていた掌の部分が温かかった。

ニーリーは立ち上がってルーシーのほうを向いた。「マットが故障の原因を見つけだすあいだに、マットのお金を使ってジャンク・フードでも食べにいきましょう」

ハッシュ・パップスには室内の席などという贅沢な設備はなかったので、ニーリーは駐車場のすぐそばに置かれた三つの金属製のテーブルに座って休むことにし、牽引車がやってきてマットが乗るメイベルを牽引していくようすを見守った。ルーシーが食べているあいだに、ニーリーはバトンを追いかけて走っていた。だが結局赤ん坊は疲れ果ててキルトの上で眠ってしまった。

「めちゃくちゃつまんない」

「近所を探索してきたら？　でもちょっと見たら戻ってきてね」

ルーシーは幼い妹のようすをじっと見つめていたが、疑うようにニーリーの顔を見た。

ニーリーは微笑んで小声でいった。「絶対目を離さないわよ」

茶系の口紅を塗ったルーシーの唇が冷笑を浮かべた。「あたしみたいにちゃんと見てよ」

「ええたしかに、あなたは妹の面倒をよく見ているわね。仕方がないわよ、ルーシー。あなたがお姉さんになった日があの子にとって最高に幸運な日だったんですもの」

ルーシーが目をしばたたかせながら、くるりと背を向けたそのとき、ニーリーはタフな虚像の下に潜む傷つきやすい十四歳の実像を垣間見た気がした。

ルーシーが行ってしまうと、ニーリーはキルトの上で脚を伸ばし、金属製のテーブルの脚に背中をもたれ、目の前を通りすぎていくウェスト・ヴァージニアの小さな町の暮らしを楽しく観察していた。

うとうとしはじめた頃、古臭いオールズ・モービルが駐車場に入ってきて、運転席からマットが降り立った。さっきよりもっと不景気な顔をしている。「やっぱりおれの思ったとおりだったよ。前輪連接棒の断裂だった。明日の朝までには直らないって」マットはニーリーのそばに来て立ち止まった。「メイベルが入れられたガレージってさ、郡の廃品置き場の一部らしいんだ。その隣りは埋め立て式のごみ処理場みたいなところで、あたり一面マフィアの埋葬地みたいな臭いが漂っていたよ」

「じゃあ、今夜はメイベルのなかでは寝られないのね」

マットはニーリーの向かい側にある椅子に前屈みに腰をおろした。「ここから五マイル先にホリデー・インがある」

マットは何か飲みたくてたまらないように見えたので、ニーリーは自分の飲みかけの水っぽいコーラを彼のほうへ押しやった。「ハンバーガー買ってきてあげる」

「うまい大腸菌がはさんであるやつ探してきてくれよ」

「それならきっと普通に頼んでもついてくるわよ」

マットは笑ってストローをくわえて唇をすぼめ、ひと口飲んだ。コップの縁から飲むものと思っていたので、ニーリーはしばらく目を離せずにいた。マットが紙コップを置いた。ふたりのあいだで何かがパチパチとはじけ、それを意識したニーリーは落ち着かなくなり、はにかみを感じた。

彼女は男性としての性的エネルギーをこれほど強く発散する人に会ったことがなかった。視覚的には目や両肩、指のしなりにそれを感じる。聴覚的にはあの溶鉱炉のような声にそれを感じる。彼は女性の影響を極力受けまいとしているような感じを受ける。いわば馬の背にまたがったり、船の舵を取ったり、軍隊の突撃を指揮したりする類いの男なのだ。

ニーリーはとりとめのない思いを振り払い、ドライブ・インのウィンドウに向かった。彼女はマット・ジョリックのような男性についてはまるきり無知だったし、そのうえ、知ろうというつもりもなかった。

マットが食べ終わった頃、ルーシーが戻ってきた。バトンがマットの膝の上に這い上がるようすを見つめていたルーシーはオールズ・モービルを見やった。「カマロか何かなかったの?」

「あいにく空いてなかったんでね」

ガレージまで行くあいだに、バトンはマットの注意を引こうとして喉をガラガラいわせたり、甲高い声をあげたりしていた。マットは断固としてそれを無視した。ガレージに着いてみると、隣接する廃品置き場はマットの言葉どおりの臭いがしていた。必要なものをすべて車につめこんでホリデー・インに向かって出発したとき、ニーリーはようやくほっとした。

できるだけたがいに離れた部屋を二部屋用意してほしいとマットが頼むと、フロント係は釈然としないようすでマットの顔を見た。ニーリーはひとりで子どもたちの面倒を見るつもりは毛頭なかったので、急いで前へ出て、いった。「本気にしないでくださいね。彼、人をかつぐのが大好きなんです」

結局続きの部屋に落ち着いた。

手提げかばんをベッドに置きながら、何かが欠けている、それは何なのかとニーリーは考えていた。ふと、それは塗りたてのペンキの匂いなのだと気づいた。アメリカの大統領とファースト・レディが宿泊するとなると、世界じゅうのどのホテルもできるだけよい印象を与えようとするから、最大のスィートを改装することになる。塗料の匂いで頭痛を抱えながら眠りについたことも数知れず、いま思い出すのもいやなくらいだ。

窓際に立ち、下のプールにじっと目を注いでいるルーシーが見えた。「泳いできたら?」

「水着持ってないもん」

「いま着ているのでいいじゃない。ここへ戻ったら洗えばいいのよ」

「そうね」

ふと気づくとバトンの姿がない。開いたドアから隣りの部屋へ入ってみると、キングサイズのベッドの向こうでTシャツを頭から脱ごうとしているマットが目にとびこんできた。どうしてすぐ着る物を脱いでしまうのだろう？　彼の胸はニーリーがもっとも魅力的だと思う形をしていた。肩は幅広く、ウェストは細く、黒い胸毛が少し。輪郭がはっきりし、しかも大きすぎない筋肉。そのながめを楽しんでいたニーリーは、マットがこちらを見ているのにようやく気づいた。

マットの口の端がつり上がった。「何かいいもの見えた？」

ニーリーは彼を見つめていたもっともらしい口実はないものかと頭をめぐらせた。「シャワーのあと着替えたシャツを着なかったの？」

「メイベルを点検するとき油で汚れちゃったんだ。それがどうかした？」

「だって……みんなの衣類が足りなくなりそうなんですもの」

「明日全員の分を洗濯してよ」

「私が？」ニーリーは一度も洗濯というものをしたことがなかった。「私の職務内容に含まれていないわ。子守りが私の仕事よ。思い出した？」

「ダー！」

マットはたじろぎ、足元を見て眉をひそめた。赤ん坊が彼のジーンズを死ぬほどしっかりつかんでいる。「この子はダーっていうのがどんな意味か知らないでいってるのよ」とニーリーはいった。「ちょっと抱き上げてあげればいいのに。少し関心を示してあげれば安心して向こうへいって遊んでくれると思うの」

「もういいよ」

「簡単には落ちないふりをするのよ、バトン。あからさまな愛情表現は嫌われるのよ。少なくとも私はそう聞いたわ」

「個人的な経験じゃないの？」

ニーリーはあたりさわりのない言葉をぼそぼそとつぶやき、奮起してかがみこみ、バトンを抱き上げた。ところが赤ん坊のお目当てはマットだった。ニーリーが立ち上がると、赤ん坊はマットに向かって倒れこむようにシャツをつかんだので、ニーリーはよろけてしまった。

「あら、ごめんなさい」

マットは自然とニーリーを抱えるかたちになった。彼女の脇腹にマットの胸が触れ、その体温が温かく感じられた。ニーリーは長年性的な感情を抑制してきたので、無意識に自制するようになっている。だがこの接触はいわばショック療法で、彼女は自分が女性であることをまざまざと思い知らされた。

マットは離れようとはせず、口元から始まった微笑みが灰色の目まで広がった。「たしかきみはあからさまな愛情表現を認めていなかったよな」

マットは私を口説こうとしているのか？　いまだかつてコーネリア・ケースにいい寄った人間はいなかった。大学生のときも、副大統領の娘にアプローチするなど畏《おそ》れ多いと男子学生たちにはもっぱら敬遠されていたので、ニーリーは自分のほうからデートを申しこんだくらいだ。また彼女を無事に連れて帰ろうとあたりにたむろしているシークレット・サービスに対しても学生たちは明らかに威圧感を覚えていたようだ。そんな状況でも性的な出会いはあってしかるべきだと彼女は信じていたが、実際のところチャンスはめぐってこなかった。ニーリーはごく幼い頃から「あなたが少しでも過ちを犯せば、それはお父さまの名を汚すことになるのですよ」といわれながら育った。用心深さが心に浸透するあまり、彼女はいつしか自然な好奇心や冒険心、性への関心もすべて抑えつける暗い青春を送るようになっていた。さらにそうした抑圧は、彼女の自己認識にさえ影響を及ぼした。デニスに会ったとき、彼女は処女だった。

初めてデニスのことを思い出しても苦痛を感じなかった。時が心の傷を癒しはじめているのか、それとも目の前に立つ男性に心を乱されているからなのだろうか。

バトンはふたたびマットのほうに身を乗り出した。マットはニーリーから離れるように重心を変え、奇異な目で彼女を見た。

「バトンを下のプールに連れていってみるわ」と彼女は言った。

マットは口ごもり、ようやくいった。「行ってみれば」

ニーリーが部屋から連れ出すと、バトンは火がついたように泣き出した。

ニーリーはその後数時間ベビー・プールの脇に座り、バトンが日焼けしないだろうか、溺れないだろうかと案じながら過ごした。プールは日陰にあったので、赤ん坊を大きいほうのプールに入れ、一度だけ手元から何フィートか離れてしまったとき、ニーリーは自分がばかげたことをやっているのだと自覚していた。この焦燥感はマットのことばかり考えまいとする一種の防衛本能からきているのかもしれなかった。

自分を偽っている解放感が想像以上に影響を及ぼしているとも思えた。ネル・ケリーとはいったい誰なのか。性への積極性に加え、ネルは他人の感情を害することもあまり気にしないようだ。ジョリックの肉体に魅了されていることをのぞけば、ニーリーはネルのすべてが気に入っていた。

性について考えることは無分別なことではないのだと、ニーリーは自分に言い聞かせた。どんなに抑圧を受けていても、自分は生身の人間であり、マットはこれまで出会った男たちとはあまりに異質なタイプなのだ。マットが女性とのつきあいにおいて自己主張しすぎるのも政策的には正しいと思う。ひき締まった筋肉、えらの張った顎、太い指先。石鹸とシェービング・クリームと肌から立ちのぼるあの匂いが好きだ。筋骨たくましい大きな体。そして歯並びもいいと思う。

歯並びですって？　まったく私はどうかしている。ニーリーはうめきながら、バトンが飲みもしない水を使い捨てコップに注ぎ入れるのを手助けした。

結局ルーシーは退屈して、テレビを見に上の部屋へ行ってしまった。バトンにミルクを飲ませなくてはいけないことも気づかないなんてばかみたい、と捨てぜりふを残してバトンを連れていった。

ニーリーは溜め息をついて椅子にゆったりともたれ、ルーシーやバトン、マットのことはもう考えるのはよそうと決意した。だが、そのために金銭的な不安が頭をもたげてきた。鉄鋼労働者はたしかに稼ぎがいいらしいが、この旅行にはかなりの出費が伴っているはずだ。あれやこれやの出費に加え、メイベルの修理代もまかなえるのだろうか？　それに私は短いパンツ二枚と、数枚のトップス、着替えの下着一枚で残りの冒険旅行を続けようというのか？

資金を調達するしかなかった。所在を漏らすことなく彼女の信頼に応えて金を用意してくれるのはテリー・アッカーマンしかいなかった。ニーリーは公衆電話のあるところへ行き、テリーに電話をした。

FBI特別捜査官アントニア・デルッカ、通称「トニ」は、ジミー・ブリッグスがシボレー・コルシカを盗んだという、ペンシルヴェニア州マッコネルスバーグ近くのサービス・エリアの駐車場から車を出した。相棒とともに施設従業員やトラック運転手などへの聞き込みを行なったものの、目撃者はいなかった。数時間後に次のシフトに入る従業員への聞き込みを行なうため戻ってくるつもりでいる。

トニは政府差しまわしのトーラスの座席の向こうに座る新しい相棒をじろじろとながめ、なぜまたジェーソンなんて名前のやつと組むことになったのだろうかと考えた。秘密検察局特別捜査官ジェーソン・ウィリアムズ。三十歳以上の人間でジェーソンなどという名の男はいない。それになにより苛立たしいのが、ジェーソンが三十路《みそじ》まであと四年もあるのに、自分は三十路なぞ十五年も前に通りすぎたという事実だった。

一九七〇年代後半にトニがFBIに入ったとき、彼女はわずか二百名の女性捜査官のひとりだった。二十年以上たって、彼女は同期のなかでも抜きんでた強靭な精神力と明晰な頭脳を武器に、性の戦争に勝ち残った。出世街道をかけ昇ることこそ女性としての自分の使命だと考えていたが、じつはなんのことはない、ただ現場捜査の仕事が好きでたまらないのだとわかった。三年前に現場捜査担当に復職し、以来仕事にはかつてなかったほどの充実感を覚えている。

昨夜遅くトニはハリスバーグ支局への出頭を命じられた。捜査本部の設置さえできない小規模な事務所である。そして早朝の状況説明で、招集された捜査官たちにコーネリア・ケースの失踪が知らされたのだ。アメリカのファースト・レディの安否に対しての関心は、もっぱらファースト・レディを捜索するために組織されたエリート捜査官たちのタスク・フォースに自分の名が連ねられたことに対する興奮だけだった。困ったことに、FBIの捜査に関わった経験もない新しい相棒と組まされることになった。前に秘密検察局の局員たちと組んだことは何度もあるが、ジェーソンなどという名前の二十六の若造ではなく、みな経験豊富なベテランぞろいだった。

ジェーソンは秘密検察の局員によくいる、こざっぱりとした中流白人的容貌の持ち主だった。短く刈り上げた褐色の髪、左右対称の顔の造作、顎にはニキビらしきものも。よりによってニキビ面の若造を自分の相棒に割り当てられるなんて。

しかも今度の相棒は体重を気にしたりしわの心配とは無縁なのだ。髪に白髪が混じっていることもない。こちらはわざわざバック・ミラーで本来の黒髪にどのくらい白髪が混じっているかチェックをしたりする必要もないくらいなのに。とはいえ、オリーブ色の肌はしわがないほうだし、体も理想よりほんのちょっぴり丸い曲線がついてはきたが、まだまだ元気だ。これまでこの青二才とは必要最小限度の会話しか交わしていないが、そろそろこの新しい相棒の腕前を試そうと考えていた。

「じゃあ訊くけど、きみは誰にごまかすってこの任務をゲットしたのかな?」

「べつに誰にも」

「さあ、白状しちゃいなさいよ」

彼は肩をすくめた。

トニはイタリア系アメリカ人なので、あたりさわりのない肩すくめで話をはぐらかされるのは大嫌いだ。これでこのこわっぱの評価はさらに一段階下がった。「そりゃ興味深い話だねえ。上司のところへ行ったら、精鋭ぞろいのタスク・フォースのメンバーに組み入れられていたというわけか。あんた、ついてるわ。FBIじゃ、任務をゲットするにはそうとうな努力が必要なのよ」

彼はトニのほうを向いてニヤリと笑った。「ぼくが任命を受けたのは、ひとえに優れた能力があるからです」

「送りこまれてきたのは本物の腕利きだったわけね。あたしって、なーんてついてるんだろ」トニは物憂げにいった。

ジェーソンが眉をひそめたので、トニはいやみが効果をあげたのだと思った。しかし溜飲を下げたと喜んだのもつかのま、彼が眉をひそめたのは苛立ったからではなく、深い物思いに沈んだからだとわかった。

「あなたの熱意はどのくらいですか?」

「なんのことよ?」

「オーロラ捜索にかける意欲の強さですよ」

オーロラとは秘密検察局でのコーネリア・ケースのコード・ネームである。これまで歴代大統領の家族には同じ頭文字から始まるコード・ネームをつけるのがならわしになっている。デニス・ケースにはアローというコード・ネームがついていた。

トニはどう答えるべきかしばらく考えた。「手柄として自分の履歴に花を添えるつもりはないわ」

「それじゃ、ちゃんとした答えになってないし、率直でもないですね。あなたこそ腕利きのくせに」

「そうかしら。あんた、あたしのことでほかに何か聞いてる?」

「傲慢《ごうまん》で、協調性がなく、現場捜査にかけてはFBIでもピカ一と」

「あんたっていけすかない野郎だね」トニは形勢逆転を狙うことにした。「あたしは失敗が嫌い。それと形だけ仕事をこなしたら任務を遂行したと思いこむようなケチなやつも大嫌い」

「それならぼくたち共通点があるじゃないですか」

「それはどうかしら。あんた、キャリアはまだまだ浅いからオーロラ発見という手柄を立てようが立てまいが影響ないんじゃないの」

「大ありですよ。ファースト・レディを失踪させたという屈辱的な思いはありますけど、それはそれとして、ぼくにも野心はあります」

「へえそうなの。で、どんな野心？」

「オーロラを発見して局長や長官、大統領にも一目置かれたいという野心です」

トニは若者の大まじめなしわのない顔をじろじろと見た。「野心なんて誰でも持ってるのよ、やり手君。問題は困難な仕事をどうこなすかにかかってるの」

若者の視線はトニの白髪まじりの髪から、太めの体へとすべるように移った。「あなたとうまくやっていくのはそれほど大変じゃなさそうな気がしますよ」

彼は長手袋を投げ出し、笑みを浮かべた。

「そう？　それはそのうちわかることよ、おにいさん。失踪中のファースト・レディを発見するのに必要な手立てを、私たちのうちどちらが身につけているか、それもそのうちわかるわ」

ルーシーもバトンも機嫌が悪くなってきたので、ニーリーはふたりのためにルーム・サービスを注文し、マットが戻ってこないことなど気にしていないふりをした。ルーシーは映画を見ていたが、いつしか眠ってしまった。バトンもルーシーのそばで体を丸くして眠っていた。ニーリーはシャワーを浴び、いやでしょうがない詰め物を腹部にとりつけた。

バス・ルームから出てくるとマットがふたつの部屋を結ぶ戸口に立っていたので、はっとした。マットは裸足で、先刻着替えたデニムの短いズボンからTシャツの裾が出ている。光を背にした彼の体はいっそう大きく見える。ルーシーとバトンがそばで眠っているというのに、なんだかふたりきりのような気がする。

ニーリーは小声で言った。口調も穏やかだった。「結局私たちを見捨てるのはやめにしたのね」

「話がしたい」

マットの厳しい口調に、ニーリーは不安を覚えた。「疲れているの。話なら明日にしましょうよ」

「いま、話そう」彼は自分の部屋のほうへ顎をしゃくった。ニーリーは拒むことも考えたが、それを口にしても無駄であることは、彼の表情を見れば明らかだった。

マットはうしろ手にドアを閉めたが、その目は冷ややかだった。「人から嘘をつかれるのは気分が悪いね」

指一本触れられたわけではないが、背後に壁が迫っているのは気づいていた。「あなたは何を――」

マットが彼女のナイト・ガウンのへりを引っ張ったので、ニーリーは言葉を失った。体を離そうとしたが、腕をつかまれた。

「やめて！」

マットは彼女の下半身をじろじろとながめ、ウェストに縛りつけた枕とその下につけている薄紫のレースのパンティに見入った。

ニーリーはもがき、マットの胸を押したが、まるで通じなかった。「放してちょうだい」

見たかったものを確認すると、マットは彼女を放した。

布地が脚をすべり落ちた。ニーリーは彼の前を通り抜けようとしたが、頑丈な巨体が通路をふさいでいた。マットの射るような視線が彼女の体を通り抜けた。「きみは何ひとつ真実を話していない」

マットは妊娠が虚偽だと知っている。だが彼女の正体も見抜いているのだろうか？　ニーリーは恐怖をぐっと呑みこんでいった。「いったでしょ。あなたや子どもたちに危険が及ぶようなことはしないって。大切なのはそれだけよ」

「おれの考えは違う」

「この件に関しては明日の朝話しましょうよ」

「このまま無罪放免はできないね」マットはニーリーの肩をつかみ、乱暴に椅子に座らせた。

ニーリーは生まれてこのかた、人から手荒な扱いを受けたことがなかった。彼女は驚愕《きようがく》のあまり早口で言った。「こんな扱いをされるいわれはないはずよ！」

マットは椅子のアームに両腕をのせ、彼女の動きを封じた。ニーリーがマットの食い入るようなまなざしをとらえたとき、冷たい指先が背筋をなぞって下りた。あまりの粗野なふるまいに、ニーリーは理解しようという気にもなれなかった。

「さあ、お遊びの時間はおしまいだよ、プリンセス。まず本名から明かしてもらおうか」

名前ですって？　私の正体を知っているわけではないのね！　彼女は大きく息を吸いこんだ。「プリンセスなんて呼ばないで」ニーリーはやっとの思いでいった。「それとケリーって、私の本当の名前よ。結婚前の名前なの」ニーリーは気を取り直して、これまでの自分の半生を考え、やっとのことでひとつの話をひねりだした。「あなたに婚家の名前を教える理由がないわ」

「結婚しているの？」

「私……離婚したの。でも元夫がそれを認めようとしないのよ。彼の家はとても権力のある富豪なの。私は、私はときどきどうしようもなく……」この先どういえばいい？　ニーリーの心は空っぽになってしまった。ニーリーは傲慢な視線をマットに向けた。「私の個人的な生活には首をつっこまないでほしいわ」

「仕向けたのはきみのほうだよ」

マットは体をまっすぐにしたので、もはや彼女の動きを封じこめるものはなかったが、それでも彼はそこを動こうとはしなかった。ニーリーは話がもっともらしく聞こえるよう苦心した。「複雑な事情があるのよ。しばらく身を隠す必要があるというだけなんだけど。探偵が私の行方を追ってきているかもしれないの。だから妊婦の変装で追手をまこうと決めたのよ」これ以上マットに無礼を許すわけにいかない。ニーリーはマットをにらんだ。「私の上に立ちはだかるのはやめて。いやだわ」

「いいよ」そういいつつ、マットは動く気はない。その頑固で冷酷な口元に見入るうちに、ニーリーは自分がどれほど彼の微笑みに魅了されているのか実感した。めったに見せてはくれないけれど、それだけにその微笑みを目にすると、身も心もとろけてしまいそうになる。

多くの軍人を知る彼女は報復攻撃の重要性をよく理解している。「この件で難癖をつけるつもりなのね？　自分には関わりのないことだというのに。あなた、腕力で私を攻撃しようとまでしたわ！」

「腕力なんて使わない！」顔をしかめたものの、マットは半歩あとずさった。

「どうして単純に、本当に妊娠しているのか、って訊かなかったの？　ところで、なぜわかったの？」

「きみはぼくのほうに寄りかかったことがあったじゃないか、覚えてない？　このホテルに着いてすぐのとき、きみがバトンを抱き上げたことがあっただろ？　妊婦の腹と枕のさわり心地は明らかに違うよ」

「あら」ニーリーはあのときのマットの奇妙な視線を思い出した。彼はふたりのあいだに沸き起こったセクシュアルなムードに反応したのだと思っていたのだが、こうしてみると、あのときの特別な気分はどうやら一方通行だったらしい。ニーリーは立ち上がった。「あなたの態度は許しがたいし、野卑そのものです！」

「野卑ときたか！　豊富な語彙《ごい》をお持ちですね、プリンセス。お次はなんですかね？　首をはねろ、とか？」マットは手首の付け根をニーリーの頭から一フィートばかり上の壁に当てている。「お気づきでないといけないので、一応お知らせしておきますが、あなたはいまホテルの部屋で素性もよく知らない男と一緒にいるんですよ」

その言葉には脅しの意味が含まれてはいたが、彼女は怖くはなかった。マットは頑固者で偏屈なところはたしかにある。口調だって優しいとはいえないし、柔軟さにはほど遠い。それでも彼から肉体的な危害を及ぼされることは想像もできなかった。

ニーリーはマットを見据えた。「もうやめて。私があなたを必要としている以上に、あなたは私が必要なはずよ」これは事実ではないが、彼はそれを知らない。「この先私の過去について質問はやめてちょうだい。私は不法なことに関わってはいないし、あなたに関係ありません。そのことをただ認めてほしいの」

「断わったらどうなるのさ？　おれの城をとりあげるつもり？」

「そして王国一の醜女《しこめ》と結婚させてあげるわ」

笑わせるつもりでいった言葉なのに、マットは棒でつつかれている熊のように不機嫌な顔をしている。「その枕をはずせよ。ばかみたいだよ」

「胸をたたいてバナナでも食べてなさい」軽々しく危険なことを口走っているのはわかっているが、気にもかけなかった。

マットの動きが完全に止まった。「いま何いった？」

「ええと……べつに。ほんのはずみで出ただけ」

　マットは笑みを浮かべそうになっていった。「肝が座ってるよな」

「まあね……あなたってちょっと類人猿みたいな行動をするのよね」

「探偵を使ってきみのあとを尾けてる教養の高い富豪の元ご亭主とは違ってね」

「現実的な面から見ても、彼は……バナナは嫌いよ」

「そんなのは作り話だ。何もかも。元夫なんていない」

　ニーリーは顎を上げた。「それじゃ、どうして私が身ごもったりしたというの？　その質問に答えてちょうだい、切れ者さん」

　口の端がよじれ、マットは首を振った。「わかった、降参だよ。しばらくきみの芝居に調子を合わせてやってもいいよ」

「ありがとう」

「そのかわりひとつ条件がある。きみは結婚しているのかいないのか、教えてほしい」

　今度ばかりはマットの目をまともに見ることができた。「してないわ。本当よ。結婚はしていないわ」

　マットはうなずいた。信じてくれたことは、見てわかった。「わかったよ。でももうこれからは、枕を腰に巻いた姿なんて見たくないね。マジでさ。サンディの子どもたちとおれと一緒に旅行しているだけで、カモフラージュとしては十分だろ？」

　このことでマットといい争うわけにはいかないと悟ったものの、ふたりの子どもたちの存在でニーリーの正体を隠せるだろうか？　「ルーシーにはなんといえばいいかしら？」

「夜のあいだに出産して、シプシー集団に売り払ったとでもいえば？」

「いやよ」

「なら、本当のことを話せばいい。ルーシーならわかってくれるさ」

ニーリーはどう取られてもいいというように、あいまいに肩をすくめた。

ふたりのあいだに沈黙が訪れた。廊下の向こうでドアが閉まる音がして、ルーム・サービスのカートのカタカタという音が聞こえてきた。ニーリーはとつじょばつの悪さを感じた。

マットの顔に微笑が浮かんだ。「いまは少なくとも変態みたいな気分はしないよ」

「どういう意味？」

「妊婦を見て欲情したら変だろ」

ニーリーは皮膚がチクチクする気がした。「ほんとに？」

「意外そうなふりはするなよ」

「男の人は私を見てもたいてい……欲情しないと思うけど」

男性には人気がある。人気というより彼女の力に魅了される男性が多いというべきだろうか。だがそうした男性にしたところで、彼女に性的魅力を感じたりはしない。彼女の力が強大すぎるからだ。地位や威厳が性的魅力を溶解してしまうのである。「私を見て本当に欲情するの？」

「そんなことといったっけ？」

「いったわ。でも……」

「証拠がほしい？」

「私は――いいえ、けっして――」

マットは笑いながらニーリーに近づいた。彼のジーンズがナイト・ガウンをこすり、彼の顔をじっと見上げながら、ニーリーはいつになく自分が小さく思えるという感覚に襲われた。じつに女性らしい感覚だった。

マットの大きな手が彼女のウェストに当てられ、彼女を引き寄せた。マットはまるでニーリーの知らない秘密でも知っているかのように微笑みを浮かべていた。キスされることはわかった。拒むつもりはなかった。

やり方を覚えているかしら？　たしかにキスのやり方なんて普通忘れたりするものじゃない。何かに乗ったりするのと同じように――。

ふたりの唇が合った。ニーリーは知らず知らず目を閉じた。彼の腕のなかで溶けてしまいそうだった。やがて雑念は消え、ひたすら感覚に身をまかせた。

大きな手が背筋に沿い、また脇腹のあたりをさまよった。彼の唇が開いた。そこには圧倒的な意志の力が感じられた。溺れてしまいそうだった。

やがて恐怖が心に入りこんだ。彼のキスの相手は国の中心的存在。彼がキスしているのはファースト・レディとしての在り方は熟知している……でも一女性としての生き方については無知に等しい相手なのだ。

9

ニーリーはキスを中断させ、大きく息を吸いこんだ。

マットは彼女の体を離し、ゆったりと微笑んだ。「幼い女の子みたいなキスだな」

微笑みが添えられていたので言葉に棘《とげ》は感じられなかったが、ニーリーはやはり傷ついた。それとは知らず、彼はニーリーのもっとも痛みを感じる部分に触れてしまったのだ。しかし、ニーリーは人の上に立つために生まれてきた女性ならではの完璧な沈着さでどうにかうまく切り抜けた。「何人の幼い女の子とキスしたの？」

「きみの想像以上だよ」

「本当？　なんてとっぴな話なのかしら」

「それほどとっぴでもないさ。おれには七人の妹がいるからね」

「まさか冗談でしょ」

「本当だよ。冗談めかしていうようなことじゃない」マットはミニ・バーへ歩いて行った。

「何か飲む？」

チャンスがあるうちに立ち去るべきだとわかっていたが、そんな気になれなかった。それどころか無謀で無責任な自分になりたい気分だった。隙のない堅苦しいコーネリア・ケースよりも、呑気でだらしないネル・ケリーでいたかった。「きっとおいしいメルローなんて入ってないでしょうね」

マットはかがんでなかをのぞきこんだ。「メルローは一本入っているけど、ねじぶただから、味のほうは保証のかぎりではないよ」マットはびんを引き抜き、腕組みをして眉をつり上げた。「妊娠中の酒は禁物なんだけどなあ」

ニーリーは微笑みながらナイト・ガウンのなかに手を入れ、背中にあるひもをほどいた。枕が落ちた。マットはワインのふたをひねりながら、ニーリーのだぶだぶしたナイト・ガウンをながめた。「たいした進歩はないな」

ニーリーは椅子に座りながら枕を腿の上に載せた。「セクシーな化粧着はみんな置いてこなくてはならなかったの」

「そいつは残念だな。ほんと、心の底からそう思うよ」マットはグラスにワインを注ぎ彼女に手渡し、自分のためにコーラを一本出した。「どうしてそう物怖じするの?」

「べつに物怖じなんてしないわ」ニーリーはいいわけがましくいった。「あなたのことをべたほめしないからって、私が物怖じするとはいえないんじゃないかしら」

マットはベッドのヘッド・ボードの前に枕を投げやり、ベッドの上で体を伸ばし、コーラの缶を胸に立てかけた。うしろにもたれ、裸足の足首を交差させたその姿は、ニーリー以上にくつろいでいるように見える。

「じゃあ、きみはおれに関心はないというわけだね」その目にはきらめきが宿り、微妙に見え隠れするふてぶてしさが性的魅力に対する自信の大きさを物語っている。

ニーリーは、車の行き来する往来にどのくらい近づけるか試していたら、うしろから背中をたたかれた子どものような気分だった。「そうはいわなかったわ」

「じゃあ、関心があるんだ」

「そうもいってないわ。どうしてそんなこと気にするの？ どうせ私は子どもみたいなキスしかできないのに」ニーリーはこういったそばから、悔やんだ。なぜそうもこだわるのか？

「侮辱するつもりでいったんじゃない」

「でも褒め言葉でないことはたしかよね」

「謝るよ」

「口にすべき言葉じゃないわ」

「もう二度といわない」

おもしろがっているような彼の声に、ニーリーはまた文句をいった。「私が舌であなたの扁桃腺でも取ってあげれば、あなたも満足だったでしょうね」

「もう謝ったじゃないか」

「あんなキスはいやだわ。窒息しそうなんですもの」

「それぞれの舌は彼の口のなかに、ってことかい」

「彼女の口のなかによ。誰かの歯垢《しこう》を取るのは私の考えでは歯医者の仕事であって、ロマンチックなキスじゃないわ。みんな自分の舌は自分の口のなかに納めておくべきよ」

「ということは、きみにはオーラル・セックスは頼めないってことかな」

「なんですって！」

マットは頭をのけぞらせ、吠えるような笑い声をあげた。

ニーリーは顔を紅潮させはしたが、ワインをひと口飲むと、自分でも驚いたことに照れは消えていた。

「さあさあ、ネル。夜は長いし、ここにはおれたちふたりきりだ。マシアス神父にきみの精神的な悩みがどこからきているのか、打ち明けてくれ」

「マシアスですって？　あなたの名前はマシューだと思っていたわ」

「マシアスってのはスラブ風の呼び名なんだよ。マットはtがひとつ。妹たちが決めたんだけど、さ。困ったことにそれに慣れてしまってね。ところで話題をおれに振るのはやめてくれよ。きみの元亭主はあまりキスをしなかったみたいだね」

ニーリーはワイン・グラスを取り落としそうになったが、ふと気づくとこういっていた。

「とにかく、私にはしなかったわ」

「誰かほかの人とはしたってこと？」

ニーリーはためらったが、ゆっくりとうなずいた。マットは彼女の正体を知らないし、彼女はデニスと最高に幸福だったふりをすることに疲れている。少なくともネル・ケリーならば真実の一片を語ることができる。

長い沈黙があった。「つまりそれは、きみと夫のあいだに性的な関係がなかったってことなの?」

「いいえ、相手はひとりよ。彼は一途《いちず》だったわ。私に一途ではなかっただけ」ニーリーは膝に載せた枕を手でもてあそんでいた。「彼と私はなんでもなかったの」

「大勢の相手とかい?」

ニーリーはもう少しで真実を暴露してしまいそうになっていることを認識していた。「いいえ、もちろん関係はあったわ。ただ素晴らしいセックスではなかったけれど」

それは嘘だった。何週間かの手探りの試みのあと、彼女に残されたものは、自分がまだ処女なのかそうでないのかという屈辱的な不確かさだったのだ。彼女はばかばかしさを感じた。高校、大学のあいだ、彼女の健康な肉体は男性との触れ合いを求めつづけていたが、父親から常に優等生たれといい聞かされながら育った彼女は、ひとりの少年が勇気をふりしぼって秘密検察局の目をものともせず何度か彼女を口説いたときも、拒絶したのだった。

「そいつに問題があるんだな、きっと」

大問題がね。彼はアーリントン国立墓地の地下六フィートに眠っている。彼女はすすり泣きになりそうな笑い声を抑えた。「問題があったのは私のほうではないと断言できる?」

マットはしばし黙りこみ、その点について彼が本気で考えているんだな、とニーリーは思った。「うん、断言できる」

ニーリーはいつしか微笑みを浮かべていた。「ありがとう」

「少しは安心した？」

「ちょっぴりね」

「つまり彼は他の女性とは素晴らしいセックスをしていたってわけか。きみとはだめでも」

「彼が……ガール・フレンドとどんなセックスをしていたかなんて知らないわ」

彼は背筋を伸ばし、眉根を寄せた。「嘘だね」

「なんですって？」

「ガール・フレンドなんかじゃない」マットはゆっくりといった。「相手は男だね」

ニーリーが椅子から勢いよく立ち上がったとき、グラスのふちからワインが跳ね、枕がコロコロ転がった。

「ばかげてるわ！　どうしてそんな突拍子もないことを口走るの？　どこからそんな考えが浮かんだのよ？」

「さあね。ふとそう思ったんだ。それにきみの口の端がまたひき締まってるしさ。きみの元夫はゲイだ。離婚の理由はそれだね」

「違います！　くだらない！　ばかげてるわ！」ニーリーはもう一方の手でワインがこぼれたところをこすった。「彼に会ってみればわかるけど……彼はすごく男っぽい男性だった、男っぽい男性なのよ。容貌も端整だし、スポーツ・マンだし。男性から見ても親しみの持てる存在なの。あなたは完全に間違っているわ！」

マットはひとこともいい返さなかった。彼はただじっとニーリーを見つめていた。その灰色の目には憐憫《れんびん》の情があふれていた。

ニーリーは狼狽を抑えようとした。どうしてこう無謀なのだろう。長いあいだ胸のなかだけに納めてきた秘密なのに。それを口にすれば現政権を転覆させ、クリントンのセックス・スキャンダルが色褪せてしまうほどの重大な秘密なのに。既婚のアメリカ大統領は同性愛者だったのである。

彼女以外にこの事実を知っているのはデニスの旧友で大統領顧問のテリー・アッカーマンだけ。彼こそ長年にわたる愛人なのだ。ニーリーは落とした枕をまたぎ、ワイン・グラスを持ったまま窓際へ行った。透けたカーテン越しにプールの照明と、そのすぐ向こうにハイウェイを走り抜けていくトラックが見えた。

ハーバード大学の低学年で出会う前は、ふたりはそれぞれ意識下で性を拒絶していた。だが視線を交わした瞬間から抑制はまったくきかなくなった。ふたりには共通点が多かった。ともに名家の出で仲間に人気があり、まさしく栄光への最短コースに立つ若き獅子《しし》だった。ふたりは毎週違う女性とデートを重ねてはたがいに性的な空想を語り合った。しかし惹かれ合う気持ちがあまりに強く、無理にうわべを取りつくろっても、抑えきれるものではなかったのである。

結婚して六週間、ついにやっとの思いで夫に真実を吐露させたあの十一月の夜をニーリーは思い出していた。ニューヨーク市での遊説のためウォルドーフ・アストリア・ホテルに夫妻で滞在中のことだ。彼女はみじめな思いをかみしめていた。結婚しても床入りがなされず、彼女もようやくそれが自分のせいではないことを悟ったのだった。

ベッドの端に腰かけ、自分の手を見つめるデニスの目には涙があふれ、罪の意識で声をつまらせながら話す夫の言葉はよく聞き取れないくらいだった。

「テリーと目が合った瞬間、ぼくたちはたがいに唯一無二の心の友を見つけたと思った。それ以来ぼくらはほかの人間など眼中になくなった」デニスは目を上げ、ニーリーを見つめた。彼の金色の目は悲しみに打ちひしがれていた。「テリーを除けば、一番の親友はきみしかいなかった。きみのことは本当に愛しているんだよ、ニーリー」

「妹のようにね」とニーリーはのろのろといった。「それは妹に対する愛情みたいなものよ」

「すまない」デニスの涙がきらめいた。「本当にすまないと思っている」

彼の裏切りはあまりに根の深いものだったので、ニーリーは死にたいほど絶望し、その瞬間デニスに対して憎悪を抱いた。

「大統領を目指すなら妻をめとる必要があった」とデニスはいった。「きみにはずっと好意を持っていたし、きみのお父上が結婚を勧めてくれたとき、ぼくは――ぼくは――」

「私を利用しようと決めたのね」彼女はつぶやいた。「私があなたに夢中になっているのを知ってて私を利用したのよ」

「それは自分でもわかっている」デニスはささやくようにいった。

「よくもそんなことができたわね」

「大統領になりたかったんだ」彼はいとも簡単にいった。「それに噂《うわさ》も立ちはじめていた」

ニーリーはそんな噂を耳にしたことはなかった。疑いの気持ちなどかけらもなかったといっていい。彼が結婚前に肉体関係を結ばないいいわけとして、メディアから受けることこまかな詮索を利用したときでさえ、まるで疑いもしなかった。

彼の告白から一夜明けた朝、ニーリーはナンタケット島へ飛び、父の地所にある迎賓館にひっそりとこもり、自分の身に起きた出来事をなんとか甘受しようと努めた。彼女はともかく早々に離婚しようとは決意していた。デニスがこうした仕打ちを受けるのはいわば自業自得だった。

しかし弁護士に連絡を取ろうと受話器を持つたびに、置いてしまう。デニスは彼女を裏切りはしたが、悪い人間ではない。ほかのすべての点では、彼女の知るかぎりもっとも優れた人格をそなえた人物なのだ。大統領選の遊説中に離婚したりすれば、彼は破滅してしまう。それが自分の望みなのか？

当然の報復を切望する気持ちはたしかにあった。しかし、血みどろの争いを求める欲望などあるはずもなく、電話を見るたびに胃が痛んだ。

結婚を続けるよう彼女をようやく説き伏せたのはテリーだった。彼のことはデニスの旧友で人を笑わせてばかりいる、自信家の男性だと思っていたが、その彼が迎賓館に押しかけてきて、彼女に飲み物を勧め、彼女の目をひたと見据えていったのだ。

「離婚しないでくれ、ニーリー。なんとか結婚生活を続けてくれよ。彼ほど大統領にふさわしい候補者はいないんだ」ニーリーの手を握りしめるテリーの表情はせっぱ詰まっていた。

「お願いだ、ニーリー。彼もきみを傷つけるつもりじゃなかったんだよ。きっとうまくやれる、きみに知られることはない、なんて勝手にたかをくくっていたんだろうと思うよ」

「嘘はおのずと知れるものよ」ニーリーはテリーを置いて外へ出かけ、何時間も海辺をさまよい歩いた。だが帰ってみるとテリーはまだ彼女を待っていた。

「任期が終わるまでは待ちます。でも任期が終了したら、すぐ離婚届けを提出するつもりよ」その言葉を口にしつつ、彼女は自分のなかで何かが、ロマンチックな夢が消え去っていくのを感じていた。

ライバル候補のものまねをやっては大笑いするひょうきんなテリーが声をあげて泣きだした。テリーは背水の陣で賭けに出たのだとそのとき彼女は知ったのだった。

その後デニスは感謝の気持ちを表わすためにあらゆる努力を払った。もっとも大切なある一点を除けば、デニスはすばらしい夫だった。彼の裏切りを完全に許すことはできなかったけれど、みずからの苦しみの犠牲になりたくはなかったので、ニーリーは進んでデニスの友情を受け入れた。

テリーとの関係はもっと複雑だった。本当なら当然彼のものであるべき立場にニーリーがいることで、テリーはある意味でニーリーを恨んでいた。しかしそれと同時に、テリーは志操の高い男でもあり、いついかなるときも彼女を擁護することで、なんとか埋め合わせをしようと努力していた。父親の干渉からニーリーを守ってくれたのは、多忙をきわめる夫ではなくて、テリーだった。デニスが亡くなった夜、彼女とテリーは抱き合って泣いたが、悲嘆のなかにあってもニーリーはテリーの悲しみはその何倍も深いことを知っていた。

「結婚期間はどれぐらいだったの?」

「何?」ニーリーは思いのなかにとつじょマットの声が入りこんできたので飛び上がった。

「きみのゲイの夫さ。どのくらい結婚していたの?」

「二、三年よ。それと彼はゲイではなかったわ」

「いい加減にしろよ、ネル。なぜそういつまでもそいつの擁護にまわるのさ?」

それは、守るべき彼の遺産があるからだ。ある意味で、それはファースト・レディである こと以上に大きな責任なのだ。

マットはナイト・テーブルの上にコーラの缶を置いた。「きみの話には大きな穴があるんだよ。なぜ元亭主がきみのことをそうも躍起になって追っているのか、ちょっと想像がしにくいね」

「私を見つけたがっているのは彼の家族なのよ」ニーリーは必死にいいつくろった。「すごく保守的な家で、そのイメージを守ろうとしているのよ」

マットは大柄な体には奇妙なほど似つかわしくない優雅なしぐさで立ち上がった。「ネル、自分を大切にしたほうがいいよ。ゲイの夫を持つ女性には、単なる悲しみ以上にいろいろと問題が起きるものなんだ」

ニーリーには彼のいわんとすることを尋ねる必要もなかったし、またそんな心配はもはや無用なのだと説明しようとも思わなかった。「彼はけっしてでたらめな人物ではなかったのよ。ただ私以外の人を……女性を愛していただけ」彼女はいつになく執拗《しつよう》に繰り返した。

「私は愚かなまねはしないし、人に害を及ぼす病気もないわ。献血をしてまだ一ヵ月とたってもいないの。あなたも同じことがいえる？」

「おれだって愚かなまねなんてしないさ」マットは穏やかにいった。

このような会話を交わす理由はただひとつ。ニーリーはこうしたことに直面するにはあまりに自分が未経験な気がした。彼女はワイン・グラスを置いて、いった。「疲れたわ」

「まだ宵の口だよ」マットはニーリーを見つめ、笑った。「さっきのキスの話は訂正するよ。たしかにきみはちっとも幼い感じなんかしないもの。とくにそのナイト・ガウンを着ているとね。もう一度試してみようか」

「やめたほうがいいと思うわ」ニーリーはそういいながら、心中では切実にキスの再現を望んでいた。無理やりドアに向かったのもそのためだった。「ワイン、ごちそうさま」

「たぶんきみは自分の信念を実行する勇気がないんだね」

「そんな言葉に乗せられるほどうぶでもないつもりよ」

ふたつの部屋を結ぶドアが閉まったとき、マットがクスクス笑う声が聞こえた。

肌が燃えるように熱かった。ニーリーは彼の部屋にもっといつづけたい自分の気持ちが信じられなかった。しかし彼はまだ赤の他人に近い存在でしかない。もうしばらく考える時間が必要だ。

バトンはダブル・ベッドの上でルーシーに寄り添うようにして、体を丸めて眠りこんでいた。ニーリーはまに合わせのベッドを床の上に用意し、バトンをそっと抱き上げた。バトンはニーリーの胸に抱きついてきた。ニーリーはうぶ毛におおわれた温かな幼子の頭にそっと唇をあて、優しく寝かしつけ、ルーシーの隣りにもぐりこんだ。

その夜ニーリーはなかなか寝つかれなかった。

翌朝目覚めるとニーリーはマットの部屋に足音をしのばせて入った。マットがオールズ・モービルに乗って彼女を置き去りにしないよう、車のキーを確保しておこうと思ったのだ。ところがなかに入ったニーリーはただ目を見張るしかなかった。

マットはむきだしの日に焼けた背中から全身にかけてシーツをからめるようにしてうつぶせに寝ていた。頭の下には黒髪が枕の白さに逆らうようにたっぷりと房状に広がり、手は拳に握りしめている。目を見開き、立ちつくすニーリーの前で、マットは身動ぎをして、寝返りを打った。シーツの下から片足がのぞいた。力強く筋肉質のその足はうっすらと体毛におおわれている。こうした視覚的刺激が彼女のなかのコーネリアらしからぬ欲望を呼び覚ました。

ニーリーは昨夜マットに話した無謀な告白をことこまかに思い出していた。別の人物の陰にかくれて、つい自分の秘密を漏らしてしまいそうだった。愚かしくもそんな気になってしまったのだ。ニーリーはオールズ・モービルのキーを握りしめ、マットの部屋を出て、バスルームへ向かった。新しい一日が始まるのだ。心の古傷のために貴重な一日をだいなしにしたくはない。

一時間後、さっぱりとシャワーを浴びたマットがニーリーの部屋をのぞきこんだ。ニーリーの上半身にまたしても詰め物が当てられているのを見たマットは顔をしかめた。「そいつはもう身につけないでほしいといったつもりだけどな」

マットの姿を目にしたバトンは黄色い歓声をあげ、最後の一枚となった、清潔な衣類に着替えさせようとしているニーリーから離れようと身をよじっている。「たしかにそういったわね」

「だのになぜ?」

「私があなたに気があるって勘違いしてるんじゃないの?」

「ダー!」

「モールに行きたい」バスルームから出てきたルーシーがいった。洗いたての髪は濡れ、初めて栗色ではなかった。

「ネルは妊婦じゃないんだ」マットがいいはなった。「洋服に隠れた大きな腹は枕なんだよ」

「まさか」

ニーリーが止める前にマットは詰め物をつついた。「こいつはにせものなのさ」

ルーシーはニーリーの腹部をまじまじと見つめた。「どうしてなの?」

「銀行強盗をやって逃亡中なのさ」

「すごいじゃん」ルーシーは初めて尊敬のまなざしでニーリーを見た。「人殺しとかもしたの？」

ニーリーはボニー・パーカーになった自分をしばし楽しく思い浮かべた。「銀行強盗はしてないわ。マットはただふざけているだけよ。本当は……元夫とその家族から逃げているの」

「ばっかみたい」ルーシーは自分の衣類をバッグに押しこんだ。

「そうよね。できればこれはあなたの胸にしまっておいてほしいんだけど」ニーリーはマットに怒ったような視線を投げた。「なんでもかんでもペラペラしゃべってしまう人たちのまねはよしてね」

「ダー！」ニーリーがロンパースの最後のスナップを留め、放してやると、赤ん坊は黄色い声をあげてはしゃいだ。

マットはひるんだ。

「誰がなんといおうと、今日はモールに行きたいの」とルーシーがいった。

面倒なことになりそうだと見たニーリーは、それを回避するために、社交面処理を担当する生意気な自分の秘書ミンディ・コリアのまねをした。「みんなでピクニックに行くっていうのはどう？」

「ピクニックなんてくだらない。あたしはモールに行きたいの」

バトンはマットに少しでも近づこうと、ベッドの端まで行って、ギャーギャーと泣きわめき、ニーリーが足首をつかんでいなかったらベッドから落ちるところだった。ニーリーはバトンをそばに座らせた。「このあたりにはモールなんてあまりないんじゃないかしら」「隣り町にひとつあるって」ルーシーはいい返した。「プールにいた従業員が教えてくれたよ」

バトンはベッドの縁につかまって立ち上がり、マットに向かって声を張りあげた。彼はニーリーのショート・パンツのポケットに押しこまれた車のキーを探していた。

「それじゃ、まずモールに行ってそのあとピクニックに行きましょう」ニーリーは合理的な案を出した。

「どうしてまたピクニック、ピクニックっていうんだよ?」マットはニーリーのすぐうしろに立っていった。「ところでポンコツ車のキー、どこにあるか知らない?」

「ピクニックは楽しいじゃないの。キーは知らないわ!」

ニーリーはあわてて腹部に手を伸ばしたが時すでに遅し。マットは背後からニーリーの上着の下に手を入れて詰め物のひもをほどいてしまっていた。「まずこいつを焼いてしまう。次に自動車修理工場へ出向いて、メイベルの修理が終わるまで、整備士全員を人質にとる」

ニーリーは詰め物をマットの手からつかみ取り、手さげかばんのなかに突っこんだ。「モールとピクニックに行く途中で修理工場に寄れるじゃない」

「あらっ、見てよ!」ルーシーが叫んだ。

ニーリーが振り返ると、ちょうどバトンが広々としたカーペットの上でマットのいるほうに向かってよろめきながら何歩か歩くのが見えた。

「あの子、歩いてる!」ルーシーは目を輝かせた。「じつは心配になりかけていたの。もう一歳だし、あの子の父親はばかだったし――」いいかけてルーシーは口をつぐんだ。軽蔑以外の感情をあらわにするところを人に見られたくないという思いからだ。それでも心のなかの誇らしさは隠しきれるものではない。それがいじらしくて、ニーリーはルーシーを抱きしめてやりたかった。

バトンはマットの脚めがけて突進した。しかし遠すぎて届かず、バトンは転がりはじめた。マットはまるでラインバッカーがフットボールのゆるい球をとらえるように、バトンをすくい上げた。

「ダー」バトンはマットを敬愛をこめたまなざしで見つめた。

マットは眉をひそめた。

バトンは首をかしげ、睫毛をしばたたかせた。

「もうゲロ吐きそう」ルーシーが憎まれ口をたたいた。

ニーリーはクスクス笑った。

マットは不快そうな顔を向け、バトンをまるでいもの袋か何かのように脇にかかえた。

「キーが見つからないと、みんなどこへも行けないんだぞ」

「私が運転するわ」ニーリーが朗らかにいった。「あなたは昨日大変だったから」

「きみがキー持ってるの?」

ニーリーは答えをはぐらかすことについては、数年の実績がある。「今日雨は降らないと思うわ。ルーシー、おむつの入った袋を持ってちょうだい。さあ、出発よ!」

ニーリーは自分のバッグと持ち物いっさいが入った手提げかばんをつかみ、いまや平らになった腹部の前でしっかり握り、勢いよく廊下に出た。エレベーターのドアは閉まりかかっていたが、なんとかすべりこんだ。残りの三人は置いてきぼりを食らった。彼女はロビーに着いても左右に目もくれず、腹部を隠したまま、駐車場に向かった。

古くさいオールズ・モービルに落ち着くと、手提げかばんに手を伸ばし詰め物を当てようとしたが、気が変わった。マットは明らかにいやがっているし、悶着起こすことだってありうる。短くした髪と安っぽい服装で、いまのニーリーはアメリカのファースト・レディとは似ても似つかない感じがする。マットを試す多いだろうか、それとも詰め物をはずしてうまくやれるだろうか?

ニーリーが心のなかで葛藤しているとき、マットが険悪な表情を浮かべてロビー出てきた。そのうしろからルーシーがバトンを抱いてついてくる。

マットが抱えている宅急便の袋を見て、ニーリーはまたしても庶民の日常生活から遊ている自分の感覚を思い知った。三年間ホワイト・ハウスの郵便室の効率性を享受するに、いつしか一般人の感覚とずれてしまったのだ。それでもこの郵便物は彼女にとって忘れてしまうには重要すぎるものだったし、常に個人的な郵便物を手渡してくれる秘書たちはもはや存在しないのだという事実をいやでも思い起こさずにはいられなかった。

毎日何千通と送られてくる公的書簡と大統領の家族あての個人的な手紙の類いを分別する

ためにホワイト・ハウスが採っているシステムはシンプルで効果的なものだ。大統領とその家族と親交のある人びとには数字コードが与えられ、それを宛先に書き加えればよいことになっている。ニーリーとデニスは一七七六という番号を選んだ。これで個人的な手紙はそれぞれのデスクに直行するわけだ。

マットはトラックのルーフに片手をあて、開けた車の窓越しにニーリーをじっと見た。

「フロント係に呼び止められたんだ。宅急便が送られてくるはずだなんてひとこともいってなかったじゃないか」

「それで、何がいいたいの？」ニーリーは手を差し出したが、マットは封筒を手渡そうと
しない。

ルーシーは彼女の髪の毛をつかんだバトンの手を引き離した。「名字がマットと違う
この宅急便は奥さん宛てのものだってフロント係が大袈裟《おおげさ》にいい張って、マットはか
ゃってるのよ」

ニーリーは封筒に目をやった。「みんなと同じようにあなたの名字を宛名に
よかったんでしょうね」

マットの表情がこわばった。「どういう意味だよ、みんなと同じって？
た。「別に意味は
これはニーリーがワシントンでは絶対に冒すことのない失言の類い
ないわ。さあ、そんな怖い顔しないで、車に乗ってよ」

ルーシーがくすくす笑った。マットはゆっくりとルーシーのほう
向いて、まじまじと顔

を見た。バトンの顔はしだいに笑顔に変わり、嬉しそうに喉を鳴らしたが、マットは無視した。「ネルはなんの話をしてるんだ？」

「私の名字がジョリックだから私が喜んでいると思ってるの？」ルーーがいい返した。

「バトンも喜んでいるとでも？」

「つまりおまえの名字はジョリックだというのか？」

「どんな名字だと思ってたの？」

マットは片手で髪をこすった。「くそっ《シット》」

「シーット《おすわり》！」とバトンがおたけびをあげた。

「そのとおりよ！」ニーリーが叫んだ。「汚い言葉をいい合うのはやめなさい。バト
初のR指定幼児になっちゃうでしょ」

「シーット！」バトンは叫びながら手をたたいて悦に入っている。

今度はニーリーが怖い顔をする番だった。彼女は窓越しに手を突きだしながら、にらむようにいった。「それ、よこしなさい」

マットが封筒を見下ろした。「差出人はジョン・スミスだって？」

テリーはなぜもう少し想像力を働かせられないのだろうか？　昔のテリーならホーマー・シンプソンとか、ジェリー・ファルウェルとか書いていただろう。だがデニスの死がテリーから笑いを奪ってしまったのだ。「いとこなの」とニーリーはいった。

マットは宅急便の重さを確かめ、いぶかしげに彼女の顔を見てから、やっと包みを手渡し

た。中身が何なのかこちらからいうのをマットは期待していたのだとニーリーもわかってはいたが、亡き夫の男の愛人が何千ドルもの大金を貸してくれるのだと自分から進んで打ち明けても、彼の質問にピリオドが打てるとはなぜか思えなかったのだ。

ニーリーは封筒の端を腰に押しこんだ。「こんなことしてても時間の浪費よ。さあみんな、いざ出発」

あれほどモールに行きたいといい張ったくせに、いったんモールに着いてみるとルーシーはあまり気乗りしないようだった。どこへ行くでもなく、ぶらぶらと歩み去るルーシーのうしろ姿を見ながら、じつはルーシーは買い物よりアイオワへの到着を遅らせたいのではないかとニーリーは思った。

カモフラージュのためにバトンを抱き、トイレに入ったニーリーは宅急便の封筒を保管のためにバッグのなかに入れた。トイレを出るとマットが待っていた。みなくなったらおれはメキシコへ行くからな、などといっていたのだが。

「国境警備隊ともめたの？」とニーリーが訊いた。

「シャー！」バトンがはしゃいで金切り声をあげた。

「で、封筒の中身はなんだったの？」

「お金よ。これで洋服を買いに行けるわ。つきあってくれてもいいわ」

「誰かに金を送ってもらったのかい？」

「マフィアが殺し屋に払う金額も最近じゃ目をむくほどの金額よ」

「ルーシーのそばにばかりいるからそんなことをいう」マットはニーリーと並んで歩きはじめた。「それで、所持金はいくらになった？」

「あなたに借りた分を返して、必要なものを買っても破産しないていどかな」ふたたび優しい微笑みを浮かべてひとこと。「たとえ些細なことでもあなたが私を苛立たせるなら、ひとりで出ていけるだけの額よ」

マットの表情は明らかに気取りを帯びてきた。「きみがいまの状態で満足してるなんて、おれが思うわけないだろ」

「あなたには関係ないことよ」

「そうかな。昨日の夜のキスから受けた感じは違っていたけどな」

「どんなキス？」

「きみが夢のなかで見たキスさ」

ニーリーは文字どおり鼻を鳴らした。

マットは顔をしかめた。「買い物は苦手だな。特に女性の買い物につきあうのはどうもね」

「じゃあ、ついて来なくていいわ」モールのどまんなかへ元気よく向かっていったニーリーが、急に足を止めた。彼女はいま本物のアメリカのショッピング・モールにいるのだ。しかも握手をしたり、一票を請い求める必要もないのだ。「素晴らしいわ！」

マットは、「こいつ、ちょっといかれてるんじゃないか」というような顔をして見ている。

「ここはへんぴな町の第三級のモールだぜ。それにどの店もチェーンの支店だし。きみって名門の出にしては簡単に満足するよな」

ニーリーは一直線にGAPに向かうのに夢中で、答えもしなかった。

マットは七人の妹たちの仕込みがよかったのか、ぼやいたわりには買い物のつきあいはじつにうまいことがわかった。ニーリーが衣類の山をじっくりと見ているあいだも、あまり文句もいわずにバトンを抱き、何を買うべきか、何を買うべきでないかおおむね抜け目ない意見をいってもくれる。幼い頃からファッションに対する鋭敏な目をはぐくんできたニーリーに人の意見は必要なかったが、他人の考えを訊くのも楽しいことだった。

自分のベーシックな衣類のほかに、ルーシーのために数枚のサンドレスを選び、バトンの衣類を買うために急いで回り道をしてベビーGAPへ行った。だが、マットがふたりの衣類の代金を払わせてくれず、楽しみが半減した。マットがレジで支払いをすませているあいだ、ニーリーは別のレジへまわってピンクのデニム製の小さくて粋なキャップ帽を買い求めた。

バトンの頭にかぶせると、マットはしばらくそれをながめてから、ひさしを後ろにまわした。「この恐るべき赤ん坊がおとなしくかぶっていると思うかい?」

「ごめんなさい」

赤ん坊はキャップ帽をすぐに脱いでしまうかとニーリーは思ったが、敬愛するマットがかぶり方を直してくれたので、脱がなかった。「あなたに買ってあげたのに。彼じゃなくて」

ニーリーはぶつぶついった。

バトンはマットの首に頭を押し当てて溜め息をついた。

誰も彼女に注意を払わないのがニーリーは信じられなかった。外見を変えたこと、ウェスト・ヴァージニアの小さなモールでコーネリア・ケースに出会うと……も予測していないという事実、マットやバトンと一緒にいるというカムフラージュがあ……て、目立たない存在でいられるのだ。

彼らはモールの中心ともいうべき大きなデパートへ入っていった。何……人たちが買い物を手伝おうと躍起になったりせず、ゆっくり商品を見てまわれる珍し……ニーリーは嬉しくてたまらなかった。それに加えて、レジ待ちの列で他人の会話を……るのが、また楽しかった。ニーリーは下着の売り場を見つけると、マットを追い払……と。

「今度は私がバトンを抱くわ。あなたは買い物の袋を車まで運んでくれない？

「おれを追っ払うつもりだな」

「被害妄想だわ。あなた、買い物は苦手だっていったし、親切心からよ」

「ばかいうなよ。タンパックスだろうと下着だろうと買えばいいじゃないか」

これもまた妹たちのしつけなのか……「下着が買いたいの」ニーリーは仕方なく
「できればひとりで選びたいのよ」

「みんなで行動するほうがずっと楽しいよ」マットは下着売り場へ勢いよく入ってい
バトンはマットの腕で楽しげに跳ねていた。つばがうしろを向いたピンクのキャップ帽をかぶったバトンは可愛かった。

ニーリーはマットについていくのに小走りで歩かなくてはならなかった。「ここにいる男の人はあなただけだわ。きっと恥ずかしくなるわよ」

「十三歳で下着売り場に男ひとりじゃ恥ずかしいさ。三十四にもなれば、そんなもの、どうってことないよ。実際、楽しみなくらいだよ」彼はほとんどシースルーに近い黒のレースのナイティのところへ直行した。「まずはこれがいいんじゃないの」

「いやよ」

「わかった。じゃあ、こういうのはどう?」マットは黒のビキニ・パンティのところへ
いた。

「これはどうとか、いわないで」

マットは今度は黒の半カップのブラを持ち上げた。「これなら交渉の余地がある

ニーリーは吹きだした。「あなたって黒の下着が好きなのね」

「白い肌の女性が着ると、いい感じなんだよ」

この言葉がニーリーの心に焦げつくような怒りを呼びさました。彼女は急 ッセンの綿下着の売り場へ行った。

「ひどく残酷な女だよ、きみは」

いったい自分はマットをどうするつもりなのだろう? コーネリアースはセックスに不安を抱いているから、どうすることもできない。でも、ネル・ケリーなら……ネルならチャンスを生かすだけの勇気があるはずだ。

支払いをしているとき、自分ひとりで旅を続けるだけの資金はあることに気づいた。しかしいまとなってはひとりの冒険に魅力を感じない。

デパートを出たところで、ルーシーがこちらに向かって走ってくるのが見えた。興奮で目が生き生きと輝いている。「あんたたちのこと、ずっと探してたのよ。来てよ、ネル。急いで！」ルーシーはニーリーの手から買い物の包みをひったくると、マットに押しつけ、ニーリーを引っ張るようにして連れていった。

「待って！　いったいどうしたの？」

「いまにわかるよ」

ニーリーはマットのほうを振り返ったが、彼は落ちた荷物を拾おうとしているところだった。いつもの反抗心まるだしの冷めきったルーシーとは違い、ごく普通の少女らしさを見せていることが嬉しくて、ニーリーはルーシーにただ手を引かれるままになっていた。

「もうネルの名前で申し込んじゃったのよ。でもマタニティのブラウスはウェストの中に入れなきゃだめ。そしたら妊婦には見えないよ。急いでよ！　どうしよう、もう始まってるよ」

「私の名前で何に申し込んだの？」

「もうすごいんだから」ルーシーはニーリーをモールの中央まで引っ張っていった。「一等賞品はテレビなの。メイベルにあったら最高じゃない」

「ルーシー！」

「急いでよ！」

ちょっとした台の前に人だかりができており、音楽が鳴り響き、台の上には番号札をつけた人たちが列になっていた。「ちょっと待ってちょうだい。私はこの先は一歩も――」

「ほら連れてきたわよ」ルーシーは黒髪を長いポニーテールにした若い女性に向けてニーリーを押しだした。若い女性はクリップボードを持ち、プラスチックのスマイル・ピンを胸につけている。

「ちょうどよかったです」といいながら若い女性は十一という番号が印刷してあるタグをニーリーのシャツにピンでとめた。「あなたが最後の参加者です。誰のそっくりさんですか？」

唖然《あぜん》としたニーリーは相手の顔をまじまじと見た。「なんですか……」

「コーネリア・ケースのそっくりさんなのよ！」ルーシーが叫んだ。「ほんとそっくりでしょ」

そのときになって初めてニーリーは台の上に掲げられた横断幕が目に入った。

有名人そっくりさんコンテスト！

10

ニーリーは頭からすべての血液が流れ出すような気がした。「ルーシー、私はこんなことしないわよ！」

「もう遅いって。一〇ドルかかったんだから。それにあたしはあのテレビがほしいの。だから優勝してよね！」

「コンテスト参加者がもうひとりいらっしゃいます！」アナウンサーが声を張り上げた。「十一番の方、台の上にお上がりください！　お名前は……」アナウンサーはクリップボードを持った女性から手渡されたカードを見た。「ブランディ・バット？」

「元夫に見つからないように名前を考えてあげたのよ」ルーシーはニーリーを台のほうへ押しやりながらささやいた。

「さあ恥ずかしがらないで。こちらへお上がりください」

集まっていた人びとの目がいっせいに振り向いた。ニーリーの手足は麻痺し、指先は氷のように冷たかった。その場から逃げ出そうとも考えたが、そんなことをすれば余計に人目につくだけである。ふと気づくと三段の階段を上っており、その足はまるでおのれの肉体の一部ではないように思えた。

どうしてマットにパッドを取らせたりしたのだろう。他の出場者たちは不揃いの列をなしている。ニーリーは端に並び、どうか目立ちませんようにと祈るような気持ちでいたが、群衆はニーリーに好奇の視線を浴びせている。ニーリーはルーシーを殺してやりたかった。

「ブランディさん、どちらからいらっしゃいました？」

ニーリーの声が震えた。「ナニ？」

「どちらのご出身ですか？　お住まいはどこですか？」

「エイゴ、ダメ」

ルーシーがすごい形相でにらみつけた。

アナウンサーはクリップボードを持った女性に困り果てた顔を向けた。ルーシーが階段の下から叫んだ。「彼女、カリフォルニアのハリウッド出身なの。コンテストから追い出したりしないでよね。あたしが一〇ドル払ったんだから」

「追い出したりしませんよ、お嬢さん」アナウンサーはマイクを意識した気取った声で言い、ニーリーのほうへ向き直った。「さて十一番さん、自分は誰に似ていると思っているんですか？」

「ナニ？」

「コーネリア・ケースよ！」ルーシーが声を張り上げた。「ファースト・レディの」

「どうですか、みなさん？」

観衆の喝采を浴び、ニーリーは全身に鳥肌が立った。

「みなさん、そろそろコンテストも山場を迎えました。あなたは誰に一票を投じますか？いよいよ決勝進出者を決定する時間となりました」

他の十人の候補者はじつにバラエティ豊かな顔ぶれだ。男性、女性、子ども、ティーン・エージャーもひとりいる。そのなかの誰ひとりとしてニーリーの知る有名人に似ている人はいない。たしかに本人以上に似ている人物がいるはずはないのだが。

台の前面に全員が整列してください、とアナウンサーがいった。ニーリーの足はコンクリートに浸《つ》かったかのように重く感じられた。アナウンサーはコンテスト参加者の背後に立った。この人と思う人の番がきたら、観客のみなさんは拍手で応援してください。このコンテストはワクワクゾクゾクでおなじみの一四九〇、WGRB-FMで放送されることをお忘れなく！」

アナウンサーは一人ひとり、コンテスト参加者のうしろから手をかざしていった。ニーリーの心臓は恐怖で高鳴った。クリップボードを持った女性が台の中央に載せた小型の測定器でそれぞれの参加者に対する拍手の量を調べていく。ニーリーは顎を引きうつむいて、スペイン語しか話せない人物のふりをよそおっていた。拍手は熱狂的に鳴り響いた。

ようやく投票が終わり、女性が結果を書いた紙をアナウンサーに手渡した。アナウンサーはそれを一瞥《いちべつ》した。

「これで三人の決勝進出者が決まりました。それでは発表します！」アナウンサーは脱色したブロンド・ヘアの痩せた女性を指さした。「ミス・ジョアン・リヴァーズ！」観衆は手をたたいた。アナウンサーは次に太鼓腹のまっ白な髭をたくわえた年配男性のところへ行った。「サンタ・クロース！」ここではさらに大きな拍手が沸き起こった。アナウンサーは必然的にニーリーの隣りに立った。「そしてファースト・レディのコーネリア・ケース！」どっと拍手がわいた。

アナウンサーはラジオ局の「ワクワクゾクゾク」をテーマとした番組作りについて、くどくどと宣伝文句を並べたてた。ニーリーはじっと足元を見下ろしていた。

「さていよいよ最終ラウンドです。みなさん、決めるのはあなたです。WGRB有名人そっくりさんコンテストのチャンピオンを決定します！」

ニーリーは会場の脇で見ているマットとバトンの姿に視線を走らせた。ふたりは楽しそうに見ている。

「ではジョアン・リヴァーズことミセス・ジャニー・パークスに対する拍手はどうでしょうか」拍手はまばら。軽妙洒脱な持ち味もにせものでは、リヴァース・イリュージョンを地に落とすのがオチといったところだろうか。

「サンタ・クロースはどうでしょう？　クリフォード・レイズさん！」大きな拍手が起こった。

「そして最後の参加者、ブランディ・バットさん。ファースト・レディ、コーネリア・ケース！」口笛が鳴ったが、ニーリーはなんとか動揺を見せまいとした。

クリップボードを持った女性が測定器を調べ、アナウンサーを呼んで耳元でささやいた。アナウンサーが台の中央に戻ってきた。「みなさん、いよいよチャンピオンが決定しました！」緊張感をあおるドラマチックな一瞬の無言。「WGRBのワクワクゾクゾク有名人そっくりさんコンテストのチャンピオン……そして優勝商品一九インチ・ゼニス・テレビの獲得者は……クリフォード・レイズさんです！」

驚いたことに、アナウンサーはニーリーの隣りに立つ太鼓腹、白髭の男性と握手を始めた。ニーリーは負けたのだ！　呆然自失のニーリーは観衆のうしろを見やった。マットは「信じられない！」というように肩をすくめた。バトンはまわりの拍手をまねて手をたたいていた。

ひとりのカメラマンがカメラを抱えているのを目に留めたニーリーは背筋が凍る思いがした。彼女はひょいとかがむと台の端に向けて横歩きを始めた。

「ブランディさん、ちょっとお待ちください。あなたは二位に入賞したんですよ。賞品を受け取ってください」

ニーリーは言葉がわからないふりをして、大急ぎで台をおりた。観衆は道をあけてくれ、ニーリーは人波をかきわけながらマットのもとへ行った。

「賞品もらわないの？」近くにくるとマットはいった。

「ただもうここから出たいだけよ」ニーリーは小声ながらも怒りを爆発させた。

マットは驚いたまねをして眉をつり上げた。「おや、きみってスペイン語しか話せないと思ってたよ」

「冗談はやめてよ。車で落ち合いましょう。ルーシーはあなたが探してよね。もうあの子の顔も見たくないわ！　それとバトンは私に抱かせてちょうだい」万一カメラマンの目に留まっても、バトンの影に顔を隠せばいい。

マットから受け取ろうとすると、バトンは抗議するように頭をもたげた。ただでさえ、注目を集めすぎている。いまもっとも困るのはバトンが泣きわめくことだ。「いい子ね、泣かないでちょうだい。お願いよ」

「喜んで」

バトンはなおも強く顔をもたげる「シーット！」

ニーリーは出口に向かった。「豚ちゃんはなんて鳴くのかな？　ブー……ブー……」ちょうどそのときルーシーが追いついてきた。手には電動工具のセットを抱え、苦虫をかみつぶしたような顔をしている。「こんな電動ドリルもらってどうすりゃいいのよ？　あんなサンタ・クロース似のじいさんよか、ネルのほうがよっぽどコーネリア・ケースに似てるっていうのにさ。なんであんなやつに投票したりしたの？」

ニーリーは急に足を止めた。「あの人に投票した？」

マットは肩をすくめた。「認めろよ。あの人ってさ、ほんとにサンタに似てたよな。髭も本物だったし」

ニーリーはまじまじとマットの顔を見つめた。「信じられないわ。二日前は私が誰かさんにそっくりだってしきりにいっていたのに、私に投票しなかったってわけね？」

「心の命じるままに投票しただけ」

自分でも驚いたことに、ニーリーは声をあげて笑っていた。

一同が修理工場に着いてみると、メイベルの修理は終わっていて、いつでも出発できる状態になっていた。「ピクニックはどうなったの？」ハイウェイに向かうメイベルのなかでニーリーは不満を洩らした。

「ピクニックに行くって約束しなよ、ジョリック。そうしないと一日じゅう文句いいつづけるよ、きっと」

「よくいうわよ、ゼール娘のくせに」ニーリーはいい返した。

「女、女……」マットはただひたすら耐え忍ぶように溜め息をついた。

「もらった賞品が電動ドリルだけだなんて信じらんない」ルーシーが愚痴をこぼした。「あたしがいったみたいに太ってみえないようにブラウスはなかに突っこんだほうがよかったのよ」

「私が太って見えるはずはないわ」

「そうとも、ルーシー」とマットがいった。「彼女が太って見えるわけないよ」

「ところで、なぜ急にスペイン語を話さなくちゃいけないのよ？」ルーシーはドリルを乱暴にテーブルに置いた。「品物を買い取ってくれる店を見つけたいよ」

「質屋のこと？」ニーリーが訊いた。

「それそれ！　質屋に行きたい。もしかしたら中古のテレビもあるかも」

「質屋なんぞへ行かないからな！」マットの顎がひきつりはじめた。

「テレビばかり見ているとオツムがいかれてしまうわよ」ニーリーがいった。

「あたしがほしいんじゃないの。バトンのためなの。それくらいわかんない？」

「わからないわねえ。どうしてバトンにテレビが必要なの？」

ルーシーは専売特許の「ばかじゃん」といって顔を向けた。「テレビがあればあの子ぐらいの子どもがみんな見てる『テレタビーズ』を見せてやれるじゃん。あんたはいつかあの子が幼稚園とか落ちたりしてもいいって思ってるんじゃないの」

「シート・ベルトを締めろよ」マットが怒鳴った。「それと質屋だのテレなんとかなんていう話はやめてくれ。みんなわかったな？」

　マットの要望は通った。

　マットはルート50を通り、ウェスト・ヴァージニアからオハイオに入る道筋を選んだ。ルート50は中央分離帯のあるハイウェイだが、州間高速自動車道ではないので、警察がルーシーたちを捜索している可能性があるとマットはまだ心配しているのだとニーリーにはわかった。昼近くになって、空は黒雲におおわれ、雨が降りはじめた。これにはさすがのニーリーもピクニックをあきらめざるをえなかった。仕方なく、オハイオ南西部の雨に煙る風光明媚《めいび》な丘陵地を抜け、ハンバーガーを食べた。オハイオは八人の大統領を輩出している。とはいえ、悪政で故郷の名を汚した第二十九代大統領ウォレン・ハーディングがここの出であることを州がなぜ主張するのか、ニーリーもいまだ理由を知らない。

バトンは自分のお気に入りの人物の顔をじっと見ているだけで、かなり満足していたが、ルーシーのほうは道路沿いにモールやコンビニ、ドライバー休憩所が見えるたびに、車を停めろとだだをこねつづけている。マットはほとんど相手にしていないが、それがまたルーシーの要求をあおる形となっている。ルーシーはアイオワに到着するのがいやなのではないか、ニーリーはそれが気がかりで仕方がない。

ニーリーはマットにいって無理やりハイウェイ沿いのKマートで車を停めさせ、携帯ゲーム機や本、雑誌を手にして出てきた。ルーシーの気晴らしになればいいと思って買い求めたのだ。

「トールキンの『ホビットの冒険』?」ルーシーはニーリーから受け取ったとたんにそれらを投げ出した。「ガキの本じゃないの」

「悪いわね」ニーリーは嘘っぽい同情をこめて答えた。「でも『ユリシーズ』は在庫切れだったのよ」

ルーシーはニーリーがなんの話をしているのかわからなかったので、ただ不快そうな顔をしてみせた。何分かたつとルーシーはそのおもしろくない本を持って後部のダブル・ベッドにごろりと横になった。その日の午後いっぱいルーシーはものもいわずその本を読みふけっていた。バトンはチャイルド・シートでぐっすり眠っており、ルーシーは後部にいたので、ニーリーはゆったりとうしろにもたれ、過ぎゆく景色を楽しんだ。

「ピクニックができなくてあいにくだったね」とマットがいった。

「残念だなんて露ほども思ってないくせに」ニーリーは微笑んだ。「空模様から見て、お天気は続きそうだから、夕食のピクニックができるわ」

「そいつは待ちきれないね」

「あなたって、皮肉ばかりいうのね。どうしてそうなの？」

「仕事のせいさ」

「皮肉癖が鉄鋼労働者の職業病だなんて初耳よ」

マットの瞳のなかで一瞬奇妙な光がきらめいた。「たまのことさ」そのときマットの顔に笑みが浮かんだ。「昨日の夜は楽しかったよ」

ニーリーはまるでティーン・エージャーのようなきまりの悪さを感じた。「私は楽しくなかったわ。あなたが勝手におなかのマクラをはずしたりするから」

「あんなものはずしたほうが、きみだってずっと気分がいいだろ」

「それにあなたは私の結婚について、勝手に間違った結論に飛躍したわ。それからあなたは――」

「すごくキスがうまい？」

ニーリーは笑いを嚙み殺した。「そうね、一応」

マットは溜め息をついた。「ふたりのスタイルが違うんだよね」

「そうだと思うわ」

「おれは激しくて攻撃的な、大人のキスが好きなんだよ……しびれるようなキスが。一方きみは、いくじなしの子どもじみたやつが好みときてる。少女趣味のキスがさ」

「少女趣味？」

「そう。葉巻吸ってるおじさんに小さな女の子がするみたいなやつ」

「誓っていうけど、私はおじさんに昨日のようなキスをしたりはしないわ！」

「レズ的なキス」

「レズですって！」ニーリーはだんだん不快になってきた。「私はその気《け》はまったくないわ」

「白い下着なんか買ったし」

「あれはあなたに対するいやがらせのつもりだったのよ。あなたさえいなかったら、もっとエキゾチックなものを買っていたわ」

「たとえばどんな？」

「あなたには教えない」

「いや、まじで訊いてるんだよ。どんな下着を選ぶかで、その女性の性格がわかるんだ」

「おもしろそう」

「だからきみが白のパンティを身につけてると思うと気になっちゃう」

「私は災難と縁が切れないタイプらしいわ」

「それ、歴然としてるだろ？　女性連続殺人の犯人はそういうタイプの下着を好むんだ」

「そうなの」ニーリーはわけ知り顔にうなずいた。「それを事実として知っているのね?」

「どこかで読んだんだ。そういう下着を身につけている女性は自分の家の窓に『貸室あり』の看板を出すタイプ、つまり男には近づきやすいタイプなんだ。その結果どうなるかっていうと、どうも裏庭から悪臭がするって近所から苦情が出はじめる」

「女性も生活費を稼がなくてはいけないからね」

マットは笑った。

下着について軽口を交わし合ったりするのは本意ではなく、話題を変えなくてはいけないとわかってはいたが、自堕落なネル・ケリーなら反論はしないだろう。「連続殺人犯なんてこんなことと関係ないと思うの。あなたって黒の下着にこだわりがあるみたいね」

「赤の下着も好きだよ。でもどんな色でもきみには似合うと思うけど」

「そう思うの?」

「うん、思うよ」マットは微笑みながら、あの灰色の瞳をすっと彼女に向けた。きらきらと輝く熱い視線だった。「で、ふたりのキスの好みの違いをどうしたらいい?」

コーネリア・ケースは愚かさとは無縁かもしれないが、ネル・ケリーならそうお堅いことはいわないはずだ。なによりいまのニーリーはこんな会話が楽しくて仕方がない。「思いどおりにいかないこともあると、おたがい達観する」

「それとも……ああ、いいこと思いついたぞ……とにかく練習してみればいいんだよ」

ニーリーはぞくぞくした。「実際にどうすればいいのかしら?」

「チビたちが眠ったら、やってみよう」

「たしかにそれも一案よね」

「ちょっと考えてみよう。昨日のホテルはここで寝るよりずっとずっと快適だったよな。今夜泊まるホテルをまた探してみようかな」

コーネリアならこの瞬間警戒心を抱くはずだ。「進展が早すぎだと思うわ。私たち、二日前に会ったばかりなのよ」

「そしてあと何日かたてばまた離ればなれになる。だからこそ時間を無駄にしないことがいっそう大切なんだよ」

「つまり、すぐ実行するってこと？」

「そう。ゆきずりのセックスを夢見たことはない？」

女性を夢中にさせる、強くて魅力的なゆきずりの男性。名前も身元も知らないまま、素晴らしい性愛を堪能させてくれ、翌朝には姿を消している、そんな相手。「まったくないわ」

「嘘つき」マットはにやりと笑った。ちょっと気取った、このうえなく自信にあふれた笑いだった。

「少し黙っててちょうだい。景色を楽しめないじゃないの」

モーター・ホームの後部で、ルーシーは読書そっちのけでジョリックとネルのふたり芝居に耳をすませていた。ふたりはルーシーの存在を忘れている。会話の内容まではわからないが、ふたりがたがいに夢中なのは明らかだ。

ルーシーの心のなかであるアイディアが形をなしつつあった。なんだか胸のあたりがざわざわしているが、これはいい兆候のざわつきだ。ふたりとも独身だ。ジョリックは横柄だし、知ったかぶりをするけれど、バトンが彼のことを気に入っている。ネルはちょっと変わり者だし、子育ては得意ではなさそうだが、バトンが怪我をしないようにいつも気を配っている。彼女もいい人だ。ルーシーにも服やいろいろなものを買ってくれる。ジョリックは一度酔っ払ったことがあったが、アル中の兆候はない。すごくいい車に乗っているから、金持ちなんだろう。それに口に出していうつもりはないけれど、彼はすごくおもしろい。

私がふたりを結びつけるキューピッドになったらどうだろう？　こう考えたとき、胸のあたりがもっとざわめいた。バトンの世話に関しても、ふたりは母親のサンディより何倍も信頼できる。ふたりが恋に落ちたら、結婚してバトンを養女にしてくれるかもしれない。バトンは可愛くて、私のようないやみなティーン・エージャーではない。ネルもジョリックも少しバトンのことが好きになりはじめているらしい。ジョリックはバトンを抱くことで文句をいわなくなっているし、ネルも最初の日と違い、バトンに近づいてビクビクするようなこともなくなっている。考えれば考えるほど、ふたりに希望を託すのが一番だという思いが強くなる。なんとかしてジョリックとネルを結びつけ、それからバトンを養女にするよう仕向けよう。妹の行く末が定まったら、私もひとり立ちできる。

別れを告げるところまで考えたとき興奮は消えた。もっと理性的になれと自分にいい聞かせる。これは自分が望んでいることなのよ。そうでしょ？　ひとりきりになったって、絶対ちゃんとやっていける。あたしはタフだし、頭だっていい。絶対誰にもふざけたまねはさせない。

それでもやはり、自分に本当の家族がいたらどんなにかいいだろうとまた思ってしまった。ずっと長いあいだルーシーは夢見てきた。芝刈りをしたりルーシーのことを愛称で呼ぶお父さん、そして酔っ払っていつも失職し、誰とでも寝たりしないお母さんのいる家庭。家賃滞納で追い出される賃貸の家なんかじゃなく、持ち家。そして学校では誰からもからかわれない上級クラスを選択し、落ちこぼれの連中ではなく、いい友だちとつきあう。クラブに入って、聖歌隊にも入る。ドラッグなんて無縁の男の子たちにも好かれたい。それが彼女の夢なのだ。

ルーシーは腹立たしげにベッド・カバーを指でつついた。彼女の望みなどかなうわけがないのだから、そんなつもりになっても無駄なだけだ。いまは妹のことを考えなくてはいけない。つまりそれはジョリックとネルをなんとかくっつける算段をすることなのだ。ことはそう簡単ではないかもしれない。ふたりとも抜け目がないから。だがルーシーは自分のほうが一枚上手《うわて》だと踏んだ。さしあたってルーシーがなすべきことは、目指す方向にふたりの背中を押してやること。

そしてアイオワへの到着を遅らせるようにすることだ。

バトンはインディアナ州に入るのを待ちかねていたかのようにぐずりだした。今回マットに車を停めるよう説得する必要はなかった。ウェスト・ヴァージニアを出てオハイオを抜けたが、メイベルはあれから故障することもなく、実際アイオワに到着することについて、マットは楽観的に考えていた。

マットは今晩の寝場所に決めたキャンプ場に車を入れながら、ネルが赤ん坊をあやして農家の内庭から聞こえるあらゆる動物の鳴き声や音をまねているようすに笑みを浮かべた。ネルはたいした女だ。頭が切れるし、おもしろい。しかし彼の心にまるでX線画像のようなフィルム・ストリップを送ってくるのは、ネルの不思議な性的魅力なのだ。

その日の午後いっぱい運転を続けるマットの心を満たしていたのは漠然とした欲望だった。ネルがあの細すぎる脚を組んだり、爪先からサンダルをぶらさげていたり、彼女の腕が彼の体に一瞬ふれたりすると、射精してしまいそうな気分になった。謎の多いこのレディはまだ完全に承知してくれてはいないけれど、もう少しで恋の相手をする気になってくれそうだ。ひとことふれるだけで、今夜それを実行してくれるだろう。

狭い場所でふたりの子どもと一緒にいるから、なかなかやりにくい。だが後部のドアには鍵がかかるし、子どもたちはぐっすりよく眠る。理想的な場所とはいいがたい――彼としては彼女に歓喜の声をあげさせたい――だがこれ以上もう待てない。

キャンプ場への砂利道をガタンゴトンと車を進ませているとき、あの完全無欠の上流クラス風の態度がベッドでどのくらいもつのだろうとマットは考えた。ふたりきりになれさえしたら……いまでも理性的に機能している彼の脳の一部が彼に待てと命じるものの、捕食本能はできるだけ早く彼女に自分の印をつけろと命じるのだ。

自分の印をつける……こんな考えがいったいどこから出てきたのだろう？　用心していないと彼女の髪をひっつかんで植え込みのなかにでも連れこんでしまいそうだ。そんなことになったら、彼女はどんな反応を見せるだろうと想像して、思わずニヤリとしたマットはキャンプ場にメイベルを入れ、エンジンを切った。

バトンは泣きわめいているうちにしゃっくりが出はじめ、チャイルド・シートのひもをはずしてやろうとネルが駆け寄った。ずっと動物の鳴き声をまねしつづけていたネルの頬は紅潮し、前屈みになったとき柔らかいコットンのトップを通して胸のラインがくっきりと見えた。マットは息苦しさを感じ、新鮮な空気が吸いたくてたまらなくなった。

赤ん坊を落ち着かせるために結局自分がなかに戻らなくてはならないことは承知のうえで、マットは外へ出た。あたりを見まわした彼はよくある営利本位の大型のキャンプ場ではなく、狭いキャンプ場を選んだ自分に快哉《かいさい》を叫びたい気分だった。ここならふたりきりになれる場所がありそうだ。

そのときひとりのまるまる太った女性がマットめがけて突進してきた。花柄のトップに明るいブルーのショート・パンツをはいて、格子柄のスニーカーを履き、首に巻いた多彩な色のチェーンにつけた老眼鏡が揺れている。そのすぐうしろから、こざっぱりとした身なりの痩せた男性がついてくる。彼のほうはきちんとプレスされた紺色のショート・パンツ、格子柄のスポーツ・シャツ、黒のソックス、茶色の革サンダルといったいでたちである。

「どうも！」女性は鳥のさえずりのような声で呼びかけた。「私たち、フォート・ウェインから来たウェインズよ。私はバーティス、これは夫のチャーリー。ちょうどね、隣りに若い夫婦が来ればいいのになんて、いっていたところなの」

マットは、ふたりきりになってこっそり誘惑するという計画が目の前で音をたててくずれていくのを感じていた。

「お宅のおチビちゃん、だいぶ騒いでるみたいだね」とチャーリーがいった。「うちの孫もよくあんなふうに泣きわめいていたね。だけどこのバーティスがあやすと、孫はかならず泣きやんだよ。そうだろ、バーティス？　おたくの赤ちゃん、ここへ連れてきてごらん。おばあちゃんがちゃんとなだめてくれるからさ」

ちょうどそのとき、ネルがバトンを抱いて出てきた。バトンは腕をよじり、あらんかぎりの声を張り上げて泣き叫んでいる。頬は涙で濡れ、バラ色の唇は憤怒にゆがんでいる。

「新鮮な空気にあてたらいいんじゃないかと――」ウェインズ夫妻の姿が目に留まり、ネルは話を途中でやめた。

「どうも」バーティスはまた自己紹介をし、するりと老眼鏡をかけ、バトンに手を伸ばした。

「私に抱っこさせて。私が落ち着かせてあげる」

見ず知らずの人間がバトンに手をふれるのをマットが許すなんて。あろうことか、マット自身がネルの腕からバトンを抱き取ってわざわざよその女性の手にふれさせるとは。「静か

「おし、チビちゃん」

747ジェット機が唇に着陸でもしたかのように、泣きわめいていたバトンの声がぴたりとやんだ。

「ほうら、そのほうがいいわよ」

　バトンの下唇が引っこんだ。バトンはしゃくりあげながら不快そうなふくれっ面をマットに向けた。まるで仲直りのしるしにダイヤのブレスレットか少なくとも毛皮のジャケットぐらいプレゼントしたってバチは当たらないわよ、とでもいわんばかりの顔だ。

「ほら、見てごらんなさい。おチビちゃんの扱い方が少しわかったでしょ。ちょっとコツがいるのよ」バーティスはネルに共謀者のような顔を向けた。「母親がさんざん苦しい思いをしてやっとこの世に生み落としてあげたのに、赤ん坊はパパに夢中になっちゃったりするのよねえ」

「生み落としたのは私じゃないの」ネルはいった。「私は――」

「ママ？　パパ？　素晴らしい本を買ってくれてありがとう。とても教育的な本だったわ」

　マットが見上げてみると、ルーシーがモーター・ホームから出てくるところだった。そのとりすました表情が売春婦風のメイクとまるでそぐわない。「どうも、私、ルーシー・ジョリックです」

　マットは辟易《へきえき》した。いまだにサンディが自分の子どもたちに彼の名字をつけたことが信じられない。

「これは父のマットと母のネル、それに妹のバトンです。可愛いでしょう？　父があたしの親友と浮気して両親は離婚しそうになってたけど、よりが戻ったの。バトンは仲直りのプレゼント」

マットはネルを見た。「なんかゲロ吐きそう」

ネルは笑ってバーティスのほうを向いた。「ルーシーはおませなんです。あまり本気にならないでね。マットと私は結婚していないんですよ。私はベビーシッターなの」

バーティスはネルの言葉をまるで信じていない顔をしていたが、同時に人生経験豊かなあまり、判断がつきかねるようにも見えた。バーティスはルーシーの耳にどっさりついたイヤリングに目を留めた。「舌にはピアスしないでね、お嬢ちゃん。うちの一番上の孫のミーガンが舌にピアスをして、それを飲みこんでしまったのよ。医者は孫に一週間バケツで用をたすように命じて、行方不明の物を探すためにゴム手袋をはめてバケツの中身を調べたのよ」

それを聞いてぎょっとするルーシーをマットは楽しそうにながめ、バーティスに対する尊敬の念が胸に芽生えた。

「落ち着いたら私たちのところへいらっしゃい。夕食をご一緒しましょうよ。ハニー・ベイクト・ハムと自家製のオレ・アイダのポテト・キャセロールを持ってきているの。それにドール・フルーツ・カクテルを使ったケーキもお楽しみにね。私は教会の方たちからせがまれて、ありあわせの料理を作って持っていくことが多いのよ。さあさあルーシー、あなたはチャーリーのお手伝いをしてピクニック・テーブルをセットしてちょうだいな。そしておチビちゃん、あなたのお食事も何か特別用意してあげるからね」

マットは何か格好の口実を考え出してくれとばかりにネルにちらりと視線を投げたが、彼女はウェインズ夫妻にすっかり魅了されてしまったようだ。

「お招きいただきありがとうございます」マットはいった。「でも――」

「喜んでお受けしますわ！」ネルは感嘆したように声を張り上げた。「ほんの二、三分で片づけてきますね」

ふと気づくと、次の瞬間にはネルはメイベルのなかに早足で戻り、ルーシーはウェインズ夫妻と歩み去り、マットはバトンとふたりきり取り残された。赤ん坊はマットの開けた襟元から手を入れて胸毛を引っ張っている。

「痛い！」

バトンは満足げに手をたたいた。

マットはネルに続いてモーター・ホームに入り、赤ん坊を歩かせるために下におろした。

「なんだよ、ネル。なんでまた、あの夫婦と食事をともにする約束なんてしたんだい？」

「だってぜひそうしたいんですもの。でも何を持っていったらいいのかしら？　何か手土産がわりのものを持っていったほうがいいんじゃない？」

「そんなもの知るかよ、おれが」

ネルは興奮で目を輝かせながらモーター・ホームのなかをせわしなく歩きはじめた。食器戸棚の上を爪先立ってのぞくネルの、ほっそりとしなるボディに目を奪われているあいだは、マットはイライラを忘れた。

今夜はろくなことがない、とマットは思った。初めて会ったときから、マットはネルがごくありふれた日常的なもの——ファースト・フードやきれいな景色、ガソリンをポンプで注入することまで——にいちいち感心するのに気づいた。今日の午後はコンビニで長いあいだ列に並んだまま待たされた。レジの女の子が客からの電話にかかりきりだったからだ。ネルはそれを怒るどころか、無視されることがあたかも特権であるかのようにふるまっていた。ウェインズ夫妻との夕食は、まさにネル好みの出来事である。

ネルが振り返った。あの滑らかで気品のある額にわずかな縦じわを寄せている。「ビスケットの作り方、知ってる？」

「冗談はよしてくれよ」

「じゃなかったら、コーン・ブレッドとか？　ウェインズさんの奥さん、ハムを持ってきているとおっしゃっていたでしょう。ハムにはコーン・ブレッドが合うのよね」

「とりあえず買い置きしてあるのは、未開封のトルティア・チップスと炭酸飲料の缶がいくつかと、ベビー・フードだけだ。コーン・ブレッドは選択肢のなかにはないと思うよ」

「それ以外にも何かあるわよ」

「うん。でもみんなガーバー（ベビー・フード）のラベルが貼ってあるやつばかりだよ」

「ガー！」バトンは床に落ちていたチーズ・カールのかけらを口に入れたが、幸いネルは見ていなかった。

「チェリオス（シリアル）よ！」ニーリーはまるで宝物でも見つけ出したように、一番下の食器戸棚から箱を取り出した。「たしかほかにも何かあると思ったの。あのご夫婦、ほんとにいい人たちね」

「そうだね。チェリオスとベビー・フードを混ぜて、その上からトルティア・チップスをかけるといいかも」

「もっとまじめに考えてよ」

「インディアナ、フォート・ウェイン一のワースト・ドレッサーたちとの夕食に向けて心の準備をしているところなんだよ」

ニーリーの顔に広がった微笑みを、マットはしばし言葉もなく見つめるだけだった。はじめはその視線を受け止めた彼女も、食い入るような注視に落ち着かなくなり、仕方なく彼の右の耳をじっと見はじめた。彼女のそわそわしたようすを、マットの男としての片意地な心は喜んでいた。これは、ふたりのあいだで何かが変わりつつあることを彼女が理解していることにほかならないからだ。

気持ちを明らかにすべきときがきたのだ。

マットの手を肩の上に感じたニーリーの胸は早鐘のように高鳴りはじめた。あれほど気軽で楽しかった関係が、一瞬のあいだに変化してしまったのだ。

頬にかかる彼の息。羽のように軽やかに顎を撫でる指先。背筋にあたる大きな手。引き寄せられたときマットが性的に興奮していることを知った。思い出した。これこそ、男が女に対して感じるべき感情なのだ。

ここで間違ってしまっては元も子もない。幼い女の子のようなキスなんていわれるのは絶対に耐えられない。もっと若ければ、これから学べばいいけれど、大人なのだから、できなければおかしいのだ。

「自制」はリッチフィールド家の血のなかに脈々と受け継がれている。マットに唇を重ねられたとき、ニーリーは集中しようと努めた。ひとつだけたしかなことがある。情熱的な女性は唇を閉じたままキスはしないのだ。

ニーリーは閉じた唇をゆるめ、頭をもう少しだけ傾けた。とにかくリラックスしなくてはいけない。でも舌はどうすればいい？　絶対に舌を使おうとは思っているけれど、どのくらい動かすのだろう？　どんなタイミングで動かすものなんだろう？

マットはニーリーの緊張を感じ取り、何が間違ってるのか目で確かめるために、離れようとしたが、本能的な何かが彼をためらわせた。一瞬和らぎ温かくなった彼女の体はいまやガチガチにこわばっている。彼女はこの予期せぬ出来事を楽しむどころか、努力し奮闘しているのだ。

彼女が唇を開いたときも、蝶番《ちょうつがい》のきしむ音が聞こえるような気がしたほどだ。彼女の舌先は思いきって前へ進んではきたが、ふと立ち往生してしまった。マットの脳裏に自分が昨晩彼女のキスの仕方について不用意に口にしてしまった言葉が浮かんだ。女性心理を知りすぎている人間にしては信じがたいへまをやらかしたものだと自分でも思う。いまこそ、あんなふうに傷つけてしまった埋め合わせをしなければならないのだ。

努力を要したものの、マットは決意堅固なとがった舌先から離れ、彼女の耳たぶを唇でさっと撫でるとささやいた。「無理しなくていい。こんなのは男に任せておけばいいんだよ」マットの頬で彼女の睫毛がそよぎ、いまのひとことで彼女に考えるゆとりができたのがわかった。彼女の体がリラックスした。彼女は両手でマットの頭を抱え、ぴったりと唇を重ねてきた。さっきとくらべればかなりいい感じだ。彼はひそかに笑みを浮かべた。

彼女はびくっと体を引いた。彼を見上げるその目にはショックがあふれている。「笑っているのね！」

マットは胃袋が縮むような思いだった。わざわざそんなふりをするまでもない。おれは本物のひねくれ者だ。「そのとおり、笑っているよ。きみとキスができるおれは世界一の果報者だと自分を祝福しているのさ」

こんな言葉に気持ちを動かされるはずもなく、彼女の表情には明らかに疑念の色が浮かんでいる。「どうぞどうぞ、私のことを批評すればいいわ」と彼女はいった。「あなたは批評したいのよ、わかってるわ」

「おれがいましたいのはキスの続きだよ」そんなことをいっている場合ではない。自分の感性に賭けたのだから。マットは彼女を強く引き寄せた。世のなかにはひねくれているほうが気分がいいやつだっているのだ。

マットは今度は彼女に気持ちをコントロールするいとまを与えなかった。それどころか彼女を自分のテリトリーに囲いこんだ。

情欲をかきたてる深いキス。彼女も自分の舌をどうすればいいなどと考えるいとまはなかった。気づいたときには彼の舌がそこにあったからだ。マットはいきなりことに及ぶ男の気持ちが理解できない。彼はキスが好きだ。こんな無垢な上流階級の女性とのキスは特にこたえられない。

彼女の爪がマットの肩に食いこんだ。マットは彼女のトップの下に手をすべりこませた。これこそ一日じゅう熱望しつづけていたことだった。

彼女の肌は唇と同じくらい滑らかだった。脇にそって掌を上げていくと、ブラはつけていないことがわかった。彼はブラのように手で彼女の胸のふくらみを包みこんだ。

彼女は震えた。

親指で乳首を撫でた。低いしわがれた声が彼女の喉元から洩れた。のんびり誘惑を楽しむのはもう終わりだ。今夜までとても待てない。いま彼女を抱くのだ。

「ガー?」

空いたほうの手を彼女の臀部《でんぶ》に這わせた。彼女の切ない息まじりの声がマットの欲望をかきたてる。

「ダー?」

まる一日マットは彼女の乳房を想像していた。いまそれをこの目で確かめるのだ。マットは彼女のトップを引っ張り上げた。

「ダー！」

ネルが体をこわばらせた。とがった小さな爪が彼の脚に食いこんだ。マットはネルのトップからさっと手を引き抜いた。

彼女は急に体を引き離した。唇は濡れ、ふくらんでいる。頬は紅潮し、その顔には驚愕の表情が浮かんでいる。

ふたりは幼い付添人をまじまじと見下ろした。当の付添人はペンテコスト派教会のオルガニスト並みの非難にみちた目でふたりをにらんでいる。マットは頭をのけぞらせてわめき散らしたい気分だった。

「ナー！」

ネルはマットの手が探索を始めたばかりの愛らしい胸元に片手を押しあてた。「どうしましょ。この子は私たちが何をしているのか知っているんだわ」

「くそっ」マットはうなるようにいった。「こいつ、今度こそ殺してやる」

マットは赤ん坊をにらんだ。

ネルはしゃがみこんで、さっと抱き上げた。「ああ、ごめんなさいね、おチビちゃん。見てはいけないものを見てしまったのね」ネルはマットに視線を投げた。「ああいう光景がトラウマになってしまうこともあるのよ」

「そいつは大いに疑問だね」いま現在、自分のほうがよっぽどこの赤ん坊よりトラウマを受けていると、マットはいいたい気分だった。

ネルはまじめな顔でバトンを見つめた。「あんなものは見るべきではなかったわよね、バトン。でもあれは少しも間違っていないということも知るべきなの。そう、ほとんど間違ってない……つまりね、私たちは大人でティーン・エージャーではない、といいたいの。成熟した女性が魅力的な男性と一緒にいたら……」

「ほんと？　おれが魅力的だと思ってるわけ？」

いつになったらへらず口をたたかなくなるのだろう。ネルはバトンを胸元に抱き寄せながら、マットをとがめるような目で見た。「きっとあなたはこんなことを幼い子どもに説明するなんてばかなことだと思っているんでしょうね。でもね、赤ちゃんがどれくらいものごとを理解できるか、まだよくわかっていないのよ」

「ともかく、少なくともあと数年たたないとこんなことは理解できないとおれは思うね」マットは衣服も何もかもつけたまま、いっそシャワーでも浴びようかと考えていた。

ネルは赤ん坊に気持ちを戻した。「マットも私も責任ある大人だから、ちゃんと承知している……」マットがそのようすをおもしろいと思いはじめたとき、彼女は言葉を切り、バトンの息を嗅いだ。

「何かの匂いだわ……」ネルは赤ん坊の口の端からオレンジ色の粘着物をさっとつまむと大声を上げた。「この子ったら、チーズ・カールを食べていたんだわ！　どうしましょう！　床の上から拾って食べたのよ。救急箱に吐剤のイペカックが入ってなかったかしら？」

マットは目玉をぐるりとまわした。「イペカックなんて赤ん坊に飲ませちゃだめだよ。ネルが胃洗浄するなんて怖いことをいいださないうちに、こっちへおいで、バトン」マットは赤ん坊を抱き取った。バトンに対する慈悲の気持ちなどあまりなかったのだが。

「でも――」

「この子を見ろよ、ネル。この子はずばぬけて健康だし、床の上の物を食べたからといって、まったく害はないよ。おれの妹のアン・エリザベスが赤ん坊の頃、人が嚙み終わったガムを食べるのが癖になっていた。家のなかでやっても別に問題はなかったけど、あいつときたら歩道でも同じことをやっちゃってたんだ」

ネルは青ざめた。

「ルーシーにやられないうちにウェインズ夫妻を助け出さなくちゃ。それにネル……」マットはネルがしっかりと自分を見るまで待ち、ゆっくりとした、彼のもっとも危険な微笑を浮かべてみせた。「子どもたちが眠りしだい、中断したことを再開するからね」

11

ルーシーはウェインズ夫妻が大好きになった。ふたりはちょっと鈍いし、きれいな顔をメイクで覆うのはああだのこうだのと、お説教したりするけれど、やっぱりいい人たちだ。お説教のあいだも、自家製のクッキーをふるまってくれ、肩を撫でてくれた。ルーシーはバーティスの体のさわり方が特に気に入った。いまではバトンくらいしか彼女の体に手をふれる人間はいないからだ。サンディですら酔っ払っていたり、トイレに連れていったりするときしかめったに体に手をふれることはなかった。

チャーリーも気に入った。サンダルにソックスをはくなんて、愚の骨頂だとは思うけれど。ピクニック・テーブルの移動を手伝ったとき、ルーシーのことをスカウトと呼んだ。もうちょっと右だよ、スカウト。

このふたりにバトンを養女にしてもらえたらいいのにと、ルーシーは考えたが、彼らは歳を取りすぎているから、ルーシーとしてはやはりネルとジョリックに希望を託すしかないのだった。

テーブルに銀器を置きながらふと目を上げると、バトンを連れたマットとネルがこちらへやってくるのが見えた。なんだかようすがおかしい。近くにきたとき、ルーシーはふたりをよく観察した。ネルの首の右側には赤い斑点がついており、唇もぷくっと腫れている。ジョリックの口も同じようになっているのがわかったとき、ルーシーの心は舞い上がった。

ルーシーのわけ知り顔を目にしたとき、ニーリーは内心苦悶の声をあげていた。このティーン・エージャーは頭がよすぎて他人《ひと》のことまで気がまわりすぎるのだ。ニーリーはなんとか楽しげな表情を保つよう気持ちを集中しつつ、わが身に起きた出来事を判断しようとしていた。それ以上に大切なことがある。これから自分はどうしようとしているのか？

アメリカのファースト・レディなら、黄色のメモ・パッドを取り出して新しい計画を考え出すだろうが、ネル・ケリーはさほどに機敏ではない。マットは中断したことを再開するつもりでいる。彼女とてそれを望んではいるが、まだ時期尚早ではないだろうか？

ニーリーは混乱した心を抱える自分のかたわらに立つ、背の高い灰色の目をした男のことをくよくよ考えるのはよして、バトンがチーズ・カールを食べて食物アレルギーを起こさないか心配することにした。

「あら、みんな来たのね！　ネル、あなたは赤ちゃんと一緒にここにおかけなさいな。マット、あなたはあのクーラーを外に出してちょうだい。チャーリーったら、重い物を持ち上げるたんびに持病のヘルニアが悪化しちゃうのよ」

「重い物はかならず膝を使って持ち上げることだ」とチャーリーがいった。「ヘルニアなんて騒ぎたてるほどのものじゃない」

ニーリーは微笑んだ。彼女の前でヘルニアのことを話題にした人間はこれまでいなかった。

「あなたってどこか親しみのわく顔をしているわね、ネル。ねえ、なんかどこかで会ったことがある感じがしないこと、チャーリー？　あなた、フォート・ウェインに来たことがある？」

「コーネリア・ケースに似ているのよ。かならずしも全員がそう思うわけじゃないけどね」

ルーシーは辛辣《しんらつ》な目をマットに向けたが、マットはその直後にウェインズ夫妻のモーター・ホームにクーラーを取りに入ってしまった。「おかげでこっちは、役にも立たないパワー・ドリルに閉口してるわけよ」

「おやたしかに、似ているわ！　彼女を見てよ、チャーリー。ミセス・ケースにそっくりだわ。ほんと、姉妹といってもいいくらいね」

ニーリーは会話がこんな方向に進むのは絶対にいやだった。「夕食になにも持ってこれなくて、ごめんなさい。食料品がちょうど不足気味だったものですから」

「そんな心配はご無用よ。食料なら十分すぎるほどあるのよ」

食事が進むにつれ、ニーリーはこれまで自分が一部計画した公式の晩餐会や、公式行事には二十七もの項目を満たす場所が設定されたりすることを思い起こさずにはいられなかった。だがそのどれをとってみてもこの夜の楽しさに匹敵するものはない。ニーリーとマットはずっと視線を交わしつづけていた。その視線はありとあらゆる意味を持たせた無言の会話で、ふたりはまるで旧来の仲のように見えた。ルーシーはチャーリーのからかいにクスクス笑い、バトンはテーブルのまわりを這い、誰のところへも好きに行けた。当然、バトンがめざしたのはマットの膝の上だった。

ニーリーはウェインズ夫妻に魅了された。半生を家庭の主婦として過ごしたバーティスの話は、もっぱら子どもや孫、教会や近所の人たちのことばかり。チャーリーは小さな保険代理店を経営しており、最近経営の主導権を長男に譲ったという。

ウェインズ夫妻は昨今の政治事情についてみずから進んで意見を述べたし、マットもそれは同じだった。ドール・フルーツ・ケーキを食べながら、マットがかなりの政治の虫で、国が選んだ官僚にひどく幻滅していることをニーリーは知った。

キャンプ場に夜のとばりが降りる頃には、ウェインズ夫妻が忠実な愛国者であることがわかったが、彼らが抱いているのはけっして盲目的な愛国心ではない。求められるままに誰彼なく施しをする考えには反発を感じているが、本当に困っている人に対してはできるかぎりの協力を惜しまないつもりでいるという。また、個人の生活に政府が干渉することは反対だが、同時に薬物の不正売買と暴力撲滅のため一策を講じてほしいと望んでもいる。健康保険が十分だろうかと不安を持ち、社会保障制度の適用を受けたいと思ってはいるものの、そのために子どもたちに経済的な負担をかけてしまうのは不本意だという。マットはこのふたりとすべての点で意見が一致しているわけではないが、昨今の政治家はおしなべて無能で、盲目的なほどに党派性が強く、おのれの利益のためならば祖国でさえ裏切りかねない輩《やから》ばかりだという点については三人が共通の見解を持っていることがわかった。

慣れているとはいえ、こうした意見に耳を傾けながらニーリーの気持ちは沈んでいった。たしかに選出された議員のなかにもこうした形容があてはまる連中がいることをニーリーも知っているが、逆の形容を受けるべき議員がいることもまた真実なのだ。ウェインズ夫妻のような夫婦はいわばアメリカの基盤だ。二百年以上の歴史を持つ民主主義政治の生み出したものは皮肉屋ばかりの国家だというのか？

とはいえ、アメリカの政治は歴史のなかでつちかわれてきたものが現在多くの面で形をなし、生かされていることも事実であり、デニスもこの点については何年間もあらゆる人物と対話を続けた。生まれてこのかた政界の空気を吸いつづけている人間にしてはうぶだとデニスにはいわれたが、ニーリーはアメリカも新しいタイプの政治家を受け入れる時代に入ったと信じている。ときおりふと自分自身が政界に身を置くという白日夢にふけることがある。彼女の第一の信条はあくまでも誠実であること。たとえそのために自分がワシントンでつまはじきにあったとしても、国民にはすべてを明らかにするつもりでいる。

マットはバトンの手の届かないところへナイフを移動させた。「ばかにおとなしいじゃないか、ネル。きみみたいになんにでも見識を持っている人が、政治には思想を持っていないなんて意外だよ」

思うことは語りきれないくらいあるが、この議論が始まったときからあえて発言を控えていたのだ。それでもひとことだけいわずにはいられなかった。「私は人に恥じることなく政治家として生きることはできると信じているわ」

チャーリーとバーティスは首を振り、マットは皮肉な笑いを浮かべた。「五十年前ならそれも可能だっただろうが、いまは無理だ」

いくつもの言葉が口をついて出そうだった。言葉がよどみなく、限りなく心に浮かんできた。それは、リンカーン、ジェファーソン、F・D・ローズヴェルトなどの引用を取り入れた愛国心、国民の義務に関する完璧なスピーチだった。政治家を誇らしい職業とすることはできるのだ。そのことを証明しろと心の声がうるさいほどにせきたてる。

「現在でも」とニーリーはいった。「アメリカは勇気ある政治家の登場を待っていると思うわ」

三人は懐疑的なまなざしを向けた。もっといいたかったが、ニーリーはやっとの思いで言葉を切った。バトン以外の全員であと片づけを手伝った。バトンは遅くまで起こされているのでだんだん機嫌が悪くなっていた。赤ん坊を寝かしつけなくてはいけないので、少し席をはずしますとニーリーがあいさつをしていると、ルーシーがウェインズ夫妻のモーター・ホームから出てきた。「ここにはテレビがあるのよ」とルーシーが生意気な態度で報告した。「ニュース・ショーだけは見ておこうと思ってね」チャーリーが言った。「今夜はデイトラインがあるよ」

「うちはテレビがないのよ」

「テレビがなくたって死なないでしょ」バーティスがルーシーを抱きしめた。「今夜はいい本をお読みなさいな。教育的な本をね」

「マット、『プレイボーイ』を貸して」

「やんちゃさんなんだから、もう」

バーティスはルーシーを優しい目で見つめた。「うちのミーガンとすごく気が合いそうね」

ルーシーは我慢しているような溜め息をついたが、バーティスの祖母のような抱擁から逃れようとはしなかった。

「ネル、覚えていてね。バトンのロンパースをここへ持ってきてちょうだい。デイトラインを見ながらほころびをつくろってあげるわ」

バトンが衣類を破ってしまい、バーティスが修理をしてくれるとは思いもしなかったので、ニーリーはとまどいを感じた。「そんなことお願いできませんわ、ほんとに」

「そうさせてもらえるとこちらもありがたいのよ。手を動かしてないとついスナックに手が伸びちゃうの」

ニーリーは礼を述べ、ルーシーと赤ん坊を連れてモーター・ホームに戻った。なかに入りながら、無償の行為の素晴らしさをあらためて思った。

ピクニック・テーブルのまわりを這いまわったので、バトンの体はかなり汚れていた。ニーリーの汚れに対する過剰なまでの心配は、不本意ながら他人の目にはただの過保護に映ったようだ。マットはチャーリーが日除け用の腕木をはずす手伝いにまわったので、赤ん坊を手早く沐浴させ、機嫌を直してやるのはニーリーとルーシーの役目になった。清潔なパジャマに着替えさせる頃には赤ん坊は疲れてぐずりだした。ニーリーがあやそうとしてもだめだった。

ルーシーは哺乳びんを持って赤ん坊とモーター・ホームの後部に入ってしまった。ニーリーはそこはかとない悲哀を感じた。はっきりと嫉妬を感じたわけではないものの、赤ん坊がああもあからさまに自分以外の人物を選んだのを思うと悲しかった。彼女のなかにある異質なものにバトンはきっと気づいているのだろう。

赤ん坊の死の天使……ニーリーは恐ろしいイメージを振り払った。

ドアがさっと開いたので、ニーリーは振り返った。マットが入ってくるところだった。マットの姿はいつにもまして大きく、素敵に見えた。なぜか自分の唇が乾いているように思えた。ニーリーは彼から目をそらし、バトンのロンパースを見つけた。「これをパーティスのところへ持っていってくださる？　忘れていたわ」ロンパースをマットのほうに突き出した。

「いいよ」世界一意地悪な態度を取ったりする人物にしては、いつになく陽気な声だった。

「かまわないよ」ロンパースを受け取るために伸ばしたその手がニーリーの手をかすめた。

「数分で戻るよ」

マットはわざとニーリーを悩ませているのだ。でもその意図はなんなのだろう？　マットは子どもたちが数フィート先にいるところで愛し合おうと考えているのかもしれないが、ニーリーにそんなつもりはなかった。苛立ちを感じたニーリーはバスルームへ入り、着ていたものを脱いだ。

流れ落ちる水を浴びながら、あの大きな手が自分の胸を包んだときのようすを思い出していた。あのせっぱ詰まったような、思い詰めたような誘惑。その一瞬一瞬が愛しかった。欲望の対象になるのは素晴らしい気分だった。

考えてみればふたりはおたがいのことをほとんど何も知らない。利害関係もない。環境も背景も違う。とはいえ、そうしたものをデニスとは共有していたのに、結果はあのとおりだったではないか。

涙で目が刺すように痛んだ。いろいろあったが、デニスが懐かしかった。彼ならばほかの誰よりもニーリーのいまの困惑を理解してくれ、賢明な助言をしてくれるだろう。彼の裏切りを忘れようとすると、彼が自分にとって一番の親友だったのだとあらためて思い出してしまう。

シャワーにかなり時間をかけたので、バスルームから出てきてマットがまだ戻っていないことがわかり、驚いた。人生はどうしてこうも複雑なのだろう？　ただひとつわかっていることがある。ネル・ケリーとして生きることが嬉しくてたまらないということ。他人の人生を経験することこそ、自分への最高のプレゼントだったのだ。それを終わらせるつもりは、まだない。

一日じゅう、政府から派遣された捜査官が自分の足取りをつかもうとして躍起になっているイメージを振り払ってきた。ニーリーは声にならない祈りを捧げた。「どうか、あと数日。数日でいいのです。あと数日だけ私にください」

ペンシルヴェニア州マッコネルスバーグからほど近いホテルの一室で、トニ・デルッカは椅子に座って見るともなくデイトラインを見ていた。彼女とジェーソンはトラック・サービス・エリアで成果のない午前中を過ごし、ジミー・ブリッグスへの取り調べで同じく成果のない午後を過ごした。

トニはリンゴをかじりながらベッドのヘッド・ボードにもたれ、シボレー・コルシカに関する鑑識の中間報告に目を通した。本当は塩と酢をかけたポテト・チップスを食べたかったのだが。車内にはいたるところにコーネリア・ケースの指紋が残されていたものの、血痕や暴力の形跡は見つからなかったとある。トニは報告書を脇に置き、テリー・アッカーマンから送られてきたばかりの報告書を読み終えた。

デニス・ケースの最高顧問は昨夜オーロラと話したと報告していた。アッカーマンによれば、彼女は会話のあいだじゅうコード・フレーズであるジョン・ノースという言葉を使わず、そのことからも、失踪が彼女の意思以外のものによるとは思えなかったという。ジミー・ブリッグスがミセス・ケースに危害を加えなかったのはなによりだが、アッカーマンはぜひとも彼女から居場所を訊き出してほしかったと思う。

「私アン・カリーがNBCニュースからレポートします……」

トニがリモコンを取り、音量を上げたとき、食べかけのリンゴが転がった。三十秒後、トニはジェーソン・ウィリアムズの部屋に電話をかけていた。

「NBCがたったいまオーロラ失踪のニュースを流していたわ。今度はCNNがやるはずよ」

「了解」

彼の部屋でテレビの音が聞こえ、ふたりはともに耳を傾けた。

「コーネリア・ケースの行方はいずこに？　ワシントンの信頼に値する情報筋によると、インフルエンザでダウンしていたとされていたアメリカのファースト・レディが、じつは失踪していたということです。三日前の火曜日の朝を最後にファースト・レディの姿を見た人物はいません。ケース夫妻が住んでいた自宅にもおらず、また実家であるナンタケット島のリッチフィールド家にも身を寄せていません。ミセス・ケースの失踪についてホワイト・ハウスは公式の確認のコメントを行なっていませんが、非公式の情報提供者によれば、失踪はミセス・ケース自身の意思によるものだということです。ファースト・レディがみずからの計画や行き先について誰にも明かしてはいないことは明白です。もっとも気がかりな点は、シークレット・サービスの防護なしに彼女が姿を消してしまったということです」

画面にはジェームズ・リッチフィールドが急いでリムジンに乗りこむところが映し出された。

「ミセス・ケースの父親で元副大統領のジェームズ・リッチフィールド氏はいまのところ、質問に対して堅く口を閉ざしています」

トニはニュースの主題が犯罪問題へと移ったのを見て、音量を下げた。受話器を首のカーブした部分にあてて、顔をしかめた。「出るべくして出たニュースよね」

「われわれの任務はやりやすくなるのかな。それともやりにくくなるのかな?」

トニも同じことを考えていた。「ミセス・ケースが身を隠すのは困難になるでしょうから、表面に浮上せざるをえなくなる可能性は増えると思うわよ。でも別の意味でリスクも高くなるはず。ミセス・ケースがいまは無防備な状態にあることを世界じゅうの変質者が知ってしまったんだからね」

「ちょっとこっちの部屋に来てくれませんか」

「あらあんた、あたしに気があったのね。知らなかったわ」

「くだらない話はやめてください。ちょっと見せたいものがあるんですよ」

「大きさはどれくらい?」

「セクハラは二通りあるんですよ、デルッカさん」とジェーソンは切り返した。「あなたはたったいま、その境界線を踏み越えましたよ」

「それは失礼」トニは受話器を置くとニヤリとした。あまりユーモアのセンスがあるとはいえないが、彼のプロフェッショナリズムは脱帽ものだ。トニはバギー型のスウェット・パンツを二枚はき、ウェストのところを安全ピンでとめ、ルーム・キーを持ち、廊下を進んでいった。

トニはドアを開けてくれたジェーソンの胸を指先でパチンとはねた。「ほらママが来てあげたわよ。暗くても怖くないように常夜灯をつけてほしいんでしょ?」

ジェーソンは目玉をぐるりとまわしたが、そのようすは彼女の二十三歳の娘キャリーが母親にあきれたときに見せるしぐさとそっくり同じだった。若くなければあんなに極端なほど大きく目玉をまわせない。

「ちょっとこれ見てくださいよ」彼は机の上のデスクトップ・コンピュータを見ろと身振りで示した。

老眼鏡を持ってくるのを忘れたので、ジェーソンがウェスト・ヴァージニアの小さな新聞社の翌日の朝刊が読めるウェブサイトを引き出してくれても、画面を目を細めて見なければならなかった。

「何を見せようというの?」

「ここですよ」ジェーソンはスクリーンをぐいと指さした。

「そっくりさんコンテストでサンタが優勝? なんでこんなものに私が興味を――おっと」トニはコンピュータからの距離を変え、ゆっくり読み直すために記事の最初に戻った。「どうやってこれを見つけたのよ?」

「軽く流して見ていて見つけたんです。マッコネルスバーグから半径一五〇マイル以内の新聞を調べていたんですよ。この女性はスペイン人だということですから、たぶんそう重要な情報にはなりえないでしょうね。それに、身を隠そうとしている人がそっくりさんコンテストに出たりするはずがありませんからねえ」

「でも……ああ残念、ここに写真があればよかったのに。電話番号帳をあたってみれば……」トニは目を細めて画面を見た。「ブランディ・バットってヒスパニックらしい名前とは思えないんだけどな。それにスペイン系の女性ってオーロラみたいな容貌の人はいないわよ」

「いまのところ収穫はありませんが、もう数ヵ所調べたいところがあるんです」

「ちょっと調べさせて」トニは電話機に手を伸ばしかけてためらった。通常の手順からいえばこの件はウェスト・ヴァージニアの現地事務所に引き継ぐのが筋というものだが、オーロラ捜索の命を受けたこの特殊部隊に通常の論理は何ひとつ当てはまらない。たとえばトニやジェーソンにしても、国家安全部門担当の副長官に直接報告しているし、自分で判断しなければならない場合もあれば、他《た》に判断をゆだねる場合もある。

トニは受話器をとり、それを首に当てたまま相棒の顔をじっと見つめた。「明朝一番でウェスト・ヴァージニアに向かおうと思うの。あんたはどうする？　七時じゃ早すぎる？」

「ぼくは六時に出ようと思ってたんですが、あなたがもう少し休みたいのなら、了解します」

おや、こいつ結構使えるじゃない。トニは相棒がだんだん気に入ってきた。


マットの首筋はまだひりひりしていた。バトンの黄色いロンパースを握ったままウェインズ夫妻のモーター・ホームのまんなかに突っ立って、コーネリア・ケースの失踪についてデイトラインのレポートを聞きながら奇妙な感じにとらわれた。すべてがよくある偶然の一致だとは思うものの、メイベルに戻っても首のヒリヒリはまだおさまらない。これは彼が大きなテーマに取り組んでいるときと同じ感じなのだ。

マットはネル・ケリーとコーネリア・ケースの精神面を比較せずにはいられなかった。見た目は似ているけれど、ミセス・ケースは冷静で洗練されていて、ほとんど天上人のよう。一方のネルはおもしろくて、親しみやすく、とても実在的。最初の印象とは違って、いまでは顔さえも似ていないと感じられる。髪形も違うし、痩せてはいるけれど、ミセス・ケースのように上流階級特有のお高くとまったところがない。ミセス・ケースの額はもっと高いし、ネルより背が高い。目だってあれほど青くはない。それに何より、ミセス・ケースはジョリックにキスなんてさせてくれないだろう。

マットは忍び笑いをした。ネルがかつらをつけ、ちょっとばかりめかしこんで、ハイヒールを履いたら、ホワイト・ハウスのドアも、ファースト・レディとして通り抜けられるかもしれない。その後本物のミセス・ケースが帰ってきても誰もそれが本物のミセス・ケースと信じない。まるで王子と乞食の女性版ってところだな。なんて興味深い話だろう！

マットはモーター・ホームのドアをあけ、なかに入った。椅子に座っているネルを見てさっき考えたことを話そうとしたが、笑顔が消えた。ネルはブルーのコットンのナイト・ガウンを着て脚は曲げて体の下に引き寄せている。照明は小さなランプだけを残してすべて消され、顔の上に一筋の光だけが当たっている。ネルの姿にはまるで十五世紀のマドンナのように典雅な、この世ならざる美しさがあった。陶器のカエルを買ったり、モーター・ホームを運転したり、機嫌の悪い赤ん坊をあやしたり、マットは彼女がそんなつまらないことをする姿が想像できなかった。

マットは首のうしろがヒリヒリするのを感じた。ネルはコーネリア・ケースにうりふたつだった。

ネルが顔をあげて微笑んだ。「ちょっと時間がかかったわね。バーティスにまたフルーツ・カクテル・ケーキでも勧められたの？」

「ケーキ？　いやいや、ちょっと……」ネルの肩にかかった幅の広いストラップがずれ、あの印象は消えた。彼女の顔はまたネルの顔に戻っていた。マットが今夜ずっと思いつづけている女性の顔だった。「ちょっと話しこんでしまってね」

長椅子の端に座ると、彼女を抱きたいという思いは欲望から焦がれるような欲求に変わった。「子どもたちは眠っているの？」

「死んだようによく眠っているわ」彼女はしばしマットの顔をながめた。「何か困ったことでもあるの？」

「ないよ。どうして？」

「べつに。ただ入ってきたときなんだか変な表情をしていたから」

マットはコーネリア・ケースの話をしようとしたが、すんでのところで理性を取り戻した。自分がいま思い描いているのは世のなかで起きていることに関する議論ではない。誘惑なのだ。ニュースはあとまわしにしても全然かまわないのだ。「さっきのカクテル・ケーキがやっと消化されだしたかな」

ネルが立ち上がり、光がナイト・ガウンを通して彼女の体のシルエットをぼんやりと浮かび上がらせた。「何か飲みたい？　またルートビアーでも飲む？」

マットはやっとの思いでかぶりを振った。ふと気づくと立ち上がり、彼女のほうへ一歩足を踏み出していた。

じっと見上げる彼女の目には用心深さがあった。それはマットが彼女にいまもっとも感じてほしくない感情だった。

「マット、私たち、このことについては話し合わなくてはいけないわ。このドアのすぐ向こうにはふたりの子どもたちがいるのよ」

「うん、わかってる」そういいながらマットは頭ではほかのことを考えていた。マットは子どもたちはぐっすり眠っていると自分にいい聞かせながら、実際のところドアが非常に薄いということに気づいた。いまこそアドリブを利かすときなのだ。「ここは暑いな。ちょっと散歩に行こうよ」

「私、ナイト・ガウンに着替えちゃった」

「あたりは暗いよ。何も見えやしないって。それにきみが一日じゅう着ていたあの洋服よりそのナイト・ガウンのほうがよっぽど体を隠してくれてるよ」

「でも……」

「このすぐうしろに小道があって、その先がちょっとした森になっているんだ。メイベルは常に視界に入るところだから大丈夫」

思いがけず、ネルの口元がほころび、彼女が単純な楽しみに喜びを見いだすのだということをマットは思い出した。「靴を取ってくるわ」

数分後、ふたりは腐葉土を敷きつめた小道を歩いていた。キャンプ場から洩れるかすかな光が木々のあいだを抜け、行く手を照らしてくれる。ニーリーは深呼吸し、薪を燃やした煙や豊かで湿り気のある草木の匂いをかいだ。こうしていると自分がナイト・ガウンを着て外を歩きまわっているということも忘れてしまう。「これって素敵じゃない?」

「うん、結構いいよね。つまずくといけないから、手をつなごう」

ニーリーは自分がつまずく危険にさらされているとは思えなかったが、マットの手のなかに自分の手をすべりこませた。彼の手は大きく、しっかりとしていて、馴染みのない感触だった。彼女は何万人という人と握手をした、いわば握手のベテランではあるけれど、ゆっくりと手を握ったのは子どもたちの手だけだった。「今夜は楽しかったわ」

「認めるのはしゃくだけど、おれも楽しかったよ」

「あの人たち、ルーシーにも優しくしてくれたわ。あの人たちと一緒にいたとき、ルーシーは一度もばちあたりな言葉を発しなかったわよね」

「それはおれも気づいた。でもバーティスがルーシーをあれこれかまいつづけるからムッとしてた」

「じつは嬉しかったんじゃないかしら」

「おれもそう思うよ」マットが歩調をゆるめたので、ニーリーは一瞬マットが道の先に何かを見つけたのかと思った。

「おいでよ。光の当たらないところへ行こう」

少しかすれたマットの声に、ニーリーの気持ちが昂ぶった。小道からやぶのなかへそして大木の根元へと連れられながら、ニーリーは興奮と不安の混ざりあった奇妙な感じを抱いた。マットは手を離さないまま木の幹で背中を支え、彼女を引き寄せた。そしてキスをした。

十数年にわたる性的経験を物語る、強引で情欲をかきたてるキスだったが、今度は彼女もやり方はこれでいいのだろうかと不安がるのはやめた。ただ彼の首に腕をまわし、身をゆだねようと思った。

マットの手が彼女の体をすべるように進み、ふれるところ、ふれるところに燃え上がるような感覚を残していく。「もっときみを知りたい」

彼の手がナイト・ガウンごしに乳房を包みこみ、親指がその頂きに届いた。彼の頭がすっと下がり、唇が乳首をとらえ、コットンの布地ごしに吸い上げた。

ニーリーは切なげなうめき声を洩らした。激しい感覚だった。性感を深く刺激するまるで魔法にかかったような感覚……感じるとはこんな感覚だったのだ。ふと気づくと「いや」とつぶやいていた。

本当は「外ではいや」というつもりだった。人目につかない場所に行きたかったのだ。だが言葉に出す気にはなれなかった。

マットの手がナイト・ガウンの下に入ってきた。パンティを見つけ、ナイロン越しに秘部をそっと包んだ。「濡れてる」

　素っ気ない言い方にニーリーの体が震えた。恋人同士とはこんな会話を交わすものなのか。マットの手がニーリーの体を撫でさすりはじめた。ニーリーは背筋を弓なりにそらし、彼にしがみついた。自然に脚が開いた。

「ナイト・ガウンを脱いで」マットがささやいた。

　ニーリーはその言葉の衝撃の強さに現実に引き戻された。いちどきに多くのことを体験し、やっとの思いでこなしているのだ。「ここは外よ」

「だからいいんじゃないか」マットはガウンを手のなかにかきあつめた。

　ニーリーは逆らいはじめたが、ふと思いとどまった。警戒することにはあきあきしている。他人の作ったルールに従うのも、もううんざりなのだ。ニーリーは手の力を抜いた。

　マットの手がガウンを引っ張り、下に落とすと、冷んやりした夜気が肌を撫でていった。

「今度はパンティだ」マットはささやいた。「こっちへよこせよ」

　ニーリーはためらった。

「よこせ」

　マットのぞんざいな、官能的な命令にニーリーはゾクゾクとしたスリルを感じた。同時に何か女としての本能から少し戯れてみたくなり、わざと被虐的な声を出した。「はい、わかりました」

　それに対して深みのあるクスクス笑いが返ってきて、その声はニーリーの血管に温かな蜂蜜のように流れこんできた。前にかがみながら、ニーリーは自分の淫らなふるまいに激しい気持ちの昂ぶりを覚えた。キャンプ場では誰も身動ぎひとつしそうもないが、公共の場にいることに変わりはない。

ニーリーはパンティを脱ぎながら、彼はこれをポケットにしまいこむかもしれないと思った。「そこでじっと立ってろよ」マットがささやいた。

ニーリーはただ立ちすくむしかなかった。

マットはむきだしの肩を手で包み、うなじにくちづけをした。さらに乳房に手をふれ、戯れつづけ、ニーリーは息が止まるほどの刺激を感じた。足が弓なりに曲がり、マットのふくらはぎにからみついた。快感がらせんのように彼女の体を這いあがっていき、もはや限界というところまで達した。ニーリーは動きを止めようとマットの手首をつかんだ。

「あなたの番よ」やっと聞き取れるほどのかすれた声だった。「着ているものを脱いで」

あの低いしわがれたような含み笑いがマットの口から洩れた。「ちょっといかれてるんじゃないの？　ここは外だよ。外で裸になるのは重症の露出狂ぐらいなもんだよ」

「あなたこそいかれてる」ニーリーはこういい返すのがやっとだった。

「冗談だよ」マットの掌がニーリーの背筋を這い下り、からかいはやんだ。「ものすごく気持ちがいいだろ」

撫でさするマットの手がさらに快感をあおっていく。

彼の手がニーリーの恥丘にふれ、太腿のうしろをたどっていく。ニーリーは自分の体をさらに強く押しつけた。「いまおれが何をしたいかわかってる？」

わかっていた。だがそれは彼の口からいってほしかった。上品とはほど遠いその言葉を聞きたかった。この血をかきたてるような愛すべき、淫らな会話。「いって」ニーリーはこんなことを口にする自分の声を聞いた。「はっきりといって」

マットは彼女の乳首をひねった。性感をそそる感覚的な予兆。「火遊びしたい？」

「したいわ」

「じゃあ燃える覚悟しとけよ」

映像的なイメージをかきたてる描写に体が燃え立った。情欲。性と情欲の素朴な言葉。

「……体を伸ばして……脚を開いて……体を開いて……」

マットは唇を合わせながら語りかけ、舌で彼女を蹂躙《じゅうりん》した。一方手は……ああその手は……ありとあらゆるところを攻め、もはや全身を支配しているかのように自在に動きまわっていた。

「……ここにふれる……ここを押す……」

脚のあいだを……指がまさぐる……。

「このなかへ……」

秘めやかなメスの匂い……この感じ……。

「もっと深く……」

ニーリーの体は完全に燃え上がった。

マットの指の動きが速まった。ニーリーは声をあげ、くずれ落ちた。

マットはニーリーを抱きしめ、その静かな振動を受け止めながらキスをした。

震えがおさまるにつれ、自分の手の下にある彼のむきだしの力強い背中を感じた。肌は熱く、しっとりと濡れ、自制のために筋肉が緊張していた。ニーリーは股間に手を伸ばし手をふれた。

マットは体をかがめた。息づかいがニーリーの耳元をかすめた。すると突然マットは体を離した。「ガキどもめ!」

ニーリーは息を深く吸いこんだ。

「きみとひとつになりたいよ!」マットの声は苛立ちでざらついていた。「自分たちがたてる音を気にしたり、誰かが水を飲むために起きてくるんじゃないかと気をもむのはたくさんだ」彼はののしるように猥褻《わいせつ》な言葉を口にした。少し前にまったく違う意味で使った言葉だった。ふと体を起こした彼がいった。「アイオワ!」

ニーリーは頭が混乱した。「何?」

「子どもがいない、ベッドがある……」マットの手がニーリーの体の上を滑らかにすべった。「重なった松の葉もない。アイオワに着いたらすぐ本当にふたりきりになろう。そうすればこの続きを成し遂げることができる」

「アイオワ……」はるかかなたの地。

マットがかがみこんだとき、衣ずれの音がした。マットはナイト・ガウンをニーリーに押しつけた。「パンティは返さない」

その声は前足に棘《とげ》がささった動物のように苛立っていた。ニーリーは揺れながら声をあげて笑った。「アイオワね?」

「そうだ、アイオワだ。カレンダーに印をつけとけよ」

こうして、鷹の日の州という呼び名のあるアイオワが、欲望の地になってしまった。

12

マットは夜中、妙に目がさえたかと思うと、熱に浮かされたような夢を見たりした。翌朝ネルとルーシーがバトンを連れてウェインズ夫妻に別れのあいさつに行っているあいだ、一杯目のコーヒーをゆっくり飲み、やがて二杯目を注いだ。マグを手に助手席で前かがみになりながら、おれは十代の小僧じゃない、立派な大人だと自分にいい聞かせた。だがほんの数十分前にネルがあのプレーンなナイト・ガウンを着て出てきたとき、もう我慢できなくなってしまった。マットは気分を変えようと、ラジオをつけた。

「コーネリア・ケース失踪のニュースに、全米で不安が広がっています……」マットは座席からすべり落ちそうになった。性的なフラストレーションで頭がいっぱいで、コーネリア・ケースのニュースのことなどすっかり忘れていたのだ。ミセス・ケースの所在がいまだに表面化してこないのは信じがたいことだ。世界でもっとも有名な女性が姿を隠しておけるところがいったいいくつあるというのか。

首筋をチクチクと奇妙な痛みが這いおりた。

モーター・ホームのドアがさっと開いて、ルーシーが荒々しい足取りで入ってきた。ルーシーはマットをにらみつけた。「どうしてあたしたちはバーティスやチャーリーのようにもうひと晩ここで泊まれないのよ！　あんたはなんでもかんでも自分の思いどおりにしなきゃ気がすまないのね！」

「そのとおりだよ」マットは怒鳴った。「さあシート・ベルトをつけろ。すぐ出発するぞ」

ネルがバトンを連れて戻ってきて、彼の不機嫌な声に片眉をつり上げたが、マットは見えないふりをした。ニーリーはマットのイライラの原因を誰よりもよくわかっていた。

ルーシーに意地悪な言い方をしたことで、マットは罪の意識を感じていた。だからお気に入りのブラックホークスのキャップをルーシーがかぶっていることは大目に見ることにした。こんなのはいまに始まったことではない。自分の着る物が結局いったいいくつ妹たちのクローゼットにおさまったのか数えきれないほどだ。

水のタンクをいっぱいにして、洗車をすませ出発した。インディアナ州を抜け、西へ向かう予定である。ネルはいつにもまして多くの時間をルーシーとともに過ごしているように見える。きっと昨夜のことで照れているのだとマットは思った。子どもたちの存在がいっそう大きな重荷に思える。子どもたちがいなかったら、ネルの自意識など過去のものになっていたはずなのに。

マットはまたふたたびラジオをつけ、ほかの誰にも聞こえないくらいに音量を落としてニュースを聴いた。このことについてもう少し考えてみたかったのだ。

朝がくるたびにこのニュースはより大きく取り上げられるようになっており、報道を聞くかぎり、ワシントンの低能な学識者の意見はいいかげんな内容になってしまっている。

「考えたくもないことですが、ミセス・ケースの命が危険にさらされている可能性もあります……」

「ファースト・レディの身が敵対勢力の手中にあるとすれば、その影響を考えないわけにはいきません……」

「……国外の敵対勢力ばかりではなく、国内の敵対勢力についても考えるべきです。たとえば国民軍《マリシャ》グループとか……」

人気ラジオ番組である心理学者が、コーネリア・ケースは大統領の死亡の哀しみによって神経衰弱におちいっている可能性もあると示唆しているとき、マットはラジオのスイッチを切った。ばかどもめ。真実を求め、脚を使って緻密な調査をすることにくらべれば、推測でものをいうのはずっとたやすい。

だが、自分は人を批判できる立場にあるだろうか？　少し前のことだが、マットはある服装倒錯者を追ってカメラ・クルーと一緒に三日間を過ごしたことがあった。良心のなかに同じ罪を抱えている自分には、他のジャーナリストがこのニュースをセンセーショナルに報道するからといって、それをとがめる資格はないのだ。

午前中ずっと助手席は空席になっており、ときおりルーシーが必要もないのに車を停めてほしいといいにくるぐらいだった。ネルが意図的に彼を避けていることにマットは気づいた。そのほうがかえっていい。そばにいたら気が散って運転に身が入らないだろう。とはいいながら、インディアナの西の州境を越える頃には、ネルの楽しい旅行話が恋しくてたまらなくなった。

あの雲の形を見ると、なんだかサーカスのパレードを思い出してしまうわ。

リサイクル・センターの運営費は誰が出していると思う？

なんてきれいな町なのかしら！　あらブルーベリー祭をやっているわ。行ってみましょうよ！

野生の花が咲いているわ！　停まりましょう！

少なくともあと、時間はね……あの道がどこへ通じているのか見てみましょうよ。

ネルの感激した顔が見たいとはいえ、自分の口から「ピクニックに行きたい人は？」という言葉が発せられるのを聞いて、マットはわれながら啞然とした。

「行きたい！」とネルが叫んだ。

「そうね」ルーシーは興奮を隠そうとしたがうまくいかなかった。こうして三十分後、一行はインディアナ州ヴィンセンズのクローガー食品雑貨店の前に駐車していた。マットはバトンを抱き上げ、先になかに入ったネルとルーシーのあとを追った。

「ウィリアム・ヘンリー・ハリソンはヴィンセンズのまさにこの場所に住んでいたのよ」とネルがいった。「彼はアメリカ合衆国第九代大統領だったの。でも就任式からわずか一カ月たらずで亡くなってしまったのよ」

そんなのは誰でも知りうる事実だとマットは独り言をいった。町に入るとき看板のひとつにヴィンセンズがハリソンの故郷だと書いてあったのだ。

ネルは食料品の売り場へ向かいながら、まだウィリアム・ヘンリー・ハリソンとその後任の大統領ジョン・タイラーについてしゃべりつづけている。ネルが楽しげにブルーベリーの陳列を品定めしたかと思うと、生まれて初めて見たかのように何箱も重なったイチゴに感心するようすをマットはじっと見ていた。この食料雑貨店自体がマットにとっては家庭的すぎて、閉所恐怖症が始まりそうな気がした。その感じがだんだん強くなりだしたとき、バトンが溜め息をついてマットの顎の下に頭を突っこんだ。

「ダー……」

「こいつを抱いててくれよ、ルーシー。ちょっと買い物があるんだ……ちょっと男性用品を買わなくちゃ」

「イーオーウ！」

「もういいよ」マットは溜め息をついた。「おれが抱いてるからいい」

ヴィンセンズを発つとまもなく、イリノイ州への州境を越えた。ネルはカウンターでサンドイッチを作りながらウィネベーゴの動きに合わせて揺れつつ鼻歌を歌っていた。そのようすがあまりに楽しそうだったので、マットはピクニックを思いついてよかったと思った。

またしてもラジオに手を伸ばし、スイッチをつけるとちょうどミセス・ケースの学友がインタビューを受けているところだった。

「……試験の時期になると、私たちは授業のノートを一番くわしく取っているニーリーをあてにしていました……」

ニーリー？　マットはミセス・ケースのニックネームがニーリーだということを忘れていた。マスコミではその名が使われることはめったにない。ニーリー。ネル。近い。

そんなことはどうでもいい。彼はジャーナリストだ。関わるべきは真実であり、空想などではない。マットはこれまで想像力のなさを誇りにしてきたし、アメリカ合衆国のファースト・レディがシボレー・コルシカに乗って大陸横断の旅をし、自分の子でもないふたりの子どもを連れた男と関わり、おしめを替えたり、ティーン・エージャーの生意気な態度に耐え、舌を使ったキスの練習をするなどという話を信じるのは相当想像力のたくましいやつだけだ。だがうなじのヒリヒリした感じはいまだ消えていなかった。

トニはウェスト・ヴァージニア州の小さな新聞社のカメラマンから手渡された校正刷りをよく見るために拡大レンズをのぞきこんだ。コーネリア・ケースのそっくりさんの鮮明な写真ばかりではなかった。肩の部分、頭頂部、背中の一部も撮影されていた。これだ。

トニは校正刷りをジェーソンに手渡した。「どこか変なところある？」

ジェーソンが写真を調べているあいだ、トニは新聞カメラマンの狭いオフィスのなかをせわしなく歩きまわっていた。WGRBラジオの宣伝マネージャーであり、そっくりさんコンテストを実施したローリー・レイノルズに会見した結果はかんばしくなかった。

レイノルズによれば、ブランディ・バットと名乗る女性はスペイン語しか話せず、どうやら彼女に付きそってきた十代の少女に強要されてコンテストに出場することになったらしい。その後彼女はあわててステージをおり、レイノルズは彼女がハンサムな黒い髪の男性とピンクのキャップをかぶった赤ん坊と十代の女の子と一緒にモールを出ていくのを目撃したという。

ジェーソンは拡大鏡を置いた。「彼女は意図的にカメラを避けたがっているように見受けられます」

「明言はできないけど、たしかにそんな感じだわね」

彼はかぶりを振った。「よくわからない。夫に赤ん坊、ティーン・エージャー。この女性がオーロラである可能性はかなり低いでしょうね」

「あたしもそう思うわ。でもこの町は小さな町よ。どうして彼女のことを誰も知らないのかしら?」

「たぶん家族と一緒に旅行している途中立ち寄っただけなんでしょう。女の子はハリウッドから来たといっていたそうですよ」

「ハリウッドじゃ、ウェスト・ヴァージニアがどこにあるかすら知られていないわよ。それに彼女はどうしてカメラを避けたの? 終わるとすぐ逃げるように姿を消したのはなぜ? さらに興味深いのは、賞品を受け取るとき、にせの住所を口にしたのはなぜかという点よ」

「それはブランディ・バットあるいは家族の誰かが居所を知られたくないからですね」

トニはふたたび校正刷りを手にとった。「それと彼女は二位しか勝ち得てないということ。

それを忘れないようにしましょうよ」
「ええ。忘れようたってなかなか忘れられないですよ」ジェーソンはポケットからハッカ・トローチを出して一個を口に入れた。「つまり収穫ゼロということでわれわれの意見は一致したということですか」
「まあそういうことかしらね。でも、今朝まで収穫はゼロ以下だったんだから一歩前進だわ」

ピクニックの候補地を二カ所拒否してから、ニーリーはやっとお気に入りの場所を見つけた。ウォバッシュ川の対岸、ヴィンセンズの西にある小さな農園の町はずれにある公園だ。アヒル池と幼児用のブランコ、フリスビーを飛ばせる素敵な広場があることで、ニーリーはここを選んだのだ。

ニーリーがこのことにふれると、ルーシーは「フリスビーなんて持ってきてないじゃん」という。
「ひとつあるわよ」ニーリーが足元の食料品の袋からフリスビーを取り出してみせると、マットのしかめ面が目に入った。時間がない、といまにもいいだすつもりなのだということは彼女にもわかった。「ルーシーと私はフリスビー投げをやるわよ」ニーリーは断固として宣言した。「もしいやなら私たち抜きで、ひとりでアイオワに行けば」

ニーリーを見つめるマットの熱いまなざし。この言葉はふたりにとって、特別刺激的な大人のおもちゃのようだった。ニーリーはひとりでこっそり薬局に戻って箱入りのコンドームを買ったことを思い出した。そんなことをしたのも、マットが所持しているかどうかを知りたくても、なんと切り出すべきかわからなかったからだ。これもまた新しい体験だった。

「やったね……」ルーシーがつぶやいた。「これで思うぞんぶんフリスビーが飛ばせるな」

「これも飛ばせば」ニーリーは食べ物の入った袋をルーシーに押しつけた。

「ふざけすぎ」

「まあね。それが楽しいのよ」

そばで笑って聞いていたマットだったが、冷蔵庫から飲み物を取り出すとき食器戸棚に肘をぶつけてしまった。モーター・ホームはマットには狭すぎるが、彼はひとことも不満を洩らさない。きっと小さすぎるものに慣れているのではないかと、ニーリーは思った。

ニーリーはゴクリと唾を呑みこんでバトンを手渡し、セックスのことばかり考えている心を無理やり食べ物選びのほうへ向けた。みんな七面鳥のサンドイッチは好きかしら？　スイス・チーズを添えようと思うけれど、ルーシーはアメリカのチーズのほうが好きよね。トルテッリーニ・パスタのサラダではちょっと異国風すぎるかな？　カットした小ニンジンだけではあっさりしすぎかしら？　パンダの顔がついたチョコレートのカップケーキはお店で見たとき可愛く見えたけど、手にとったときマットもルーシーも目をまるくしたわ。バトンだけは思いがけないおやつを喜んでくれるでしょうね。

これまで見てきた手の込んだホワイト・ハウスの社交的行事を思えば、こんなシンプルなメニューに頭を悩ますのはじつに皮肉なことで、ニーリーもそのことをまったく考えないわけではなかった。しかしこのほうがずっと自分らしい感じがする。

一行がモーター・ホームから出て、昼間の陽射しがふりそそぐ小さな公園に足を踏み入れたとき、マットは「どこがいい？」と訊いた。

ニーリーは遊戯場からそう遠くないところに置かれたピクニック・テーブルを指さし、レディ・バード・ジョンソンの野生の花の陶器ではなく紙皿を並べている自分の姿を思い浮かべて思わず微笑んだ。ルーシーはじっと目を凝らしてはるかかなたの駐車場の端を見やった。そこで三人の十代の少年たちがスケートボードで前後の転回を繰り返しているのだ。

「食べ物を出しているあいだ行ってあの子たちを監視しててちょうだい」

「なんであたしがあんないやな連中を見てなきゃなんないのよ？」

「運がよければ、あの子たちのひとりが脚を折ってそれみたことかと笑ってやれるでしょ」

ルーシーはにやりとした。「あんたもそうとうやなやつじゃん」

「そうよ」本能的に、ニーリーはルーシーを抱きしめようと手を伸ばした。ルーシーが全身を硬直させたので、ニーリーは瞬時にあとずさりした。ルーシーは腕をこすりながらぶらぶらとどこかへ行ってしまった。少年たちのところではないが、まったく違うほうへ行くわけでもなさそうだった。

マットは赤ん坊を草の上へ座らせて、ルートビアーを一本引き抜いた。「今朝ふたりで何を話していたのさ？」

ニーリーはバトンがうろうろと動きはじめたので眉をひそめたが、汚れや虫や犬の話をしてもどうせマットはまじめにはとりあってくれないだろうと思った。「おもにルーシーがへそピアスをしたほうがいいかどうかを話していたわ」

「おれの目の黒いうちはそんなまねは許さん」

マットはまるで父親のような言い方をした。ニーリーは食べ物を並べはじめた。「絶対したほうがいいと思う、って私はいったわ」

「どうしてそんなことをいったんだい？」

「だっておへそなら鼻や眉よりましでしょ。それに私が好きだといえば、ルーシーは反射的に拒否するから。そのあとは私が耳にピアスをしたほうがいいかどうかを話し合ったのよ」

「もう耳にはしてるじゃないか」マットは左耳の小さな穴に手をふれた。その手は必要以上に長く穴のあたりにとどまっていた。

ニーリーは咳払いをしていった。「ルーシーにいわせるとピアス一個はものの数には入らないんですって。だから私はあとひとつずつ穴をあけたほうがいいんだって」

「片耳にそれぞれ二個ずつイヤリングをつけようっていうのかい？」

「やってみようかなって考えているところ」

マットは奇妙な表情を浮かべた。まるで何かほっとしたような顔だった。「結局、きみはそれほど貴族的じゃないのかもしれないな」

ニーリーがニンジンを並べると、マットはベンチに腰をおろした。つられてバトンも彼の膝に座った。マットは数ヤードばかり離れたところにある砂場に目を留めた。「おいで、デーモン」

「砂場？　だめよ、マット。まだこの子には早いわ。砂を食べてしまうわ」

「ひと口かふた口も食べれば、やめるよ」彼は赤ん坊を抱き上げ、宙に放り上げたかと思うと、砂場に連れていった。砂場ではすでにふたりの幼い男の子たちが遊んでいた。

「汚れてしまうわよ」とニーリーが大声でいった。「それに日焼けするわ」

「日陰だし、汚れたら洗えばいい。砂場に入ってみたいか、デーモン？」

「ガー！」

「だと思った」マットは砂場でバトンをおろし、そこで遊んでいるほかの子どもたちを見やった。「きみたちに神のご加護がありますように」

赤ん坊から目を離さないまま、マットはルートビアーを取りにテーブルに戻った。「パンダの顔のカップケーキかい？　ついでに小さなとんがり帽子も添えたらどう？　おいデーモン、よせ！」赤ん坊がプラスチックのバケツをひとりの子どもの頭に投げつけようとしているのだ。

「私が食事の用意をしてるあいだ、バトンを見ててちょうだい」

マットはまるで目に針を刺せとでもいわれたような顔をした。

「それからあの子のこと、人前でデーモンなんて呼ばないで」ニーリーはいいそえた。「きっとからかわれるわ」

マットはどうにか困ったような顔を作り、砂場を監視するためにてくてくと歩いていった。スケートボードに乗った少年たちの姿は見えず、ぶらぶらとテーブルに戻ったルーシーは、ベンチに腰かけ、その木目をつつきはじめた。ルーシーが何かを考えていることはニーリーにもわかったが、何を考えているのかと尋ねればルーシーはきっと口を閉ざしてしまう。ニーリーは待つことにした。

ルーシーは砂場をちらりと見やった。マットのしかめ面がバトン以外の子どもたちを威嚇していた。「ジョリックも最初思ったほど変なやつじゃなかった」

「そうね……彼って、頑固だし横暴よね。それに大声だし——バトンの泣き声に文句をいえた義理じゃないのにね」ニーリーは微笑んだ。「でもあなたのいいたいこと、わかるわ」

ルーシーは木目を爪でつつきはじめた。「あいつってかなりセクシーよ。つまりあんたみたいな年上の女の人はきっとそう思うんじゃないのかな」

「そうでしょうけど、私は年上じゃないわ」

「あいつはあんたのことが好きだと思うよ」

ニーリーはゆっくりと答えた。「私たち、ちゃんとうまくいってるわよ」

「ちがう、そんな意味じゃなくて、あいつは本気であんたのことが好きだといってるの」

それはニーリーも知っていた。しかし性的に惹かれているのだということは説明しなかった。

「私たちは友だち同士。それ以上ではないわ」アイオワに着くまでは。アイオワに着けば恋人同士になるのだ。ホワイト・ハウスに見つかるのが先でなければの話だが。

ルーシーの表情が好戦的になってきた。「あとでしまったと思うかもしれないよ。あいつ、メルセデス・スポーツに乗ってるんだ。それもコンバーティブル」

「そうなの？」

「うん、すっごくかっこいいやつ。色はダーク・ブルーでさ。あいつ絶対金持ちだよ」

「鉄鋼労働者の収入がそれほど多いとは思えないけど」メルセデスなんてどうして買えるのかしら、とニーリーは思った。

「それはどうだっていいよ。あたしがいいたいのはただ、あんたがあいつを好きなら、見込みはあるってことよ」

「見込み？」

「あのさ、デートとか」ルーシーの声は急に低くなり、つぶやきになってしまった。「結婚するとかそういうこと」

ニーリーはルーシーの顔をじっと見つめた。

「あのさ……ちょっとだけ着ているものを直すとかさ。もうちょっと化粧もしなよ。洋服もあんまし野暮ったいのはやめるの。あいつはきっといい夫になる。あんたが前に結婚してたやつみたいに、いじめたりしないよ、きっと」

ルーシーの真剣さを目の当たりにして、ニーリーの心のなかで何かが溶けていった。彼女はルーシーと正面から向き合うために腰をおろした。「横暴さのない男性を見つけただけで結婚はできないの。よい結婚というものは生涯の伴侶としての相性やたがいの興味関心といったことが大切な基本なのよ。恋人ではなくむしろ友人のような人が相手にはふさわしかったりするの。親しい人で……」目がくらむような波が脳裏に浮かび、心に痛みが走った。まさしくそれを実行した彼女の結婚はぶざまなものだった。

ルーシーは不機嫌な顔でニーリーを見つめた。「あんたたちふたり、共通の興味があるじゃん。ふたりとも話好きだし、行儀作法にうるさいし、くだらない話もよくしてる。それにふたりともバトンが好きじゃん」ルーシーは細い木片をつつきはじめた。「もしかしてさあ……」ルーシーは深く息を吸いこんだ。「バトンを養女とかにできないかな」

ニーリーはようやくこの会話の主旨がのみこめた。そして胸が痛んだ。ルーシーがどう感じようとかまわなかった。テーブル越しに手を伸ばし、ルーシーの手を自分の手で包んだ。「ああ、ルーシー……マットと私は一緒になることはないのよ。あなたの望むような形ではね。ごめんなさい。私たちはバトンやあなたのために家庭を作ることができないのよ」

ルーシーはまるでニーリーに殴られでもしたかのように急に立ち上がった。「なんかそれじゃ、あたしがあんたたちと一緒に住みたがってるみたいじゃん。ベタベタした話はやめなよ！」

「ルーシー！」マットがバトンを腕に抱え、突進してきた。その顔には怒りの表情が浮かんでいる。彼はメイベルを指さした。「なかへ入れ」

「やめて、マット……なんでもないのよ」ニーリーはマットの怒りを鎮めようと立ち上がった。

バトンがぐずりはじめた。

「なんでもなくはないよ」マットはルーシーに批判するような顔を向けた。「ネルにそんな態度をとるのは許されないことだ。生意気なことをいいたいんなら、ひとりでやれ。あっちへいってろ」

「あんたもくそくらえだよ！」ルーシーは草の上を荒々しい足取りでメイベルに向かっていった。

マットは拳を握りしめた。「あいつをぶん殴りたい」

「ルーシーはきっと気が荒れてるのよ。でもね――」

「いやきみにはわからないだろうよ。おれは本気で殴りたいと思ってる」

バトンが大きく見開いた目でマットを見上げた。下唇がブルブルと震えはじめている。マットはバトンを肩にのせ、背中をさすってやった。彼の表情には苦渋がにじみでていた。

「ガキの頃、よくこうしていた」

「そうなの？」ニーリーはマットの話を聞きたい気持ちとルーシーへの気がかりとのあいだで揺れた。こんなふうに癇癪《かんしゃく》を起こしたりせず、もう少し寛容でいてくれたらよかったのに。

「妹はよくおれを怒らせたよ。ルーシーみたいにね。それでもうどうにもこうにも我慢できなくなると一発かましたり、げんこつで殴ったりしたこともある。妹の腕に青あざをつくったことも何度かあるよ。おれってこういうのが全然だめで。だからガキが苦手なんだよ」マットはバトンをもう一方の肩に移し替えた。

「妹を殴ったの？」ニーリーはバトンが濡れた指をマットの耳の穴に突っこむようすを見ていた。「いくつの頃？」

「十歳か十一歳かな。もうちょっと分別があってもいい年頃だよな」

その年頃では無理というものだ。だがニーリーは兄弟姉妹の間柄についてはまるで無知だった。「もっと大きくなってもあいかわらず妹たちを殴りつづけたの？」

マットは眉をつり上げた。「まさか。そのかわりにホッケーをやるようになって、怒りは氷にぶつけたよ。夏のあいだは少しボクシングもやった。いま振り返ってみると、スポーツのおかげで妹たちの命も救われたかなって思うよ」

「じゃあ、もうその後は殴ったりしなかったのね？」

「そうだね。でもほんとは殴りたかった。いまみたいにね、ルーシーは生意気だよ」

「むずかしい年頃なのよ。殴りたいと思うのとそれを実行してしまうのは違うわ。あなたの家庭内暴力の心配はしなくてよさそうね」

マットの顔に何かいいたげな表情が浮かんだが、ニーリーはルーシーと話しあうことに気をとられていた。「あの子と話しにいったほうがよさそうね」

「いや、きみが行ったら嚙みつかれるぞ。おれが行くよ」

「ちょっと待って！　これだけは知っておいてほしいの——」

「その話はいいよ。どんな理由があったってあんな態度は許せない」マットはバトンをニーリーに手渡すと、モーター・ホームへ向かっていった。

ニーリーがその様子を見守っていると、赤ん坊は身をよじり、泣きはじめた。ニーリーは憂鬱《ゆううつ》な顔で手つかずの食べ物が並んだテーブルをながめた。素敵なピクニックもこれでおしまい。

ルーシーは拳を胸に当てながらうつぶせになってベッドに横たわっていた。ジョリックなんか大嫌い！　ふたりとも大嫌い！　いっそのことあたしなんて車に轢《ひ》かれればいい。そして意識不明になっちゃえばいい。そしたらふたりともあんな態度をとったことをきっと後悔するだろう。

ルーシーは握りしめた拳にいっそう力をこめ、涙が出ないように目をぎゅっとつぶった。生意気な態度をとった自分が許せなかった。これじゃふたりにいくら疎《うと》まれたって仕方ない。ネルは懸命に優しくしようとしてくれた。あたしはなんで何もかもだいなしにしてしまうんだろう？

モーター・ホームのドアが音をたてて開き、マットが勢いよく入ってきた。今度こそ本当に叱られるだろう。めそめそ泣いていたところを見られたくないので、大急ぎで起き上がり、ベッドのへりに腰かけた。

殴られるのかな、と思った。サンディはいくら酔っ払っていてもぶったことはなかった。

だがトレントには一度だけ殴られたことがある。

マットはベッドルームまでどんどん入ってきた。ルーシーは背筋を伸ばしてマットと向き合う心の準備をした。「ごめんなさい！」ルーシーはマットに怒鳴られる前に大声でいった。「こういえばいいんでしょ？」

マットはルーシーをただ見つめた。ルーシーはその表情を見てまた泣きたくなってしまった。彼の顔には怒りだけでなく嫌悪感が浮かんでいたからだ。またマットを失望させてしまったらしい。

マットは父親のように見えた。

ルーシーは泣き出さないように唇を嚙みしめ、何年間もマットを夢見ていた頃を思い出していた。よくノートに名前を書いたり、夜眠る前に小さな声で名前を呼んでみたりしていた。マシアス・ジョリック。お父さん。

成長とともに、彼がじつの父親ではないことがわかってきた。サンディはそのことで嘘をいわなかった。じつの父親はある晩バーで会ったカーネギー・メロン大学の学生で、その後一度も会っていないという。サンディは彼の名前すら覚えていなかった。サンディは心のなかでマットがルーシーの父親なのだと自分にいい聞かせていたのだった。

ルーシーはマットにまつわるいろいろな話を聞かされて育った。どんなふうにめぐりあったのか。彼がどんなに可愛くて頭がいいか。まだ二十一歳で大学を出たばかりの彼はいつもピーピーしていたけれどどんなに優しく精一杯のことをしてくれたか。こんな話をさんざん聞かされたものだった。

ルーシーが自分の子どもでなくとも全然気にしない、とマットがいってくれることを、ルーシーはずっと夢見てきた。マットがサンディにこんな言葉をかけてくれることを想像していた。いいじゃないか、サンディ。きみが身ごもったりしたって、赤ん坊に罪があるわけじゃなし。それにまるで自分の子みたいに可愛く思えるんだ。

それを、まるで本当のことのように夢見ていた。

「ネルにあんな言い方をして、ただですむと思うなよ」

「ネルが悪いのよ」あまりの嘘にルーシーは自分で自分の言葉が信じられなかった。

「彼女が何をしたっていうんだい?」その口調からみて、マットはどうやらルーシーの言葉を信じていないらしかった。どうやらそれがまっ赤な嘘だと知っていて、ルーシーがさらに墓穴を掘るチャンスを与えているかのようだった。

ルーシーは自分のいやな態度がいかに相手を傷つけたかを考えた。ふたりの仲を取り持つつもりだったのに、厄介ごとを引き起こしただけだった。ネルとマットには結婚するつもりがないとか、バトンを養女に迎えることはできないといわれたりしなければああはならなかった。さらに、あなたのことも養女にできない、といわれたとき、ルーシーはカッとしてしまったのだ。

でもネルはこの話の半分の要素でしかない、ということをルーシーは思い出した。あとの半分はジョリックで、彼のほうはネルとの関係についてまた違った考えを持っているかもしれない。ルーシーに残された道は自分のプライドを抑えることしかなかった。だがそれはむずかしく、まるで割れたコップを呑みこむような感じだった。

「ネルは何もしていないわ。悪いのはあたしなの。あたしがいやなことをいったの」口に出してしまえば、それほど気分は悪くなかった。いってよかったと思えるほどだった。

「そいつはくそ正しいよ」

「あたしのそばでジョリックは汚い言葉を使うべきじゃないってネルはいってたよ」

「なら彼女にいうのはよそう。おばあちゃんにおまえを手渡すまでここから出さないつもりだっていうこともな」

ルーシーはデニムのショート・パンツのほつれた穴をつつきはじめた。「どうされてもかまわないよ」

「おまえはネルのピクニックをだいなしにしたんだぞ。わかってるよな？ ネルがサンドイッチを作るのに、どれほど大騒ぎしていたか見ただろ？ それがまるで世界一大切なことみたいにな。顔のついたカップケーキまで買っちゃってさ！ 彼女にとってはああいうものが何より大事なことなんだよ。それなのにぶちこわしにしちゃって」

マットのいっていることはすべて本当だった。ルーシーは最悪の気分だった。しかしいまはバトンのことを考えなくてはいけないときなのだ。自分の気持ちはどうでもいい。「だから謝ったじゃん。あんた彼女のことがすごく好きでしょ？」

「ネル？」

　ネル以外に誰のことを話題にするというのだ。しかしルーシーは皮肉な言葉を呑みこんだ。

「彼女もあんたのことがすごく好きだよ。あんたがセクシーだっていってたよ」

「そうかい？」

「そうよ。それにあんたは頭もいいし、すごく感受性豊かだともいってた」もうすでに騒ぎを起こしてしまった身。いくつ嘘を加えようと大勢に影響はない。

「おれのこと感受性豊かだって？」

「それって女にはすごく意味のあることなんだよ。それはあんたがバトンを好きだからじゃないかと思うよ」なんだか疑問の残る言い方になってしまったが仕方がない。

　どうやら少しやりすぎてしまったようで、マットは疑い深げにルーシーを見た。「このことバトンとなんの関係があるんだよ？」

「べつに」ルーシーは急いでいった。「ただ例に出しただけ。あたしがいいたかったのは……もしあんたがネルとふたりきりになりたければ……あたしとバトンは姿を消してもいいんだよ。そのときは教えてね」サンディとトレントのためにしていたから、消えるのは慣れている。

「そいつはどうも」皮肉な声を出したのは今度はマットのほうだった。腕組みをしたマットからじっと見られたルーシーは身をよじりたくなった。「とにかくおまえは彼女に謝るべきだ。ネルが感激して胸がいっぱいになるくらい心をこめて謝れ。わかったか？」

　ルーシーは不承不承うなずいた。

「それと目の前に出されたものはすべて平らげろ。たとえそれがくそまずくてもだ」

ルーシーはふたたびうなずいた。

「それともうひとつ……食べ終わったらネルの目をまっすぐに見て、あのばかげたフリスビーを投げさせてほしいと頼むんだ」

「いいよ」ルーシーはだいぶ気分がよくなってきた。たとえマットがネルのことをさほど好きでなかったとしても、この件をあまり気にしていないらしいからだ。


出だしはさんざんだったが、ネルのピクニックも楽しいものになった。ルーシーは穏やかに謝り、ニーリーもすぐそれを受け入れた。ルーシーもマットもニーリーが出したものをすべて進んで食べてくれた。トルテッリーニ・パスタのサラダも食べてくれた。ただ、ルーシーはそれを最後まで残していたし、嚙んでいるあいだほっぺたがふくらんでいたのにニーリーは気がついた。バトンは何もかも気に入ってくれた。とくにバナナがお気に入りで、大喜びで髪になすりつけた。

食事が終わりそうな頃、マットがいいだした。「フリスビーはどこにある？　ネルのお手並み拝見といこうか」

「私はバトンを拭いてから行くから、ふたりで先に行っててちょうだい。すぐに行くわ」

ルーシーとマットはピクニック・テーブルの向こうに広がる青い草地を歩きだした。バトンのおむつを替えながら、ニーリーはふたりのようすを見ていた。だがふたりに追いつこうというだんになって、ためらい、バトンを幼児用のブランコに乗せることにした。マットとルーシーをふたりきりにしてあげようと思ったのだ。

マットの運動神経のよさは意外ではなかった。バックでフリスビーを投げ、優雅な身のこなしでそれをキャッチし、楽しくふざけていた。ルーシーは予想以上に素晴らしい動きを見せた。最初の数分間こそぎこちなかったものの、元気一杯の若いティーン・エージャーは本領を発揮しだした。ルーシーは生まれながらの運動家。動きがすばやく機敏だ。マットはルーシーをほめたかと思うとけなしたりした。

絶対キャッチできないよ。おれのほうが腕は数段上だからな。うぬぼれ屋にしてはなかなか悪くないぞ……おっと、あれはだいぶスピンがかかってる。いいよ、エース。腕前のほどを見せてくれ……。

そんなふたりのようすを見ながら、ニーリーの心のなかで何かうずくものがあった。ルーシーの茶色の目は輝き、子どもらしい笑い声は吹き抜けるそよ風に乗ってすみずみに運ばれていく。その顔は若く楽しそうな表情に満ち、運命に翻弄されることがなかったら、きっとこんな女の子になっていたのだろうと思わせた。一度マットがそれたフリスビーを取りにいったとき、ルーシーはそのようすを目で追っていた。その焦がれるような思慕は、本当に孤独な魂だけが発する思いなのかもしれなかった。

ニーリーは自分と父親とのむずかしい関係を思った。父親があまりに人を巧みにあやつる人なので、自分は父親のえじきなのだとニーリーは思っていた。えじきはえじきでも、どんな役割を背負わされてきたのだろうと、ふと考えた。アメリカ合衆国のファースト・レディになってもなお、まだ父親のご機嫌とりを気にかけなくてはならないなんて哀れなことだ。

母親を亡くしたとき、あれほど幼くなかったら、あらゆることがもっとたやすかったかもしれない。継母とニーリーは温かい関係を築いてはいたが、それはけっして親密といえるものではなく、だからなおのこと、彼女の人生にとって父親の存在が大きくなってしまうのだ。父親の巧妙なあやつりに反抗したことは幾度もあったが、四日前にホワイト・ハウスを出るまでは、正面きって父を無視したことは一度もなかった。反抗すれば父の愛を失ってしまうのではないかと思っていたのだろうか？　ニーリーは心に誓った。たったいまからジェームズ・リッチフィールドに私の自由な意思を認めさせる。認めなければ父を私の人生の片隅に追いやってしまおう。

「おいでよ、ネル」マットが声をかけた。「デーモンはこっちの草の上に座らせてさ、きみがおれたち若者についてこれるか、やってみようぜ」

背負った荷物がひとつ肩からなくなったような気持ちで、ニーリーはふたりに加わった。彼女の腕前ではとても勝負にならなかったが、ふたりは辛抱強くつきあってくれ、ニーリーは本当に楽しい時間を過ごした。

最後にマットはルーシーの肩に腕をまわし、げんこつで頭をこすった。「そろそろ旅に戻る時間だぞ、エース。おまえはなかなかよくやった」

ルーシーはマットから貴重なプレゼントでも受け取ったかのように顔を輝かせた。

バトンはチャイルド・シートに乗せるとすぐに眠りに落ち、ルーシーは後部で本を持って寝そべった。ニーリーはピクニックの食べ物のあと始末に時間を費やした。子どもたちという障壁がなくなってしまうと、マットのそばにいるのが妙に気づまりだった。昨晩マットがつぶやいたあの熱い言葉や愛撫の親密さを思うと、とてもまともに目を合わせられない。ニーリーはそんな自分がいやだった。三十一にもなってセックスに不安を持つなんておかしい。考えてみれば、いつしか他人との距離をおくことに慣れてしまっていた。だがそれはタブロイド新聞や雑誌、すべてを語る自叙伝の時代に生きるファースト・レディたちの本能的自衛の行動なのだ。過去数年間、子ども時代からの友人関係にも悪影響が及んでいた。

ネル・ケリーでいて一番嬉しい点は歴史上の人物の立場を思いやらないですむことだった。自分自身でいればいいのだから。ネルなら、昨夜のとっぴな体験のあとでもマットに話しかけにくいなんてことはないだろうな、とニーリーは思った。

ニーリーは前方に移動し、助手席に座った。「少し運転を替わってほしい?」

「とんでもない。きみはきっと、バトンにスプリングフィールドにあるリンカーンの法律事務所やピオリアの川船を見せないと、きっと幼稚園に入れないなんていいだすんじゃないの」

「ピオリアに川船なんてあったかしら?」ニーリーはリンカーンの法律事務所は見たことがあった。

「沈没した」

「嘘よ。それいいわね、マット。ピオリアに行ってみましょうよ。ピオリアはアメリカ中部の完璧なシンボルよ。巡礼の旅みたいになるわよ」

「アイオワだってピオリアと同じくらい中部アメリカの格好のシンボルだよ。それにアイオワこそこの巡礼の旅の目的地なんだからね」マットはニーリーにすばやい視線を投げ、あのくすんだ灰色の目がニーリーの胸元から爪先までを楽しげに散歩した。「それに、ピオリアでは愛し合えないよ」

おてんばなネル・ケリーは脚をほんのちょっとだけ伸ばした。「そうよね」

マットは私の脚が好きなのだ。彼女はひとりでニヤニヤした。「ルーシーはあなたと一緒にフリスビーがやれて、とても楽しそうだったわ」

「うん。あいつ、なかなか運動神経がいいね」

「あの子にどんな運命が待っているのかしらね。今日お祖母さんのことをあの子に訊いてみたんだけど、なんだかはっきりしない答えだったわ」

「おれは一度会ったことがあるけど、きみの思うような白髪頭のお祖母さんってイメージの人じゃないよ。サンディはすごく若いときに生まれた子で、いまでも五十代のはじめぐらいの年齢のはずさ」

「あの子たちにとってはなによりじゃない。あの子たちには若い人のほうがいいものね。お祖母さんがルーシーの持ち味をだめにしないで育ててくれることを祈るわ」

「あいつの持ち味をだめにできる人間なんていやしないよ。あいつは図太いからな」

ニーリーはためらった。「さっきあの子と話したとき、何かおかしくなかった？」

「どういう意味さ？」

「あの子……私たちふたりのことについて何か話さなかった？」

「うん。きみがおれのことをセクシーで感受性豊かだっていってるなんて話してた」

「そんなことといわない」

「すごく頭がいいともね。でもおれはきみが人の性格を見抜く才に長《た》けていることは知ってたよ。それと、もしおれがきみを口説くんだったら、しばらく消えててくれるともいいだし たよ」マットは一瞬まを置いていった。「それこそおれの望むところなんだけどね」

ニーリーは笑いかけたが笑えなかった。「ルーシーは縁結びみたいなことをやろうとしているのよ。ふたりを結びつけることさえできたら、私たちがルーシーとバトンを養女にするって信じているんだと思うの。だからあの子は私に腹を立てたのよ。そんなことにはならない、って私がいったから」

マットはまじめな顔になっていった。「これこそ一番避けたかったことなんだよ。もしサンディが生きていたらぶっ殺すところだ」

「それにあの子、なんだかアイオワ行きを急ぎたくないみたいなの。いろいろ考え合わせると心配になってきたわ。もしお祖母さんのことがうまくいかなかったら、あなたはどうするつもりなの？」

ニーリーはマットが目を細めるようすが好きではなかった。「あの子たちの扶養義務はジョアン・プレスマンにある。彼女にその点をしっかりと理解してもらうしかないね」

ニーリーはチャイルド・シートにおさまって眠りこんでいるバトンを振り返って見た。ビーニー・ベビーのぬいぐるみ人形はぽっちゃりした太腿のあたりに丸まっている。さらにニーリーは本に頭を載せたままベッドに寝そべっているルーシーの姿にじっと見入った。この幼い女の子たちには家庭が必要なのだ。この子たちによい家庭が授《さず》かりますように、とニーリーは心で祈るしかなかった。


マットの希望としては日が暮れる前にもう少しアイオワに近づいておきたかったのだが、ピクニックで予定が遅れてしまった。さらにネルが郡の祭りの看板に目を留めたため、気がついてみるとマットは大きく目を見開いた赤ん坊を膝に乗せ、メリー・ゴー・ラウンドの馬の背中に乗っているのだった。やっとイリノイ州中央部を走るうら寂しいハイウェイの直線コースに行き着いた頃、ご機嫌だった赤ん坊がぐずりはじめた。一番近いキャンプ場は四〇キロ先で、バトンの叫び声もうるさくなる一方だったので、マットはハイウェイ脇の、雨風にさらされた「売り地」の看板のところで車を停めた。

狭い、わだちの残る道が農家に続いていた。ウィネベーゴは家と納屋の残骸とのあいだにある小さな空き地に駐車した。

「きっと電動ノコの殺人鬼みたいなやつが住んでるんじゃないの？」

マットはルーシーの虚勢の裏の不安に気づいたが、それを口に出してルーシーに恥をかかせる気はなかった。「びびってるのかい、エース?」

「びびってなんかいないもん! でもネルはビクビクしてるみたい」

ところがネルは怖がるどころかウキウキしていた。それをいうなら、ニーリーはすべての新たな冒険を楽しんでいた。「ここに泊まったら、誰かに迷惑がかかると思う?」とニーリーが訊いた。

マットはドアを開け、雑草のはびこる私設の車道や傾きかかった家に目をこらした。「見たところしばらく人が住んでいない家みたいだけどな。あまり気にしなくていいんじゃないかと思うよ」

緊急時の食料にと買っておいたスパゲティをゆでるための湯をネルが沸かしているあいだ、マットがバトンの子守りをした。スパゲティ用のソースのびん詰めも買ってある。ルーシーはゴミなどを片づけたり、頼まれもしないのに皿をセットしたりした。どうやらネルは蟻のいない食事は楽しめないのか、食事は外でしましょうといいだし、茂りすぎたリンゴ園の土の上に古いキルトを敷いて食事をした。

食事がすむとネルは探索をしたがった。倒れそうな廃屋のまわりをネルひとりで歩きまわったりするのはあまりに危険なので、バトンを肩ぐるましたマットとルーシーが付き添うことになった。ときおり泡のよだれがマットの髪にしみこんだが、女性治安部隊は農家のまわりの草むらを棒でつつきながら探索した。家の土台の近くでマットは何かピンクのものを見つけた。かがみこんで見てみると、古い、雑草のからみついたバラの灌木《かんぼく》があった。彼は咲きかけたつぼみのひとつを摘んで彼女に手渡した。

「完璧なバラを完璧なレディに」

おどけていったつもりだったのに、何だか違った調子になってしまった。誠実さのこもったマットの声に、ネルはホープ・ダイヤモンド（スミソニアン博物館に展示されている四五・五カラットのダイヤモンド）でも受け取ったような顔をした。

漆黒の夜のとばりが降りる頃までそぞろ歩きは続いた。あたりが夜の闇に包まれ、ルーシーは縁結びという自分の役目を思い出したらしい。

「バトンをよこしなよ、ジョリック。もうこの子の寝る時間がとっくに過ぎてることや風呂に入れなきゃいけない時間だってことは、あほでもわかるよ」

しかしバトンはマットと離れるのをいやがり、ネルがマットからのバラを耳のうしろにはさんで、外で夕涼みを楽しんでいるあいだ、結局マットはバトンを入浴させる役目を引き受けるはめになった。ルーシーやネルのようにシンクに入れるなんて面倒なことは我慢できそうもないので、シャワー用の椅子の下に座らせて、シャワーの栓をひねった。じつに早くて効率的な方法だ。

ルーシーはバトンを寝かしつけ、本を手にしてカウチにもたれ、読書に集中したいのでどこかへ行っててほしいとマットにいった。マットは縁結びなんてむだといい返そうとしてふと、ネルとふたりきりになれる千載一遇のこのチャンスを逃すのは愚の骨頂だと思い直した。

外では古い果樹園の節くれだった木の幹に月の光があたり、小人の老人の姿をした地の精ノームのように浮かび上がって見えた。ネルは伸びた草むらのあいだに立ち、頭をうしろに傾げ、きらめきはじめた星空を見上げていた。彼女は何百マイルのかなたにいた。

マットは彼女の邪魔をするのがはばかられ、音をたてずに歩いた。月の光は彼女の髪を銀白色に染め、肌を柔らかに輝かせていた。その姿は麗しく、また異質でもあった。古い果樹園にとてもなじんでいるのに、どこかかけ離れた感じなのだ。

またしてもマットのうなじのあたりがヒリヒリし、奇妙な胸騒ぎを感じた。彼女はネルだ。ネル・ケリーだ。心優しく、生活に対する好奇心旺盛な、上流気取りの家出人だ。

話し声でだいなしにしたくないと思うほど、安らかな静けさに満ちた夜だった。愛の抱擁だけしか頭にない男にとってはなおのこと言葉はいらなかった。だから自分の口が勝手に動くのを感じて、マットは驚いた。その口から放たれた言葉にもっと驚いた。

「ミセス・ケース？」

「はい？」彼女は反射的に振り向いた。

13

その一瞬が永久に続くかと思われるほど長く感じられた。ニーリーはまの抜けた笑みを浮かべながら、彼の意図を測ろうとしてただ突っ立っていた。やがて自分がなんと答えたのかに気づいた。そして地面が足元から崩れ落ちていくような絶望感に襲われた。

頭のなかをあらゆる思いが駆けめぐった。さまざまなイメージ――希望や、夢や、いつわっていた真実の数々が脈絡もなく現われては消えていった。

いまさらどんないいわけをしようというのか。だが口から出たのは、そんな思いとは裏腹な言葉だった。「あなた、このていどのことで、まさか……本気でコーネリア・ケースと結びつけて考えたりしないわよね？」

彼は答えなかった。身動《みじろ》ぎもしなかった。

ニーリーはあくまでも嘘を押し通そうとした。「ど、どうかしたの？」

彼の唇だけが動いた。「こんな……こんなばかなことがあるなんて」

ニーリーはポケットに手を突っこもうとしたが、両腕がブリキのきこりのようにこわばってきしみ、まるで動かなかった。「バトンはもう寝た？」

「もうやめろよ」静かに放たれたその言葉には厳然とした響きがあった。

彼女はすべてをもとどおりにするための言葉をなんとかひねりだそうともがいた。だが空疎な努力だった。ニーリーはそっぽを向き、まるでそれで秘密を守ろうとするかのように胸の前で腕を交差させた。

「これは真実だ」彼の声に疑念はかけらもなかった。

「なによ。なんの話かまるでわからないわ」

「昨晩からニュースはその話題でもちきりなんだよ」

「えっ？」

「ミセス・ケース……きみがホワイト・ハウスから失踪したという話」

彼女は今朝、新聞を買わなかった。雑貨店に寄っても、新聞には目も留めなかった。知りたくなかったのだ。いまになって思えば、マットは運転中よくニュースを聞いていた。

まるで奇術師のケープのように、ファースト・レディのオーラがネル・ケリーを包んでいく。だがネルを消滅させたくなかった。ネルはニーリーの心のなかに生まれた新しい人物なのだ。父の野望の道具になることがなかったら、きっとそうなっていただろうという自分の本来の姿なのだ。コーネリア・ケースの強さは持ちながら、その不安定な心はネルには備わっていないのだ。

「国じゅうの人びとがあなたを探していることぐらい、あなたも気づいているはずだ」

彼の声に儀礼的な響きがこもっているのに、彼女は気づいた。ファースト・レディに話をするとき誰もが使うあのいやな堅苦しさ。ネルを相手にしていたとき、彼は一度もあんな話し方をしたことはなかった。まさしくその瞬間、彼女はマットを失ったことを知った。一度もチャンスが訪れないうちに。

知らず知らず織りはじめた秘密の夢絵巻はほどけてしまった。マットとネルがふたりの子どもたちを連れて、おんぼろウィネベーゴに乗って国じゅうを旅する夢物語。五大湖で釣りを楽しみ、ディズニーランドに行ったり、ロッキー山脈のかなたに沈む夕陽を見たり、アリゾナの砂漠で愛し合ったりする終りなき旅の物語。

「また風が出てきたみたい」彼女は老女のようなきしんだ声でいった。

「誰かに連絡を取るべきだ」

「ルーシーのシャワーって、とても長いのよね。タンクの水が足りるといいけど」

「この事態にどう対処すべきか、話し合おう」

「夕食に紙皿を使ってよかった。洗う手間が省けたわ」

「ネル――ミセス・ケース。話し合うべきだ」

彼女は急にマットを振り向いた。「いいえ！　いいえ、そんな必要はないわ。バトンのようすを見てくるわ」

マットがさっと彼女の前に立ちはだかった。指一本ふれることなく行く手をはばんだ。月の光に照らされた彼の顔は石のように非情だった。「申し訳ありませんが、断固主張させていただきます」

ニーリーは昨晩くちづけを交わした彼の唇を見つめた。その唇はいまはいかめしく、近づきがたい厳しさがあった。アイオワに着いたら、愛し合う約束もも実行されることはない。マット・ジョリックのような自信たっぷりの男は偶像的存在の女性を相手にする必要はないのだ。

彼女はねじり取られたような激しい喪失感と闘っていた。「主張？　何を主張するっていうの？」

「事情を教えていただきます。あなたの望みは何なのかも」あのいやな礼儀正しさ。

「簡単なことよ。このことを忘れてくれればいいの」

彼女はマットの前をすり抜けた。彼もあえて止めようとはしなかった。ネルを自在に扱うことになんのうしろめたさをも感じなかったマットだが、ファースト・レディに手をふれることはできなかった。

マットはモーター・ホームに入っていく彼女のうしろ姿をしげしげと見つめた。こんな状況は人生初めての経験だった。彼女は自分がミセス・ケースだということを認めなかったし、彼も一瞬自分が間違っていたと思いこもうとした。だがやはりこの真実には疑念の入りこむ余地はなかった。耳のうしろにピンクのバラをさしてはいても、マットがネル・ケリーだと思いこんでいた女性はコーネリア・ケースなのだ。アメリカ合衆国大統領未亡人であり、現在のファースト・レディなのだ。

マットは腹に不意打ちのパンチでもくらった気分になり、やみくもに古い農家のほうへ向かい、崩れ落ちそうな玄関前の階段にがっくりと腰をおろした。彼はこれまでの出来事を振り返って心のなかで整理してみた。この四日間、一緒に旅をしてきた。ともに笑ったり、口論したり、サンディの子どもたちの面倒を見たりしてきた。おたがいに友情を抱くようになった。もう少しでそれが恋に発展するきざしさえある。

あの血が沸き立つようなキス、愛撫が胸によみがえった。肌が熱気を帯びてきた。性的な興奮のためだけではない。当惑していたのだ。あんなことをした。こんなこともした。あんなことまでいったりした。こともあろうにファースト・レディに対して。

とつじょ、彼女に対する激しい憤りを感じた。そもそも初めから、彼女は嘘をついていた。まるで戯れに小作農を相手にしては棄てたマリー・アントワネットのように、彼をもてあそんだ。彼はころりとだまされたのだ。彼女はそれを見て、きっとほくそ笑んでいたに違いない。

マットは悪態をつきながら立ち上がったが、またしても打ちのめされたような気持ちになった。彼はまたがっくりと腰をおろし、苦しげに息を吸いこんだ。

いまこの手にあるのは、一世一代のどでかいネタなのだ。

ファースト・レディは失踪中であり、その所在を知る唯一の記者は、アメリカ広しといえども彼ひとりなのだ。

衝撃に茫然としつつ、マットは自分の職業的自信がよみがえるのを感じていた。

マットはすっくと立ち上がると、あたりを歩きまわり、思考をめぐらせた。だがどうにも怒りにはばまれて考えがまとまらない。彼女は信頼を裏切った。彼の信頼を裏切ったのだ。それは断じて許せない。

ネタだ、とマットは自分にいい聞かせた。このネタについてよく考えるのだ。自分が記者であることは彼女には告げないでおこう。絶対に。彼女は最初から嘘をついていたのだ。負い目はない。

交錯するさまざまな思いを無理やり整理してみた。彼女はなぜ逃げ、どんな方法でそれを成し遂げたのか？　彼女がホワイト・ハウスから姿を消した時間とトラック・サービス・エリアで彼女に出会うまでのあいだにどのくらいの時間が経過していたのか、マットは見積もろうとした。だがどうにもつじつまが合わなかった。それどころかふと気づくといつのまにか、彼女とアイオワに着いたら愛し合う約束を交わしたことを思い出している。これもまた嘘だった。そうならないことは彼女が一番よくわかっていたはずだ。

どう考えてもゲイとしか思えなくなるような彼女のばかげた話を思い出した。あんな話をうのみにするなんて、まったくお笑い種だ。だが彼女の嘘にはとても説得力があり、あの恥じらいをふくんだ躊躇《ちゅうちょ》にたくみに操られた彼は、まるで誤った結論に走ることになったのだ。達人のたなごころで踊らされたということか。

マットはこれからの計画をおおまかに考えはじめた。遅かれ早かれ、彼女は真実の一部を語らなくてはならなくなるはずだ。なぜ失踪し、いかにそれを実行したか。陰謀説を主張する輩《やから》どもはこのことで大いに楽しんだわけだが――。

体じゅうの筋肉が緊張し、今夜三度目だが、またしても打ちのめされた気分になった。彼女のゲイの夫……もし彼女が嘘をついていなかったとしたら？　彼女の話が真実だったとしたら？

一瞬本当にめまいがした。アメリカの若き大統領デニス・ケースは何年にも及ぶクリントンの女道楽に対する解毒剤的存在だった。妻への忠誠に、強い道徳心以上のもっと複雑な理由があったとしたらどうだろう？

掲載差止めの警告の言葉が次つぎと脳裏をかすめていく。真実がほしい。推測ではだめだ。これは、たったひとつのミスでだいなしにするには惜しい、でかすぎるネタなのだ。真実。正確さ。公正さ。彼の記事は彼の名とともに歴史に残るだろう。それを成し遂げるためにはどんなミスも許されないのだ。

マットがウィネベーゴのなかに入るまでに少なくとも一時間は経過していた。後部のドアは閉まっていたが、彼女が寝るにはまだ早すぎた。彼女が話を拒んでいるのは明らかだった。

マットは靴を脱ぎ捨て、冷蔵庫からルートビアーを出し、計画を練りはじめた。だがいくら状況を整理し、系統立てて考えてみても、激しい怒りを感じた。何が腹が立つといって、だまされやすいやつだと思われることほど腹の立つことはないのだ。

ニーリーは夜明けとともに目を覚ました。しばし幸せな気分に浸っていたが、その幸福感は音をたてて崩れた。マットに正体を知られてしまったのだ。

ルーシーの隣りでずっと永久に寝そべっていたかったが、無理やりベッドを離れた。バトンはまだ床の上で眠っていた。ニーリーはそのまわりを歩いていたが、バスルームに入り、洋服を着た。いまのところマットは秘密を誰にも洩らしていない。そうでなかったら、いま頃シークレット・サービスがドアをドンドンとたたいているだろう。思い悩むより、追っ手の手の届かないところで過ごせた四日間に感謝しようと努めたが、うまくいかなかった。

バスルームから出てくると、ルーシーはまだ眠っていた。マットはベビー・シリアルを作りながらバトンを抱いていた。赤ん坊はパジャマのままだったが、ピンクの帽子がかぶせてあった。つばの部分は今朝は脇にあって、やんちゃな感じを与えている。マットはタフな男にしては繊細な優しい気持ちを持っている。だがそれが自分に向けられることはない。それは昨日の夜で終わってしまったのだ。

喉が詰まるような感じがした。三人とも彼女にとってはかけがえのない存在になってしまっている。どうして彼らを置いていけようか？

「ガー！」赤ん坊は足をバタバタと動かし、マットの腕のなかから嬉しそうにニーリーを見た。

ニーリーは微笑みを返した。「自分にガーしなさい」彼女はベビー・シリアルの箱に手を伸ばした。「私がやるわ」

「ぼくがやるからいいよ」

マットの堅苦しい態度は消えていた。あるとしても、もっと深いところに落ち着いたらしい。しかしそのかわりに怒りの激しさをその声に感じた。マットは頑固で自尊心が強い。彼の目には、まるで彼女が彼をばかにしたように見えただろう。

ニーリーはマットの乱れた髪の毛や急いで着たらしいショート・パンツとしわだらけのTシャツをじっと見た。顎髭も剃ってないし、足は裸足のままだ。身なりにまるでかまっていないのに、それでも彼は素敵だった。大きすぎる体があまりに自然になじんでいるので、シリアルを作っている姿さえ、顎髭を伸ばしているのと同じくらい男らしく見える。

「よかったら、コーヒーを淹れてあるよ」コーヒーはいつも彼が淹れるのだが、初めてそれを知らせる必要を感じた。彼女は泊まり客になったのだから。

「ありがとう」

「たいした朝食もないけど」

「知ってるわ。昨日一緒に買い物に行ったんですもの。忘れた？」

「何か必要なら――」

「特にないわ」

「シリアルが少し残っているし、ミルクも少しある。でもそのほかには――」

「やめて！　ほんとにやめてちょうだい！」

彼の表情がこわばった。「何か？」

「今日の私は昨日の私と寸分も違っていないのよ。腫れ物にでもさわるような態度はやめてほしいの」

「怒らせるつもりはなかった」マットは態度を硬化させたようにいった。

彼女は顔をそむけ、外へ出た。

マットは怒りのために事態を悪化させてしまったことで、自分自身をののしった。いまは記事のことだけが重要なのだから、仕事のためにはおのれの感情は無視しなくてはいけないのだ。マットはカウンターに載せた箱のなかから歯がためビスケットを取り出し、バトンの手に持たせ、バトンを抱いて外へ出た。

気の滅入るような湿度の高い、曇り日だった。果樹園に向かう彼の裸足の足を朝露に濡れた雑草が撫でる。彼女は果樹園のなかで腕を体に巻きつけるようにして立っていた。マットは一瞬気弱になった。彼女はおそろしく無防備に見えた。だがそれも一瞬のことだった。

「ミセス・ケース」

「私はネルよ！」振り向いた彼女の褐色の髪がふわりと揺れた。「ただのネルよ」

「敬意をこめていうけれど、それは違う。そしてそれが問題なんだ」

彼女はバンと腰に両手をあてた。「敬意はどう表わせばいいのかお教えするわ！」

「事情を知りたい」

「いいえ、知らなくていいわ！」やがて彼女の両手が下がった。「ごめんなさい。横柄な言い方をするつもりはなかったのよ」

「あなたはぼくに真実を語るべきだ」彼は硬い表情でいった。

彼の言い分は正しい。だが彼女は人を信頼して秘密を打ち明ける習慣をなくしてしまった。ファースト・レディが個人の秘密を誰かに明かすことは許されないのだ。それでも彼に借りがあることだけは確かだ。

「私は逃げたかったの。私はただ——ただしばらく普通の生活がしたかっただけなの」

「これはかなり極端な行動じゃないかな?」

「あなたにはそう思えるでしょうね。でも——」

「ねえ、みんなどこにいるの?」ふたりが振り向くと、ルーシーがドアから頭だけ出していた。寝ているあいだ着ていたTシャツは膝まで下がり、濡れた髪のまま寝こんでしまったらしく、髪が雄鶏《おんどり》の尾のようにピンとはねている。それを一目見た瞬間、ニーリーの心は元気を取り戻した。私をネルだと思ってくれる人間が少なくともひとりはいる。

「外に出たのよ」彼女はいわずもがなのことをいった。

「喧嘩してるの?」

「ちょっと違うの」

邪魔が入ったことをマットも喜んでいるようだった。

「そのTシャツどこにあったの?」

ルーシーがしかめ面をした。「どこかにあったのよ」

「そう、私の衣類のなかよね」

ニーリーはこれ以上マットと話を続けたくはなかったので、セーター・ホームに入っていった。いまは借りた時間のなかで生きているのだ。一瞬たりとも無駄にはできない。

ルーシーは体を脇へ寄せて、ニーリーをなかに入れた。「ところでさ、朝食に何か食べるものある？　けったくそ悪くないものでさ」

ニーリーはルーシーを抱きしめたくなったが、こらえた。「次に訊くときは『何か食べるものがある？』って訊きましょうよ、ね？」

ルーシーは渋い顔をした。「シリアルはもう飽きた」

「トーストでも焼けば」

「トーストなんてむかつく」

「ルーシー、……ネルにそんな話し方をしちゃだめだよ」マットが戸口から声をかけた。

ニーリーがぴしゃりといった。「これはルーシーと私の会話なのよ」

「そうよ、ジョリック。あっちへ行ってなよ」

「もういいわよ、ルーシー。礼儀がなってないから、あなたに……ええと、タイムアウトを命じるわ」

「タイムアウト？」ルーシーは懐疑的な目で彼女を見た。

ニーリーは保育園を訪問した際にタイムアウトのことを知った。後部を指さした彼女はいった。「十五分間。ドアは閉めること。そうして、大人への正しい接し方についてよく考えてみるといいわ」

「どうせだぼらでしょ」

「不適格な言葉であと十五分。もう少し長いのに挑戦してみる？」

ルーシーはネルの狂気から救ってほしいとばかりにマットに視線を向けた。だがマットも後部に向けて顎をしゃくった。

「むかつく！　朝食もまだだっていうのに！」ルーシーは足音も荒く立ち去り、できるかぎり乱暴にドアを閉めた。

マットはバトンを下に置いた。「申し訳ない。あなたをこんなことに巻きこんでしまって」

「どうして？　こんなことならもう水曜日から関わっているわよ」

「それはそうだが――」

「私を客扱いするのはもうやめて」ニーリーはぴしゃりといった。「私がバトンのシリアルは用意します。何か理性的な内容のことを話したければ、いって。そうじゃないのなら、黙ってて」

流しのところまで歩いていきながら、どんなことがあってもネル・ケリーは生かしておこうとニーリーは決意した。

マットは鬱屈《うっくつ》した気持ちをもてあましていた。不当な扱いを受けたのは彼のほうだというのに、彼女はまるでこれがすべて彼のせいだとでもいわんばかりの態度を取った。

感情がジャーナリストとしての冷静さを阻害しているという事実が事態を悪化させていた。

生涯最大の特ダネが目の前で展開している。肩をぐいとつかんで、あの貴族的な小さな歯がガクガクするまで揺すってやるのがマットの唯一の望みなのだ。

数時間後、マットの白制心もついに切れてしまった。イリノイ州南部の田園地帯にある複合サービス・ステーションのコンビニで支払いをしているとき、ネルの——ミセス・ケースの姿が見えないことに気づいたのだ。体じゅうを冷たいものが駆け抜けた。シークレット・サービス・エージェントの群れに防護されるべき女性だというのに、いま彼女を護れるのは彼しかいないという事実に、マットは初めて衝撃を感じた。

マットは雑貨品の入った袋をつかむと急いで外へ出た。彼女はモーター・ホームに戻ってはいなかった。ドアのすぐそばに駐車したのだから姿が見えないはずはないのだ。ほこりっぽい車の列や、ガソリンの注入機、卑しい顔をしたシェパード犬まで調べてまわった。彼女はいったいどこに？

ラジオで聴いた、陰謀信奉者たちの悲惨な予言がよみがえってきた。建物の脇へまわったマットは雑草だらけの野原と古タイヤのクズの山を見たが、そこにも失踪中のファースト・レディの姿はなかった。今度は反対側へ走り、空気ホースの隣りに設置された公衆電話のところに立っている彼女を見つけた。「なんてこった！」

マットが雑貨の入った袋をどさりと落とし、彼女のもとに駆け寄ったとき、ニーリーははっと顔を上げた。受話器に向かって急いで話をした彼女はやがて受話器を置いた。

「もうこんなまねはやめてくれ！」マットは自分がわめいているのを知っていたが、どうにも自制できなかった。

「袋に卵が入っていなければいいけど。私が何をしたというの?」

「あんなふうに勝手に姿をくらませて! ぼくはてっきり――ちくしょう。ネル、モーター・ホームを離れるときは、いつでもぼくのそばに張りついててくれ。いいな?」

「それじゃ、ふたりとも少し困るんじゃないかしら?」

ファースト・レディであろうとなかろうと、再認識しておかなくてはいけない点がいくつかある。彼は声を低めてひそひそ声でいった。「失踪中のプリンセスを演じ、烏合《うごう》の衆とのふれあいを楽しんでいるきみは楽しくてたまらないかもしれないけどね、これはゲームなんかじゃない。万一過激派の手に捕らえられたら、いったいどうなるか少しはわかってるのかい?」

「そんなこと、あなた以上にわかってるつもりよ」彼女もひそひそ声で答えた。「それに私の居場所を知っているのはあなただけなのよ。時にあなたの態度が少し行きすぎることがあったとしても――」

「かりにもこの場で冗談なんか口にするな!」

彼女は微笑みを浮かべささやいた。「でもちょっとそんな感じ」

彼の血は沸騰点に達した。「これがおもしろいとでもいうのか?」

「おもしろいわけじゃないわ。あなたが本来の横柄さを取り戻したことが嬉しいだけ」彼女の顔から微笑みが消えた。「それに私は一般庶民とのふれあいを楽しんでいるわけじゃない」

「それじゃほかになんと表現する？」

「自由よ！」彼女の目が輝いた。「これは、たまたまファースト・レディになったりしなかったら、すべてのアメリカの市民が持っている基本的人権なのよ。よく聞いてちょうだい、マット・ジョリック……」胸にジャブを入れられ、マットはどぎもを抜かれた。「昨年私は夫を亡くし、巧みな計略によって、意に反してファースト・レディの任務を続けることになってしまった。生まれてこの方、私は常にスポットライトを浴びながら生きてきた。常に品行方正で、自分のことより人のためを考える人間でいなければならなかったの。もしいまの私がわがままだとしたら、それこそ結構なことなのよ！　この自由は私が手に入れたもの。私はその一分一秒も無駄にしないで楽しむつもりよ」

「そいつはすごい」

「そのとおりなのよ、ぼうや！」

わめきたいのは彼のほうだし、どう考えても自分が下手《したて》に出るのはおかしいとマットは思う。「誰と話していたんだよ？」とマットは詰め寄った。

「バーバラ・ブッシュ」

「まさか冗談だろ――」彼女が電話で話していた相手がバーバラ・ブッシュである可能性は十分にあると気づいたマットは次の言葉につまった。

焦れったそうな彼女の表情が、作り笑いのような笑顔になった。「電話を切る前に、彼女、なんていったかわかる？」

マットはかぶりを振った。

「『まあ、そんなものなんじゃない』っていったの」

「ああ……そうなんだ」

「昨日あのガソリン・スタンドからヒラリー・クリントンに電話したとき、彼女もやっぱり同じ意味のことをいったわ」

「電話してたのはヒラリー……」

「あなたには私のいまやっていることが理解できないかもしれないけれど、彼女たちはよくわかってくれているわ」

「きみは――きみは何か用があって電話したのかい?」

「あなたがどう思おうと、私、そんなに無責任じゃないわ。私が無事でいることがホワイト・ハウスにも伝わるように、ほとんど毎日誰かに電話しているのよ。あなたが私以上に国家の安全についての知識があると思うなら、いってみてちょうだい」

まさしくこの題目について、まずどうやってホワイト・ハウスを抜け出したのか、という質問をはじめとして、訊きたいことが山ほどあった。だが、まずは彼女にひとこと注意するのが先だ。「きみが無責任だなんていってない。ただ勝手に行動しないでほしいといっているだけだ。これは約束だ。いやならやめてくれていい」

「やめてもいいのよ。私はいまお金を持っているということをお忘れなく。いつでもひとりになれるのよ」

マットは歯を食いしばっていった。「絶対にひとりで行動するな！」

彼女の顔に微笑みが戻り、その笑顔にマットは狂おしいほど魅了された。彼は幾度か深呼吸をして、カーキ色のショート・パンツと明るい黄色のトップを着た、やんちゃな子どものような女性とクールで洗練されたファースト・レディとのイメージを重ね合わせようとした。

マットは失地回復を図ろうとした。「送金してくれたのは誰なの？」

答えてくれるとは期待していなかったが、彼女は肩をすくめてあっさりと答えた。「テリー・アッカーマンよ」

アッカーマンは大統領の顧問でもあり、旧来の友人でもあった人物である。その関係について問いただす時間はないので、とりあえずこの情報を記録にとどめるだけにした。

「彼が金の送り先をホワイト・ハウスに告げ口しないと確信したのはなぜなんだい？」

「それは私が口外しないように頼んだからよ」

「信頼しているわけ？」

「彼だけをとくに信頼しているわけじゃないわ」

彼女がわざと軽薄な表現をしたのではないかとマットには思えたのだが、その言葉にはそこはかとない哀愁が感じられた。傲慢《ごうまん》さや無分別に対してならいくらでも文句がいえるが、哀愁をとがめることはできない。募りにつのったいらいらがついに言葉に出てしまった。

「そもそもきみをどう呼べばいいのかすらわからないんだよ！」

「これまでのようにネルと呼んでくれればいいのよ。それともミセス・ケースと呼んで、あのとうもろこし畑のなかに潜んでいる過激派に密告したりして？」

「冗談をいうような話題じゃない」

「あなたは自分のことだけ心配していればいいのよ、わかった？　私は自分のことぐらい自分で面倒を見るから」

雑貨品の入った袋を持ち上げようとして彼女がかがんだとき、ブレーキをかけたタイヤのきしり音が聞こえた。それはラジオの雑音のようにも、一種の爆音のようにも聞こえた。考えるまもなかった。マットは飛びつくようにして、彼女のそばに走り寄った。ふたりは風を切るように歩道から雑草のほうに向かって走った。体を抜けていく風に乗って「ウーッ」という彼女の不快そうな小声が聞こえた。

「動くな！」彼は銃が欲しかった。銃が必要だった。

長い沈黙、そしてかすれたあえぎ……。

「マット？」

彼の心臓は激しく高鳴っていた。その鼓動が彼女にも感じられるほどの激しさだということは自分でもわかった。

そのとき刺すような刺激が背筋を駆け抜けた。

あの爆発音……いま落ち着いて考えてみるとあれは砲撃音とまるで違う音のような気がしてきた。

それはエンジンのバックファイアのような音だったのだ。

14

アイオワの州境をめざし、平坦なイリノイの景色のなかを這うように走るウィネベーゴに雨は激しく降りつけていた。ニーリーは長く連なるトウモロコシや大豆の畑にじっと目をこらした。雲におおわれた暗い午後の空の下、畑は灰色にくすみ、もの悲しいたたずまいを見せている。ニーリーの顔にふっと笑みが浮かんだ。あの激しいバックファイアの音に反応して彼女をかばおうとしたマットの姿は本当に雄々しかった。そしてむこうずねに擦り傷があるものの、彼女はこうしてピンピンしている。

通りすぎる車がフロント・ガラスに高い水しぶきを吹きつけていく。マットは彼女の失踪についての新しい情報を得ようとラジオ局を変えた。めったに話しかけはしないが、あの不自然なほど丁寧な言葉づかいは消えていた。また、彼女のことを政府に知らせるつもりもないらしい。今朝起きたとき、この冒険旅行もいよいよ終わると覚悟を決めたのだが、いまはどちらとも判断がつかなくなっている。

「しばらく私に運転させてくれない？」ニーリーは訊いた。

「ほかにすることもないから、いいよ」

「むっつりしている以外はね」

「むっつり！」

「あの車に乗っていたのが騒々しいティーン・エージャーで、私を人質に取ろうとしている武装市民軍のグループじゃなかったのは、あなたにとって痛烈な一撃だったのはわかるけど、まあそのうち元気になるでしょ」ニーリーは満面に笑みをたたえていった。「ありがとう、マット。あの行動、ほんとにありがたいと思ってるわ」

「うん」

ちょうどそのとき、モーター・ホームの後部から、ルーシーがまた出てきた。ガソリン・スタンドを出て以来、バトンをあやしてみたり、後部にひきこもってみたりと、ルーシーの態度は落ち着かなかった。「なんかすごく変だよ」とルーシーは言った。「話題といえばコーネリア・ケースのことばっか。おまけにラジオも彼女がどうやって姿をくらましたか、そればっか放送してるよ」ルーシーはニーリーが買ってやったサンドレスを着て、いつもの半分くらいの薄化粧をしていた。それがとても可愛かったのでニーリーがそういうと、ルーシーは何もいわずに肩をすくめた。

ルーシーは今度は床に落ちたビーニー・ベビーを拾い上げて、バトンに手渡した。バトンはマットがかまってくれないのでぐずっていた。「あのそっくりさんコンテストを見ていた誰かが、ネルのことを変装した本物だと思ってくれたらいいのにね。そんでもって、あたしたちのこと軍隊が追っかけてきたりしたらカッコイイと思わない？」

マットは身震いした。

「すごくカッコイイわよね」ニーリーはなんとかそう答えた。

「あの雑音はなんだ？」マットは脇に首を出した。「今度はうしろから音が聞こえる」

「何も聞こえなかったよ」とルーシーが言った。

ビーニー・ベビーが空《くう》を飛び、マットの肩に当たった。ニーリーがうしろを振り返ると、バトンはもうぐずってはおらず、妙にすました顔をしていた。

ニーリーは疑わしげにバトンを見つめた。「当たったのはきっと偶然よ」

「そう思うんなら思ってればいいさ」マットは赤ん坊をにらんだ。

「ガー！」バトンも負けずににらみ返した。その表情がマットの表情とあまりによく似ていたので、マットがじつの父親ではないことが信じられないほどだった。

「あとどのくらいで着く？」ルーシーが尋ねた。

「もうすぐミシシッピだよ。バーリントンを通って川沿いに北上し、ウィロー・グローヴに着く。あと一時間かそこらだと思うよ」

「ねえ、運転させてよ。あたし、運転できるんだ」

「ばかいえ」

ルーシーは親指の爪を噛みはじめた。ニーリーはそのようすを心配そうに見つめた。「どうしたのよ、ルーシー？　午後になってずっとそわそわしているわ」

「そわそわなんてしてないよ！」

もう少し深く探ってみよう、とニーリーは決意した。

「お祖母さまのこと、あまり話してくれないのね。どんな人なの？」

ルーシーは飲みかけのオレンジ・ジュースを投げやると、長椅子に座りこんだ。「すげえおばあさんらしい人。わかるでしょ」

「わからないわ。ひとくちにお祖母さんっていっても、世のなかにはありとあらゆるお祖母さんがいるものよ。お祖母さまとは仲がいいの？」

ルーシーは見慣れた例の好戦的な表情を見せた。「メチャメチャ、仲いいよ！　世界じゅうで最高のおばあさんだよ。うなるほどお金はあるし、かっこいい大学教授だし。あたしやバトンのこともすんごく愛してくれてるし」

それほど愛しているのなら、なぜ娘が死んだことを知ってすぐ帰国しなかったのか？　それにそれほど祖母とうまくいっているのなら、なぜルーシーは躍起になってニーリーとマットを結びつけようとするのか？「その話、あまりに素晴らしすぎて真実味がないわね」

「それ、どういう意味？」

「マットも私もまもなく直《じか》にお目にかかるわけだし、正直に話してくれてもいいんじゃないの」

「あんたの知ったことじゃないよ！」

「ルーシー」マットの声には低いがいさめるような調子がこもっていた。

「もうあっちへ行く」ルーシーはすばやくウィネベーゴの後部へ戻り、乱暴にドアを閉めた。

「私、お祖母さまに対して本気で悪感情を抱きはじめたわ」とニーリーがいった。

「彼女は大学教授だぜ。どんなところがだめなわけ？」

「もしお祖母さまに保護者の資格がなかったら、あなたはどうするつもりなの？」

「彼女なら大丈夫さ。心配御無用」

マットはいったい誰を説得しようとしているつもりなのだろう、とニーリーはいぶかった。ちょうどそのとき、キャンキャンという大きな鳴き声が後ろのほうから聞こえた。

「あれはエンジンのノイズじゃない！」マットは小声で悪態をつき、ブレーキをかけ、路肩に停車した。「ルーシー！　出てこい！」

後部のドアがゆっくりと開いた。頭を下げ、肩を落としたルーシーがそこにいた。彼女は這うように前へ出た。「なんの用？」

マットは厳しい目を返した。「ちゃんと話せ」

悲しげな遠吠えがウィネベーゴじゅうに響きわたった。

マットは座席から跳び上がって、後部へ突進した。「なんてこった――」

「きっとスキッドを見つけたんだ」ルーシーがぼそぼそといった。

「スキッド？」ニーリーが弱々しい声でいった。

「ガソリン・スタンドの男がそう呼んでたんだ。別の名前をつけてやりたいけど、犬を混乱させたくないし」

またしても後部から悪態が聞こえてきた。まもなくマットが大股で戻ってきた。そのうしろには汚れた栄養状態の悪そうな犬がついてくる。見たところビーグル犬と何かの混血らしい。斑紋のある茶色の被毛、長く垂れた耳、悲しげな表情。

「盗んだんじゃないもん!」ルーシーはマットを押し退けるようにして犬のそばでひざまずいた。「ガソリン・スタンドのやつがこの子を撃ち殺すっていってたの! 昨日誰かが道路の脇に棄てていったらしいんだけど、貰い手もつかないからって」

「なんでこうなるのか、おれにはさっぱりわからん」マットは床の上の哀れな動物を見下ろした。「撃ち殺したほうがよっぽど人間のためになるのに」

「どうせあんたはそういうくだらないことしかいわないって思ったよ」ルーシーは犬を胸に抱きしめた。「この子はあたしのものよ。あたしとバトンのものよ」

「それはおまえだけの考え」

マットとルーシーがにらみ合っているあいだに犬はそこを離れ、チャイルド・シートの隣りにあるカウチに弱った体を乗せた。ニーリーが赤ん坊から犬を引き離そうと行きかけたそのとき、犬は悲しげな顔でバトンをながめ、やがてバトンの顎から額までを長く、ゆっくりとなめはじめた。

「まあ、大変! 顔をなめてるわ!」ニーリーは突進して犬を押しやった。

「やめてよ!」ルーシーがわめいた。「この子が気を悪くするよ」

バトンは手を鳴らして犬の耳をつかもうとした。

マットがうめいた。

「その犬をバトンから離しなさい！」ニーリーはバトンと犬を引き離すためにあいだに立とうとしたが、マットの腕がウェストに巻きつき、彼女の体を引き戻した。

「こんなときこそ役立つのに、例の携帯用の青酸カリはどこへやっちまったんだい？」

「やめて！　放してちょうだい！　もし狂犬病の菌を持っていたらどうするの？」マットから離れようともがきながらも、心のどこかにずっとこのままこうしていたいという思いがあった。

「落ち着けよ、な？　この犬は狂犬病菌なんて持ってないよ」

マットはそのまま彼女をウィネベーゴの前部まで引きずるようにして連れていき、急に放したのでニーリーは転びそうになった。自分が手荒に扱っているのがネル・ケリーではなくコーネリア・ケースだということを、マットはふと思い出したに違いなかった。ニーリーはルーシーを振り返っていった。「その犬をカウチからおろしなさい」

「あたし、この子を飼うよ！」

「そいつはうしろへ置いておけ！」マットは狭い運転席にしゃにむに座り、車をハイウェイに戻した。「最初はおれひとりだった。まさに自分の望みどおりに！　次にふたりの子どもを押しつけられた。その次は――」

反対車線の観光バスが猛スピードで走りすぎる際、フロント・ガラスに大量の水しぶきを浴びせていった。マットはうんざりしたような声を出し、ラジオをつけた。

「……全米じゅうの多くの市民からコーネリア・ケースを目撃したという報告が寄せられて

おりますが――」

ニーリーは前にかがんでラジオのスイッチを切った。

部屋じゅうのいたるところに装飾的な骨董品が置かれている。頭部にリボンをかけた動物たちの立像の隣りにはガラス製のキャンディ皿があり、そのまた横には聖書の一節が転写された陶器の飾り板がある。来てほしいときに地震がこないのはなぜなのよ、とトニは思った。「ほんとにコーヒー召し上がらなくていいんですか?」聞き込みのために、トニとジェーソンがふたつもの州を抜けて会いにきた女性は気づかうようにジェーソンを見た。ブルーのニットの半袖パンツ・スーツに身を包み、模造ダイヤモンドの傘のブローチをつけ、白い鋲《びょう》つきの靴を履いている。

ジェーソンは首を振った。いつものように早く相手を追及したくてうずうずしているのだ。彼は二階にある狭いアパートの窓際に置かれたブルーのベロア製のカウチを身振りで示した。「少し座らせていただいて、二、三質問させていただいてもいいですか?」

「あら……いいですよ……やっぱり困るわ。つまり……」彼女は両手をくねらせた。ふたりが到着したとき、教会から帰ってきたばかりだった。FBIとシークレット・サービスの捜査官たちを自宅に招き入れるという事実に彼女が当惑しているのは明らかだった。女性の年齢は四十代のはじめくらい、丸まるした満月のような顔、パーマのかかりすぎた茶色の髪、みごとな陶器のような肌。

トニはにっこりと笑いかけた。「お水をコップに一杯いただければ結構です、シールズさん。ご面倒でなければ。あまりに長いドライブだったもので車酔いをしてしまったようです。お水を飲めば胃も落ち着くと思うんです」

「そんな、面倒なんてことありませんよ」彼女は慌ててキッチンへ飛んでいった。

ジェーソンは苛立ったようにトニに一瞥をくれた。「いったいいつから車酔いなんてするようになったんですか？」

「私の都合で出たりひっこんだりするの。それよりちょっと聞いて。あんたとあんたの情け容赦ない目付きが彼女を不安におとしいれているのよ」

「ぼくは何もしてませんよ」

「不安になった目撃者は大事な細かい部分が思い出せなかったり、質問者の機嫌をとろうとして話を捏造《ねつぞう》したりするものなのよ」

ジェーソンは陶器のピエロ像を見て眉をひそめた。「早いとこ、けりをつけたいですよねえ」

そう思っているのは彼だけではなかった。全米じゅうの特別チームが市民から電話を通して寄せられた情報を追跡していた。コーネリア・ケースが空港でリムジンから降りるところを見たとか、はたまたマリブの海岸でくつろいでいるところを見たとか、自称目撃者の証言はじつにさまざまだった。しかしインディアナ州ヴィンセンズの食料品店の店員バーバラ・シールズからの情報にはトニとジェーソンもあっと注目した。

シールズは自分の勤め先であるクローガー食品雑貨店でコーネリア・ケースによく似た女性を見たと証言していた。その女性は黒い髪の男性と、十代の少女、ピンクの帽子をかぶった赤ん坊とともに旅行中であるという。こうした大まかな描写を聞いただけでも、明るい褐色のショート・ヘアをふくめ、有名人そっくりさんコンテストの女性の人相風体と一致する。

トニとジェーソンはこの件で話し合った。ふたりの子どもをふくめた三人の道連れと旅行中の女性がコーネリア・ケースである可能性は薄い、というのがふたりの共通した意見だった。そうはいってもふたりはやはり、目撃者から直接話を訊きたいと思い、上司のケン・ブラッドドックも了承した。

シールズは青いすりガラスのグラスを持ってキッチンから出てきた。この会見が徒労に終わることは九分九厘覚悟のうえだったが、トニはなんとか笑顔をとりつくろった。「座らせていただいてもかまいませんか？」

「かまいませんとも。どうぞどうぞ」彼女は青いスラックスで両手をこすり、カウチと向かい合うように置かれたアーム・チェアの端に腰かけた。「私、なんだかそわそわしちゃって。政府の捜査官なんていままで一度もお会いしたことがないもので」

「そのお気持ちお察ししますよ」トニはジェーソンの隣りに座った。ジェーソンはメモ用のノートを出していたが、トニはバッグにいれたままだった。「よかったら、私たちにも目撃談をお聞かせいただけませんか」

シールズはさらに両手をこすりあわせた。「そう、あれは二日前の金曜日のことでした。

私が手術後初めて仕事に復帰した日のことだったんです」彼女は手首を指さした。「食品類のスキャンによる手根管症にかかってしまったんです。反復性圧迫傷害というんだそうです。コンピュータを操作する事務職の負担を軽くすることばかりが問題になって、レジ係のことは誰も気にしてくれないんです。たぶん私たちなんてさほど重要視されていないからなんでしょうね」それは、レジ待ちの列をさばくだけの軽微な任務だということを認識しなれている顔だった。

「とにかく、その女性は私のレジに並びました。すごくハンサムな男性と、ふたりの子どもが一緒でした。私はその女性の顔を見てびっくりしました。あまり驚いたものでベビー・フードの缶を二度もスキャンしてしまったくらいなんです」

「どうしてそんなに驚いたんですか？」トニが尋ねた。

「その女性があまりにファースト・レディにそっくりだったからです」

「ファースト・レディに似た女性は多いですよ」

「でもあんなに似た人はいません。私は大統領選のキャンペーン以来彼女を尊敬していて、彼女に関する写真や記事をスクラップブックにまとめているんです。あの人の顔は自分の顔と同じぐらいよく知っています」

トニは励ますようにうなずき、この女性がコーネリア・ケースの熱心なファンであるという事実が多少なりとも彼女の判断力に影響を及ぼしているかどうか見きわめようとしていた。

「彼女は髪をカットしていました。髪は茶色に染めてショートにしていましたが、顔は同じでした。それと、あなた方が大きく引き伸ばした彼女の写真をご覧になったことがおありかどうか知りませんが――そうね、ひとつお見せしましょうか」

シールズは急いで本棚のところへ行き、分厚いスクラップブックを何冊か取り出した。しばらくパラパラとページをめくっていたが、昨年『タイム』誌の表紙を飾った写真を見せた。

「見てください、ここです。眉のすぐ近くなんですけど、小さなソバカスがあるんです。誓っていいますけど、あの女性に会う前にこの写真は何十回も見てるんです。私のレジの列に並んだあの女性も、同じところにソバカスがありました」

トニはシールズが指さしている箇所に目を凝らしたが、それはソバカスというより、フィルム・ネガの汚れのように見えた。

「声も同じでした」バーバラ・シールズは話を続けた。

「ミセス・ケースの声はよく知っているんですか?」

彼女はうなずいた。「彼女がテレビに出るとわかっているときは、かならず観るようにしているんです。あの女性の声はミセス・ケースの声とそっくりでした」

「その女性はなんといいましたか?」

「私と話したわけじゃありません。一緒だった男の人にサンドイッチの味付けは何が好きか訊いていました」

「それは英語でした?」

シールズはその質問に驚いたようだった。「もちろんです」

「外国の訛《なま》りはありましたか?」ジェーソンが尋ねた。

「いいえ、話し方はミセス・ケースそっくりでした」

ジェーソンとトニは視線を交わした。彼はがぜん身を乗り出した。「その会話についてできるだけくわしく話していただけませんか。初めから」

「彼女は男の人にサンドイッチの味付けは何が好きかと尋ねました。男の人はマスタードが好きだと答えました。するとティーン・エージャーの女の子が星占いの本と一緒に陳列してあったちょっとしたペーパーバックの本がほしいといいました。題名は『性生活改善のための十の秘密』です。女性がだめよといったので、ティーン・エージャーは文句をいいはじめました。男の人はそれを見て渋い顔をして、ネルのいうことをちゃんと聞かないと大変なことになるぞ、なんていうようなことをいい聞かせていました。そのとき赤ちゃんが――」

「ネル?」トニは水の入ったグラスをぎゅっと握った。「その男性は女性をそう呼んでいたのね?」

バーバラ・シールズはうなずいた。「私もすぐに、ネルとニーリーは似た響きを持つ名前だなあと感じました。ミセス・ケースがお友だちのあいだではニーリーと呼ばれているのはご存じですよね」

似た名前。ネガの汚れである可能性もあるソバカス。論拠としては十分とはいえないものの、興味をかきたてられることは確かだ。

ふたりはさらに質問を続け、連れの男性やティーン・エージャーについてのくわしい説明を聞き出した。だが彼女がなんにも増して重要な情報を思い出したのは、ふたりがいとまを告げようとしたときだった。

「そういえば、いい忘れてましたけど、あの人たち、黄色のウィネベーゴに乗っていました。車が出ていくところを窓越しに見ていたんです。車のことはあまりよくわからないんですけど、あまり新しくはなかったようです」

「黄色のウィネベーゴ？」

「かなり汚れていましたね。なんだかずいぶん長いこと乗っているみたいでした」

「もしやナンバープレートの番号を控えたりしてませんか？」

「じつは控えてあります」バーバラ・シールズはバッグを取りにいった。

アイオワ州ウィロー・グローヴはアイオワ川の支流を見下ろす断崖の上にある。この町にはやたらと教会の尖塔や骨董品の店が多い。赤レンガに白い羽目板の家が並び、狭い道に大きなカエデの木が木陰を作っている。そんな町のたたずまい。市の中心を数ブロックにわたって小規模な私立大学が占め、銅製の円蓋《えんがい》のある市庁舎の向かい側には古い宿屋がある。雨はやみ、雲のあいだから洩れてくるかすかな午後の陽射しを受け、胴板がきらきらとした光を放っている。

子育てにこれほどふさわしい場所はないわね、とニーリーはひとりごとをいったが、どうやらマットも同じことを思ったらしい。「ここはあの子たちにとっては理想的な環境になりそうだね」

マットは町はずれでドッグ・フードを買い、子どもたちの祖母が住む通りの場所を訊いてきた。繁華街にほど近い、断崖にそった通りにあるそうだ。家々の隙間から、下を流れる川が見える。

「一の十一番」とマットがいった。「ここだ」

赤いレンガに白の縁取りがほどこされた二階建ての家の前で、マットは車を停めた。この通りでは、どの家にも張出し玄関と分離車庫があるようだった。角張った堅牢な感じのする家。中西部で幾世代にもわたって人びとが成長し、住みつづけてきた典型的な住まいである。

この家は、通りのほかの家とくらべるとやや手入れ不足な感じがした。それは、灌木の植え込みにも、張出し玄関に置かれた植木鉢にも、いまを盛りと咲き誇っているはずの花が見当たらなかったからだ。芝刈りも不十分だし、白い縁取りもほかの家ほど真っ白ではなかった。だが荒れはてた感じはしなかった。それよりも、ここの住人はほかのことに夢中で住まいに関心がないのではないかという感じだった。

「ばっちいノラ公のやつは、おばあちゃんが子どもたちのショックから立ち直るまで閉じこめておく」とマットがいった。彼も不安なのだな、とニーリーは思った。それは彼女とて同じだった。少なくともマットのぶしつけな物言いは影をひそめている。

バトンは町に入ったころからおとなしくなった。まるで、自分の人生にとって記念すべき出来事が起きつつあることを知っているような感じだ。ルーシーもスキッドと一緒に後部に引きこもってしまった。チャイルド・シートからバトンを出そうとして、ニーリーはバトンのロンパースに古い食べ物のシミがつき、袖には小さな穴があり、髪もくしゃくしゃしていることに気づいた。「お祖母さまに会わせる前に、バトンの身なりを少しどうにかしたほうがいいんじゃないかしら。きっと会うのは初めてなんでしょうから」

「それがいいね。おれがこれを脱がせるから何かきちんとした服を探してみてよ」そのとき、話しかけている相手が誰なのかマットは思い出した。「もしさしつかえなければ」

「いいだしたのは私なのよ」ニーリーはぴしゃりといい返した。

ルーシーは汚れきった犬と向かい合うようにしてベッドに寝そべっていた。本を読んでいるふりをしていたが、ニーリーはだまされなかった。ニーリーはルーシーの足首を強く握りしめた。「大丈夫よ、ルーシー。ここは素敵なところだわ」

ルーシーは本を顔に近づけ、答えなかった。

ニーリーはベビーGAPで買った、裾の当て布のところに青の小花刺繍がほどこされている、サーモン・ピンクのデニムのロンパースと、それに合わせたパフ・スリーブのニットのトップを選んだ。それを持って出てくると、マットがバトンの衣類を脱がせ、おむつだけにし、試合前の激励の言葉をかけていた。

「いいか、最高に行儀よくしなきゃだめだぞ、デーモン。ばかやったり、大声もNGだ、いいな？　泣きわめいたり、吐いたりもだめ。たまにはごく普通の赤ん坊でいろ」新しい紙おむつのタブを留めながら、マットはしかめ面をしてみせた。バトンはクックッと嬉しそうな声を返した。「わかった、わかった……その色っぽい目つきはおばあちゃんのためにとっておけよ」

ニーリーが衣類を手渡すと、ものの一分もしないうちにマットはバトンのいでたちを整えた。「あなた、着替えさせるのが上手ね。私がやると、とんでもなく時間がかかってしまうの」

「ためらいながらやるからだめなんだよ。赤ん坊を相手にするときは自分が主導権を握るつもりでやらなくちゃ、なめられる。女性を相手にするときとおんなじさ」

「あらそうなの？」彼に主導権を握ってもらうほうがずっといいではないか。ニーリーは魅力的な笑顔を向けたが、彼の目からいたずらっぽい光は消えていた。

「靴も探してみる？」

ニーリーは黙ってそっぽを向いた。こちらから彼の愛情をこいねがうつもりはない。正確にいうと愛情は求めていない。自分自身に嘘をつく必要はない。求めているのは……つまり、彼の肉体なのだ。それ以外にも彼の友情、不遜《ふそん》な言行、不快な男性優越主義さえなくしたくないと思う。

昔のシェリル・クロウのポップな曲の歌詞が頭のなかを駆けめぐっていた。恋人として、そのたくましさに合格点をあげられる？　自分はマットのことをそう思っているだろうか？

ニーリーは自己憐憫《れんびん》におちいる危険な瀬戸際にいた。気を取り直し、彼女はいった。「ルーシーはまだ出てきたくないみたいよ」

「あいつも、サンディよりおばあちゃんのほうが生活態度に厳しいってこと、わかっているんじゃないかな」

「そうね」ニーリーは赤ん坊のくしゃくしゃした髪にヘア・ブラシを通した。ふと気づくと、いつもはマットに向けられるバトンの百万ワットの笑顔が自分に向けられていた。胸がキュンと痛んだ。「だめよ」ニーリーはぼそぼそといった。「お別れの直前になってご機嫌とりを始めたってだめよ」

バトンは嬉しそうに金切り声をあげ、両腕を上げて抱いてくれとせがんだ。ニーリーは喉が締めつけられるように感じ、背を向けた。

マットがカウチからバトンを抱き上げた。「努力が足りないし、遅すぎたよ、デーモン。世のなかには抱きこめない人間だっているってことさ」マットはかがんで下にある作り付けの引き出しからウォール・マートのマクラを取り出した。「こんなこと口にするのもいやだけど、こいつを身につけるしかないね」嫌悪感でいっぱいの表情だった。「おれの気持ちを別にすれば、身を守るには、これが一番だね」

彼のいうとおりだった。彼らは市街地にしばらく滞在することになるし、全米じゅうの人たちが彼女の行方を探しているのだ。彼女はマタニティのトップを探し、すばやくバスルームに入った。出てくると、マットがルーシーに話しかけている声が耳に飛びこんできた。

「……ネルの元夫が雇った探偵たちが現われるかもしれない。彼女はそいつらから逃れなくてはいけないから、また妊婦の格好をすることにしたんだ。誰かに訊かれたら、彼女はおれの妻だというつもりだから、おまえも口裏合わせてくれよ、いいな?」

「いいよ」ルーシーの声は悲しげだった。脈打つような沈黙が刻まれた。「おれは、おまえたちを置いてさっさと姿を消したりはしないよ。おまえたちが落ち着くまでしばらく近くにいるから。きっと何もかもうまくいく。おまえにもいまにわかるさ」

ルーシーは重い足取りをひきずるようにしてドアに向かった。スキッドがのろのろとあとをついていく。

「犬はしばらくここに置いておいたほうがいいと思うよ」マットはバトンの口を避けて、シャツの襟を引っ張った。

張出し玄関の階段をのぼったのはだんまりの一連隊だった。マットが呼び鈴を押したとき、ニーリーはルーシーのようすをちらりと見た。ルーシーは悲しげな顔でポーチの欄干にもたれていた。

ニーリーはルーシーのそばへ近寄り、腰に手をまわした。すべてうまくいくから大丈夫、と元気づけてやりたかったが、言葉が出てこなかった。どう見てもそんな状況ではなかったからだ。

ニーリーを見上げたルーシーは世界じゅうの不安を抱えこんだような目をしていた。「私もどこへも行かないわよ」とニーリーはささやいた。「あなたが元気になるまではね」ニーリーは約束をきちんと果たすことができることをひたすら願った。

「誰も出ないよ」とマットがいった。「裏を見てくる」彼はバトンをニーリーに預けた。

ルーシーは玄関ドアをまじまじと見つめている。

「いまお祖母さまのことで何かいいたいことがある?」ニーリーが訊いた。

ルーシーは首を振った。

裏から戻ったマットはひそひそ声でいった。「窓は開いてるし、音楽もかかってる。きっとベルの音が聞こえないんだよ」彼は玄関のドアをドンとたたいた。「もひとつ、いいニュースがあるぞ、ルーシー。おばあちゃんはスマッシング・パンプキンが好きらしい」

「カッコイイ」ルーシーがぼそぼそといった。

ドアが勢いよく開いた。二十代の中頃か後半くらいの若い男性が立っていた。そのようすからみて、彼が無気力世代の公認メンバーであることは疑いようがなかった。短く刈りこんだ髪、下顎の髭、イヤリング。Tシャツにカーゴ・パンツにティヴァのサンダルを履いている。「なんだよ?」

ニーリーは視界の端でルーシーが固唾《かたず》を呑んで一歩前へ出たのを見た。

「ハイ、おじいちゃん」

15

マットは息がつまりそうだった——だが口が乾ききっていてそれさえかなわなかった。彼はルーシーのもとへ駆け寄った。「おじいちゃん?」

ルーシーは両手を組み、唇を嚙み、いまにも泣きだしそうな顔をしていた。マットは男を振り返った。男は胸を掻きながら、困った顔をしていた。

「誰のことをいっているのかわからないんだけど……」そこまでいうと男は近づいてルーシーをまじまじと見た。「ああ、もしかして、ローリー?」

「ルーシーよ」

「ああ、そうだっけな」男は謝るように微笑んだ。「なんか写真と変わったな。元気かよ?」

「あんまし。ママが死んだんだ」

「そいつはひでえな」彼はマットを振り返ってながめ、これが儀礼的な訪問ではないことを認識したらしかった。「なかに入りたい?」

「入りたい」マットが口を結んだままいった。「絶対に入れてもらいたい」彼はルーシーの腕をつかみ、前へ押し出した。視界の隅でネルがマットと同様に落胆の表情を浮かべているのがうかがえた。なにごともなかった顔をしているのはデーモンだけだった。バトンは気を惹こうとして、ネルの頬をパチパチとたたいていた。

一同は無気力世代の若者についてリビング・ルームに入った。そこは、深緑と茶のベルベットでできた気持ちのよい家具類と、ほこりをかぶった芸術作品や手工芸品風のテーブルが同居する部屋だった。暖炉の両側には本棚があり、よく読みこまれたらしい知的な本が並んでいた。原始的な木工の像や陶器類、エッチング画も目につく。書斎のテーブルの上にはステレオ・コンポが置かれ、スマッシング・パンプキンの曲が流れ、そのまわりは山積みのCDが散乱していた。雑誌や、ギター、部屋の隅には積み重ねたマリファナがそこここに無造作に置かれ、コーヒー・テーブルの上には口の開いたズックのバッグが置かれている。

若者は音楽の音量をさげた。「ビールか何か飲むかい?」

「もらうわ」ルーシーはおどおどとマットのようすを伺いながら、あとずさった。

マットはあとでたっぷりお仕置だぞといわんばかりにルーシーをにらみつけ、話をどこから切り出すべきか頭をめぐらせた。「結構。それよりミセス・プレスマンに会わせてほしい」

「ジョアン?」

「ああ」

「彼女はもうこの世にはいないぜ」

「いない?」

ネルはショックから護ってやろうとするかのように、ルーシーのほうに手を伸ばした。しかしルーシーはショックを受けているようには見えなかった。むしろ大目玉をくらうことを覚悟しているような顔をしていた。

マットは若者の顔をまじまじと見ながら、こういうのがやっとだった。「お祖母さんが亡くなったなんて、ルーシーから聞いてない」

「一年くらい前に亡くなったんだ。辛いことだけど」

「一年前？」マットは激しい怒りを感じていた。抑えきれないほどの怒りだった。「数ヵ月間外国に行っていたと聞いていたけど」

「そうさ、行ってたよ」若者の声が高くなった。「あるときジョアンはおれのバイクに乗って郡道でそいつを大破しちまったのさ」

ネルは茫然とバトンの脚を撫でていた。「自転車《バイク》に乗っていたの？」

「オートバイのことだと思うよ」マットは厳しい口調でいった。

ルーシーはカウチのうしろに体をずらそうとしていた。家具で身を守れるという愚かしい考えを抱いているのは明らかだった。

「買ったばかりのカワサキ一五〇〇。マジでがっくりきた」

「バイクのことでがっくりきたのかい？　それともミセス・プレスマンのことで？」

若者はマットを見つめた。「そんな言い方はないだろ。おれだって、彼女を愛してたんだから」

人生にはなぜ厄介なことばかりが起きるのだろう、とマットは思った。ルーシーに見せられた手紙の信憑性《しんぴょう》を疑ったことは一度もなかった。便箋には浮き出し印刷された大学印があったからである。それにあの手書きの文字はどう見ても十代の少女のものとは思えなかった。愚かだった。ルーシーの抜け目なさは知りつくしているのに。ルーシーの言葉をうのみにするんじゃなかった。

マットはルーシーが若い男を「おじいちゃん」と呼んで以来避けていた質問を口にした。

「きみはいったい何者なんだ?」

「ニコ・グラス。ジョアンが死んだとき、おれと彼女はまだ結婚して数ヵ月しかたっていなかった」

その事実が受け入れがたいのは、ネルも同じらしかった。「きみとジョアンが結婚していただって?」

ニコの目に挑むような光が宿った。「ああ、おれたち愛し合ってたからさ」

ネルが目下の疑問を控え目な調子で尋ねた。「かなり年齢差があるように思えるわね」

「たいていの人はそう感じるかもしれないけど、おれたちのあいだじゃそんなこと問題じゃなかったよ。彼女はまだ五十三歳だったしね。彼女はローレンツの人類学教授で、ふたりの交際が発覚してから大学側は彼女を退職させようとしたけど、おれが二十一歳以上だったんでそうはならなかった」

「ローレンツ?」ネルが言った。「町にあったあの大学かしら?」

「そうだよ。おれさ、専攻を何度か変えたんで、卒業にはちょっと時間がかかっちゃったけどね」

マットはついにルーシーと直面した。ふたりのあいだにカウチがあるのは幸いだったとマットは思った。そうでもなければ、ルーシーに本気で危害を及ぼしかねないくらい激怒していたからだ。「あのインチキ手紙を書いたのは誰だ?」

ルーシーは親指をくわえ、一歩退いた。全身みじめそのものだった。マットはひとかけらの同情すら感じなかった。

「あたしが子守りのバイトをしてた家の奥さん」ルーシーは小声でぼそぼそいった。「でもあんたに見せるために作ったんじゃないよ! サンディの弁護士に見せるためだったのよ! あいつが疑ってるのは知ってたから、今度来たら見せようと思ってたの。でもあいつじゃなくてあんたが現われた」

マットは歯を食いしばった。「お祖母さんが死んだことを、おまえは知っていた。おまえはすべてを嘘でかためた」

ルーシーは強情そうな目でマットをにらんだ。「おばあちゃんが死んだのは知っていたかもしれないけど、カワサキのことなんてなんにも知らなかったよ」

マットの憤激はネルにも伝わったらしい。ネルはマットの腕に手をのせ、軽く握りしめた。

「あのさ、あんた誰だっけ?」

マットは冷静さを取り戻そうと必死になった。「おれはマット・ジョリックだ。昔、ジョアンの娘サンディと結婚していたことがある。これは……妻のネルだ」

ニコはネルを見てうなずいた。バトンはニコを見て目をパチクリさせはじめ、ニコも微笑み返した。「可愛い子だね。ジョアンはサンディが身ごもったって聞いて心配してたよ。サンディは深酒していたから。母娘の仲はあまりうまくいってなかったね」

「サンディは妊娠中はお酒に手をつけなかったのよ」ルーシーはもう一方の親指を噛みはじめた。

バトンが下におりたがったので、ネルはバトンを床におろした。赤ん坊はすぐさまコーヒー・テーブルのまわりでよちよち歩きを始めた。爪先はまるで酔っ払ったバレリーナのように外を向いている。マットは自制心を取り戻したかったので、ほこりをかぶった木の炉額《ろびたい》の上に置かれた、額入りの写真を見にいった。写真を見れば何かがつかめるかもしれないというかすかな希望があったからだ。

前面に置かれた写真は全部ジョアンとニコの写真だった。ふたりは母と息子といってもおかしくなかったが、おたがいを見つめる飢えたようなまなざしだけは違っていた。ジョアンは魅力的な女性だったようだ。ほっそりと均整のとれた体つき。白髪交じりの髪はまんなか分けにして顔から離してバレッタで留めている。薄く透けたスカート、ゆったりしたトップ、銀のアクセサリーにはかつてのヒッピー族の消すに消せない刻印が感じられる。どの写真でも、さも「私のものよ」とでもいわんばかりに、ニコの裸の胸にもたれるジョアンの姿から見て、彼女がニコの性的な魅力に夢中だったことは明らかだ。三十数歳年上の女性に惹かれる彼の気持ちに関していえば——おそらく精神分析学上でもきわめて特異な例に違いない。

後列の写真にはあらゆる年齢のサンディとルーシーが写っている。マットはルーシーの写真からなかなか目を離せなかった。年少時の写真では乱暴な態度をとる知恵すら持ちえないくらい幼く、輝く目、にっこり笑った笑顔には、生きることの喜びがあふれている。病院で写したバトンの写真。ゆがんだ頭、つぶれたような顔は鼻に指を突っこもうとしているいまの最高に愛らしい幼子の美しさとは似ても似つかない。

目をそらそうとした直前、列の一番端の写真が目に留まった。友人のパーティで撮ったサンディと彼自身の写真だった。当時よくそうしていたように、ふたりとも飲み物を手にしている。サンディは輝くような笑顔を見せ、黒髪で唇がふっくらした美人だった。彼女の隣りで大人ぶろうと必死になっている背がひょろ長い若造は本当に自分なのだろうか、とマットはいぶかった。気の滅入る写真だったので、目をそらすと、ニコがネルをまじまじと見つめていた。

「なんか、どこかで会ったことなかったっけ？」

ネルが答えられずにいると、ルーシーが横槍を入れた。「ファースト・レディのコーネリア・ケースに似てるのよ」

ネルは緊張したが、ニコは微笑んだだけだった。「ほんとだ。すげえ似てるよ」ニコはマットのほうを向いた。「いま、バカンス中？」

「ちょっと違うんだ。ルーシー、あっちへ行ってろ」

ルーシーもふだんなら口答えをするところだが、いまはとてもそんな勇気がなく、口答えのかわりに、バトンをひょいと抱き上げると玄関から外へ出ていった。マットが窓越しに見ていると、ルーシーはぶらんこ椅子に座った。そこなら玄関にも近くて立ち聞きもできるというわけだ。

マットは振り返って、子どもたちにもっとも近い身内である若者をじっと見つめ、話を始めた。「ニコ、じつはね……」

ニーリーは結局ルーシーのようすを見に外へ出ていった。ルーシーはスキッドをモーター・ホームから連れ出していた。ポーチの上でルーシーに並んで座った犬はいやな臭いを発散する汚れたぼろきれのようだった。バトンは片手ですりの小柱をつかみ、もう一方の手はしゃぶりながら、庭をぴょんぴょん跳ねているコマドリを見つめている。ニーリーは古くなった塗装で鉛中毒になったりしないだろうか、などと極力考えないようにした。こんなときバトンと一緒にいられてよかったとあらためて思う。幼子の死の天使という自己イメージはもはや感じなくなっている。

ニーリーはルーシーと向かい合うようにしてポーチの階段の一番上の段に腰をおろし、日陰になった通りを見つめた。通りの端に小さな小学校があり、カエデ並木の下に運動場もある。もう一方の端では少年たちが水溜まりを避けるように自転車に乗っている。通りの向こう側ではビジネス・スーツを着た男性が、家の庭の芝生を調べている。チリンチリンというアイス・クリーム売りのトラックの音や、家のなかで母親が子どもの名前を呼ぶ声も聞こえてくる。普通の人間にとってはきわめて日常的な、こうした光景も、ニーリーにとってはまるで異国にいるようになじみのないものだった。

ルーシーはスキッドの片耳を手でもてあそびながら訊いた。「マットはあたしをどうすると思う？」

「わからない。彼、すごく動揺しているわ。あなたが嘘をついたのはまずかったわよね」

「じゃあ、ほかにどんな方法があったというの？　あのままじゃ、あたしたち、孤児院に入れられることになってたんだよ！」

彼女たちの行く手に孤児院が待っていることは、いまも変わらない。ニコだけが子どもたちの唯一の肉親であるという事実を家のなかでマットが全力を傾けて指摘しているにもかかわらず、彼が本気でルーシーとバトンをニコの手に委ねるとはニーリーにはとても思えないのだ。

むろん、ニコにはそんな気持ちはこれっぽっちもなかった。これからロック・クライミングするためにコロラドに旅行にいくといい、マットがとめても、ニコは荷物をまとめる手を止めようとはしなかった。

ニーリーはバトンを見やった。サーモン・ピンクのロンパースも、ポーチのまわりを這いまわったおかげですでに汚れている。ルーシーはひどく落ちこんでいる。この子たちの運命はいったいどうなってしまうのか？　マットはまともな人格をそなえた人間だし、事態改善のためにできるかぎりの努力はしているけれど、子育てには関わりたくないと公言してはばからない。つまり残った道は孤児院か養子縁組しかないことになる。バトンを養子にという話に飛びつく家庭はいくつもあるだろう。だがルーシーの引き取り手はありそうにない。このままでは、死に物狂いで守ろうとしている妹と離れ離れになってしまう。

ルーシーは親指をしゃぶるのをやめて、人差し指をしゃぶりはじめた。「きっとマットに殺されちゃう」

ニーリーは喉のあたりにからみついた気持ちを押しだすようにして、いった。「お祖母さまのこと、すぐに打ち明ければよかったのよ。それにあんなにせの手紙なんて書くべきじゃなかったわ」

「あんたのいうとおりだよ。でもああしなかったらバトンにチャンスはなかったと思う。あの子はきっとその日のうちに連れていかれてたはずだよ」

このティーン・エージャーはたいていの人間が一生かかってやっと悟る、真の勇気の意味をすでに知っている。ニーリーはふとそんな気持ちになった。彼女はできるだけ優しくいった。「何が目的でお祖母さまがまだ存命だとマットに信じこませようとしたの？」

「何か悪いことが起きたとき、よくサンディがいっていたの。『最後の最後まであきらめるな』って。それで、旅があるていど長く続けば、途中でなにかいいことが起きるかもしれない、って考えたわけ」

「マットがあなたたちを引き取るかもしれないわ」

ルーシーは答えなかった。答える必要もなかった。

「ごめんなさいね、ルーシー。立派な孤児院だってあるのよ。きっとマットがよく調べてくれるわ」マットの口から聞いたわけではなかったが、彼ならきっとそうするとニーリーは思った。「私も調べてあげるつもりよ」

「そんなこと調べてくれなくていいよ。あたしはひとりでやっていくから」ルーシーは頑《かたく》なな口調で言った。「それにあたしは孤児院なんて行かない」ルーシーの虚勢は急にしぼんだ。「あんたとマットはバトンのことがとってても気に入っているよね。あたしにはわかるんだ。ほんとにいい子だよ、あの子は。可愛いし、頭もいいし、あんまし手もかかんないし。そりゃたまには大変なこともあるけど、大きくなるうちにそんなこともなくなるはずよ。来月あたりはもう大丈夫だと思う」ルーシーは遠回しな言い方をやめた。「あんたとマットが結婚してバトンを引き取ってくれればいいのに、なんでだめなの?」

ニーリーは愕然としてルーシーを見た。「ルーシー、私たち――」

「いい加減にしてくれよ!」ニコの怒声が響いた。「あの子たちとおれはいっさい関係なんてないんだよ!」荒々しくドアを開け、ズックのバッグとギターを持ったニコが飛び出してきた。マットもあとを追うように出てきた。「ごらんのとおりおれは出かける。あんたたちがしばらくここへ泊まりたいっていうんなら、それは結構。だけど、それだけだよ」

ニコはひと揃いの家の鍵をマットに投げてよこし、ルーシーやバトンには目もくれないまま、跳ぶように階段をおりた。まもなく彼はバイクに乗って狭い車道を飛び出していった。

苦虫を噛みつぶしたような顔のマットがルーシーを指さした。「おまえだ。ウィネベーゴのなかに入れ。ふたりきりで話がある」

ルーシーもばかではない。ただちに人間の盾としてバトンをつかむように抱き上げた。

「ひとりでだ!」マットの声がとどろいた。

ルーシーはバトンを下におろし、目を細め、顎を上げ、勢いよくモーター・ホームのなかに入った。

そんなようすをながめながら、ニーリーは感嘆したように首を振った。「あなたの娘じゃないって、たしかなの?」

マットはニーリーの言葉を無視してルーシーのあとに続いた。唇は真一文字に結ばれている。心配になったニーリーはバトンの体をつかんであとに続こうとしたが、思いとどまった。マットはいかにも暴力をふるいそうなようすをしていたが、そんなはずはないと思い直した。マットの怒鳴り声は迫力があるが、それが暴力につながるとは思えなかったのだ。

たしかにマットは怒鳴った。ウィネベーゴの壁がふくらむのではないかと思えるほど激しい怒声だった。もはやじっとしていられなくなったニーリーはバトンを抱き、探索のために家のなかに入った。少なくともひと晩はここに泊まるのだ。なかのようすを見ておきたかった。

裏にはガラス張りのベランダに出られる日当たりのいいキッチンがあった。擦り切れた東洋風の絨毯《じゅうたん》のまわりに温かい感じがする籐《とう》の家具が集められている。また、不釣合いないくつかのテーブルの上には学術的な雑誌類や、『ローリング・ストーン』誌のバックナンバーや、ジャンク・フードの食べかすなどが載っている。かつては観葉植物が置かれていたとおぼしき粘土の皿が陶器の電気スタンドと一緒にあちこちにある。窓越しに、灌木と葡萄《ぶどう》のつるが巻き付いたあずまやで仕切られた小さな裏庭が見える。雑草のはびこる花壇にはバラが満開の花を咲かせている。

二階にはバスルームと三つの寝室があった。一番小さな部屋は収納庫になってしまったらしい。ポータブルCDプレーヤーや散らばった衣類、読みかけの禅に関する本で、主寝室はニコが使っていることがうかがえる。客用寝室では、青と紫のプリント柄のインド綿のベッド・カバーが掛けられ、シンプルな織り物のカーテンが窓にかかっている。バスルームは昔風の魅力的な造りだが、汚れがめだち、念入りに掃除をする必要がある。白とグレーのタイル貼りで、シャワー装置のついた浴槽には鉤爪状の脚がついており、籐のバスケットには古い雑誌があふれんばかりに入っている。開け放った蜂の巣状のガラス窓からは裏庭が見下ろせ、はるかかなたに細長いアイオワ川の流れが見渡せる。

横の入り口のドアが閉まる音がしてニーリーが下におりてみると、マットがいまは使う人もないジョアン・プレスマンの書斎のフレンチ・ドアのなかに入っていた。書斎はかつてはダイニング・ルームとして使われていたようだ。ガラス越しにマットが電話をかけているのが見えた。ニーリーの気持ちは沈んだ。いよいよ子どもたちと縁を切る手続きを始めたのだ。

「ぶたれたりしなかったよ」

うしろからルーシーの声がした。振り返ってみるとルーシーがキッチンに立っていた。頬は紅潮していたが、悲しげな目だった。打ちひしがれてはいたが、絶対にそれを悟られまいと決意しているらしかった。

「そうだと思ってたわ」

「でも、ものすごく怒ってた」ルーシーの声がかすれた。「私が失望させちゃったからだね」

ニーリーはルーシーを抱きしめてやりたかったが、ルーシーは懸命にプライドを守ろうとしていた。「夕食にピザを注文できるところを探しましょうよ。それとバトンの洋服が全部汚れてしまったわ。洗濯機の使い方を教えてくれる?」

「洗濯機の使い方、知らないの?」

「お手伝いさんにやってもらってたの」

ルーシーはニーリーのでくのぼうぶりにあきれて、首を振りながらも、辛抱強く洗濯の仕方をやってみせてくれた。

ピザが届く頃、マットの姿が見えなくなった。ニーリーはメイベルのボンネットの下をのぞきこんでいる彼を見つけた。あとで食う、とマットはうなるようにいった。しばらくひとりきりになりたいのだろう、とニーリーは彼の心中を察した。邪魔する気はなかった。

夕食がすむと、ニーリーは浴槽をこすり、赤ん坊の洋服を脱がせ、お湯のなかに浸してやった。バトンは嬉しそうな声を張り上げ、ニーリーがキッチンから持ってきてやったプラスチックの計量カップで水をはねはじめた。「あなたはたしかに人生の楽しみ方を知っているわね」

振り向くとマットが戸口に立っていた。腕を組み片方の肩を脇柱に押しつけている。「かわるよ」マットは疲れたような声でいった。「赤ん坊の世話をきみに押しつけるつもりはなかったんだ」

「押しつけられたとは思ってないわ」その言葉は思った以上に辛辣な響きを伴っていた。だがニーリーがマットに対して腹をたてていたのも事実なのだ。彼が理想の男性でないことー―子どもたちを手放したりしない、家庭を大切にする男性でないことに腹をたてていたのだ。

理不尽な思いだというのは百も承知だ。彼だって好き好んでこんな事態におちいったわけではない。しかも彼としては子どもたちのために最大限の努力をしていることもわかる。それでもどうしても憤りを感じてしまうのだ。

バトンは水面に両腕を打ちつけて、大津波のような波を起こして、マットの気を惹こうとしている。

「ルーシーがポータブル・テレビを持って階段を下りていくのを見かけたよ。また質屋の心配をしなくてすめばいいいか」

「どこへ持っていったのかしら？」ニーリーは懸命にバトンの耳を洗おうとしていたが、これはなりふりかまわず成し遂げるべき大事業なのだった。

「モーター・ホームさ。きみがなんといおうと、ルーシーとバトンはゲスト・ルームには泊まらないそうな」

ニーリーは溜め息をついた。「壁際にダブル・ベッドがあるから、バトンが転げ落ちる心配もないのにね。あの子たちにはちょうどいい部屋だと思ったんだけど、あの子、まるで聞く耳持たなかったの」

「あいつ、ひねたガキだから」

ピザがティーン・エージャーの闘志を呼び戻したのだろう。またしてもルーシーが縁結びを画策しているのは間違いないとニーリーは確信した。マットとニーリーを確実にふたりきりにする作戦なのだ。

スキッドはマットのうしろからバスルームに入り、浴槽近くのタイルの上でつるりとすべった。バトンは歓声をあげ、歓迎の水しぶきを浴びせた。犬はみじめなようすでバトンを見つめていたが、やがてエネルギーをふりしぼって引き波に足を取られずにすむ水槽の下にもぐった。

「こいつ哀れだよな」

「いいこともあるわよ。ルーシーに外に連れていってもらって、体を洗わせたの。だから少なくとももう臭くはないはずよ。それに健康な食欲もちゃんとあるし」

「モーター・ホームを車道に入れていたら、近所の人が三人別々にやってきて自己紹介していったよ。きみがあのいまいましいパッドをつけててよかった」

「中西部の人たちって、生来愛想がいいのよ」

「よすぎるよ」マットはルーシーが浴槽をこするのに使った雑巾をつかみ、バトンが床にまき散らした水をふきはじめた。「きみはどう思うか知らないけど、おれはあのモーター・ホームで十分すぎるくらい運転したから、レンタ・カーを借りることにして予約しておいたよ。明日の朝受け取りにいく」

ニーリーは子どもたちをどうするつもりか訊きたかったが、バトンが入浴に飽きたので、まずは落ち着かせるのが先決だった。「ここは私がやるわ」

マットが哺乳びんの用意をしているあいだ、ニーリーはバトンの体を拭き、清潔なパジャマに着替えさせた。やがてバトンと哺乳びんを抱え、モーター・ホームまで行き、ルーシーにあとをゆだねた。

戻ってみると、マットはコーヒーの入ったカップを持って裏の階段に腰かけていた。スキッドはその足元で丸くなっていた。ニーリーはマットの隣りにゆったりと腰をおろし、宵闇に包まれた裏庭をじっと見つめた。シャクヤクの灌木の向こうで蛍がかすかな光を放ち、スイカズラの甘い香りが風にのって漂ってくる。隣人宅の裏窓からテレビの白っぽい光が洩れているのが垣間見える。アイオワでのこの素晴らしい夏の夜を忘れないように、この光景すべてを呑みこんでしまいたい、とニーリーは思った。

マットがコーヒーをひと口飲んだ。「さっきサンディの弁護士に電話した。子どもたちの居場所とこれまでのいきさつを伝えておいたよ。きみにも予想がついたと思うけど、やっぱりペンシルヴェニアの児童福祉課はおれの行動におかんむりらしいよ」

「あなたは子どもたちを元の家に連れて帰るつもりなのね」質問するつもりが、断定的な言葉になってしまった。

「もちろんだ。血液検査がすみしだい」

「ここで実父確定検査を受けるつもりなの？」

「ダヴェンポートに試験所があるんだ。ペンシルヴェニアで待ち受ける役人どもとは関わりたくないからね」

「検査が終わればきれいさっぱり縁が切れるというわけね」ニーリーは辛辣にいった。

「意地悪な言い方だな」

ニーリーは溜め息をついた。「自分でもわかってるわ。ごめんなさい」

「おれは家庭が嫌いなんだ。二十一になるまで家庭の男としての役目を担ったけど、それがいやでたまらなかった」マットは静かな庭をにらみまわした。「おれは、こういう面倒から解放されるためだけに頑張ってきたんだ」

ニーリーが大切にしているものが、彼にとっては不快なものであると知るのは辛いことだった。「そんなに手に負えない子たちだったの？」

マットはコーヒー・マグを階段に置いた。「手に負えない、っていうんじゃないけど、プライバシーがまったくないまま成長し、大勢の妹たちに関して責任を背負わされる大変さはきみにはきっと想像もつかないだろうよ」

「お母さんはどうだったの？」

「簿記係として週に五十時間か六十時間は働いてた。八人の子どもを養わなくちゃいけないから、残業を断わる余裕もなかったのさ。祖母は妹たちの相手をするのは体力的に無理だったから、結局やるのはおれしかいなかったんだ。高校を卒業したって家を出るわけにいかなかった。祖母はだんだん弱ってきていたし、母にはまだおれの手助けが必要だった。だからおれは家から大学へ通ったよ」

「その頃には妹さんたちも成長して、いろいろ任せられるようになっていたんじゃない？」

「年齢は増えたって、頼りになるとはかぎらないんだよ」

それほど責任感の強い兄がいたら、それも無理はないとニーリーは思った。犬はマットの足により近い位置に移動していた。マットは開いた腿の上に腕を載せ、両手をそのあいだに垂らしていた。犬がマットの指に鼻をすりつけたが、マットは気づかないようだった。「おれを見ろよ。わずか一週間のあいだにふたりの子どもと、会う人ごとに妻だと紹介する妊婦、おまけに駄犬まで手に入れたんだ。それがいやでなかったら、もうそのままアイオワの住人になっちゃうよ」

ニーリーは微笑んだ。「あなたに必要なのはステーション・ワゴンと義理のお母さんかしらね」

マットはうめいて身を前にかがめた。「さっき電話をかけたとき、フォード・エクスプローラーを借りてしまった……そんなつもりじゃなかったのに」

「エクスプローラー？」

「SUV、現代版のステーション・ワゴンだ」

ニーリーは声をあげて笑った。生来のユーモアのセンスが表われ、彼も苦笑いした。

「あなたの仕事はどうなってるの?」とニーリーは訊いた。「仕事に戻らなくてもいいの?」

「いずれ戻ることになってる」

つじつまの合わないことがいくつかある。「あなたはメルセデスに乗ってるってルーシーがいっていたわ。製鉄工にしてはよい車ね」

マットは答えをためらった。「製鉄工だなんていってはいないよ。鉄鋼所で仕事をしているといっただけだ」

「どこが違うの?」

「経営幹部なんだ」

「なるほどね」ニーリーは腿に置いていた手を下におろした。「どのくらいしたら仕事に戻るの?」

「結果が出るには二週間かかる」

ニーリーの心のなかで希望の火がともったが、彼がいい添えた言葉でその火も消えた。

「たぶん明日かあさっての夜、あの子たちを連れて飛行機で戻ることになるだろう。きみしだいなんだけど」

「どういう意味なの?」

「きみをひとりにしては行けないってこと」

「ボディガードはいらないわ。そもそもそれがいやで姿を消したくらいですもの」

マットは手を下におろしてスキッドの耳のうしろを掻いてやった。「大統領が今日の午後記者会見を開いた。話題はもっぱらきみのことだったよ」

ニーリーは意識的にニュースを聴くのを避けていた。こんな話は聞きたくなかった。

犬は鼻先をマットの足に寄せた。「きみの身の安全に関して不安を抱く理由は何ひとつない、今日の午後にブッシュ夫人がきみと電話で話したぐらいだから、とヴァンダーヴォートはいっていた」

「あらそう」

「どうやら特捜班の捜査範囲は狭まり、近々きみの居場所を特定できそうなところまできたらしいよ」

ニーリーは膝の上に肘を乗せ、溜め息をついた。「そういうことになりそうね」

「どうかな。きみは結構うまく跡をくらませたと思うよ」

「でもメンバーは精鋭中の精鋭よ。遅かれ早かれ見つかってしまうわ」

「ヴァンダーヴォートは、きみの失踪は悪辣な反対勢力のせいだといっている」マットは口をゆがめ、皮肉っぽく笑った。「夫の政治上の対抗勢力がアメリカの全国民の利益より狭義な利益を優先させていることにきみが悩みをつのらせていたんだそうだ」

ニーリーは柔和な笑みを浮かべた。「彼がいいそうなことね」

「ところで明日はどのファースト・レディに電話するつもり?」

ニーリーは体をうしろに反らせた。「ファースト・レディはもうだめよ。いまでは彼女たちの電話はすべて傍受されているでしょうからね。今度は最高裁判所か閣議室にかけるわ」

マットは首を振った。「おれにはやっぱりまだ信じられないよ」

「なら、もう考えるのはやめたら」

「考えるなっていっても無理だよ」彼の声にはあの無情な調子がいつしか戻っていた。「やっぱり真実を打ち明けてくれるべきだったよ」

「どうして？」

「どうして、はないだろ」

「もしあなただったら、どうしてた？」

「たぶんこんなことになる前に、自分の人生は自分でコントロールしていたと思うよ」

その言葉にニーリーは反発した。「何も知らないからそんなことがいえるのよ」

「そっちが訊いたんじゃないか」

ニーリーはすっくと立ち上がった。「あなたってほんとに変な人よね、自分でもわかってる？　ルーシーのいうとおりだわ」

マットも勢いよく立ち上がった。「そっちが仕向けたくせに！」

「そうね、あのトラック・サービス・エリアで出会ったとき、あなたのもとに駆けよって、私はコーネリア・ケースです、っていわなかったのは申し訳なかったわ！」

「そんな話してないよ！　その後本当のことを打ち明ける時間はいくらでもあっただろう」

「そうして結局私を怒鳴りつけるか、ペコペコしたりしたんでしょうね？」

マットの目にとつじょ怒りの炎が燃え上がった。「おれは生まれてこの方、人にペコペコしたことはない！」

「今朝も、コーヒーを淹れましたっていったわ。私が誰であるか知ったとたんに客扱いしたじゃない！」

「コーヒーを淹れましたっていっただって？　その言葉にいったいどんな意味があるっていうんだい？」マットの日が嵐の空のような色に変わったが、ニーリーは気にしなかった。

「それだけじゃないわ。自分でもわかってるでしょ！」

「いいや、わからないね！　生まれてこの方、他人《ひと》にペコペコしたことはいっさいない！」

「それじゃあなぜ、私たちは二日前の続きをしないで、こんなところに座ったりしているの？　ここはアイオワなのよ、アイオワ！」

ニーリーの言葉が思い起こさせた彼女の正体。それは彼にとってあまりに苦しい事実だった。「もういいの。忘れてちょうだい」ニーリーはガラス張りのベランダにつながるドアをぐいと開け、なかに入っていった。

マットは網戸が勢いよく閉まるのをただじっと見つめ、いまの出来事を心のなかで反芻《はんすう》していた。どうして自分が悪者になってしまったのか？　アメリカ合衆国のファースト・レディを押し倒して、今日一日心に思い描いてきたことを実行すべきなのか？　彼女がただのネルでないことが、つくづく恨めしい。それに、さっきの「ペコペコする」といういいまわしはどういうことなのか？

マットはぐいとドアを開けた。「ここへ戻れよ！」ニーリーはもちろん戻ってこない。これまでだって頼みを聞いてくれたことはなかったのだから。脇のドアがバタンと閉まる音が聞こえた。彼女はきっと外に出てしまったのだろう。彼を避けるために モーター・ホームにこもるつもりなのだ。あれほどそばを離れるなといっておいたのに。彼女は自分を探している変態男がいるかもしれない、とちょっとでも考えたことがあるのだろうか？　もちろんないだろう。

マットは今日すでに期待はずれの出来事でもの笑いの種を作ってしまったという事実にとらわれないように、家のなかを走って脇のドアまでいき、裏庭に出た。途中、懸命に気持ちを落ち着かせようとした。その努力が効を奏しかけたそのとき、ウィネベーゴのドアが施錠してないことを知った。彼は緊張で身をこわばらせた。彼女は大ばかものだ！　ファースト・レディであろうとなかろうと、そのことを本人に向かっていってやる。

荒々しい足取りでなかへ入ってみると、彼が四度夜を過ごしたあのみじめなミニ・カウチに彼女がシーツを敷いているところだった。「頭がおかしくなったんじゃないの？」マットは叫んだ。

振り返った彼女は美しく魅力的だった。「何か用？」

「ドアに鍵もかけてないぞ！」

「静かに！　子どもたちが目を覚ますわ」

マットは後部へつながるドアをちらりと見て声を落とし、彼女を叱りつけた。「アメリカ合衆国の納税者として、きみの行動には激しい憤りを感じるよ」

「それなら、あなたのところの上院議員に手紙でも書いたら？」

「それが利口なやり方だとでもいうのかい？　おれがもしテロリストだったらどうなんだ？たったいまどういう状態になっていると思う？　どこかのいかれたやつがきみを人質として捕らえようとしたら、この国はいったいどうなると思う？」

「そのいかれたやつとやらがあなたのような間抜けな人だったら、それこそ私は大変な目に遭ってしまうわね！」

マットはドアを指さしていった。「おれの目がちゃんと届くように、あの家に戻れ！」

彼女の貴族的な鼻孔が開き、誇り高き背骨は硬直した。「もう一度いっていただける？」

彼女の一語一句強調するような、長く伸ばした発音からマットの発言が一線を踏み越えたことがうかがえた。そんな彼女の表情を見て、彼の先祖が東欧で汗水たらして畑を耕している頃、彼女の先祖はカントリー・クラブのベランダでマーティーニを飲んでいたのだということをマットはあらためて思い知らされた。自分が出すぎたことを口走ったのはわかっているが、それもこれも彼女への思いが強いからであって、自分でもどうにもならないのだ。

「自分以外の人間のことを考えたことはあるのかい？」

「出ていって！」

自分でも愚かなまねをしていると思うし、これ以上ここにいても墓穴を掘るだけなのは承知のうえだ。だが喧嘩で負けを認めるのには慣れていない。だから分別のある大人としてふるまうのはやめ、彼女も毛布も何もかもひっくるめて抱き上げた。

「下ろしてちょうだい！　何をするつもり？」

「愛国者としての義務だ！」マットは足で蹴ってドアを開け、くねる彼女の体をたくみに扱いながら、うしろ手に車の鍵をかけ、彼女を家のなかに運んでいった。

「いかれた頭がもっといかれちゃったのね！」

「たぶんね」

「いますぐやめて！　原始人みたいな行動だわ！」

「うん、それも認めてもらわなくちゃな」

　メイベルのなかでルーシーは目を覚ましていた。ふたりがいい争う声でまた胃がシクシク痛みだした。こんな喧嘩をするとは予想外のことだった。それに何が原因で口論しているかも皆目見当がつかなかった。ジョリックの言葉の意味がさっぱりわからないのだ。サンディとトレントがよく金のことでいい争っていたが、ルーシーにもそれは理解できた。

　だがジョリックとネルはサンディとトレントなんかよりずっとまともな頭をしている。少なくとも何か問題があってもたがいにわめき合うより話し合うことが必要だとわかっているはず。ふたりが仲違いするようなことになったらどうしよう。

　胃がキリキリと痛みだした。

　ルーシーはバトンのようすを見やった。幼い静かないびきを聞いて、バトンがぐっすり熟睡していることがわかり、ルーシーはほっとした。意を決し、ベッドを抜け出た彼女は足音をしのばせて家に入った。

隅からのぞいてみるとマットがネルを抱いて階段を上がっていくのが見えた。ネルは下に下ろしてと何度も命じ、その声はアイス・ピックのように鋭かったが、マットは意に介していないらしかった。

ルーシーの胃の痛みはさらにひどくなった。

こんな調子ではいつ何時《なんどき》ジョリックが暴れたり、酔っ払ったりしてもおかしくないし、ネルも泣きだし、酔っ払ってしまうかもしれない。そうなればふたりが話し合うことも当分ないだろう。

ルーシーは我慢がならなかった。そっと這うように階段をのぼっていくと、ちょうどマットが客用寝室にずんずん入っていくところが見えた。やがてドスンというマットがネルを下ろした静かな音がした。ルーシーは階段の一番上までのぼった。

「出ていって！」

「いわれなくても出ていくよ！」

ルーシーはできるだけ壁に体を近づけ、頭だけはなかがのぞけるように壁から十分に離した。唯一の照明は廊下から入る光だけだが、それで十分だ。マットは出ていくといいながらいっこうに動く気配もない。

「どこかに行こうなんて考えるなよ！」とマットが大声でいった。「きみがちゃんとここにいるのを確かめるために、おれはこのドアのまん前で寝る」

「私にああしろこうしろと命令するのはやめて」

「誰かがいわなくちゃだめだろう」

「結構ですことね！　他の車がバックファイアを起こしても気づかないあなたがね！」

ふたりは口論に夢中なあまり、ルーシーの存在に気づかなかった。ネルはただ怒った顔をしているが、ジョリックの表情には何かとてつもない困難を抱えているような、苛立ちの色が浮かんでいる。ネルが気を鎮めて、彼の失望の理由を訊いてくれればよいが、とルーシーは願った。マットはいまにも暴れだすだろう。かつてのトレントのように。

ルーシーがその場に背を向け立ち去ろうとしたとき、鍵穴にかかった古い合鍵が目にとまった。その瞬間ルーシーは自分のこれからの行動を決意した。そんなことをすればもっと厄介な事態を引き起こすだろうが、マットはすでに腹をたてている。かまうものか。

ルーシーが鍵穴から合鍵を引き抜いたちょうどそのとき、ネルが気づいた。

「ルーシー？　いったい何を――」

ルーシーは乱暴にドア閉め、外側の鍵穴に古い鍵を差しこみ、ぐいと強くひねった。

「ルーシ――」ネルが鋭い叫び声をあげたのと同時にマットがわめいた。

ルーシーはドアに口を当て、わめき返した。

「あんたたちふたりにお仕置よ」

16

マットはドアに突進し、ドアノブをひねったが、手応えはなかった。彼はドアに拳を打ちつけた。「ルーシー、このドアをいますぐ開けるんだ！」

だが返ってくるのは静寂ばかり。

「ルーシー、これは警告だぞ……」

ドアを閉めてしまうと部屋の唯一の照明は街路灯だけになった。ニーリーが開いた窓のところに走り寄るとモーター・ホームが見下ろせ、ちょうどルーシーが急いでなかに入るのが見えた。ニーリーはガラスに頬を押しつけた。「何をいってもむだなのよ」

マットはニーリーの隣りに立って同じ方向に目を凝らした。「ルーシーも、今度はいたずらが過ぎたようだな」

ニーリーはまだ口論をやめるつもりはなかった。あれだけ虐待され、暴言を受けたのだ。彼にもっと、ありとあらゆる罪の名をいい連ねてやりたかった。そう思う一方で、擦り切れたTシャツ、ジム・パンツしか着ていないマットの姿がどうしてこうも魅力的なのか感嘆していた。

ニーリーは気を取り直して、カーテンを下の位置に戻し、箪笥《たんす》の上の小さな明かりをつけ、マットをにらみつけた。「これはみんなあなたのせいよ」

「わかってる」

このひとことで彼女はいっきに気勢をそがれてしまった。あまり認めたくはなかったが、彼女は口論を楽しんでいたのだ。考えてもみてほしい。誰かがあんなふうに彼女に向かって怒鳴るなんて。また、どんな言葉を使ってもとがめられず、感情を抑えることなく、怒鳴り返せるなんて。手入れの行き届いた墓のなかで、リッチフィールド家の先祖はさぞやキリキリ舞いをしていることだろう。

マットに手荒な扱いを受けたとはいえ、彼を恐れる気持ちはこれっぽっちもない。自分の心を乱す女性を打ちのめす能力があるとマットは信じているらしいが、じつはそうではないことをニーリーは知っている。

ニーリーは感情を害したように鼻を鳴らした。「死ぬほど怖かったわ」

「すまない。ほんとに申し訳ない」マットがあまりにしょげていたので少しかわいそうな気がしたが、思い直した。まずは相応の報いがほしかった。

ニーリーは窓を離れ、腕組みをして鼻をつんと上げた。「あなたの行動は完全に行きすぎだわ」

「わかっている。おれは――」

「あなたは手荒な扱いをしたわ！　怖い思いをさせたわ！」

「そんなつもりはなかったんだ……すまない」

「大統領の家族に危害を加えるのは重罪だって知ってる？　実刑を受けることだってあるのよ」

困ったことに声のなかにどうしても楽しげな感じがこもってしまう。マットは横目づかいで彼女を見た。「どのくらい？」

「何年も何年もよ」

「えっ、そんなに長いの？」

「たぶんね」ニーリーは厳しい目でマットをにらんだ。「でもいいことだってあるわ。刑務所のなかにはあなたの生活を混乱させる女性はいないんですものね」

マットは窓から離れ、ベッドのほうへやってきた。「そうなれば獄中生活もたしかに違ってくるなあ」

「ブルーノとかいう名の入れ墨を入れた男ばっかりなのよ。そんな連中のなかにはきっとあなたに惹かれる男もいるんじゃないかしら」

マットは片眉をつり上げた。

ニーリーは鍵のかかったドアを一瞥《いちべつ》した。「いい争いを始める前にトイレに行っておいてよかったわ。今度いつ行けるかわからないもの」

マットは何も答えなかったが、ニーリーはまだマットいびりをやめるつもりはなかった。

「あなたは？」

「何？」

「トイレに行ったのって訊いたの」

「なんのために？」

マットは茶々を入れているのだ。「この質問はなかったことにしてちょうだい」

「当然」

「ルーシー、いつになったら出してくれると思う？」

「あの子の気がすんで、出してくれる気になったら」

一瞬の輝くような微笑みをニーリーはとらえた。「あの子のしたこと、許してあげない？」

「あいつが生きてるかぎり殴りつづける」

今度はニーリーが片眉をつり上げる番だった。「もちろん、あなたならそうするでしょうよ」

マットはふたたび微笑みを浮かべた。「しかしあいつの度胸は見上げたもんだよ。おれが外に出たら大変なことになるのは承知のうえで、実行したんだからさ」

ニーリー自身の微笑みは消えた。「あの子自暴自棄になっているのよ。あの子がどんな気持ちでいるか、考えるのも辛いわ」

「人生は過酷なものさ」

口ではなんといっても、彼はそれほど冷酷な人間ではない。マットが部屋のなかを最初はゆっくりと、しだいにスピードを上げて歩きまわるようすをニーリーは見ていた。

「ドアをぶっ壊そうか」

「よく男の人がいうせりふだわ」

「それ、どういう意味なんだよ？」

「男の人は物を壊すのが好きよね。物を爆破するのもね」

「きみの知人はそうかもしれないが、おれの友人たちはせいぜい悪態ついてカウチを蹴飛ばして、テレビの前で寝てしまうのが関の山だよ」そういいながらマットはドアノブをガタガタさせた。

「落ち着いてちょうだい。朝になったらルーシーがドアを開けてくれるわ」

「きみとこんなところに閉じこめられてひと晩を明かすつもりはないよ」

「私に襲われることを恐れているのなら心配御無用よ」ニーリーはぴしゃりといい返した。

「あなたは体力的にも勝っているんだから、自分の身は守れるわよ」

「よせよ、ネル。おれたちこの数日、おたがいに手をふれないではいられなかったじゃないか」

ニーリーはむっつりとした顔を向けた。「あなたに手をふれないでいても、私はいっこうに困らなかったわ」

「そいつはしらじらしい嘘だね。おれがほしくてたまらないくせに！」

「あれはただの戯れよ」

「戯れ？」

「じつは楽しんでいたのよ、マット。私が本気だなんてあなたも思っていなかったわよね？もろい自尊心を守るために男性がよく自分につく嘘みたいなものね」

「たったいまおれにもろいところがあるとすれば、自制心だね。ここでおれたちがひと晩を過ごせば何が起こるか、きみだってよくわかってるはずだ！」

彼をふたたび怒らせることができて、ニーリーは内心快哉《かいさい》を叫んだ。「もちろんわかっているわ。あなたは不快な顔で私を侮辱する。そして侮辱している相手が誰だったのかを思い出し、急にしりごみしはじめるのよ」

「きみがいったいなんの話をしているのかわからない」ニーリーはマットに詰め寄った。

「私はコーネリア・ケース、合衆国大統領の未亡人よ。だからあなたはどうすることもできないのよ！」

「いったいどういう意味なんだよ？」

マットはまた怒鳴りはじめ、ニーリーは満足だった。またあの怒号と情熱と生々しく鋭い感情の場所へ戻ることがこのうえない望みだったからである。「私が見捨てられたみじめなネル・ケリーだと信じていたときのほうがいろいろ都合がよかったでしょ？」

「きちんと道理にかなった話ができるようになったら話しかけてくれよ」

「あなたは貧しいネルになら優越感を抱いていられた。でも私の正体を知ってしまったいまとなっては、男らしさを発揮することもできないってわけね」

これはつぼにはまった。マット・ジョリックの男らしさを疑って、それをやりおおせた人間はこれまでただのひとりもいなかったのだ。

灰色の目をきらめかせながら、マットはニーリーのもとに駆け寄った。そのあとは彼女が予想したとおり、マットレスの上に押し倒された。

マットがあの酷薄そうな灰色の目を得意げに輝かせながらニーリーの隣りに寝そべるとベッドのフレームが揺れた。ようやく望みの場所に彼を導くことはできたものの、真に満足のいく勝利とはいえなかった。本当に求めているものは求愛なのに、精神的な交戦状態を利用して目的を達したからだ。

マットは彼女を見下ろした。その表情から、彼のなかでありとあらゆる感情がせめぎ合っていることがうかがえる。「このことでは紳士的にふるまおうと努力しているつもりなんだが……」

「紳士じゃなくていくじなしのほうがふさわしいわ」

マットは彼女のトップの下に手を入れ、手荒につめものをはずし、床の上に投げ出した。

「敬意を表したつもりなんだよ……」

「あんなにばか丁寧なふるまいをするくらいだから、あなたってきっとゴミを燃やすのもありがたがってひざまずいたりするんじゃないの」

マットが目を細めた。「おれがはっきりさせたかったのは……」

「私があなたを脅していることかしら？」

マットは一瞬黙り、ゆっくりと片手を彼女の胸にかぶせ、親指で乳首にふれた。「きみはよっぽど危険な生き方が好きらしいね」

　ニーリーは顔をそむけた。「あっちへ行って。離れててよ」

「だめだ。断わる」

「気が変わったのよ」

「五分前ならなんとかなったかも」

　ニーリーはマットをにらみ返した。「強要するつもり？」

「いかにも」

「あら」ニーリーはつまらなそうな顔をしてみせた。「だったら面倒なことは、さっさと片づけてしまったら？」

　マットは喉を鳴らして笑い、親指で乳首のまわりにそっと円を描いた。「シークレット・サービスが大挙して押し寄せてきても、いまのきみは救い出せないね」

　無関心なふりを装うのがますますむずかしくなっていく。「下劣だわ」

　マットの声が優しくなり、胸に当てた手の動きもそれにつれて優しくなった。「あきらめろ、ネル。観念しろよ。そうすればおたがいが望んでいる形で愛し合える」

「私の名はニーリーよ」マットがその名を口にするのを聞きたかった。性愛の相手が誰なのかを彼はきちんと認識しているのか。それを確かめたかった。

　マットは深く息を吸いこんだ。「ニーリーか」

「ことはそう簡単ではないでしょ？」なにげない呑気な声を出そうとしたが、うまくいかなかった。

「いいかげんに黙らないと」マットがそっといった。「さるぐつわをかませるよ」

「もう起き上がったほうがいいわ」

「警告を聞かなかったとはいわせないぞ」マットの唇がニーリーの唇をさっとかすめるように撫で、やがてこれ以上何もいわせないとでもいうように唇をしっかりとおおった。押しつけられる彼の肉体、くちづけが彼女の最後の頑固さを剝ぎとっていく。そのあたりの手並みはじつに鮮やかだった。

とつじょマットは顔をそむけ、マットレスに顔を押しつけ、くぐもった声で悪態をついた。

「こんなの信じられない」

ニーリーの目がぱっちりと開いた。彼女が誰であるか、マットは思い出してしまったのだ。それとももっと基本的なことなのか？「あのキスに何も問題はなかったわ！」

マットは無理やりつくったような微笑みを浮かべた。「この世のものとは思えないくらいすばらしいキスだったよ。あれこそ、これからふたりが向かおうとしている、えもいわれぬ世界なんだよ」マットはニーリーの頰骨を親指の腹で愛撫した。「ねえ、おれはコンドームを一箱持っている。でも残念なことにそれはあの壁の向こう側にあるんだ」

ニーリーはおつにすまして、マットを見た。「よかったわね。私があなたよりまめで。私の手提げのなかを見て」幸いなことに、ニーリーはバトンのパジャマを着せ終えたとき、かばんをここに置いていったのだ。

「これ以上嬉しいことはないよ」マットは急いでベッドをおり、何秒もたたないうちに箱をもって戻ってきた。そしてもとの場所に乗った。

ふたりはおたがいの唇をむさぼり合った。どんなに唇を合わせてもまだ足りないほどだった。マットはニーリーの体を転がして自分の体の上に乗せた。ニーリーは彼のがっしりした立派な顎を両手で包み、首を曲げ、性愛をリードする喜びに没頭した。

彼女がリードするキスはどこか違っていた。ぎこちなさ、不慣れな感じはあるかもしれないが、ひたすら熱く、激しかった。ニーリーは身を引いて彼の鋼鉄のような目や欲望のために柔らかになっている力強い唇をしげしげとながめた。彼女は位置を変え、彼のふくらはぎに足をからませ、彼の胸板のまんなかに自分の胸を合わせ、大きな彼の体の上で戯れた。

マットはうめいた。「楽しいだろう？　だっておれはどうにかなってしまいそうだもの」

「嬉しい」ニーリーは微笑みながら彼を見下ろした。「私もどうにかなってしまいそうよ」

「それを聞いてどんなに嬉しいか、きみにはきっとわからない」

マットの片手がニーリーの腿の内側にすべりこんだ。「すばらしい手触りだ。ここ数日この瞬間のことしか考えられなかったんだ」

ニーリーは笑いながらマットの耳たぶをもてあそんだ。「私の頭のなかはあなたの裸を見ることだけだったわ」

「おれの裸が見たいのか？」

「すごく」許しを待たず、ニーリーはするりとマットから体を離し、ひざまずいた。「ながめて楽しみたいから、立ってちょうだい」

「ほんとに心の準備はできてるのかい？」マットはゆっくりと体を伸ばした。

「私にやらせてみて」ニーリーは彼のTシャツをはがし、ショート・パンツのウェストのゴムに手をふれた。彼は日を半開きにして彼女が一インチずつショート・パンツをおろしていくようすを見守っていた。彼女は大きく目を見開いた。「下着はどこなの？」

「乾燥機のなか」彼のゆっくりしたしゃべり方も危険なほどに魅力的に響く。「何か都合が悪いことでも？」

「さあ、どうかしらね」しばしおへそのあたりで戯れ、性的にじらす役を楽しみつつ、じつは自分自身に気持ちを整える時間を与えていたのだ。彼女はついにショート・パンツをはぎとった。もはやずっしりとした塊を隠すものは何もなかった。

そのながめはすばらしかったが、思う存分見ようとする前にまたしても組み敷かれてしまった。

「ねえ！　まだ見終わってないのよ！」

「またあとで。朝まで時間はたっぷりあるよ」

「だったらどうしてそんなに急ぐの？」

「そんな質問ができるのはたったひとりの女性だけだよ。すごく頭がよくて、セクシーな女性……」マットは彼女の首に鼻先をつけ、唇の端をかすめながらふたたび濃密なくちづけに彼女をひきずりこんだ。やがて彼の両手が彼女の衣服に伸びたかと思うと、知らぬまに彼女も一糸まとわぬ姿になっていた。

マットは体を離し、彼女の痩せすぎの体を見下ろした。どうか明かりをつけたりしないで、とニーリーは心で願った。だが彼の表情にはあら探しをするようなところは見えなかった。ただそこにあるのは欲望だけだった。

マットの唇は柔和な官能的な微笑みを浮かべ、その手は乳房を包んでいた。彼女の手が男性自身をそっと締めつけると、マットはかすれたうめき声をあげた。彼女はひざまずき、両手のおもむくままに戯れた。やがてふたりの四肢はからみ合い、唇が熱く重なり合った。

マットは懸命に体を離し、横にひざまずいて彼女の両膝に手を当てた。ふたりの視線が合った。ここはゆっくりと進めたい、という彼の気持ちがその表情から読み取れた。マットはまず彼女自身を見るつもりだった。彼女にも自分の淫らな好奇心を受け入れてほしかった。

ニーリーは膝をゆるめたが、開かなかった。

気軽に性的交渉するこんな時代に、彼女のような奥ゆかしさは時代遅れなのかもしれないが、これは彼への贈り物のつもりだった。贈り物は受け取る側が開けるのが本当なのだ。

それは彼にも伝わったのかもしれなかった。彼女の膝に当てた手にいっそう力がこもった。彼はそっと押しながら、彼女の膝を開きはじめた。

ニーリーは若いうぶな花嫁のような気分を味わっていた。彼女自身がそれほど若くなくても、かまわなかった。また、彼女が処女同然であることも意識していなかった。

マットの手が彼女の内腿をすべり、上へ押し上げた。脚を開けば開くほど彼女は無防備になっていった。マットの首のつけ根で心臓の鼓動がドキンドキンと脈打っていた。性的な興奮は最高潮に達し、決意は固かった。

一陣の風がカーテンの下から吹きこみ、あらわな熱く湿ったその部分を撫でた。身をかがめて目を凝らし、すべてを見つめる彼の目にはいっそう荒々しい野性的な光が宿りはじめた。

マットは位置を変え、明るい褐色の縮れ毛を親指でそっと撫でた。親密な彼の指がその部分に分け入ると、彼女の口から歓喜の息が洩れた。

指の動きにつれて、彼女は息を呑んだ。強い男にしてはとても優しい愛撫だった。あちこちを探りながら、彼はなわばりに刻印しているようだと彼女は感じた。やがて彼は頭を低くし、今度は口で刻印を始めた。

黒くて固い彼の髪の毛が内腿をこすっていく。彼女は大きく開いた彼の唇と歯の当たる刺激を感じた。ニーリーは目を大きく見開き、天井をにらみ、迫りくるエクスタシーと闘っていた。そんなに早くエクスタシーを終わらせたくなかったのだ。しかし長年つちかってきた自制心をもってしても、押し寄せるような恍惚《こうこつ》感には抗《あらが》えなかった。

「やめて」ニーリーはうめいた。「まだだめ……いやよ……あなたがなかに入るまでだめ」

マットは顔をあげて彼女を見た。情熱に目は黒く輝き、肌は汗で光っている。彼はその大きな体を華奢《きゃしゃ》な彼女の体の上に重ねた。彼女はかばわれ、保護され、同時に強い脅威を受けているのを感じていた。この男性を肉体のなかに受け入れてしまったが最後、すべてが二度ともとに戻らない気がしていた。

彼はゆっくりと、だが決然と進入した。愛液でうるおっていたにもかかわらず、進入はたやすいものではなかった。彼の分身がくちづけながら……そしてなだめながら……奥深く……さらに奥深く進入を続けた。

内部がひきつれるような痛みに、ニーリーはマットの肩に爪を立て、彼の顎に頬を押しつけた。彼の髭が彼女の肌をこすった。彼がもっとも奥深いところに行き着くと、彼女の口からすすり泣きが洩れた。

マットはニーリーの目頭や唇にキスし、胸を愛撫した。そのときになってやっと彼はゆっくりと強く漕ぎはじめた。

ニーリーはすすり泣きながら体を反らせた。

彼が真剣に動きはじめた。彼女の掌が当たっている彼の背中や肩の筋肉がピクピクと揺れ、彼女の肉体の奥でゆっくりとした深い脈動がつくられていった。何も存在しなかった。あるのはただベッドとふたりの肉体と、官能的な、燃えるようなふたりの熱い興奮があるだけだった。

激しい突きと引き。弓なりの背中と受け入れる肉体。

古代から引き継がれてきたリズムのなかで、ふたりは忘我の世界へ駆けのぼっていった。

彼女の体から満足感が波動のように発散していた。それを見たマットも気分は最高で、自然に頬がゆるんでしまう。肩をさすってやると体じゅうが柔らかだった。彼女は柔らかで可愛らしく、愛さずにはいられないほど魅力的だった。

彼女の髪がマットの顎をこすり、むきだしの脚を彼の脚にからめている。彼女がこれ以上脚を離したら、彼がまた硬直しているのを知られてしまう。彼にしてみれば、なんとなくまだ知られたくないことなのだ。彼女にはもう少し時間が必要だ。残念だが、彼にも必要なのだ。肉体の回復ではない。心の回復なのだ。

話しかける彼女の息が彼の胸をくすぐった。「素敵だったわ」

彼女の心は揺れていた。

そんなに素晴らしかったはずはない。むしろ彼女が誰であるかを考えれば、マットは脅威すら感じていたはずなのだ。それは別にしても、彼にとっては魅力的な女性と楽しむという意味で、いつもながらのセックスであったに違いない。だがこの一風変わったご婦人はあまり素敵とはいえない人物だった。横柄で、舌鋒鋭く、わざと挑発的な態度をとってみたり、彼が思いもよらないことに興奮したりした。

マットにとってどうしても受け入れられそうもない事実がある……このことはいくら考えまいとしても、いつのまにかまた考えている……ありえないとは思いつつ、彼の心ははっきりと告げている。彼女は初めてだった。本当に初めてだったのだ。

そんな思いから逃げてはみても、結局また同じことを考えてしまう。彼女は初めてパリ見物に行ったり、初めてジェット・コースターに乗ったり、初めてスキューーバ・ダイビングを習ったりする人みたいだった。彼女は誰とも経験していないのだ。亡き夫、前アメリカ合衆国大統領とも何もなかったのだ。

これは知りえてもけっして使うことのない知識である。彼はそう了解している。だがやはり確認はしたいと思う。記事を書くためではなく、自分自身のために。

彼女は彼の胸の上でいたずら書きをはじめた。「自分が痩せっぽちなのは知ってるわ。そのことにふれないでいてくれてありがとう」

マットは微笑んだ。女性とそれぞれの体。女性たちがあらゆる不満を抱いていることは本でも読んだし、妹のひとりは親指が太すぎるとこぼし、別の妹は太腿に三日間もサラン・ラップを巻いていた。

「多くの女性がきみみたいな体になりたくて飢え死にしそうになっているよ」

「痩せすぎよ」

たしかにそれは本当だが、細い体もまた彼女らしさのひとつなのだ。人生への熱い関わり方が食事で摂取したエネルギーを燃やしつくし、体に定着させないのかもしれない。マットは彼女の腹部に手を当てていった。「気づいていないといけないからいうけど、きみのおなかは出会ったときほど真っ平らではないよ」

ニーリーは彼の手をどけて自分の手を腹部に当てた。「そんなことはないわ。何も感じないもの」

マットは彼女の髪に隠れてにやりと笑った。「そりゃ、横になってるからそうだろうけど、立ち上がってごらんよ。おなかが出てきたの、わかるから」

「そんなことないわ!」

　マットは笑いだした。

　マットの体の上に乗ってレスリングで笑いをやめさせようとしたニーリーは、彼の秘密を知ってしまった。彼女は愉快そうに目を見開いた。「おやおや」

　即座にマットは彼女を組み敷いた。

　ルーシーはバトンを腕に抱き、忍び足で家に入った。うしろからスキッドがのろのろとついてくる。今度ばかりは妹が六時半過ぎまでぐっすり眠っていてほしかった。ルーシーは恨めしそうに妹の顔を見つめた。「ちょっとでも声を出したら、本気で怒るからね。マジだよ。とにかく静かにしてなきゃだめ」

「タック!」バトンはルーシーの口に指を突っこんだ。

　ルーシーは顔をしかめて、階段のところまで連れていった。妹さえいなかったら、ルーシはマットにつかまる前に荷物をまとめ、ハイウェイまで歩いていき、ヒッチハイクでカリフォルニアかどこかへ行っていたはずだ。だがバトンの安全を確認するまではにっちもさっちもいかないのだ。でもそれだからといって、今朝しばらく姿をくらまさないというわけではない。常々マットは寝起きは機嫌が悪い。格別怒る原因がなくてもそうなのだから今日のようすは推《お》して知るべしだ。

　赤ん坊がルーシーの首に顔をすり寄せてきた。ルーシーは全身よだれだらけになるのがわかっていたが、気にしなかった。バトンの面倒を見るのは大変だが、この世に自分を慕ってくれる人間がひとりはいることがわかってやはり嬉しい。階段の一番上までのぼる頃には、赤ん坊の重さがこたえ、腕が痛くなってきた。ルーシーはバトンを廊下に置き、できるだけ音をたてないように鍵穴にそっと鍵をすべりこませた。鍵をまわすときのカチリという音にびくっとしたが、ドアの向こう側からはなんの音も聞こえなかった。

赤ん坊はスキッドを追って這いはじめた。ルーシーは急いであとを追い、赤ん坊を抱きあげた。

「ラー！」

赤ん坊の口にあてたルーシーの手が汚れた。よだれがまた垂れている。彼女はバトンをドアのところに戻し、静かにしてと耳元でささやいた。そして赤ん坊の手を引っ張りながらドアノブをまわした。

ドアを押し開ける際、少しきしむ音がした。マットとネルの身になにごとも起きていないことを知って安心したかったが、ベッドのほうは見なかった。そこを見たらムカムカしそうだったからだ。だから見るのはやめて、バトンを部屋のなかの床の上に置き、ドアを閉めた。鍵がカチャリと音をたてた瞬間、ルーシーとスキッドは飛ぶように階段を駆けおり、玄関を出た。ここからそう遠くないところにダンキン・ドーナッツがある。あちこちの店が開くまで、そこで時間つぶしでもしていよう。それから繁華街を散歩する。ここへ帰ってくるまでにマットとネルの気持ちが鎮まっていてくれることが唯一の願いだった。

「ガー！」

マットは薄目を開け、横目で朝の光を見た。夜のあいだに何度愛し合ったのか途中から数えられなくなった。朝が来てもとても起きられそうもなかった。

ニーリーはマットのかたわらで丸くなって寝ていた。マットは手を動かして彼女の乳房を包んだ。掌に柔らかで温かい重みが感じられた。瞼《まぶた》が垂れ、マットは彼女のそばで体を落ち着けた。

何かしっとりとした鋭いものが耳の穴に侵入するのを感じた。マットは首をねじってみた。目に飛びこんできたのは嬉しそうな赤ん坊の顔だった。

「ダ――……」

マットはうめいた。「おいおい……」

バトンは両手でマットレスをぴしゃりとたたき、彼のほうへ手を伸ばした。マットは閉まったドアに視線を向けたが、ルーシーは早々に退却してしまったらしい。

「ダ…ダ…ダ…ダ…！」赤ん坊は歓声をあげながら、マットレスをボンゴのようにたたいている。

ニーリーがマットの隣りで身動ぎした。デーモンの歓声はますます大きくなり、私は人からきちんとした扱いを受けるべき一人前の女なのよとでもいわんばかりの、例の強情な表情を浮かべている。マットは手を伸ばしてさっと赤ん坊をすくいあげ、自分の胸の上に乗せた。

赤ん坊は満面の笑みをマットに向け、彼の顎の上に唾を何滴か落とした。

「ダ――……」

ニーリーが寝返りをうち、ゆっくりと目を開けた。

デーモンは嬉しそうに黄色い声をあげると、彼の腹部に膝をついた。何秒かのちにはバトンはニーリーの上にドスンと乗った。

ニーリーはうめいて、苦痛に顔をゆがませた。「マット！」

赤ん坊はまるで黄色レンガの舗装道路の上にいるかのように、ニーリーの体の上を這いまわったり、顔の上に腹這いになったりした。「こいつ、チビのくせになかなか機敏だね」

ニーリーはせめて顔だけでも逃れたいと、赤ん坊の尻をどけた。「最悪だわ！」

「状況はさらに悪化する可能性があるよ。おむつもつけていないんだから」

「そうじゃないの。私たち裸じゃない！」

マットはニーリーの太腿を撫でた。「あらら。きみのいうとおりだ」

「こんなときによくもふざけていられるわね」

「この子の一生の心の傷になるとかいう論議はたくさんだよ」

「私たち何も身につけていないのよ。この寝室に漂っているのは、なんていうか……ほら、私のいう意味わかるでしょ」

マットはぽかんとした顔でニーリーを見た。「なんの話をしてるのさ？」

「つまり愚かな行為だといってるの！」

「愚かな行為だって？　きみは稀有《けう》なほどに素晴らしいセックスをそんなふうに表現するのかい？」

「そうかしら？」その柔和ではかなげな表情を見て、マットも口をつぐもうかと思ったが、彼の場合、脳が体の動きから数分遅れて反応するのが常だった。

デーモンはニーリーの髪の毛を掌一杯につかみ、満面の笑みで見下ろしている。ニーリーの顔にまた困惑の表情が浮かんだが、赤ん坊は笑いつづけている。口を小さな泡だらけにして、どんな言葉でも理解できるような顔をしてニーリーに話しかけている。ニーリーの顔が輝きはじめ、それを見たマットは胸が締めつけられるような思いを抱いた。この眺め——赤ん坊がふたりのベッドにいて、ニーリーが隣りで丸くなって寝そべっている。そして昨夜の記憶——これはマットには重すぎる光景だった。

マットはカバーの下から出て、床に落ちていたショート・パンツを拾い上げた。ニーリーはマットをじっと見つめながらも、極力勃起した全裸の男の姿を赤ん坊に見せまいとした。

デーモンは、いつもはマットに向けている愛情をニーリーに示そうとして、楽しげな声をあげている。どうやら幼心にもマットはもう自分の思いどおりになる、いつでも次なる愛情の対象へ進めるのだと信じているらしい。実際、当たらずといえども遠からず、なのだが。

バトンは頭を下にさげて、濡れた口をニーリーの顎に当てている。ニーリーはしばしばしただ横たわっていたが、やがて赤ん坊の頭を揺らしはじめた。同時にニーリーの口元が泣きそうにゆがんだが、泣きはしなかった。

マットはジーンズのスナップ・ボタンを留めるのを忘れそうになった。「どうかした?」

「この子は本当に完璧ね」

マットも赤ん坊を見下ろした。親指を口に突っこんだまま、ニーリーに伸び伸びと体を預けている。どうして世間はデーモンのことを完璧な赤ん坊として認めてくれないのかなあ、などとちょっと皮肉な発言が口をついて出そうになったが、横たわる彼女と赤ん坊の姿があまりに美しく、そんな言葉も喉のあたりに張りついてしまった。

そのとき彼の脳裏に、髪飾りのリボンやバービー人形、タンポンや三十六色もの口紅のイメージが浮かんだ。こんなのは金輪際ごめんだ! 彼はこの部屋から出たかった。少しばかり閉所恐怖症のような気分になっているのだ。だが泣きたいのを懸命にこらえているニーリーをひとり置いていくわけにはいかない。

マットは赤ん坊をひょいと抱き上げ、ベッドのへりに座った。「悲しい理由をいってごらん」

しばらくニーリーは黙りこんだ。やがてとめどなく言葉が出てきた。「この子を傷つけるのじゃないかと心配なの。それは……まだ私がうんと若かったときのことよ……」彼女は必死で感情を出さないようにしたが、うまくいかなかった。「十六歳のときに撮られた写真があるの。エチオピアで餓死しかかった乳児を抱いた……」

「覚えているよ」

「あの子は死んだの。写真を撮られた直後に。まだ私の腕に抱かれながら」

「そうだったの……」

「それが最後じゃなかったのよ。それからも何度もそんなことがあったの。ひどい苦痛に苛《さいな》まれている赤ん坊たち。飢えや言語に絶する病気に苦しむ赤ん坊たち。エイズの赤ん坊。売春婦の赤ん坊。あなたには想像もつかないでしょうけど……」

すべてを聞き終えると、服装には一分のすきもなく、身のこなしも完璧なアメリカのファースト・レディが苦しむ幼子を抱くという一連の写真を撮るために、彼女が払った犠牲の大きさがマットにも理解できた。自分は呪われていると彼女が感じても不思議はないと思う。

「やめるわけにはいかなかったの。続ける必要性がすごくあったのよ。でもだんだんに私……自分が――」彼女の声が涙声になった。「乳児の死の天使だと思いこむようになってしまったの」

マットはバトンを床に置き、ニーリーを胸に抱き寄せた。「大丈夫だよ……大丈夫……」彼はニーリーのむきだしの柔らかい背中を撫で、なんとか彼女の悲しみを紛らそうとばかげた戯れ言を耳元でささやいたりした。

デーモンはのけものになっているのがおもしろくないらしく、やがて鋭い叫び声をあげはじめた。ニーリーは気まずくなってマットから体を離した。「こんなのばかげてるわね。あんな話をするべきじゃなかった――」

「もういいよ」マットは優しくいった。「きみの活動を考えれば、ノイローゼのひとつやふたつ抱えこんでも無理はないんだから」

ニーリーは涙ぐみながら微笑んだ。「やっぱり、そういうことなのかしらね」

マットはうなずいた。デーモンの叫び声は大きくなっていく。ニーリーが眉をひそめたので、彼女の気持ちが揺れ動いていることがマットにも感じられた。「この子は本当に戸惑っているのよ」

マットは優しくニーリーの顎をつかみ、怒り狂った幼子のほうを向かせた。「この子を見て、ニーリー。ちゃんと見てごらん。声をかぎりに叫んではいるけど、目には一滴の涙もないだろう。この子はただ自分の限界を試しているだけなんだよ」

「そうね、でも――」

「この世には苦しみと無縁の赤ん坊だってたくさんいる。きみだって頭ではわかっているよね。それを心で感じるようにしてごらんよ」

マットはデーモンを抱き上げた。ニーリーの腕に抱かせながら、ニーリーの長年のトラウマを癒すのにこれ以上陳腐な話をしても仕方がないと彼は思った。ここはバトンにひと役かってもらうしかないのだ。

マットとニーリーが気の進まない朝食を食べ終わっても、ルーシーはまだ帰ってこなかった。犬は連れていったらしいが、荷物はすべてモーター・ホームに置きっぱなしだったので、きっと帰ってくるつもりなのだとマットにはわかっていた。彼はそのときになったらルーシーをどんな態度で迎えようか考えを練っていた。

寝室を出て以来、マットとニーリーはろくに言葉を交わしていなかった。彼女は極力自分のことでせかせかと動きまわるようにした。そうすればバトンのことで涙ぐんだりしても、冷静さも威厳も失っていないようなふりができると思ったからだ。マットとしては彼女を二階に連れていって、またあのことを始めたいと思っていたが、赤ん坊が邪魔していた。

犬の吠える声が聞こえ、ふたりは顔をあげた。ニーリーはバトンを抱きあげてマットのあとに続いて外へ出た。

ルーシーが玄関のポーチに向かって歩いてくる。そのうしろには新しい革ひもにつながれたスキッドがついてくる。立ちはだかっているマットの姿を見たルーシーはぎょっとして足を止めた。

マットは上からルーシーをにらみつけた。「おまえに厳罰をくれてやる」

小さな頭が上を向き、華奢な肩はすぼまり、上唇が震えている。「いいよ、何されたって」

マットはガレージを指さした。「あそこに入って園芸用具を持ってこい。裏庭の花壇の雑草とりをやってもらう。てきぱきとやれよ」

ルーシーはまじまじとマットの顔を見た。「あのちっぽけな花壇の雑草を刈るだけでいいの？」

「耳が聞こえないのか？」

「聞こえる、聞こえるってば！」あまりに簡単に罪を逃れられて、喜んだルーシーはガレージめざして走っていった。

ニーリーは愉快そうにマットのようすを見つめていた。「あなたもたいしたものね。任務終了までには……まあ、一時間くらいかかるかしら」

マットは微笑み返した。「人生で最高の夜をあの子が保証してくれたんだ。いつまでも怒ってなんかいられないよ」

ニーリーもうなずき、奇妙なことをいった。「ありがとう」

彼女に認められて気分がよくなったマットは惚《ほう》けたような笑みを浮かべながらそこに突っ立っていた。するとそのとき銀色のエアストリーム社製のトレーラーを牽引したトラックが家の前で停まった。

マットはそのトラックをまじまじと見た。最近エアストリームはよく見かけるようになったが、これはなんだか見覚えのある感じだった。

トラックのドアが開き、趣味の悪い服装をしたふたりの年配者が降りてきた。

いや、まさか！

「ヤッホー！　マット！　ネル！」

歩道に勢いよく入ってくるバーティスとチャーリーを見て、ニーリーは嬉しそうに声をあげた。マットはがっくりとポーチの柱にもたれた。これ以上最悪にはなりようがない、というのがマットの思いだった。初めは子どもたち……そのあと妻と犬が加わった。その次はアイオワの家。……それにフォード・エクスプローラー。

今度はおじいちゃんとおばあちゃんまで現われた。

17

チャーリーはマットと握手を交わし、バーティスはニーリーを抱きしめて、バトンの足をつねった。このふたりがここにいることが、ニーリーにはまだ信じられなかった。「私たちの居る場所がよくわかったわね」

「ルーシーから聞かなかった？　あなたたちが出発する前に、あの子が住所を教えてくれたのよ。やんちゃな子」

バーティスとチャーリーに会っただけで、ニーリーの気分は晴れた。昨夜は世界が逆転したかのような体験をした。たしかにマットと愛し合う喜びは期待どおりだったけれど、これほど思いを引きずるとは思っていなかったのだ。

これは試みの体験にすぎないのだと自分にいい聞かせるのだが、うまくいかない。運がよければあとひと晩かふた晩は一緒に過ごせるだろうが、いずれ終わりはくる。心の痛みも消えたはるか先の未来に、国賓を迎えながら、あるいは長すぎるスピーチを聞きながら、思い出をたぐり、考えることはあるだろう。そう考えると気が滅入った。バーティスとチャーリーの到着は絶妙のタイミングだったのだ。

「ルーシーもきっと大喜びするわ」ニーリーはバトンを腰で支えるために抱き変えた。「いま、裏庭で作業をしているの」

「子どもたちにいろいろ手伝わせるのはいいことよ」バーティスは老眼鏡をつけ、バトンの顔をのぞき、顎から汚れを取った。「私たちは西に向かっているでしょ。だからちょっと立ち寄ってあなたたちのようすを見ていこうということになったの」

チャーリーは背中の筋違いをほぐそうと、伸びをした。「念願だったヨセミテ国立公園に行くんだよ。だけど急いではいないんだ。それにバーティスがルーシーのことを心配していたし」

バーティスは鎖につないだ老眼鏡を背中に垂らした。「あの子が最後にお祖母さんの死に直面するのはきっと辛いだろうと思ったのよ」

マットの目が細くなった。「お祖母さんのこと、知ってらしたんですね？」

「あら、あの子が何もかも話してくれたのよ」バーティスは非難するように舌を鳴らした。「考えてもごらんなさいよ。五十三歳の女性が自分の教え子と結婚するなんて、ねえ。もちろんルーシーには私の考えはいわなかったわよ」

マットの顎はひきつりそうだった。「ニコのことも知ってらしたんですね？」

「ほらごらんなさい、チャーリー。彼の名前は私がいったとおり、ニックじゃなかったでしょ。いつも私のいうことにけちをつけるんだから」

チャーリーは頭を掻いた。「ニコってどういう名前なんだろうねえ」

「それはどうでもいいの。大切なのは私が正しくて、あなたは間違っていたってこと」

「それならよかったよ。だってもし逆なら、きみがぼくにいつも注意している心臓発作を起こしていただろうからね」

バーティスはチャーリーの手を優しく撫で、振り返ってマットの顔をじっと見た。「ここ数日間はあなたとネルはきっと忙しかったんでしょうね」

マットは微笑んだ。「人生、いろいろありますよ」

なぜみんなの視線が自分に注がれているのか、ニーリーには皆目見当がつかなかった。

「なあに？」

マットはおもしろがるような警告するような目で彼女を見た。「たぶんバーティスとチャーリーはきみが最近妊娠したことに気づいたのさ」

ニーリーはあわててウェストのあたりをさわった。ふたりがあまり急に現われたので失念していたのだ。二日前ウェインズ夫妻に最後に会ったとき、彼女の腹部はまったいらだった。

ニーリーはうろたえてふたりを見た。「あら、私……」

「なかに入りませんか？」マットはポーチへの階段を上りはじめた。彼はふたりの出現には少しも動転していない顔をしていた。「コーヒーでも淹れますよ」

「それはいい考えね」バーティスはせかせかとマットのあとをついていった。「チャーリー、私が今朝作ったジフィーのブルーベリー・マフィンをとってきてちょうだい」バーティスは共謀者のようにニーリーを見た。「家にいるときは生の材料を準備するんだけれどね。旅行中はジフィー・ミックスみたいなものしか手に入らないのよ。へたにいじくりまわさなくてもすむから、よくできた製品よ」

ニーリーはジフィー・ミックスという名は聞いたことがなかったし、妊婦に見せかけるつめもののことをどう説明するかということで、頭がいっぱいだった。

背中の一部分に当てられたマットの手が温かく、心が慰められる。「ブルーベリー・マフィン、すごくおいしそう」

マットがコーヒーの用意をしているあいだも、バーティスはニーリーの偽の妊娠を話題にしなかった。かわりに孫の話をしたり、ネルが食器戸棚のなかから探しだした陶器の皿に載せチャーリーが運んできたブルーベリー・マフィンのことをしゃべった。お菓子と飲み物をみなでガラス張りのベランダに持ち出した。バーティスがバラの灌木のあたりで作業していたルーシーを呼んだ。

ふたりを見たルーシーは顔を輝かせ、なかに駆けこんできた。「来てくれたんだ。ああ、信じらんない!」ルーシーはふたりを激しく抱きしめたが、やがて体を離して、冷静さを取り戻そうとした。「いっとくけど、ヨセミテに直行してくれてても全然かまわなかったのよ。どのくらい泊まっていけるの?」ルーシーの目のなかに不安が影を落としていた。「ここに泊まっていくんでしょ?」

「何日かはいるわ。この町のはずれに素敵なキャンプ場があるのよ。もちろん私たちが近くにいることをネルとマットが気にしないなら、だけど」

ルーシーはマットのほうを向いた。嘆願するような表情とともに、冷静さも瞬時に消え果てた。「泊まっていいわよね？」

ニーリーはおかしさをこらえながら、マットが苦心して熱心な態度をつくろうようすを見ていた。「もちろんですよ。近くに泊まってくださるのは大歓迎ですよ」

ルーシーは満面の笑顔で、マフィンに手を伸ばした。

「まだだめよ、お嬢さん。その手を洗ってらっしゃい」

ルーシーは笑顔で家のほうへ走っていった。何にもつかまらず、よろけながら東洋風の絨毯の上を歩こうとしていたバトンが、しりもちをついて顔をしかめた。

チャーリーがクスクスと笑った。バーティスは微笑みながらルーシーの背中を目で追った。

「あの子はほんとにたいしたものよね。あの子をひと目見れば、特別な子だってことはすぐわかるわ」

ニーリーの心のなかを誇らしさが駆け抜けた。「そうですよね。私たちもあの子はかなり個性的ないいものを持っていると思っているんです」私たち。まるでルーシーがマットとニーリーの子どものようだ。

チャーリーがコーヒー・マグをカウチに持ってきた。「バーティスもぼくもあの子のことを心配していた。ふたりの子どものことが気がかりだったんだ」

「ふたりとも元気ですよ」マットがいささかいいわけがましくいった。

「いまはね」バーティスはピンクのショート・パンツについたくずを払いながらいった。

「でもあなたたち三人が実父確定検査を受けたあとはどうなのかしら。ルーシーは絶対検査を受けないって自信たっぷりだけどね。死人に鞭打つようでいやなんだけど、あなたの元の奥さん、すごく無責任な人だったわよね」

「おっしゃるとおりですよ」マットは彼らと微妙に距離をおくかのように、裏庭におりる階段のドアのところにコーヒー・マグを運び、縁にもたれながらいった。

「私たちが偉そうな口をたたいている、ってマットは思ってるわね」バーティスはまるでマットがそこにいないかのように、ニーリーに耳打ちした。「当然私たちだって好奇心はあるけど、詮索はしないのよ。いつも相手のほうから打ち明けてくれるの」

「それはおもにバーティスのことさ」チャーリーがいった。「彼女なら信頼できるって誰にでもわかるんだよ」

「ほら、自分を低く評価するのはおやめなさいよ、チャーリー。昨日サービス・エリアで会ったトラックのドライバーのこと覚えてるでしょ」

ニーリーは微笑んだ。バーティスもチャーリーも子どもたちのためを思ってくれている。彼らに何も知らせないでおく理由はないと思う。何かいい解決策を思いついてくれないともかぎらない。

ニーリーは手を伸ばしてバトンのタンポポのようにふわふわした髪の毛をそっと撫でた。

「マットは今日あの子たちをダヴェンポートに連れていって血液検査を受けさせるつもりでいるの。その後ペンシルヴェニアに連れて戻るって」ニーリーは里親制度のことにはふれなかったが、バーティスの次の言葉はその必要がないことを告げていた。

「あの子たちが離れ離れになるのは確かよ。バトンを養女にしたいという人は出てくるでしょうけど、ルーシーはもう大きいからね」バーティスは眼鏡のチェーンを数珠《じゅず》かなにかのように手でもてあそんだ。

「ぼくは引き取れないんです」とマットはいった。ニーリーは彼のかすかな罪の意識を感じた。

バーティスはニーリーのほうを向いた。「あなたはどうなの、ネル？　あなたはいつまでもわが子のようにふるまっているじゃないの。引き取ってあげてもいいんじゃない」

じつはその魅力的な考えがずっとニーリーの心を引きつけているのだが、昨日からその考えが浮かんでは拒み、浮かんでは拒みを繰り返している。ニーリーの世界に彼女たちを連れこめば、よってたかってメディアが餌食にするだろう。あの子たちの生活はだめになる。

ニーリーはプライバシーのないまま成長することがどんなことか知っている。生活のあらゆる部分がすべて新聞雑誌の記事にされてしまうのだ。幼い頃に服従という教義を父からたたきこまれた彼女はなんとかうまく対処できたが、ルーシーには無理な気がする。国民の強い詮索の目は彼女にいかなるミスを犯す余地も与えないだろう。頭の回転のよさと不屈の精神力は彼女の最大の強みだが、それがかえって問題を引き起こすことにもなりかねない。彼女には世間の目に監視されないで成長してほしい。

ニーリーは首を振った。「引き取りたいのはやまやまなんですが、無理なんです。私の生活は……いまとても複雑なので」

ニーリーがこのふたりに嘘がつけないことはマットも感じたのだろう。座って、ニーリーの想像上の元夫の合法的だが悪辣な生き方についての話を始めた。ルーシーはガラス張りのベランダに戻り、マットもマフィンをほおばりながら話をした。

バーティスとチャーリーはマットの話が終わるまで注意深く耳を傾けた。話を聞き終えたチャーリーは同情にみちたまなざしをニーリーに向けた。「ぼくらにできることがあればなんでもするからね」

彼らをあざむいている心苦しさから、ニーリーはやっとの思いでうなずいた。

マットはぼやきながらも、もうひとりの男性の存在を楽しんでいるようだった。彼とチャーリーはマットが前日借りることにしたエクスプローラーを受け取りに行く道すがら、シカゴのスポーツについて熱心に語り合った。戻ったマットはニーリーをそばに引き寄せ、血液検査の書類はすべて用意できたと告げた。できるだけ早くダヴェンポートに行きたいという。口ぶりからしてニーリーも当然同行すると思っているらしい。ニーリーはこのことには関わりたくない、と明言した。マットは彼女の身に迫る危険を表現するのに、神の怒りにふれるなどという大仰な言葉まで使った。神の怒りはつまりマットの怒りということなのだが。彼が本気で心配してくれているのがわかるだけに、ニーリーも注意すると約束するしかなかった。

ルーシーの場合はそうすんなりとはいかなかった。マットは裏庭でルーシーと丁々発止とやり合った。ふたりがそれぞれ何を主張し合ったのかはニーリーには聞こえなかったが、この勝負、どうやらマットに分があったらしく、結局ルーシーは足を引きずりながらもエクスプローラーのほうに向かっていった。バトンには説得など必要なかった。お気に入りの男性とのお出かけなら、拒むはずがないからだ。

バトンをチャイルド・シートに座らせ、エクスプローラーに乗りこみながらマットはバーティスを振り返った。「絶対にネルを外に出さないでくださいよ。なにせ彼女の元夫、何をしでかすかわかったものじゃありませんから」

「ちゃんと見てるから大丈夫よ、マット。さあ、行ってらっしゃい」

マットはニーリーを見た。「バーティスとチャーリーが今夜子どもたちと一緒にいてくれるそうだ。子どもたちの面倒を見ることから解放されて、ふたりきりで食事に出かけられるよ。どう?」

ニーリーは微笑んだ。「いいわよ」

「よし。デートだ」

今夜のデートや持ち合わせの衣類の少なさを考えているうちに、ニーリーはいつしか子どもたちのことをくよくよ思い悩むことを忘れていた。マットとの初めてのデートにショート・パンツで出かけるのは気が進まなかったが、約束した手前、家を出るわけにいかない。ウィロー・グローヴのイエロー・ページを当たり、電話をかけた。まもなくリストが届いた。

バーティスがネルの注文したものを受け取りにいってくれるという。ついでにチャーリーはエアストリームを整備してもらうことになった。夕方近くなって、バーティスはネルが注文したものを抱えて賑やかに帰ってきた。

ハイヒールのストラップがきつくて足が痛かったが、セクシーなので買ったことを後悔はしなかった。濃いオレンジ色の短いマタニティ・ドレスは胸元が大きくくれており、少なくとも胸から上は申し分なかった。だが何より気に入ったのは、華奢な黒とゴールドのチョーカーで、小さな玉でできたハートが喉元のくぼみにきれいに収まっている。

すべてはあとのお楽しみにして、キッチンでバーティスと紅茶を飲んでくつろいでいると、ルーシーが駆けこんできて、絆創膏《ばんそうこう》を貼った腕を見せた。

「もう最悪。ネルも一緒に来てくれればよかったんだよ。針はこんなにでかくて、血を何トンも取られた。すごく痛くてマットなんか気絶したくらいなんだから」

「おれは気絶なんかしない!」マットがぐずるバトンをあやしながらキッチンに入ってきたが、その目はニーリーを見つめていた。どうやら彼女の無事を確認してほっとしているようだった。

「気絶しそうだったよ」ルーシーがいい返した。「顔色はまっ青だし、目を閉じてたくせに」

「考えごとをしてただけだ」

「気絶しそうだって考えてたんだよね」

もつれた髪の毛、頬のしわで、バトンが起きたばかりなのがわかる。その小さな腕にもマットやルーシーと同様の絆創膏が貼ってある。だが、このような乳飲み子のそれはいかにも痛々しい。こんな苦痛を強いたマットに対して、ニーリーはとつじょ理不尽な怒りを感じた。赤ん坊はマットの腕のなかで身をよじらせた。ぐずっていた泣き声がしゃくりあげるような泣き方に変わった。「バトン、おいで」ルーシーが腕を差し出したが、赤ん坊はその腕をはねのけ、さらに大声で泣きわめいた。

マットはバトンを肩で抱いた。「四〇マイルは泣きどおしだったよ。十分くらい前にやっと眠ったばかりなんだ」

「もしあなたの腕がこの子と同じくらい小さかったら、きっとあなただって泣いているはずだわ」ニーリーは鋭くいった。

マットは怒鳴り返そうとしたが、罪の意識にはばまれた。バトンを抱いたまま、キッチンのなかをぐるぐるまわりはじめたが、赤ん坊はどうにも泣きやまない。仕方なく、リビング・ルームに連れていった。まもなくかすかな牛の鳴き声が聞こえてきたが、泣きわめく声はいっこうにやまない。

「ここに連れてきてごらんなさい。私があやしてみるから」バーティスが声をかけた。しかしマットがキッチンに戻ってても、バトンは首をねじってますます声を張り上げて泣きつづける。やがて赤ん坊の涙に濡れた目がニーリーの姿をとらえた。

下唇を突き出したバトンのようすがあまりにみじめで、ニーリーはじっとしていられなかった。立ち上がって哀れな幼子のそばに寄ったが、この赤ん坊が大好きな人たちをことごとく拒絶したあとで、彼女のようないわば二番手の人間の手になぜ抱かれると思ったのか、理由はない。

驚いたことに、バトンは手を差し出した。ニーリーが腕に抱くと、赤ん坊はやっとわが家に戻ったかのようにニーリーにしがみついた。

感動に震えながら、ニーリーは赤ん坊を肩で抱いた。背中をさすってやると、掌の下で小さな背中が震えた。ニーリーも一緒に泣きたいような気持ちだった。ふたりきりになれるよう、ガラス張りのベランダに移り、大きな木製の揺り椅子に座った。

午後の陽射しの残るベランダは暑かったが、椅子はちょうど家の横に植えたカエデの木の木陰にあり、天井のファンが網戸から入ってくるそよ風を運んでくれる。バトンはまるでニーリーだけが頼りだというように、ニーリーの胸に体をすり寄せている。背中をさすり、絆創膏にキスし、たわいない言葉を聞かせているうちに、しゃくりあげるようなすすり泣きがやんだ。キッチンからルーシーとバーティスの小声が聞こえてきたが、マットは何もいわなかった。

やっと目を上げたバトンの顔はニーリーに対する信頼感に満ちていた。じっと見つめ返したとき、ニーリーは自分のなかの暗く冷たい部分にまで心が広がっていくような感じがした。この小さな幼子は揺るぎない自信を持っているのだ。

ニーリーは耳のなかにざわざわとした音を聞いた。大きな黒い翼が飛び立つような音だった。膝に乗せた美しい幼子を見下ろしたとき、心がようやく呪縛から解き放たれた気がした。

バトンはまるでニーリーの心を読んだかのように、得意げに高い声で笑った。ニーリーも声をあげて笑い、涙に濡れた目をしばたたかせた。

バトンはようやく自分の身に起きた出来事を語る気になったらしい。ニーリーの膝の上でもっと居心地をよくしようと位置を変え、自分の爪先をつかみ、語りはじめた。赤ん坊なりの語りのなかで、多音節の言葉や長文、何段落もの複雑な言葉が使われた。その言葉は、身も心も傷ついた、はずかしめを受けたと語っていた。

その小さな表情豊かな顔をのぞきこみながら、ニーリーは応えるようにうなずいた。「ええ……わかるわ……ほんとにひどいわね」

バトンのおしゃべりは強い主張に変わった。

「マットは絞首刑にしなくちゃね」

バトンの言葉はさらに激しさを増す。

「絞首刑じゃなまやさしいって？」ニーリーはバトンの頬を撫でた。「いいわ、わかった。拷問っていうのはどう？」

さらに残忍な歓声があがる。

「すべての血管を同時に？　たしかにそれもいいわね」

「楽しいかい？」マットが両手をショート・パンツのポケットに突っこんでぶらぶらとベランダに入ってきた。

バトンは背信の気持ちをたたえた表情でマットを見つめ、ニーリーの胸に顔をうずめた。

たとえようもない至福感に打たれ、ニーリーは歌いだしたいほどだった。「あなたは大きな借りができたわよ。私たち両方に対して」

マットの表情には罪悪感がにじみ出ていた。「おいでよ、ニーリー。バトンの機嫌はすぐ直るよ。いや何がなんでも直させる」

「バトンはそう思ってないわ。そうでしょ？」

赤ん坊は指を口に突っこんだまま、マットをにらんだ。彼はそれを平然と振りはらおうとしたが、心の動揺は隠しようもなく、ニーリーは哀れみさえ感じた。「ま、そのうち許してくれるでしょう」

「うん、まあね」自信のない声だった。

「あなた、なんといっていやがるルーシーを連れていったの？」

「賄賂だよ。もし協力したらあと数日泊まるっていったんだ」マットの表情は冴えない。「あまり利口なやり方じゃなかったね。避けがたいことをただ先延ばししただけだからね。だけどとにかくそうすることにしたんだ」

あと数日間秘密の日々を過ごせると喜んだニーリーだったが、子どもたちの未来を思いやって、暗澹《あんたん》たる気持ちになった。

もしも……。

ウィロー・グローヴ・インは昔、駅馬車の駅だったところで、最近温かな感じのする木とチンツ地をふんだんに使って改装がなされたばかりだった。マットはテロリストや徘徊《はいかい》する精神異常者がいないか調べ、板石を敷きこんだパティオにいるのがもっとも安全だという結論に達した。

テーブルに向かいながら、ニーリーの軽快なヘア・カットが顔のまわりでふわふわと揺れ、ドレスは膝の上でくるくると渦のようにまわった。小さなハート型の玉かざりがついたネックレスが首のくぼみをくすぐる。板石の上でハイヒールがコツコツという音を響かせる。そして首のあたりにつけたアルマーニの最新作の香水がほんのりと香ってくる。階段をおりてきた彼女を見たマットの呆然と見惚れたような表情はなによりの報いだった。

登場に特別の骨折りをしたのは彼女だけではなかった。ライトグレーのパンツに淡いブルーのシャツを着たマットはうっとりするくらいハンサムだった。彼女を席につかせ、ワイン・リストを持ち上げたとき、手首につけた金の腕時計が日焼けした腕に映えてキラキラと光った。装飾的な細工をほどこした鉄製の椅子は彼の体には小さすぎたが、マットは流れるような滑らかな動きで席についた。

マットが高価なワインを注文したとき、ウェイターは非難するようなまなざしをニーリーに向けた。「医師の指示なんだよ」とマットはいいわけした。「彼女、いまホルモンの影響でアルコールが必要な状態にあるんだ」

ニーリーは微笑んでメニューを見ようと前にかがんだ。人目にさらされることなく、レストランで食事をしたのはいったいいつが最後だったか、まるで記憶がない。ふたりの背後には格子棚があり、深い紫色のクレマチスがつるをからませ、淡いピンクのバラが花を咲かせている。一番近いテーブルからも、ふたりきりの心地よさを感じられるだけの距離は十分にある。

ふたりが他愛もないことを話していると、ウェイターがワインを運んできて、注文を受けた。ウェイターが去ると、マットはグラスをあげ、彼女のグラスと合わせた。彼の微笑みはこれから愛し合う期待感を彼女にもたらした。「おいしい料理と暑い夏と、そして美しい、すばらしくセクシーなぼくのファースト・レディのために」

ニーリーはワインを飲みながらマットに見とれないようにしようとした。だが今夜何が起こるかというふたりの思いがテーブルの三人目の客のように存在するとき、相手に惹きこまれるなというほうが無理な話だ。ニーリーはとつじょ一日じゅう待ち望んだこの食事を、急いで終わらせたくなった。「鉄鋼の町の男性ってほんとにお世辞が上手ね」

マットは小さすぎる椅子の背にもたれた。マットも、話をもう少しさりげない話題に向けないと、食事がくる前にふたりとも疲れきってしまうと感じているらしい。

「きみのお仲間の口のうまさにくらべれば、二流だよ」

「私が慣れ親しんできた、大好きな冷笑があなたの言葉にもあるわ」

「きみのワシントンのお仲間が真実を語るのを避けるために講じる手練手管の数々には心底脱帽するよ」

ニーリーは彼の目のなかで輝いている挑戦的な光に直観的に反応した。「退屈な話」

「生粋《きっすい》の政治家みたいな言い方だね」

あの日キャンプ場で、バーティスとチャーリーのあいだで政治が話題にのぼったとき、ニーリーは話に加わることはできなかった。だが今夜は違う。「冷笑は簡単だわ」ニーリーは反論した。「簡単で安っぽいものよ」

「冷笑は民主主義の伴侶でもある」

「そして最大の敵でもあるわ。私は父から、冷笑は努力不足に対するいいわけ以外のなにものでもないと教えこまれたの」

「どういうこと？」

「つまり、難問解決のために自分の役割を果たすより人をこきおろすほうがずっと簡単だということよ」ニーリーは身を乗り出し、マットと意見を戦わせるチャンスを楽しんだ。自分が特に熱い思いを抱いている事柄が論点となればなおさらである。「冷笑はたしなみのよい人をも狂わせてしまうもの。真の解決策を見いだすために手を汚すこともなく、倫理的な優勢の立場を装うことができるからよ」

「冷笑的にならないようにするのは、むずかしいよ」

「それは怠惰《たいだ》な人の言葉よ。怠惰そのもの」

「興味深い論理だね」マットは微笑んだ。「それほど筋金入りの律義者がなぜ長いあいだワシントンで生き残ってこれたのか、理解しがたいな」

「私はワシントンが好きよ。とにかく、そのほとんどがね」

「嫌いなところはどこ？」

また秘密主義が頭をもたげたが、ニーリーはそうした自分自身の警戒心にうんざりしていた。「私は燃え尽きたから逃げ出したのよ。ファースト・レディはこの国でもっとも条件の悪い仕事だわ。職務内容説明書もないから、任務についての認識だって人それぞれに違っている。評価される見込みのない立場なの」

「きみは評価されていると思うよ。好感度の高さできみと比肩するのはバーバラ・ブッシュくらいだろう」

「彼女は素直な自分のままそれを手に入れた。私は本来の自分でない人柄を演じてそれを手に入れたの。でも、ファースト・レディでいることが嫌いになったからといって、政治が嫌いではないの」いったん話しはじめた以上、途中でやめたくはなかった。「信じにくいかもしれないけれど、私は政治家としての本質的な栄誉を愛してきたのよ」

「栄誉と政治という言葉が同じ文のなかで使われることはまれだな」

彼女はマットの懐疑主義にまっこうから向き合った。「国民から信任を受けるのはひとつの栄誉よ。奉仕するのも栄誉よ。ごくたまにこう考えることすらあるわ――」自制心が働き、彼女は話をやめた。

「続けなよ」

「もういいわ」

「それはないだろ。裸も見せ合った仲なんだし」

「裸を見せたからといって、頭のなかまで見せるわけじゃないのよ」

マットは常にニーリーに関しては過剰なほどに洞察力が働く。彼はとつじょ奇妙な緊張を感じた。「驚いたな。ヒラリー・クリントンだけじゃなかったんだ。きみは自分が政治家になることを考えているんだね？」

ニーリーはもう少しでワイン・グラスに顔をぶつけそうになった。知り合ったばかりの人物が、彼女が自分でも明確に認識していないことまでも、ごく短時間で理解してしまうのはなぜなのだろう。「違う、私はそんなことまるで考えていないわ。たしかに……そうね、考えたことはあるわ。でも……本気でじゃないのよ」

「続けてよ」

彼の強い追及に、こんな話を始めなければよかったとニーリーは悔やんだ。

「臆病者」

ニーリーは常に警戒しながら生きることに心底うんざりしていた。悔しいが、話したいというのが本音なのだ。そろそろこの曖昧《あいまい》な思いを少しばかり新鮮な空気にさらす時機が到来したのかもしれない。「そうね……まだ本気で考えているわけではないけれど、そのことは少し考えたことはあるの」

「少しじゃないとおれは思う」

「この三カ月よ」ニーリーはすべてを見通すような灰色の目を直視した。「私は内部観察者として半生を生きてきたわ。権力の中枢で生きていながら、自分自身にはなんの権限もない、という半生をね。たしかに影響力は持っているけれど、ものごとを決定する真の権限ではないの。でも観察者でいることにも、利点はあるのよ」

「どんな？」

「最高と最悪をこの目で見てきたの。成功と失敗をね。そしてそこから学ぶものはたくさんあったわ」

「何を学んだ？」

「この国が危機にさらされていること。厳しい任務をこなす意欲と能力のある人材が少ないこと」

「でもきみはそうだと？」

彼女は少し考えて、うなずいた。「ええ、そうよ。私にはそれが備わっていると思うわ」

マットは思いにふけるような顔でニーリーを見つめていた。「いつから始めるの？」

ニーリーは自分の考えを話して聞かせた。すべてを話したわけではない。話せば何時間にも及んでしまうからだ。話せば話すほど心が熱くなり、自分自身の言葉に確信が持てるようになった。

マットの表情がわずかに眩惑《げんわく》の色を帯びてきた。「きみの政治哲学は誰のよりとっぴだよ。左翼に右翼、中道。きみがどこの影響も受けずにいることが驚異だよ」

「私はレッテルなんて信じないの。祖国のために最良の結果をもたらすものだけを信じるわ。政党政治が立法府の議員の気骨を奪ってしまったのよ」

「ワシントンでは真の気骨を持っているのは無所属の権力者だけだね」

ニーリーは微笑んだ。「そうね」

彼は首を振った。「きみはあまりに微力、吹けば飛ぶような存在だね。きみは心の命ずるままに行動する。結局大物政治家にムシャムシャと嚙み砕かれて、吐き捨てられるのがオチさ」

ニーリーは笑いだした。「あなたも弁が立つわりには案外わかってないのね。その人物政治家は私が成長するようすを見ていた人たちなのよ。私は彼らの膝にも座ったし、彼らの子どもたちとも遊んだわ。その大物たちが私の頭を撫でてくれたし、私の結婚式でダンスを踊ったりもしたのよ。私は彼らの仲間なのよ」

「すべて庇護を受けているわけか」

「私には切り札があるっていうことを忘れているのね」

「どういう意味？」

じっと時間をかけて、マットはしげしげとニーリーの顔を見ていた。やがて彼はじょじょに彼女がまだ言葉にできないことに没頭しはじめた。椅子の背にもたれた彼の表情は少しぼんやりとしていた。「じつはすんなり実現できそうだってことだろ？」

ニーリーは両手の甲に顎を乗せ、夢見るように遠くを見つめた。「心血を注ぎさえすれば、アメリカの政治の歴史でも最強の支持母体を集結できるのではないかと思ってるの」

「そしておとぎ話の妖精よろしく、それを善行のためだけに使うんだろ」

マットの冷笑癖がまたぞろ顔を出したが、彼女はひるまなかった。「そのとおりよ」

「しかしそれは戦って勝ち取る勝利ではないよね」

「戦わずして勝利を手にできるのは、この国でも私だけかもしれないわ。私はすでに勝利を手にしているようなものよ」

「どうしてそう断言できる?」

「私は自我にとりつかれていない。自我のない政治家は単純に国民の公僕として奉仕に専念するでしょう。それに私は熱意ある本質的な信頼を勝ちえているわ」

「この一週間でその信頼に大きな傷跡がついたね」

「きちんと説明すれば、傷にはならないわ」

「説明か」マットはこの言葉をのろのろと発音した。「いつになったらきちんとした説明ができるんだか」

「正直であればべつに問題はないと思うの。仕事に対する不満は理解を得られるはずよ。仕事のためにそれこそ窒息しそうになって逃げ出すしかなかったんですもの。これは誰にでも思い当たることよ」

「仕事に対する不満から逃げたというだけではすまされない問題がほかにもいろいろあるじゃないか。この一週間きみがどこにいて、何をしていたかという問題だよ。そこがはっきりとわかるまで、マスコミはあきらめないぞ」

「信じて。私はあなたの想像する以上にジャーナリストを出し抜く方法を熟知しているのよ」

　マットはテーブル・クロスをじっと見つめはじめた。

「私を信頼してほしいの、マット。私はあの子たちを愛している。あの子たちに害が及ぶようなことはけっしてしないわ」

　マットはうなずいたが、目を合わせようとしなかった。

　ウェイターがサラダを持ってきた。ニーリーは話題を変えたほうがいいかもしれないと感じた。「ずっと私のことばかり話してきたけど、あなたは仕事のことをほとんど話してくれないのね」

「語るべきことはあまりないんだよ。ロール・パンは食べる？」彼はさきほどウェイターが運んできた緑色の籐製のバスケットを手にとった。

「結構よ。仕事は好き？」

「いまキャリアの重大局面を切り抜けているところかな」マットは重心を変えて座り直したが、小さな椅子の上でいっそう居心地悪そうに見えた。

「私が手助けできるかもしれない」

「それはないね」

「虚心坦懐も一方通行ね。私は自分の秘密を残らずあなたに打ち明けているのに、あなたはなんだか逃げているわ」

　ニーリーは彼のこれほど真剣な表情を見たことがなかった。

マットはフォークを置き、サラダを押しやった。「ちょっと話し合いたいことがある。きみに話しておかなくてはいけないことがあるんだ」

ニーリーの気持ちは沈んだ。彼が何を話そうとしているか、わかっていた。そんな話は聞きたくなかった。

18

真実を話すべきだ。マットは昨夜それを心に決めた。

「心配しなくていいのよ」ニーリーはいった。「たしかに私にはうとい面もあるけれど、昨晩のことはよくわかっているの」マットは心のギアを切り替えようとして眉根を寄せた。彼のつかんだ特ダネは、ただでさえビッグなネタなのに、彼女が自身の政界進出を考えているという意外な新事実のおかげで、とてつもない内容になってしまったが、それでも状況に変わりはない。自分が何を生業《なりわい》としているのか、彼女に知らせないわけにいかない。

彼女がどう反応するかを考えるだけで、舌がうまく動かない。「昨日のこと？ いや、そんな話じゃないよ。ぼくが話したいのは――昨日のことはわかっている、ってどういう意味なんだい？」

ちょうど絶妙のタイミングでウェイターがアントレを運んできた。皿が置かれると、マットは椅子にもたれた。「さあ、いってよ。昨日のことで何がいいたいのか、話してくれよ」

「あなたが先に話したら？」

「気が変わったんだね？」

「気はどんどん変わるわ」と彼女はいった。「あなたはどうなの？」

気が変わってもいい理由はあったが、彼女も気が変わったというのが気になった。「おれの考えてることはただひとつ。おれたちが帰ったとき、ルーシーと赤ん坊が寝ていてくれればいいな、ということ。そうしたら寝室に直行できるからさ」

「もう一目散に？」

「そうさ」マットは告白を心のなかから追い出した。もうしばらくしたら。夕食を終えるまでには。「きみも同じことを望んでるくせに、関心のないふりはやめろよ。昨日のことを思い出してみろよ。それに、今夜きみはずっとデザートでも見るような目つきでおれを見ている」

「そんなことないわ！　まあ、たしかにそんな目をしたかもしれないけれど、それはあなたがあんな目つきをしたからよ」

「どんな目つき？」

「目つきって、知ってるくせに」傲慢な感じでフンと鼻をならすニーリー。「私が話しているあいだ、くすぐるみたいに眼球を動かしたりするじゃない」

「くすぐる目か。なんかいいイメージだね」

「とぼけるのはやめて。私のいってる意味、わかってるはずよ」

「じつはわかるよ」マットはにっこりと微笑み、彼女の姿に見とれた。アメリカ合衆国のファースト・レディが彼女だけのためにドレス・アップしてくれたのだ。

オレンジ色のマタニティ・ドレスも彼女が着るとまるでデザイナーのオリジナルのようだし、小さなビーズのネックレスもこのうえなくセクシーな宝石のようだ。ネックレスからぶらさがった小さなハートが、昨晩彼が幾度もキスをした喉のくぼみに収まっている。

比類ない彼女の美しさ。もの書きのマットでも、わが胸の思いを存分に表現することはできそうもなかったので、ただ単刀直入にいうことにした。

「きみがあんまり美しいから、きみと愛し合うのが待ちきれない、ってもういったかな?」

「言葉ではまだいってないわ」

「くすぐるような目ではいった?」

「そうね」

からかいたいという衝動は消えた。マットはニーリーの手にふれた。「昨日はわれを忘れて調子に乗りすぎた。きみは大丈夫?」

「全然大丈夫よ。でも訊いてくれてありがとう」

マットは指先で彼女の掌を撫でながら、いまこそ真実を告白しようと自分自身を急《せ》き立てていた……いまこの瞬間に……。

信じて。私はあなたの想像する以上にジャーナリストを出し抜く方法を熟知しているのよ。この美しい青い瞳、アメリカの国旗にある空の色のような青い瞳が、彼の生業が何であるのか知った瞬間に暗く翳《かげ》るようすが脳裏に浮かんだ。

マットはテーブル越しに手を伸ばし、ニーリーの指先にふれた。「今夜……状況の変化がきみにとっては急すぎるなら……そういってほしい」

「いえばやめる?」

「からかってるのかい? おれはきみの許しがほしいんだ」

彼女は声をあげて笑い、彼の手の下に自分の手をすべりこませ、掌を撫でた。熱い流れが彼の血管を駆けめぐった。彼女に対してこのことを何週間も秘密にしていたわけじゃない、と彼は自分自身にいい聞かせた。彼女の正体を知ってからまだ四十八時間もたっていないのだ。

「こんなふうになるなんて予想外のことなの」彼女の声はニュース画面ではけっしてとらえられたことのないハスキーな響きを伴っていた。「欲望が頭から離れないし、何かに取り憑《つ》かれているようで、それなのに笑いたくなるような感じ」

「それがなんであれ、ものごとは人が望んだとおりになっていくものさ」

「セックスは私にとっていつも真剣なものだったわ」彼女は手を引っこめた。「すごく……むずかしいものだった」

マットは自分が真実を語っていないいま、彼女とケースとの関係についての話は聞きたくなかった。「あまり多くの秘密をぼくに聞かせるべきじゃないと思うよ」

それを聞いた彼女はつむじを曲げた。「いったいここのルールはどうなっているのよ、マット? 私はあなたのお気楽な情事の数々をほじくり出そうという気はないのよ」辣腕《らつわん》政治家のように彼女は相手を刺激する言葉を使った。「そろそろいいたいことをいったほうがいいんじゃない？」

「これはルールとは関係がない話なんだ。じつは……」

彼女をあざむいているという意識がますます彼の内面を侵食していた。彼はなんとか気楽に本題に入れないかと模索していた。「もしきみがぼくにある重大な事実を打ち明けなくてはならなくなったらどうする？　そしてそれが世間には知られたくない事柄だったとしたら？　たとえばきみが政界進出を考えていることとか」たとえばきみの夫が同性愛者だった事実とか。だがそれは口にしなかった。「なぜぼくが秘密を守るって確信できるの？」

「それはあなたが秘密を守る人だからよ。あなたは私の知るかぎり、誰よりも過剰なまでに責任感の強い人だわ」

彼女の微笑みがマットを驚かせた。

「あなたは雄牛のように人生を駆けぬけていく。角で他人を突き、大きな体でまわりを威嚇し、前足で地面をかき、風に向かって鼻を鳴らし、不快な思いをさせる相手には吠える。でもあなたはいつも正しい行ないをしている。だからこそ、私はあなたを信頼しているの」

彼は体のどまんなかに穴をあけられているような気分だった。早く話さなくては。

彼女の貴族的な鼻がつんと上を向いた。「あなたは私が昨夜のことを必要以上に重く見るのではないかと心配なの？　私はそれほどうぶじゃないわ。これは単なるセックスにすぎないってことぐらい、理解しているわ」

彼女はついに彼の罪悪感をそらすための標的を与えてしまった。彼は声を落とし、激しい調子でささやいた。「それがこの国の道徳のお手本たるべき女性の口から発せられる言葉かい?」

「現実的な話だわ」

彼女がこうした類いの関係がどうなるか、理解してくれていることを感謝すべきなのに、意外にも出てきた言葉はぶっきらぼうなものだった。「まあね、そんなことは、そのうちわかることだよ。それより冷めないうちに残りの魚を食べたほうがいい」

夕食にまったく手をつけていないのは彼のほうだったが、彼女はそれをとがめはしなかった。マットは無理やりナイフをとり、ステーキをひと口分切った。固く決意したかのように、彼は話題を私的な要素のないものへと移した。彼女はそんな話題にもつきあってくれたが、ただ時節を待っているだけなのではないかとマットは思った。

夕食を終えたふたりはデザートを断わり、コーヒーだけを頼んだ。最初のひと口を飲んだとき、彼女の爪先がふくらはぎをつついているのをマットは感じた。

「ひと晩じゅうかかってそれを飲むつもり?」いたずらっぽい、挑発的な感じを出そうしているのか、彼女は口をゆがめて笑った。

彼は椅子の背にもたれ、からかうように彼女の胸のあたりに視線を這わせた。「何をそんなに慌ててる?」

「急いでいるのはね、そろそろあなたがいいところを見せてくれてもいい時間だと思ったからよ」

マットはもう少しで彼女をその場でむさぼり食ってしまいそうになったが、なんとか車までたどりついた。エクスプローラーのフロント・シートに乗りこむまもなく彼の手は彼女の体じゅうを這いまわった。

一台のトラックが駐車場に入ってきて、マットはようやくわれに返った。「ここから出なくちゃ……」

「まだ九時なのよ」ニーリーは息もたえだえにいった。「ルーシーはまだ起きてるわ。それにバーティスとチャーリーもルーシーにつきあって帰らないでしょうし」

マットは急いでギアを入れた。「ということは、また新たな体験をするつもりなんだね？」

彼は猛スピードで町を出て、川と並行に走っている狭い道を見つけ、そこから小さな船着き場まで続く砂利道へおりた。巧みに車を操り、船着き場を過ぎたところにあるやぶのなかに車を停めた。まずライトを消し、フロント・ウィンドウを倒し、エンジンを止めた。「こんなまねをするにはふたりとも少々薹《とう》が立っているけど……」

「それをふたり分の意見にしないでね」その言葉どおり、欲情したファースト・レディが彼の膝を占領していた。占領といってもハンドルが邪魔をしているので膝の一部分でしかなかったのだが。

およそ紳士的なアプローチとはいいがたいが、マットはまず彼女のパンティに手を伸ばし、ドア・パネルに肘をぶつけながら渦巻くようなオレンジ色のスカートの下に手を入れた。腰をグラインドさせながら肘掛けのなかに入れ、パンティを形のよい彼女の脚からずりおろし、車の窓から外に放り投げた。

彼女の小さな舌が彼の口からすべり出た。「パンティを窓から投げたの？」

「いいや」

彼女は笑いだし、彼のジッパーに手を伸ばした。「あなたも脱いで」

「おれにも脱いでほしいんだね。いいよ」マットはウォール・マートの枕を取り、彼女を抱えたまま隣りのシートに移動した。膝がダッシュ・ボードをこすったり、頭が屋根にぶつかったりしたが、気にしなかった。

ニーリーは彼をまたいで座るために、彼の太腿に片脚を乗せた。これはおいしいポーズだった。彼は彼女の喉元の小さなビーズのハートに鼻をすりつけ、唇で彼女の下唇をはさんだ。

「前にやったことがあるのね」

「何十回もさ。ぼくのオリジナルなんだ」

彼女のその手でズボンを脱がせてほしい。彼女のおかげで「すべてを明かす」という言葉にまるきり新たな意味が加わった。昨夜決意したのは、コンドームを持たないまま彼女の一〇フィート以内には近づかない、ということだった。必要なものを見つけ、彼女のドレスを肩から脱がせるためにジッパーのタブをつかんで下におろした。何秒後かには彼は固くなった小さな乳首をねじっていた。

「痛い」と彼女はつぶやいた。「もう一度して」

マットは笑って彼女の望みどおりにした。

うなり声のような、喉を鳴らすような音が彼の口のなかで震動を生み、彼を狂おしく駆り立てた。

彼はまたスカートのなかに手を入れて、思いきり広げた脚のあいだにあるものをそっとおおった。そこはしとどに潤っていた。マットは肉の花びらをこすった。

「や……め……て……」

彼は指を彼女のなかにすべりこませ、ささやいた。「このほうがいい？」

彼女はうめいて両手でマットの頭をつかみ、唇を重ねながら、乳首を彼のシャツにこすりつけた。マットの手は彼女の濡れた花びらを包んでいたが、荒々しいまでの欲望は満たされてはいなかった。彼の手は甘く温かな場所を離れ、腰をつかみ、彼女の体を引き下ろそうとした……。

彼女は膝を締め、みずからの体で彼の体をそっと撫で、やがて体を開いた。しっとりと湿った羽がかすかにふれ、離れ、そしてまたふれる。

マットの喉から狂おしいうめきが洩れた。シャツは胸に張りつき、筋肉は固く緊張した。唇がつぼみのような乳首をとらえ、吸いついた。

彼女はセイレーンだった。雌狐だった。欲情をそそり、男心をかき乱し悩ませる妖精だった。

彼は屹立《きつりつ》したものを前に進ませ……熱い女体を強く引き寄せた……。

彼女は甘いあえぎとともにたぎった彼自身を迎え入れた。

新たな体験に燃え上がったニーリーのあまりの貪欲《どんよく》な動きに、マットは突きと引きのリズムを緩めようとしたが、彼女は自分の思いどおりに動きたがった。彼は彼女を護るように愛しく抱きしめながら、同時に自分自身も愛欲を狂おしくむさぼった。彼女は性悪で魅力的でどうしようもなく愛らしかった。

車のなかがふたりの唯一の世界だった。川堤の木々を吹き抜ける風の音だけが唯一の音楽だった。ふたりは強く激しく抱き合った。この世界にふたり以外誰も存在しないかのように。やがてふたりは恍惚の宇宙へとのぼっていった。

翌朝ニーリーはナイト・ガウンに包まれた膝を合わせながら裏の階段に腰かけ、明けたばかりの朝の露に濡れた裏庭をじっと見つめていた。隣りに置いたコーヒー・マグからたちのぼる湯気とともに、彼女は自分を目覚めさせたある思いを吸いこんだ。

彼女はマットに恋をしてしまったのだ。理性とは裏腹に、あの大きな声、とどろきわたるような笑い声、鋭敏な脳に強く惹かれていた。そして昨夜のあの惜しみない、なんの制約もない素晴らしい性愛。けれど何よりも、本当は自分の人生から排除したいふたりの幼い女の子たちに背を向けることができない、彼の優しさに惚れた。こうしてものの一週間もたたないうちに、知らず知らず心を捧げるようになっていたのだ。求められもしない心を。

傷つくのがわかっていて、なぜこんなことになってしまったのか？　自分の気持ちは欲望のせいだと一心に思いこんでいたから、知り尽くしているはずの自分本来の気持ちを顧みることでもなかった。彼女が愛してもいない男にけっして自分を捧げたりするはずがないのだ。

これ以上絶望的な縁組みは想像もつかない。著名人として、自分が彼の世界に適応できないことはいうまでもない。彼のほうが彼女の世界に適応できるとも、また考えにくい。彼がワシントンの名門法科大学で結婚相手を見つけるようなアイビー・リーガーだったら。私が学校教師だったら。あるいは民生委員、書店の店員だったら、よかったのに。

もしこうだったら、ああだったらと苦悩しつつ、ふたりの相性のよさが心をよぎる。彼女の冷静さ、彼の気性の激しさ。寡黙と饒舌《じょうぜつ》。思慮深さと衝動性。だが、そんなことはなんの問題解決にもならなかった。

ニーリーは絶望的な気持ちをシャワーで流し、ルーシーが目ざめる前にバトンを連れ出すために足音を忍ばせてチーター・ホームに入っていった。けっしてこぼしたりはしないが、ルーシーはめったに普通のティーン・エージャーのように睡眠をとれないのだ。キッチンに戻った彼女はラジオのスイッチを入れた。

「ファースト・レディのコーネリア・ケースの失踪から今日で八日目を迎えます……」

彼女はラジオのスイッチを切った。

ニーリーがバトンにシリアルを食べさせているとき、マットが起きてきた。歯みがきをしながらキスをして、ひとっ走りしてくるから家から出ないように、という。昨日のアメリカの公定歩合についての『ウォール・ストリート・ジャーナル』紙の記事を読みながら、バトンのようすを見ていると、十時を少しまわった頃、ルーシーがベランダに現われた。

「バーティスとチャーリーは来てる？　今日あたしとバトンをキャンプ場のプールに連れてってくれるんだって。プールにはでっかいすべり台と飛び込み台があるって」

「さっきバーティスと電話で話したけど、お昼ごろあなたたちを迎えにくるそうよ。私はここでバトンを見ているわ」

　バトンは、スキッドがすばやくカウチの下に逃げこんだので不機嫌な声をあげた。

「マットはどこ？」

「走りにいったわ。なんでも、戻ったら通りの向こう側にある遊戯場にバスケットの球入れをしに連れていくとかいってたわよ」

「ほんと？」ルーシーが顔を輝かせた。

「でもバスケットの球入れなんてばかばかしいこと、ルーシーがするはずないわよ、って私はいったの」

「やだ、まさか！」

　ニーリーは笑ってカウチから立ち上がった。「おばかさんねえ」ニーリーはルーシーの体をつかみ、力強く抱きしめた。

「あんたって、ヘン」ルーシーは尻込みした。

「そうよ。だから私とあなたは気が合うのよ」

「誰があんたを好きだといった？」

「いわなくてもわかるわよ」ニーリーは何も考えずに、ティーン・エージャーのおでこにキスをした。数秒間ルーシーは腕の力が抜けたようにだらりと下げていたが、やがてキスなんてたった一度でも耐えられない、とでもいわんばかりに体を引き離した。というより自分が先に離れないとニーリーがわれに返ってやめてしまうとでも思ったような動きだった。

ニーリーは微笑んだ。「ちょっと思いついたことがあるの。でもからかったりしないでね」

「なんであたしがあんたをからかうのよ?」ルーシーは床の上に座って足を組み、バトンの体をつかんで朝一番の抱っこをした。

「ルーシーがばかげてると思いそうなことをやってみたいの」

ルーシーがにやりと笑った。「どんなことよ?」

「イメージ・チェンジをやってみたいの」

「冗談はよしてよ!」

「いえ、本気なの。したいのよ」

「それはあたしのメイクが濃すぎるからよね?」

「たしかにあなたのメイクは濃すぎるわよ。さあ、ルーシー、きっと楽しいわよ。あなたのお化粧品をここへ持ってきて。私のもここへ持ってくるわ」

ルーシーは現代っ子らしく恩着せがましい表情でニーリーを見た。「それであんたの気がすむんなら」

「嬉しくて有頂天になりそうよ」

ふたりが化粧品を持ち寄ると、ルーシーはまずニーリーのイメ・チェンが先だといって譲らない。バトンが辛抱強いスキッドのうしろを這いながら追いかけているあいだに、ティーン・エージャーは幾層ものメイク・アップをニーリーの顔に重ね、やがて縁結びの達人らしい満足げな顔でできばえをながめた。「あんたメチャ、セクシーだよ。マットに見せるまでそのままにしてなよ」

ニーリーはカウチの肘掛けに立てかけた鏡に映った自分の顔をまじまじとながめた。これなら客引きの男がいて、街角に立てば完璧な娼婦だ。顔にひび割れができそうで、笑うに笑えない。「今度は私の番よ」

「メチャメチャださくなりそうだなあ」

「ださくても可愛いわよ」

ニーリーはメイクにとりかかった。目元にはほんのり軽めのアイ・メイクをほどこし、ルーシーの口のまわりに自分の淡いリップ・ペンシルを塗り、最後に無色のリップ・グロスを重ねて塗る。「これはサンドラ・ブロックが口紅のかわりに使っているものよ」

「ていうか、なんで知ってんのよ?」

じつはサンドラ・ブロックから直接聞いたことなのだ。「雑誌で読んだの」

自分の顔を見たルーシーの反応は予想より手厳しくなかった。

ニーリーはショート・パンツのポケットに隠しておいた蝶の形のピンを三本出した。驚かせようとこっそり買っておいたものだ。それをルーシーの前髪にすべりこませる。

ルーシーは鏡に映った自分に目を見張った。「すごいよ、ネル。メチャかっこいい」

「自分の顔をよく見てごらんなさい、ルーシー。あなた最高にきれいよ。これからは、あんな濃いメイクをするのは特に『不良ぶりたい』って感じる日だけにするって約束してよ」

ルーシーは目玉をぐるりとまわした。

「仮面のうしろに隠れたりする必要はないわ」ニーリーは優しい口調でいった。「あなたはしっかりとした自分を持っているんですものね」

ルーシーは椅子の肘掛けをむしりはじめた。ニーリーは自分がいったことについて考える時間を与えようと、くずかごに頭を突っこもうしているバトンを抱きあげた。「さあチビちゃん。今度はあなたの番よ」

ニーリーは赤ん坊を椅子に座らせ、ピンクの口紅を鼻の先に塗り、ルーシーの眉ペンシルでうっすらと頰髭を描いた。ルーシーはクスクスと笑った。鏡をのぞきこんだバトンが嬉しそうに独り言をいっていると、専制君主がハーレムにご帰還あそばした。走り終えた彼は汗に濡れたTシャツの脇にバスケット・ボールを抱えている。三人が同時に振り向いた。

専制君主はこと女に関しては抜け目のない人物で、なすべきすを熟知していた。「この可愛いネズミちゃんは誰なんだい？」といいながら柔らかい毛でおおわれたバトンの頭を撫でた。バトンは赤ん坊らしい賞賛の歓声を幾度となくあげた。

マットの目がルーシーに留まった。

ルーシーの顔にありとあらゆる感情が交錯するのがニーリーには見えた。不確かさ、熱望、不機嫌という防具。

「きれいだよ」彼はあっさりといった。

ルーシーは震えるような息を吸いこんだ。「口先だけでいってる」

「思ったとおりをいったまでだよ」

ルーシーの頬は輝きはじめた。マットはルーシーの肩をぎゅっと握り、ゆっくりとニーリーのほうを向いた。だがニーリーの顔をひと目見たマットは言葉を失った。彼は厚く塗ったファンデーションやマスカラを厚く塗り重ねたうす黒い目、血のように赤い口をしげしげと見た。

「ネル、かっこいいでしょ?」ルーシーが感嘆するようにいった。「もしさ、あのばかばかしいマクラなんて身につけてなきゃ、ネルってモデルみたいだよね」

「たしかに彼女には商業的な魅力はあるよ」

マットはニーリーのつり上げた片眉に満面の笑みを返し、ルーシーのほうを振り返っていった。「さあルーシー、靴を取っておいで。バスケットの球入れをしにいこう。ネル、ここにじっとしてろよ、いいな?」

「了解」ニーリーは敬礼をした。

ルーシーは顔をしかめた。「あんまし偉そうな態度をさせないほうがいいよ」

「ネルはそのほうが好きなんだよ」マットはルーシーを優しくドアのほうへ押しながらいった。

ふたりの背中を見ながらニーリーは微笑んだ。ここ数日のルーシーはまるで咲きかけの花のようだと思う。ニーリーは鼻歌を歌いながら部屋を片づけ、バトンにスナックを与え、おむつを替えた。そのあとで、バスケット・ボールのゲームを見るためにバトンを連れて通りの向かい側にある運動場に行ってみようと思った。

玄関を出たとき、紺色のトーラスが家の前に停まった。セダンのドアが開いて、ビジネス・スーツの男女がおりてきた。ふたりは全身これいかにも「政府職員」といったたたずまいを見せており、ニーリーは顔から血の気が引く思いがした。

まだだめ！　家があり犬もいる。ふたりの子どもと恋する男もいる。もう少しだけ待って！

本当は家のなかに戻って鍵をかけたかったが、バトンを胸に引き寄せ、自分をうながすようにして玄関ポーチの縁まで出た。

ふたりの男女は歩道へ入ってきながら注意深くニーリーの顔を見た。「FBI捜査官デルッカです」と女性のほうがいった。「こちらはシークレット・サービス検察官ウィリアムズです」ふたりはニーリーの腹部に見入った。彼女は内心、腹にパッドを入れろと強く勧めたマットの慧眼《けいがん》に感謝した。

ニーリーは濃すぎるメイクをほどこした顔に慎重に無表情を装った。

「なんです？」

「ミセス・ケースですね」ウィリアムズは疑問文ではなく肯定文を口にしたが、彼の目にひと筋の疑問が走ったのを、ニーリーは見逃さなかった。

「ミセス・ケース？　ファースト・レディのこと？」ニーリーはルーシーがよくする「おまえはアホ」の表情を試してみた。「うん、そう。それってあたしのことよ」

「なにか身分証明書を拝見させていただけますか？」女性のほうが尋ねた。

「運転免許証かなにかのこと？」胸の鼓動があまり激しいので、ふたりに聞こえてしまうのではないかと思えるほどだった。

「それで結構です」

「それがないのよ。何日か前にコイン・ランドリーで財布を盗まれちゃってね」彼女は固唾《かたず》を呑んだ。「そのことで来たの？　財布見つかった？」

ニーリーにはふたりのためらいが見えた。やっと捕らえたとは思っているものの、完全に自信はないのだ。彼女のなかで閃光《せんこう》のように希望がきらめいた。みずから進んで正体を明かせば、ふたりだけではなく捜査官たちが大挙してここに押し寄せてくるだろう。

「内密にお話をうかがいたいんですが、なかに入れていただけませんか？」

家のなかに入れたが最後、尋問は何時間にも及ぶだろう。「ここで話すわよ」

マットがまるで騎兵隊のようなおたけびをあげながら駆け寄ってきた。Tシャツは胸板に張りつき、スウェット・ソックスも片方が足首までずり落ちている。「どうした？」

「あ、あたしの財布が見つかったみたい」ニーリーはやっとの思いでいった。

マットは躊躇《ちゅうちょ》しなかった。ただちにふたりのほうへ向き直った彼はいった。「こいつの財布持ってきてくれたんですか?」

どちらのエージェントもそれには答えず、女性のほうが彼の免許証提示を求めた。マットがエージェントに免許証を手渡しているとき、ルーシーは大きく目を見開いて、びくびくしながら駆けてきた。バスケット・ボールをまるで救命胴衣のように胸に押し当てている。ルーシーは見てすぐにそれが役人だとわかったようだった。ルーシーを追ってきた役人だと思いこんだのだな、とニーリーは気づいた。「大丈夫よ、ルーシー。この人たちは私に話があるの」

「なんで?」

「身分を証明するものはなにもお持ちではないのですか、マダム?」ウィリアムズ検察官が尋ねた。

「何もかも財布のなかに入ってたのよ」

「これはぼくの家内です」とマットはいった。「ネル・ジョリック。これで身分証明になるでしょう」

女性のエージェントが厳しい顔をした。「ジョリックさん、われわれはたまたまあなたが独身であることを知っています」

「一カ月前まではそうでしたよ。ネルとぼくはメキシコで結婚しましてね。しかし、なぜまたぼくのことを知っているんです?」

「こちらはどなたのお子さんたちですか?」

かがえますから」

「ぼくの元妻のです。彼女は六週間前に亡くなりました」

ルーシーはそっとニーリーに近づいた。

ウィリアムズがいった。「なかに入ってもかまいませんか？　そうすれば内密にお話がう

ニーリーは首を振った。「散らかっているからいやよ」

彼らが結論を出そうと躍起になっているのが見て取れ、彼女は憲法修正第四条に感謝した。

ニーリーはいちかばちか賭けてみることにした。「ルーシー、こちらはエージェントのデル

ッカさんとウィリアムズさんよ。コーネリア・ケースを探してるんだって」

「この人たち、あんたがそうだって思ってるわけ？」

「たぶん」

ルーシーの体から緊張が抜けた。「ネルはミセス・ケースなんかじゃないよ！　彼女があ

んなコンテストに出たりしたから、こんなことになっちゃったのね。あれはあたしが考えた

ことだったの。だって一等賞品のテレビが欲しかったんだもん。そしたら赤ん坊の妹がテレ

タビーズを観られると思ったのよ。でももらったのは電動ドリルだけ」ルーシーはニーリー

のほうに向き直った。「こんな厄介な目に遭わせるつもりはなかったんだ」

「厄介な目になんて遭ってないわよ」ニーリーはよじれるような罪悪感を覚えた。ルーシー

は完全に何も知らないでニーリーをかばってくれているのだ。

ふたりのエージェントは視線を交わした。何かおかしいと疑ってはいるのだが、ルーシー

の見るからに正直な態度が効を奏したことは確かであり、ニーリーの身元についても確証を得ていない。

女性エージェントが仲間意識を呼び起こそうという狙いで、いかにも女性同士といった表情を向けた。「おうちのなかで座ってお話させてくださると、すごく助かるんですけどね」

「話すことは何もありません」ミスター・タフガイがいった。「もし家に入りたければ、家宅捜索の令状を持ってきてください」

ウィリアムズがニーリーの顔をじっくりとながめた。「隠すべきものが何もないのなら、もっと協力してくださってもいいはずですがね」

「妊婦を問いつめたりするよりほかにもうちょっとましな仕事がありそうなものだ、とぼくには思えてならないんですがね」とマットは切り返した。

マットが逮捕されたりしないように、ニーリーが割って入った。「そろそろお引きとりください。お役には立てませんので」

デルッカはじっくりと澄んだ目でニーリーを見つめ、ルーシーのほうを向いた。「ミセス・ジョリックと会ってどのくらいなんです？」

「一週間くらいかな。でも彼女、すごくいい人で絶対に間違ったことはしない人よ」

「じゃあ、まだ会ったばかり？」

ルーシーはゆっくりとうなずいた。

「話す必要ないよ、ルーシー」マットがさえぎった。「なかに入ってなさい」

ルーシーは困惑した表情を見せたが、いわれたとおりにした。バトンはニーリーの腕のなかで身をよじり、マットに手を伸ばした。

「ダ……」

マットがバトンを抱きとった。

「男の子、それとも女の子？」デルッカ捜査官がニーリーの腹部にちらりと視線を向けながら訊いた。

「男の子です」マットはためらいもせずいった。「それは確かです」

ニーリーは背中に手を当て、か弱い感じを出そうとした。「赤ん坊が大きい子で、このところ辛い日が続いているの。ほんとはあまり歩きまわっちゃいけないのよ」

マットが彼女の肩に腕をまわした。「なかに入って横になればいいじゃないか」

「そうしようかしら。お役に立てなくてすみません」ニーリーはふたりのエージェントに病弱そうな力ない笑みを向け、立ち去った。

「マ！」バトンが甲高い声で泣きだした。

ニーリーが振り返った。バトンが大きな動作で腕を振り上げ、手を差し出した。

ニーリーはマットからバトンを受け取り、タンポポのような髪の毛のなかに唇を埋めた。

家から遠ざかりながら、トニもジェーソンもひとことも言葉を交わさなかった。トニは左折し、大通りに出て、ケンタッキー・フライド・チキンの駐車場に車を入れた。脇のちょっとはずれたところに空きを見つけた。エンジンを切り、フロント・ガラス越しに通りの向こうのバーガー・キングをじろじろとながめた。


ジェーソンがついに沈黙を破った。「彼女ですよ」

「眉毛のそばにソバカスがあった？」

「化粧が濃すぎてわからなかった」

「彼女妊婦なのよ！　バーバラ・シールズはそんなことひとこともいわなかったじゃないの！」


トニは携帯電話に手を伸ばし、何分かのちにはシールズを電話口に呼び出した。会話は手短で要点をついた内容だった。電話を切ると、トニはジェーソンの顔を見やった。

「最初彼女はそんなはずはない、っていったの。やがて、そういえば腹部をはっきり見たわけじゃないって認めたわ。赤ん坊がチャイルド・シートに座ってて、食料品や雑貨類があったからだって。それに払うだんになったら、ジョリックが彼女の前に立ちふさがったって」

「くそっ」

「あんたのいったとおりよ。あれは彼女だわ」とトニがいった。

「彼女たしかに捜しだされるのをいやがっているな」

「子どもたちを見る彼女の目を見た？　まるで自分の子を見るような目だったわよ」

「オーロラじゃないかもしれないですね」ジェーソンは鼻筋をこすった。

「心から信じる?」

「何を信じているのか、自分でもわかりませんよ」

ふたりのビジネスマンがレストランから出てきてカムリに向かって歩いていくようすを彼らは見ていた。

「モーター・ホームのドアから指紋を採取できるとは思うんだけど、暗くなるまで待たなくちゃ実行できないわ」とトニがいった。

ジェーソンがまっすぐ前をにらみながら、ふたりがともに心のなかで考えていた疑問を口にした。「上司に連絡するのはいまにしますか、それともあとにしますか?」

「彼女と話はしましたが、オーロラかどうかの確証は得られませんでした、なんてケンにいうつもり?」

「いや、べつに」

「私もそんなのごめんだわ」トニはサン・グラスを手にとった。「何時間か休憩して、何かほかにいい手がないか考えてみましょうよ」

「ぼくもまったく同じこと考えてました」

マットは屋根付きのベランダに出てきて、いかめしい顔でニーリーを見た。「どうやら万事休す、みたいだね」

ニーリーはこの小さな幼子のこと以外は考えまいとして、赤ん坊の柔らかな頬に唇を寄せた。

「バトンは私を『マ』って呼んでもきっと意味がわかっていないと思うの」

「そうはいいきれないよ」彼の表情はニーリーの心境を映していた。「ニーリー、やつらに見つかってしまったね」

「まだよ。まだ確信はないと思うわ。もしそうなら、この家にはいまごろシークレット・エージェントがうじゃうじゃいるはずよ」

「でも時間が早いから」

ニーリーは初めての試みの生意気そうな笑みを返した。「さっきあそこに登場したあなたはまるで凶悪犯リストの筆頭犯人みたいだったわよ」

「デカには思いっきりいいたいことをぶちまけてやりたいと常づね思っていたから、これはいいチャンスだって思ったんだよ。きみと一緒にいるかぎり、おれは外交特権を行使できるって思うんだ」

「それはあえて勧めないわよ」ニーリーは裏庭に目を凝らした。「ルーシーを探さなくちゃ」

マットはじっとニーリーの顔に見入った。「あの子にいうつもりかい？」

「さっきはあの子を利用することになってしまったわ。その埋め合わせをしなくちゃね」

「おれについてきてほしい？」

「いいえ、この件はひとりで片づけなくちゃいけないの」

ニーリーは家のなかやチーター・ホームを見てまわり、ガレージのうしろに生えているタチアオイのそばにいるルーシーを見つけた。膝を胸に抱き寄せ、肩は前屈みになっている。

ニーリーはルーシーの隣りにゆったりと座った。「あなたを探していたのよ」

最初ルーシーはなんの反応も見せなかった。ようやく顔をあげたルーシーの表情には用心深さがあった。「あの人たち、ネルの夫のことで来たの？」

「まあそんなところ」ニーリーは深く息を吸いこんだ。「でも私がいつも話していた夫のことではないの」

「どういう意味？」

ニーリーはタチアオイの明るい黄色の花のなかを二匹の蜂が探検するようすをじっと見守っていた。「私の夫はケース大統領だったのよ、ルーシー」

「嘘！」

「ごめんなさい」

ルーシーはさっと立ち上がった。「嘘だ。ただ口でそういっているだけよ。あんたはネルよ！　あんたは――」ルーシーの声は涙声になった。「ネルだっていってよ」

「いえないわ。私はコーネリア・ケースなんですもの」

ルーシーの目は涙でいっぱいになった。「だましてたのね。あたしたちみんなをだましていたのね」

「そうなの。ごめんなさい」

「マットにはいったの？」

「彼のほうが何日か前に勘づいてしまったの」

「でもあたしには誰もいってはくれなかった」

「いいたくてもいえなかったのよ」

ルーシーは聡明だった。このことが実際に自分の身にどんな影響を与えるのか、すでに理解していた。震えがルーシーの体を駆けぬけた。「ジョリックとはもう結婚しないんだよね?」

ニーリーは心が締めつけられるような気持ちだった。「ふたりのあいだに結婚が話題になったことはないのよ」

「そんなはずないよ!」ルーシーの唇は震え、まるでこの世の終わりのような顔をしている。「あんたあいつが好きじゃん! めちゃめちゃ好きじゃん! 好きだったじゃん! あたしやバトンのことも気にかけてくれたじゃん!」

「いまでも気にかけているわ。こんなことになったけど、あなたたちふたりに対する気持ちは変わっていないの」

「でもこうなったら、あんたとマットが結婚することはなくなったよね。あんたは大統領の奥さんだったんだもんね。これから先あんたみたいな人がバトンを養女にしてくれることはきっとない」

「ルーシー、ちょっと説明させてちょうだい……」

だが、説明など聞きたくもなかった。ルーシーはすでに家のなかに駆けこんでいた。

19

それからしばらくして、マットはタチアオイの木のそばにいるニーリーを見つけた。彼はルーシーがさっきまでいた場所に座った。ただ、彼が座ると植物の一部が押しつぶされてしまったが。マットは急いでシャワーを浴び、まだ濡れたままの髪には髪を整えたときの指のあとが残っていた。膝を抱えこみ、その上に両腕を乗せ、マットはニーリーの顔をのぞきこんだ。「いろいろあったけど、この数日間、きみは楽しめたんじゃないのかな」

ニーリーは目をこすった。「ルーシーはいまどうしてる？」

「あの子が家に入ってきたとき、ちょうどチャーリーが現われて、泳ぎに連れてってくれたよ。最初は行かないっていったんだけど、バーティスがファッジを作ってるから行かないときっと悲しむよ、ってチャーリーがいったんだ。それでルーシーも行く気になって、バトンを抱いて出かけていったよ」

「バトンも連れていかせたの？」

「ルーシーならちゃんとバトンを守れる。きみを守るはずのシークレット・サービスよりいい仕事をするよ」マットは片脚を伸ばし、裏庭をじっと見つめた。「それに、赤ん坊にもおれときみから離れている時間が必要だから」

「どういう意味？」

「あの子は……」マットはいいにくそうな顔をした。「かなりなつきはじめているからね」

彼の言葉の意味が理解できないわけではなかったものの、体じゅうを冷たいものが駆け抜けた。「赤ん坊は人になつくのがあたりまえなのよ。赤ん坊ってそういうものよ」

「ニーリー……」

彼女は立ち上がった。「人間はみな誰かになつく、誰かを慕うものよ」

「何をいおうとしているの？」

「なんでもない。もういいの」

ニーリーは彼を置いて早足で家のなかに入ってしまった。二階に上がった彼女は衣類の片づけを始めた。気持ちを紛らわせてくれるものならなんでもよかったのだ。だが階段をのぼってくるマットの足音が聞こえた。

昨夜ふたりが愛を交わしたベッドは乱れていた。これまでベッド・メイクは常に人まかせだったから、自分でそれをすることなどまるで念頭に浮かばないのだった。

マットは部屋に入ると立ち止まった。「おれはあの子たちを引き取れない。だけどきみはおれにそうしてほしいんだろ？　おれにあの子たちを引き取れっていうんだろ」

ニーリーはシーツをつかんで引っ張った。「私が自分の正体を打ち明けたときのルーシーの顔をあなたにも見せたかったわ。あの子は私たちふたりのことで夢物語を胸に描いていたのよ。私たちはたしかにもっと現実的になれってあの子にいってはきたけど、あの子はそんな言葉を信じたくなかったのね。その夢にぎゅっとしがみついてさえいれば、夢はきっとかなうって、あの子は考えたのよ」

「それはおれたちの問題じゃないさ」

ニーリーのやり場のない苛立ちは沸騰寸前だった。さっと振り向いた彼女はいった。「あなたがそうまで懸命に取り戻そうとしている男っぽいひとり暮らしのどこがそんなにいいの？　いってよ、マット。あの子たちのいない生活のどこがそんなにいいの？」ニーリーは声をあげて泣きたい気持ちだった。私のいない生活のどこがそんなにいいの？

「それは不当な言い方だよ」マットは落ち着いた声でいった。

「そんなことどうでもいいわ！　ルーシーのあの顔を見たら、いまは不当だろうとなんだろうと、かまっていられないわよ」

「きみにおれの人生を正当化してみせる必要はないと思うけど」

ニーリーはそっぽを向き、ベッドの陰になるところに移った。「あなたのいうとおりよ」

「聞いてくれよ。ニーリー。こんな状況になったのはおれのせいじゃない。おれにとってはいわば降りかかった火の粉なんだよ」

「ええ、たしかにそのことは前に聞いたわ」彼女の声にある刺々しさは苦悩からきたものだった。一緒にいたのはたかだか一週間かもしれないが、その間みんな家族だったのだ。彼にとって重荷だったその絆《きずな》こそ、彼女にとってかけがえのないものだったのだ。

「これは子どもたちのことかい、それともふたりのことなのかい？」

マットは生来どっちつかずのことには耐えられない性分だ。核心をついてくることは想定しておくべきだったのだ。

「私たちのことではないわ」ニーリーは彼がそれに対して反論してくれるのを祈りつつ、やっといった。「それはおたがい了解しあっていることですもの。たったいま存在するもの以上にはなりえないということね」

「たったいま存在するものがほしい？」

だめだ。そんなことをさせるわけにいかない。「そんなわけにいかないわ。私は女よ、忘れたの？　悪の帝国の住人なのよ。国の制度なんていうまでもないわ」

「じつにいらいらする言い方だよ」

「いっておくけど、あなたがいらいらしたって全然かまわないの」

何もかも、歯車が狂いはじめた。感情も生活もこの男に対する報いのない愛情も。彼の彼女に対する思いがさほどに深くないからふたりの結婚は成り立たないという理由についても、理性的に話し合うことすらできなくなっているのだ。

マットが足を踏み鳴らして去ってしまうだろうとニーリーは思ったが、そうではなかった。それどころか彼はあの長い腕を伸ばして彼女を抱き寄せた。「聞きわけのないガキみたいだよ」とぶっきらぼうにいう。

この素晴らしい優しさ。彼の大きな手が彼女の髪の毛をまさぐるのをニーリーは感じ、すすり泣きたい気持ちが喉元までこみあげた。それを呑みこんで頬を彼の胸に押しつけた。

「自分でもわかってる」

彼の唇が彼女の髪をさっとかすめた。「ここで一戦交えればきみの気分も少しはよくなるのかな？」

「そう思うわ」

「わかった。じゃ、着ているものを脱げよ」

それほど簡単なら、いいのだが。彼女は溜め息をついた。「これは、セックスでは解決できないことなのよ」

「とにかく脱げよ。サービスしてもらいたいから」

「サービスですって？　それがファースト・レディに向かっていうせりふ？」

「きみはおれのファースト・レディなんだよ。たったいまからね」彼は彼女のトップに手を差し入れた。枕をはずしたとき、ひものひとつがほどけた。「くそ、これ嫌いだよ」

「それはそうでしょうよ。あなたは子どもに関係あるものはすべて嫌いよね」

「またそんな意地悪なことをいう」

「告訴すれば」

「もっといいこと考えついた」彼の口から野卑なその言葉が発せられたとき、ニーリーはかっと目を見開いた。それこそ彼の胸にあることだったのだ。

苦悩と同じほどの激しさで欲望が彼女の体じゅうを駆けめぐった。「それで私の心をつなぎとめる自信はある？」

「最善はつくすよ」

ふたりは衣類を脱ぎ捨て、数秒後にはベッドにいた。マットは彼女の上にまたがり、唇を使って彼女を陶然とした愉悦にいざなった。彼の手、そして肉体の前に、彼女はみずから体を開いた。そして歓喜とともにその熱い硬直を肉体の奥深く迎え入れた。

ふたりの交わりは激しく、無謀なほどだった。たがいにありのままの自分をさらけだし、欲望をぶつけあった。ただ、彼女は愛の言葉を口にすることはできなかった。彼もそんな気持ちになれなかった。

嵐のようなときが過ぎると、マットはまるで小さな壊れやすいものでも扱うように彼女の体を愛撫した。額や、目じり、鼻の先にもくちづけをした。彼女の顔を脳裏に刻みつけようとでもするように、キスをした。

ニーリーは彼の鎖骨の下にあるくぼみに親指を入れ、胸板に唇を押しつけた。

マットはニーリーの髪を撫で、髪の毛に顔を埋めた。

じょじょに彼の分身が張りを取り戻しつつあるのを感じ、ニーリーは元気づけるために彼の平らな腹部を指でなぞった。

マットの声はほとんどささやきのようだった。「どうしても話しておかなくてはいけないことがある」

マットの声にはただならぬ厳粛さがこもっていた。だが時間は彼女の敵だった。彼女は指先を下まで動かした。「あとにして」

分身に彼女の指がふれるとマットは息を止めた。さまよう彼女の手に、彼は拳を握りしめた。「いま話したいんだ。もうさんざん先延ばしにしてきたことだから」

「もうすぐあの子たちが帰ってくるわ。最後にもう一度だけ」

マットは寝返りを打って彼女と向き合った。彼の気持ちがあまりに大まじめなので、ニーリーも初めてわずかにいやな予感がした。

「本当は昨日の夜話すつもりだったんだ――いやじつはもっと前に――でもいつも怖じ気づいてしまって。きみにとってはきっと不快なことだから」

セックスのあとの気だるさも消え果てた。ニーリーはじっと待ったが、マットがためらうのでニーリーは吐き気さえ感じはじめた。「結婚しているのね」

「違う!」マットの目は激しい怒りにきらめいた。「おれがいったいどんな男だと思っているんだよ?」

ニーリーはほっとして力が抜け、枕に体を沈めた。これ以上彼から聞かせられたくない言葉はなかったのだ。

「ニーリー、ぼくの職場は鉄鋼所ではないんだ」

彼女は首をまわし、目をまるくして彼の顔を見上げた。ひどく動揺した顔だった。真剣な顔だった。ニーリーはなぐさめの言葉をかけたかった。あなたがどんなことで悩んでいるにしても、そんなことはちっとも問題じゃないわ、と。

「ぼくはジャーナリストなんだ」

彼女の世界は軸《じく》から傾いた。

「昨晩あのレストランで打ち明けようとしたんだけど、わがままな気持ちが頭をもたげた。もう一晩一緒に過ごしたかったんだ」

声にならない長い叫びが心のなかに響いていた。

マットは話しはじめた。説明しはじめた。「……LAで働いて……大衆向けの下世話な番組……仕事がいやになって……」

ニーリーは体が宙に吹き飛ばされたような気持ちだった。

「……また胸を張って仕事をするために、なにか大きなネタがないか探していたんだ。でも……」

「大きなネタですって？」彼の言葉がようやく心に届いた。

「ぼくは金につられたんだ、ニーリー。そして結局自尊心をなくしてしまったら、金なんてなんの意味もない、ということを苦い体験を通して学んだんだ」

ニーリーは自分の声がどこか遠くから響いてくるような気がした。「それが私なのね？あなたのその大きなネタというのが？　あなたの自尊心を取り戻すための切り札が私だというわけね？」

「違う！　お願いだから、そんな目で見ないでくれ」

これはあまりにひどすぎる。もっとも私的な瞬間がまるで私的ではなかったなんて。私は敵とベッドをともにしてきたのだ。

「きみを傷つけるつもりはないよ」とマットはいった。

「私のことは記事にしないつもり?」

彼のためらいはほんの数秒だったが、もうそれで十分だった。彼女はベッドから飛び起きると自分の衣類に手を伸ばした。「ルーシーに別れを告げたらすぐに出ていきます」

「待ってくれ、ちょっと説明させてほしい」

彼女はその願いを聞いた。そして待った……彼はベッドから起き上がり……懸命に言葉を模索し……だがやっと出てきた言葉は拙劣《せつれつ》だった。「傷つけるつもりじゃなかった」

ニーリーは彼の前で吐き気に襲われる前にトイレに入りたかった。デニスについて自分がマットに語った言葉を思い出し、自己嫌悪におちいった。言葉で認めこそしなかったが、肉体的に結ばれた結果、彼はその事実を知ってしまった。

「ニーリー」マットが優しくいった。「きみをけっして裏切らないことは約束するよ」

ニーリーは喉が乾き錆《さび》ついた感じがした。「もう遅すぎるわ。あなたはすでに私を裏切った」ニーリーはやみくもにトイレに駆けこみ、鍵をかけて閉じこもった。

あとになってマットは何十通りものましな言い方を思いついた。出し抜けにいいだしたりせず、ゆったりと落ち着いて話すべきだったのだ。もう少し優しい態度で、あらゆる手をつくすべきだったのだ。そうすればあの陶器のような肌が青ざめたり、パトリオット・ブルーの目があれほど悲しみにうちひしがれたりしなかったはずだ。

ふたりが築いたもろい世界は崩壊した。そしてすべては自分のせいだ。マットはバスルームのドアから顔をそむけ、ゆっくりと階段をおりていった。もはや何をいおうと事態は改善しないし、また、どんないいわけも通用しない。

紺色のトーラスが通りの向こうに停まっている。連中にしても、彼女の正体について確証を得てはいないのかもしれないが、いちかばちか賭けてみようとしているのだ。

彼女の身が安全であるとわかっているので、マットはエクスプローラーのキーをつかみ、そっと外へ出た。ほんのしばらくひとりになりたかった。そうすれば頭もすっきりして次にどんな行動をとるべきか考えもまとまるだろう。

バトンは指先をまるめ、家から遠ざかるチャーリーの車に向かって疲れたようにバイバイと手を振った。やがてルーシーの胸にもたれ、ぐずりはじめた。バトンは疲れるとネルにすり寄るのが好きになりはじめていることを、ルーシーは思い出した。

ネルじゃなかった。ミセス・ケースなんだ。コーネリア・ケースなんだ。

ルーシーはチャーリーとバーティスにネルの正体を明かすことができなかった。また、ネルがまもなくここを去り、ワシントンに戻ってファースト・レディに復帰するとはいえなかった。

何もかも自分の失敗が原因なのだ。ネルを無理やりそっくりさんコンテストなんかに引っ張りだしたりしなければ、誰にも気づかれることはなかっただろうし、こんな事態におちいったりもしていなかったはずだ。四人だけでいられたし、バトンも機嫌が悪くなれば、気持ちよくネルの膝の上で甘えていられたはずだ。

だがルーシーは自分に嘘をついているのを知っていた。ネルはそれでもマットと結婚していなかっただろう。彼女はミセス・ケースなのだ。再婚することがあっても、相手はもっと有名な人物だろう。かりに誰かを養子に迎えることがあったとしても、その子はきっと礼儀正しくて、利発な子どもだろう。間違っても彼女やバトンのように貧乏で使い古された子どもなんかではないはずだ。

マットは……彼は最初からルーシーとバトンをほしがらなかった。

ルーシーは傷ついた胸をおおうように赤ん坊を引き寄せ、怖くないと自分にいい聞かせたが、そのじつ、心は恐怖でいっぱいだった。バーティスやチャーリーと一緒にいたときも、これからどうしようという思いが心を占めていた。すぐに行動を起こさなければ、幼い妹の身は見知らぬ人に委ねられることはわかっていた。恐怖でおののいてはいても、妹をそんな目に遭わせるわけにいかないのだ。そんな思いで、ルーシーは家を出る前にポケットに忍ばせておいたメイベルのキーを取り出した。絶対に見知らぬ他人なんかに幼い妹を渡さない。

ニーリーははるかかなたに曲線を描いて流れるアイオワ川を窓越しに見つめていた。だがこれは彼女の川ではない。彼女の川は一〇〇〇マイルかなた、アーリントン国立墓地の前を通り、チェサピーク湾に流れこむ川だ。

ニーリーはさっきと同じ洋服に着替えたが、ルーシーがほどこした化粧はほとんど拭きとった。十分ほど前にマットはエクスプローラーに乗って出かけたので、彼と言葉を交わさないですむ。ニーリーはウォール・マートの枕をまたいで、今後ふたたび身につけることはないとは思いつつ、衣類を詰めはじめた。外で騒音がして、気になった。メイベルのエンジン音だ。

バスルームの窓に行って見ると、ちょうどウィネベーゴが車道をそろそろと出ていくのが目に入った。車はよろよろとカーブを曲がり、公道に入り、反対側に駐車している車に危うくぶつかりそうになった。ハンドルを握っているルーシーの姿を垣間見たニーリーは驚きで息を呑んだ。

気が動転し、階段を駆けおり、玄関ポーチに行きつくと、ルーシーが停止信号を見落としそうになりながら交差道路に入るところを目撃したが、ウィネベーゴはそのまま見えなくなった。

いつだったか「運転させてよ。この車は運転できるんだ」とルーシーはいっていた。ニーリーは心配のあまりめまいがした。ウィネベーゴの運転はかなり経験を積んだドライバーにとってもなかなかの難題なのに、まして運転免許も持たない十四歳では。それに乗っているのはルーシーだけではないはずだ。あの子がバトンを置き去りにするわけがない。

そのとき、通りの向こうに駐車している紺色のトーラスが目にとまった。女性エージェントのデルッカが助手席側から出て外に立ち、モーター・ホームが去った方向をにらみ、携帯電話を手にとるのが見えた。

ニーリーはためらいもしなかった。「電話をしまって!」ニーリーはデルッカのほうへ駆け寄りながら叫んだ。

デルッカははっと気づいて電話を切った。運転席にいたウィリアムズも、銃撃からファースト・レディを守ろうと車を飛び出した。

「あの子はまだ十四歳なのよ」とニーリーはいった。「それに赤ん坊も一緒なの」

ふたりは何も訊かなかった。デルッカはすでに車に戻り、ウィリアムズは後部のドアを開け、ニーリーが乗りこむとドアを閉めた。

ニーリーは座席のうしろにしがみついた。「まだそんなに遠くには行っていないはずよ。追いついてちょうだい」

ウィリアムズがアクセルを勢いよく踏んだ。デルッカは振り返ってニーリーのいまは平らになった腹部をながめた。しかし質問はしなかった。それはなぜか。すでに真実を知っていたからだ。

トーラスはより幅の広い住宅地の道路に出た。だがウィネベーゴの走った形跡はない。ルーシーはハイウェイを目指しているだろうと、ニーリーは推測した。

「交差点を右折してちょうだい」

「本当に警察を呼ばなくていいんですか、ミセス・ケース?」とウィリアムズが尋ねた。

「いいの、ルーシーが動転するといけないから」

ふたりのエージェントが視線を交わしたのをニーリーは無視した。ウィリアムズはニーリーを本名で呼び、彼女もそれを否定しなかったのだ。彼女の素晴らしい冒険も、マットが自分の生業を告白したときに終わりを告げたのだ。

三人は町並みの端でウィネベーゴを発見した。ルーシーは制限速度以下で走っているが、扱いにくい車のハンドルさばきに苦労しており、じょじょにセンター・ラインを踏み越えそうになっていた。

ニーリーは血も凍る思いだった。

「私の娘も十四歳のときに一度、私の車を勝手に運転したことがあるんです」デルッカが言った。「ほぼそのときからですよ、私の髪が白髪になりはじめたのは」

ニーリーは爪が食いこむほど拳を握りしめていた。「いまは八十歳になった気分よ」

「子どもはみんなそんなものですよ。ところで私はトニ。運転しているのはジェーソンです」

ニーリーは自己紹介に対して上の空でうなずいた。「私が見えるようにできるだけ近づいてみて。でも何をするにしても、サイレンを鳴らしてあの子を怖じ気づかせてはだめよ」

道路は直線で、さいわいに混んでいなかった。まもなくジェーソンはすんなりと隣りの車線に入った。ウィネベーゴに並ぶと、ニーリーにもルーシーの姿が見えた。ルーシーはまっすぐ前を見ながら、命綱をつかむようにしてハンドルにしがみついている。

「ああ困ったわ、警笛は鳴らさないでね」

「前へ出てスピードを落とさせましょう」とウィリアムズがいった。「落ち着いてください、ミセス・ケース。きっとうまくいきますよ」

ニーリーは、どうしてそんなことが断言できるのよ、とわめいてやりたい気分だった。ウィリアムズはすっとウィネベーゴの前に出て、スピードを落とした。ニーリーは体をよじって後部の窓から外を見た。だがルーシーの目はまっすぐ前だけをにらんでいるので、ニーリーを見ていなかった。

メイベルが近づき、やがてさらに近づいた。ブレーキ！　ブレーキを踏むの！

メイベルが危うく路肩をかすめそうになって、ニーリーははっと息を呑んだ。ルーシーはハンドルと格闘して、なんとか車を車線内に戻した。顔は恐怖にひきつっていた。ジェーソンが警笛を鳴らし、ルーシーもようやく後部の窓越しに身振り手振りで話しかけているニーリーを見た。

ルーシーはブレーキをぐっと強く踏んだ。

メイベルの後部が左右に揺れたので、ニーリーは恐怖で息が止まりそうだった。ルーシーがハンドルを急に切ったので、ふたたび後部が激しく揺れた。タイヤが路肩に激しくぶつかり、砂礫《されき》が飛び散った。車は最後に大きく揺れ、急に止まった。

ニーリーはほっと胸を撫でおろした。

一瞬のまにニーリーは車を飛び出し、モーター・ホームに突進した。トニとジェーソンもあとに続いた。勢いよく取っ手に手をかけたが、ドアはロックされていた。

ニーリーはドンドンとドアをたたいた。「すぐにこのドアを開けなさい！」

「あっちへ行って」

「いうとおりにしなさい。すぐに開けて！」

窓越しに見えるルーシーは頬を涙で濡らしながらも、決然とした憤怒の表情を浮かべている。

「ルーシー、私は本気よ！　私のいうとおりにしないと、大変なことになるわよ」

「もう、大変なことになってる」

ニーリーはバトンの身を案じて緊張した。「もうちょっとで死ぬところだったのよ！　いったい何をしようとしているのよ？」

「あたしは仕事を見つけるの！　そしてこのメイベルに住むの！　誰がなんといっても！」

バトンが泣き出した。

トニがニーリーを押しのけて、ドアを強くたたいた。「開けなさい、ルーシー。FBIよ」

ルーシーは爪を噛み、まっすぐ前を見ていた。

トニが声を張り上げた。「もしこのドアを開けないと、こちらとしてはウィリアムズ検察官に命じてタイヤを銃撃し、あなたのことも銃撃させるつもりよ」

ジェーソンがトニの顔をじろじろと見た。トニは声を低めてニーリーにいった。「最近のティーン・エージャーは政治的陰謀ものの映画をよく見ているので、最悪の事態を想定してしまうんですよ」

だがこのティーン・エージャーはそう単純ではなかった。「あたしがそんな脅しに乗るとでも思ってんの？」

ニーリーはもう耐えられなかった。「ここ、開けなさい、ルーシー。そうしないと私があなたを撃つわ！　本気よ！」

長い沈黙があった。ようやくルーシーも、もはやここまでと悟った。ルーシーは爪を嚙みながら窓越しにニーリーを見た。「マットにはいわないって約束して」

「何も約束するつもりはないわ」

バトンの泣き叫ぶ声がさらに大きくなった。

ゆっくりと……非常にゆっくりと……ルーシーは運転席から離れ、ドアのストッパーをはずした。

ニーリーはなかに飛びこみ、片手を上げ、ルーシーの頰を平手打ちした。

「もう！」

ニーリーはルーシーを胸に抱き寄せた。「死ぬほど心配したのよ」

「マ！」バトンが黄色い声をあげた。

ルーシーを抱きしめながら、怒ったように泣きわめく赤ん坊を見つめ、ニーリーは自分がまた人生の岐路に立ったことを感じていた。

紺色のトーラスが消えていた。モーター・ホームが駐車されていたガレージ前のスペースもぬけの殻だ。そしてニーリーの姿も見えない。

何かわかるのではないかと家じゅうを探したが、荷物を半分ほど詰めこんだニーリーのかばんからは新しい事実をうかがい知ることはできなかった。

刻々と不安が大きくなる。何かおかしい。子どもたちももう帰ってきているはずだし、モーター・ホームもここにあるはずだ。ニーリーも――。

車のドアがバタンと閉まる音がして、玄関ポーチに走っていくと、ちょうどニーリーがトーラスの助手席から出てくるのが目に入った。大声を出すつもりはなかったのに、思わず怒鳴っていた。

「無事だったのか？　いったいどこに行っていた？」マットはシークレット・サービスのエージェントに食ってかかった。「どうしたんだ？　彼女がいやがることを強要したのか？」

相手が答えを返すまも与えず、マットはニーリーのほうに向き直っていった。「モーター・ホームはどこだ？　子どもたちはどこにいる？」

まるで彼の姿など目に入らなかったかのように、ニーリーは顔をそむけた。ちょうどそのとき、モーター・ホームが車道に入ってきた。ハンドルを握っているのは女性エージェントだった。

「子どもたちはモーター・ホームのなかです」まるで赤の他人に話すようなよそよそしい声だった。ニーリーはじっとウィリアムズを見つめながらいった。「どのくらい時間をもらえる？」

「時間はありません、ミセス・ケース。上司に報告しなくてはなりませんから」

マットは落胆した。

「私がいいというまで待って」ニーリーは答えた。「せめて一時間待って」

ウィリアムズは渋い顔でニーリーを見た。「それは無理でしょうね」

「コーネリア・ケースを二度も逃がしたエージェントとして有名になりたくないのなら、なんとかできるはずよ」

形勢不利とみたウィリアムズは不承不承うなずいた。「一時間ですよ」

デルッカがメイベルから出てきた。そのうしろからルーシーがいかにも重そうにバトンを抱えながら出てきた。マットのほうへ向かってくるのろのろとした足取りから、こんな事態を引き起こした張本人は誰かというマットの疑問はほぼ解けた。

バトンを受け取りながら、マットはルーシーをにらんだ。「家のなかに入れ」赤ん坊は世界一気持ちのいい枕を見つけたかのようにマットの胸にもたれ、すぐに瞼を閉じた。ルーシーは哀願するような表情でニーリーを見た。「殺されちゃうよ」

「みんな家のなかに入るのよ」ニーリーは背筋をぴんと伸ばし、マットには目もくれず、ずんずんと歩いた。

マットはエージェントたちが分散するようすをじっと見守った。ひとりは家の前、もうひとりは裏へまわった。ニーリーはいつもこんな生活を送っているのだな、とマットはあらためて思った。常に注目され、警護され、追跡される生活。頭では理解していたものの、現実にそれを目の当たりにするのとは違うものだ。

全員が屋根付きのベランダに向かった。ルーシーはまだ徹底的に噛んではいない指を探しながら、すでに知られてしまった一部始終をマットにどう説明しようか、考えあぐねていた。マットの妹エリザベスが家の車に無断で乗ったのは十四歳のときだった。だが赤ん坊まで道連れにはしなかった。

ルーシーは籐製の茶色の肘掛け椅子にうつむくようにして座った。なんとか強気な態度を保とうと努力したがうまくいかなかった。ニーリーは気乗りしない幹部会議でも執り行なうような、こわばった、堅苦しい顔で向かい側に座っていた。

マットはカウチに座り、夢うつつのバトンを隣りに置き、寝返りをしても転がり落ちないように座り方を変えた。ニーリーは、腐った肉から這い出た虫でも見るようにマットを見ていた。

「当然これはオフレコにしていただけますよね？」

こんな言い方をされても当然なのだから、マットが怒るのは筋違いなのだ。「強要するような言い方はよしてくれ」

「答えはイエスかノーだけで結構よ」

ニーリーとしてもマットが子どもたちまで食い物にしたりはしないだろうと確信はしていた。身から出た錆と観念したマットは固い声でいった。「オフレコにする」

ルーシーはふたりのやりとりを好奇心をもって聞いていたが、マットはこの時点で説明を加える気はなさそうだった。

「ルーシーはバトンを連れて逃げたのよ」ニーリーがのろのろといった。「メイベルを運転して」

そのことは彼の予想どおりだった。同時に、ニーリーが自分の仮面が剝がれるのを覚悟でためらうことなくふたりのエージェントに救援を求めたこともはっきりした。

椅子に沈みこみながら身を縮ませているルーシーのほうを見て、マットはいった。「なぜなんだ?」

ルーシーは対決姿勢もあらわに顎を上げた。「バトンを知らない人に渡したりしない!」

「だからあの子の命を危険にさらしたのか」

「運転ぐらいあたしにだってできる」ルーシーはむっつりといった。

「いいえ、無理よ」ニーリーがいい返した。「あのモーター・ホームはひどく蛇行していたわ」

マットはますます胸苦しさを感じた。「これはおまえのやらかした最大の愚行だ」

マットに面と向かって反論する度胸がなかったので、ルーシーはニーリーに食ってかかった。「みんなあんたが悪いのよ。あんたがミセス・ケースじゃなかったら、あんたとマットは結婚できたのよ!」

「よせ」マットは鋭くいった。「責任転嫁するんじゃない。おまえは自分の命ばかりか妹の命まで危険にさらしたんだぞ」

「あんたの知ったこっちゃないでしょ。あんたはあの子を見捨てるんだから!」

マットの胸の内を強い思いがよぎった。赤ん坊が寝返りを打って、親指をくわえた。最近はあまり指しゃぶりをしなくなっていたのはマットも気づいていた。きっといまは特別に気慰めが必要なのだろう。ああ、こいつはなんてすごい赤ん坊なんだ。超一級だ。頭がよくて寛大で、威勢がいい。この資質があれば間違いなく出世する……チャンスさえつかめれば。

「ひとつあなたに知らせておかなくてはいけないことがあるの」ニーリーの口元が引き締まった。「モーター・ホームに入ったとき、私はルーシーに平手打ちを食らわせたの」

「たいしたことじゃないよ」とルーシーがぼそぼそといった。「そんなこといわなきゃいいのに」

マットはそれがたとえニーリーでも非行少女を殴って罰することには反感を覚えたが、その心情は理解できた。

「たいしたことよ」とニーリーは主張した。「殴られて当然という人なんていないのよ」ニーリーはマットのほうを向いた。「ルーシーとふたりきりで話したいの」

彼女のよそよそしい態度にマットも意固地になった。「何を話したいのか知らないが、おれの前で話してくれ」

「それじゃ、世界じゅうに公表するのとおんなじね」

「おれは聞く資格がないというわけか」

「まあそんなところかしら」

「隠しごとはきみのほうが先だった」

「喧嘩はやめてよ」ルーシーが消え入りそうな声でいった。

以前にふたりの言い争いをルーシーに聞かれてしまったことがあったが、そのときとくらべてふたりのあいだで何か基本的なものが変化してしまったのをルーシーも気づいているらしい。マットはルーシーにも真実を話すべきだと思った。「じつは隠しごとをしていたのはニーリーだけじゃなかったんだよ、ルーシー」

ルーシーはまじまじとマットの顔を見て、顔をしかめた。

「くそっ、結婚してたんだ」

「結婚はしてないよ！　なぜふたりとも同じことをいうんだい。ひとついっておくけど汚い言葉はつつしめよ」

バトンはマットの怒鳴り声で眠りを妨げられたのがいやで、猫のような声をあげた。マットはバトンの背中をさすった。バトンは重たい瞼を片方だけ上げて、それがマットであることを確かめ、安心して、また瞼を閉じた。マットはふたたび胸苦しさを覚えた。

「おれはニーリーに鉄鋼所で働いているといっていたけど、じつは本当のことではなかった。おれはジャーナリストなんだ」

「ジャーナリスト？　新聞記事を書いてるの？」

「じつは他のことにも手を出していたんだが、たしかに記事を書くのがおもな仕事だ」

ルーシーはルーシーらしい率直さで、核心を突く質問をした。「ネルのことを記事にするつもりなの？」

「書くしかないと思ってる。だからニーリーが怒っているんだ」

ルーシーはニーリーの顔をじっと見た。「マットがジャーナリストじゃだめなの？」

ニーリーはマットから顔をそむけていった。「ええ、だめよ」

「なぜ？」

ニーリーは自分の手を見下ろした。「これは私にとってごく私的な時間だったの。それに人に知られたくない話も彼に打ち明けてしまったのよ」

ルーシーの表情がぱっと明るくなった。「それなら、いいじゃん。彼も気持ちを変えてくれるよ。そうでしょ、マット？」

ニーリーはとつじょ立ち上がり、ふたりから顔をそむけ、胸の前で腕を強く交差させた。

ルーシーは眉を寄せた。「いってよ、マット。ネルのことは書かないって約束して」

振り返ったニーリーの青い目は氷のように冷たかった。「そうね、マット。いってちょうだい」

ルーシーはかわるがわるふたりの顔を見た。「ネルのことを記事にはしないわよね？」

「もちろんマットは記事を書くわよ、ルーシー。彼にとっては見逃せない大きな特ダネですもの」

これですべてが終わり、ニーリーは永遠に去ってしまうという思いが不意にマットを打ちのめした。不確かな未来ではなく、たったいま、今日の昼下がりに。

「マット?」ルーシーの目が哀願していた。

「おれは彼女の秘密はけっして洩らさないつもりだよ、ルーシー。それはすでに彼女にも告げたことだ。しかし彼女は受け入れてくれないんだよ」

ニーリーは深呼吸し、マットの存在をまるきり無視してルーシーのほうを向き、氷のような作りものの微笑を向けた。「心配しないで。あなたには関係ないことよ」

ルーシーの懸念がまたしても頭をもたげた。「なら、なんであたしとふたりきりで話がしたいの? なんの話?」

ニーリーは胸を張り、両手を脇に下げた。「あなたとバトンを養女にしたいの」

20

この提案をもちかけるにあたっては、ルーシーとふたりきりになりたかったのだが、マットがそれを承知しない以上、彼はそこに存在しないものとして話し合うしかない。ルーシーはわが耳を疑うようなようすでくいいるようにニーリーの顔を見ている。ニーリーは微笑みながら、もう一度繰り返した。

「私はあなたたちふたりを養女にしたいの」

「ほ……本当に？」ルーシーの言葉は最後の一音で甲高くなった。

「この件についてはみんなで話し合うべきだったんじゃないかな」マットはカウチに座った体を少しずつ前に移動させていた。

ルーシーはニーリーから目を離さなかった。「あたしたちふたりともじゃないわよね。バトンと……あたし……じゃないよね？」

「もちろん、ふたりともよ」

マットは眠っている赤ん坊を抱き上げた。「ニーリー、きみと話し合いたい」

ニーリーは黙殺した。「大切なのはここよ。このことについて、あなたによく考えてもらいたいのよ。私と一緒にくると、あなたたちはいろいろと厄介な事態に巻きこまれることになるし、それに対しては私もどうしてあげることもできないの」

ルーシーは目を見開いた。「どういう意味？　どんな悪いことが起きるの？」

ニーリーは立ち上がってルーシーの座る肘掛けソファのほうへ歩いていった。「私は有名人なの。たとえファースト・レディの地位を退いてもその事実は変わらないわ」彼女は座ってルーシーの手をとり、その細く冷たい指をさすった。「私たちはいちいち結びつけて考えられるようになるわ。だから多くの人があなたが何か失敗するのを待つようになるのよ」

ごくりと唾を呑みこむルーシーの喉が動いた。「気にしないよ」

「きっと気にするようになる。私のいうことを信じて。プライバシーが保てなくなるって恐ろしいことなのよ。そしてそれが、あなたの身にふりかかってくるの。どこへ行くにもシークレット・サービスがついてくる。友だちといても、初めてのデートのときだって、どこへ行きたくてもついてくるわ。どんなところへもけっしてひとりでは行けないのよ」

「行けたじゃん」

「これはほんの一時的なことよ。結局自分の本来の生活に戻らなくてはならないことは最初から覚悟していたわ」ニーリーはルーシーの指の関節をさすった。「生活のなかで破壊されてしまうのはそれだけじゃないの。これも些細なことだけど、あなたはモールに行くのが大好きよね。そのことを考えてみて。そんなことをするにも、かならずありとあらゆる面倒が発生するのよ。そのうちそんな犠牲を払ってまで行く価値はないとあきらめるようになる。

あなたはそういう類いの多くのものを失うことになるの」

「どうしてもモールに行きたいなんていってないよ」

ニーリーはルーシーにこれから足を踏み入れようとしている世界がどんなところなのか、明確に理解させたかった。「いつかへまをやってみればわかるわ。私とあなたの問題ではすまされない。全世界が知ることになるんだから」

マットは一歩窓に近づいた。柔らかいバトンの体を腕に抱えながら、その顔は暗く翳っていた。この件では彼はニーリーの敵対者ではなく、パートナーでなくてはならないはずなのに、彼女の憤りはますます深くなる一方だ。

ニーリーはルーシーに気持ちを戻した。「もしあなたが公衆の面前で、悪態をついたり、大声でしゃべったり、あのとんでもない紫の髪に戻したりすれば、そのことは結局新聞に取り上げられ、誰もがあなたを非難の目で見るようになるわ。ある日テレビをつけてみると、心理学者が全米の国民のために、あなたの性格を分析していたりするの」

「サイテー」

ニーリーの言葉がようやくルーシーの心に通じたようだ。「本当にそう。きっとそうなるのよ。それは予告しておくわ」

「大人になるまでにいろいろ新聞に悪口を書かれたりしたの？」

「そうでもなかったわ」

「じゃあ、どうして私がそんな目に遭うと思うわけ？」

ニーリーは同情にみちた微笑みを向けた。「悪い意味にとらないでほしいんだけど、私はあなたとくらべていい子ぶりっこだったのよ。そうしなければ父が許さなかったの。それがまた別の大問題なのよ。父がね」

「意地悪なの？」

「意地悪ではないわ。でも気むずかしいかもしれない。けれど父は私の人生にとって大切な役割を担ってくれている人なの。だからあなたとの関わりも多いと思う。きっと私がいくら止めても、父はどうすれば他の模範となれるかについてああだこうだとお説教するはずよ。何かいけないことをしたら、あなたが自己嫌悪におちいるような、独特のまなざしであなたを見るでしょうね。いつもいろいろな点であなたと私をくらべてみせ、できるだけ近づけといったりもするわ。父のこと、きっとあまり好きにはなれないでしょうけど、それでも我慢するしかないのよ」

大きく息を吸いこむルーシーの胸が震えた。「本気なんだね？　あたしたちのこと……永久に養女にしてくれるの？」

「ああ、ルーシー。これがあなたが何よりも望んでいることだというのは、私にもわかるわ。でもね、簡単なことではないのよ。もうひとつ大切なことがあるわ……あなたはこの決断をふたりのために行なわなくてはいけないの。自分だけの問題ではないのよ」

「バトンの分も、ってことだよね」

ニーリーはうなずいた。「少なくともあなたは、普通の生活がどんなものだったのか覚えている。でもバトンは著名人の生活しか知らない、ということになるでしょ。そのことでバトンがあなたを責める日がきっとくるわ」

ルーシーは穴が開くほど長いあいだニーリーの顔を見つめていた。「絶対本気なんだね?」

「本気よ。残念だけど、あまり考える時間はないの。あなたにとってたぶん人生最大の決断なのにね」

「もう心は決まっているの」ルーシーは勢いよく立ち上がった。「あんたと一緒に行くよ!」

ニーリーにとって、その言葉は意外ではなかった。マットが反論することを望む気持ちもあったが、目を向けてみると、その表情は石のように無表情だった。

「荷物をまとめていらっしゃい」ニーリーは穏やかにいった。「まもなく出発よ」

ルーシーはドアに向かって走りかけ、ふと足を止めた。「ひとつ知らせなくてはいけないことがあるの。バトンの名前のことなんだ。じつは……」その顔がゆがんだ。「ベアトリスなんだ」

ニーリーは無理に笑顔をつくった。「教えてくれてありがとう」

しばらくルーシーは何もせず立ちつくしていたが、またあの痛めつけられた指を口に突っこんだ。「あんたがバトンをほしがるのはわかるよ。あの子は可愛いし、そのほかにもいっぱいいいところがある。でも……」バトンは口から指を抜いて、親指をつつきはじめた。声は小さく無防備になっていた。「なぜあたしなんか養女にしたいの?」

ニーリーは長椅子から立ち上がった。「それは私があなたを愛しているからよ」

「そんなのいんちきだね」喧嘩腰の口調だが、ルーシーはどうにも腑《ふ》に落ちない、といった当惑の表情を浮かべている。「あんなとんでもないことをしでかしたあたしを愛せるわけないよ」

「私はね、あなたがあなたらしく生きているところが好きなの。きっと私はあなたのような子どもでいたかったんじゃないかしら」

「どういうこと?」

「あなたは勇敢だし、自分を守るすべを知っているわ。人生の何が大切なのかを知っていて、身を賭してもそれを得ようとする」

このときばかりはルーシーも言葉がなかった。だがそれもいっときのことで、ルーシーの顔を強気な険しさがよぎった。「あたしもあんたを愛してるよ、ネル。あんたをやな目に遭わせるやつがいたら、このあたしが許さない」

「それが心配の種でもあるんだけどね」

ルーシーは輝くような笑顔を向け、ベランダから出た。

ルーシーは興奮のあまりマットに相談するどころか、一瞥も与えなかった。マットはニーリーに近づいた。

「このことについては、まずぼくに相談してほしかった」

「あら、なぜ? 私としてはあなたの願いをかなえてあげたつもりなのに。一時間もしないうちに、あなたの望みはすべてかなうのよ。女たちはすべていなくなり、人生最大の特ダネを手にするんですもの」

「そんな……」マットは適切な表現を探してもがいているようだった。「これがあの子たちにとってベストな道だとはいいきれない気がするんだ」

「そんなことは百も承知よ。あなたにはもっといい考えがあるの？」

マットは何かをいいかけて口をつぐんだ。知り合って初めてマットがぶざまに見えた。あの長い伸びやかな腕や脚もまるでそぐわない感じがした。

「ぼくが思うには……つまり……」バトンを反対の腕に抱き替えながら、マットは言葉を探していた。「仰せのとおりさ。いい考えなんてないよ。この件を担当している弁護士の名前を教えよう。きっときみのワシントンのお仲間がペンシルヴェニア児童福祉課の担当者との折衝にあたってくれると思うよ」

「それはきちんと取りはからってもらうつもりよ」

「ヤッホー」

裏庭でトニとジェーソンに両脇から引き留めを食らっているパーティスとチャーリーの姿が目に入り、ニーリーはこのときほど冒険物語の終焉を思い知らされたことはなかった。

「この人たちがなかに入れてくれないの！」バーティスが大きく手を振りながら叫んだ。

ニーリーはがっくりと肩を落とした。自分がこの子どもたちを追いこもうとしているのはこんな世界なのだ。

「気の毒だと思っているよ、ニーリー」

はっとして目を上げると、マットの同情らしき感情をたたえたまなざしに合った。同情するその心が憎らしくて、ニーリーは肩をすくめるのがやっとだった。「人生こんなものよ」

「たしかにそうだね」

結局ウェインズ夫妻を救い出してなかに入れたのはマットだった。ふたりはニーリーの正体をすでに見抜いていた。だがワシントンを出た理由を説明しようとしたニーリーは言葉につまり、マットがあとを継いだ。子どもたちのいま置かれている状況についても話してくれた。話を聞いたウェインズ夫妻はこれまでと態度を変えるかとニーリーは思ったが、バーティスはただ首を振り、持ってきた皿を差し出しただけだった。「かわいそうにね。さあ、ファッジでも召し上がれ。少しは気が晴れるわよ」


ニーリーがバトンの残りの衣類を詰めていると、ルーシーがモーター・ホームのなかをせわしなく動きまわり、のべつ幕なしにしゃべり、邪魔をする。「……毎晩お皿を洗うし、バトンの面倒も見るよ。自分の部屋の掃除もするし、ホワイト・ハウスだって掃除しちゃうよ。ホワイト・ハウスをぴっかぴっかにして——そいで——」

ドアが開き、マットが体を押しこめるようにしてなかに入ってきた。「バーティスとチャーリーがベランダでバトンを見てくれているよ。お別れのあいさつをしてきたらどうだ?」

「家に招待して、来てもらうもん!」ルーシーが走り出たあと、ドアが大きな音をたてて閉まった。

マットの裏切りはまるで苦い粉のようにニーリーの心にこびりついていた。ニーリーは気持ちを切り替えて、バトンのロンパースを詰めることに集中した。

「すでにハゲタカたちの襲来は始まっているよ」とマットがいった。「パトカーが一台現われた」

ニーリーは重ねた衣類をスーツケースのなかに詰めこみながら、気にもかけないそぶりを装った。マットが床のスペースをうめるように近づいてきた。デニスのこと、いまだ口にしてはいない真実がニーリーの心をよぎった。言葉にこそしなかったが、マットはその事実を察しているはずなのだ。出発する前に、その点をはっきりさせておかなくてはならない。

「あなたに私の秘密を守っていただくには何をすればいいのかしら？」

マットは用心深い目でニーリーを見た。「ぼくを信頼してもらうしかないんじゃないかな」

「あら、そうかしら。報道関係者をけっして信用するな――というのが私の学んだ最初の鉄則だったけれど」

「ぼくはただの報道関係者じゃない。きみの友人だ」

友人。恋人ではなく。最愛の人ではなく。これほど傷つく言葉はなかった。

私には守るべき遺産があり、失恋より重大なことがあるのだと、ニーリーはしゃにむに自分にいい聞かせた。ひょっとすると彼の意図を誤解し、厳しすぎる判断を下していたのかもしれない。「それはつまり、あなたはこのことについていっさい記事を書かないということかしら？」

「記事は書かなくてはならない」マットは静かにいった。た。

その言葉にそれほどの打撃を受けるのはおかしいのかもしれないが、ショックは大きかった。

「聞いてくれよ、ニーリー。メディアの報道は激しさを増し加熱していくだろう。そこからきみを守れるのはぼくしかいないんだよ」

「私って運がいいんじゃない？」ニーリーは鋭くいい返した。

「このことについて記事を書かねばならない理由はいくらだってあげてみせられる。だけどきみはそんなものに耳を傾ける気はまるでないだろう？　何度も試みて、悟ったよ」

ニーリーは拳を握りしめた。「よくもまあ、そんな崇高な倫理を振りかざしたりできるわね。私は何年間も報道関係者の狡猾《こうかつ》な策略をこの目で見てきたのよ。でもあなたは戦利品を手中にしているんですものね。あなたはいつもベッドのなかで大きな記事ネタを仕入れるの？」

「よせよ」マットは厳しい声でいった。

ニーリーはぎこちない手つきでスーツ・ケースのジッパーを閉めた。「出ていって。もう話すことはないわ」

「ニーリー、頭を使ってくれよ。きみのこの数日間を誰かが正確に記録にとどめておかなくてはいけないとおれは思うんだ。でないときみはいつまでも心の安らぎを得られない」

「つまりあなたは私のために記事を書くというのね？」

「たがいに敵対したくはない」

「友好関係は保ちたいというつもり？」ニーリーはぐいと力をこめてジッパーを引いた。

「そのほうがあなたにはすごく都合がいいわよね。友人として、私は何かおいしい内輪話をあなたに投げてあげなくてはいけないのかしら」

「きみはぼくをそんなふうに見ているのか？」

ようやく彼の怒りを誘うことができて、ニーリーは満足していた。そのほうが話が簡単だからだ。「私があなたをどう見ているか、なんて知らないほうがいいんじゃないかしら」

ニーリーはスーツケースをつかみ、マットの前をすり抜けようとしたが、マットはスーツケースを押しやって、彼女を抱きしめた。

「ひどいよ、ニーリー！」マットが不意にニーリーの唇を奪った。キスはただ苦く、その朝ふたりが交わした甘いくちづけとは似ても似つかないものだった。マットも同じことを感じたのか、唇を離し、彼女の額に自分の額をつけた。「こんなまねはやめてくれよ、ニーリー。こんな終わり方はいやだ」

ニーリーはマットにも自分と同じだけの心の痛みを味わせたいとでもいうように、体を離した。「あなたはただのお遊びの相手だったのよ、マット。お遊びはもうおしまい」

モーター・ホームのドアが弾けるように開き、ルーシーが駆けこんできたが、気持ちが舞い上がりすぎていて、その場の気まずい雰囲気には気づいていない。「すごいよ、ネル！外にパトカーが二台も停まってるんだよ。それにテレビ局の人たちも来たよ！トニがいってたけど、ここからそう遠くない原っぱにヘリコプターも着陸するって。あたしたち、それに乗るの？　すげえ！　あたしまだヘリなんて乗ったことない！　バトンは怖がると思う？　前もってちゃんといい聞かせておかなくちゃだめかもよ、マット。怖がらせないためには——」

そのときになって、ルーシーははっと気づいた。

ルーシーは口を半開きにしたままマットの顔をまじまじと見つめた。その口から発せられたのは質問だったが、答えは訊かずともわかったらしい。ルーシーは首を振った。「マットも一緒に来るんだよね、そうだよね？」

「いや、行かない」

ルーシーの目から輝きが消えた。「来なきゃだめだよ！　ねえ、ネルからもいって。一緒に来るようにいってよ！」

「ルーシー、あのね、マットは一緒に来れないのよ。彼には仕事があるの。彼には彼の人生があるの」

「でも……一緒に住めなくても、しょっちゅう訪ねてきてくれるんでしょ？　来週とかには訪ねてくるんでしょ？」

マットはしわがれた声でいった。「ごめんよ、ルーシー。でも行けないんだ」

「どういうこと？　だめよ、来なくちゃ！　あたしに会いにこいとはいわないよ。バトンには会いにきてやってよ。あの子のことよく知ってるでしょ。あの子には理解できないって

「……」ルーシーは苦しげに息を吸った。「あの子はあんたをパパだと思ってんのよ」

マットの声はかすれていた。「そのうち忘れるよ」

ルーシーはニーリーのほうへ駆け寄った。「こんなことやめさせてよ、ネル！　あんたがマットに腹を立てているのは知ってるけど、こんなふうにただ去っていくなんてだめだっていってよ」

ニーリーは自分の苦い気持ちでルーシーの思い出をだいなしにしたくはなかった。「マットはいろいろしなくてはいけないことがあるのよ、ルーシー。彼は忙しいし、本来の生活に戻っていかなくちゃならないの」

「でも――」ルーシーはふたたびマットを見た。「でもあんたたちふたりは愛し合ってるじゃん。最近喧嘩ばかりしてるのは知ってるけど、喧嘩なんて誰でもすることよ。たいしたことじゃないよ。きっとおたがいにまた会いたくなっちゃうよ」

ニーリーはやっとの思いで平静を保った。「私たち、愛し合ってなんかいないのよ。あなたには理解しにくいことかもしれないけれど、私たちは人としてあまりに異質なの。ただ、たまたま一緒に特異な状況を体験することになっただけなのよ」

「手紙を書くよ」マットがいった。「きみたちにたくさん手紙を書くよ」

「手紙なんていりません！」ニーリーの顔はゆがんでいた。「手紙を書くなんて面倒なことはよしてください！　そちらが会いたくないのであれば、こちらも二度とお話ししませんも！」

あふれんばかりの涙を浮かべながら、ニーリーはモーター・ホームから飛び出していった。

ニーリーはマットを傷つけたいとは思ったが、こんな成り行きを望んだわけではなかった。

「ネルの気持ちもそのうち変わるよ」マットの表情は石のように硬かった。


ニーリーが最後の荷造りをしている頃、マットは裏庭であたりに集まりはじめた野次馬のことでジェーソン・ウィリアムズと夢中で口論していた。小一時間ほど前にモーター・ホームから飛び出していって以来、彼女と話していない。もはや交わすべき言葉もなかった。リビング・ルームの窓越しに、この通りが通行止めになった理由を知ろうとして、好奇心丸出しの隣人たちがそれぞれの庭先に出てきているのが見えた。幸運にも現場に近づくことができたテレビ局はまだたった一社だけだが、この小さな町が世界じゅうのメディアの代表者たちで埋めつくされるのは時間の問題なのは明らかだった。

ニーリーたちのつましいスーツケースと食料雑貨品が入ったビニール袋がいくつかと、ルーシーのウォークマン、バトンのおもちゃ、置き去りにはできないその他の大切な物がパトカーに乗せられた。かわいそうだったが、そのなかにスキッドは含まれていなかった。

ニーリーはバトンを抱くルーシーのところに歩み寄った。バーティスとチャーリーは近くをうろうろと歩きまわっている。ニーリーは良心に駆られ、ルーシーに最終確認を試みた。

「ちょっと窓から外を見てごらんなさい。あなたがこれから向かうのはこんな世界なのよ」

「もう見たけど、あたしは気にしないよ」勇ましい言葉とはうらはらに、ルーシーは明らかに震えている。バトンを抱き寄せる手に力がこもった。

「まだいまなら決意を変えられるのよ。あなたたちふたりがよい家庭に引き取られるように、私も最大限の努力をするつもりだから」

ルーシーは哀願するような表情でニーリーを見上げた。「お願いよ、ネル。あたしたちを置いていかないで」

ニーリーはその言葉に屈した。「置いてはいかないわよ。いまからあなたたちはふたりとも、私のものよ。どんな運命が待っていようとも」

「ねえルーシー、忘れずに手紙をちょうだいね」バーティスがいった。「それとこれからはもっと野菜を食べるようにしなければだめよ。インゲンのキャセロールを食べさせてあげればよかったわ」

ニーリーはバーティスとチャーリーをかわるがわる抱擁しながら、恋した男のことは極力考えまいとしていた。「本当にいろいろありがとう。お電話するわね。用意はいいの、ルーシー?」

ルーシーはごくりと唾を呑みこんで、うなずいた。

「ふたつの方法のうちどちらを使ってもいいのよ。まっすぐに車に駆けこむのが一つ。この方法だといまは誰にも顔を合わせなくてすむ。もうひとつは、堂々と顔をあげ、カメラに向かってにっこり笑い、何も隠しごとなどないということを世界じゅうに示す方法よ」

「ダー!」

マットが玄関に入ってきた。

マットのまなざしがニーリーの目をとらえた。今朝体を重ねながらのぞきこんだときと同じ灰色のその瞳。ニーリーは涙が枯れるまで思う存分泣きたかった。こんなに愛しているのにあなたはなぜ愛を返してくれないの、と叫びたかった。だが、そんな思いを隠して、ニーリーは自分の顔に無表情で優雅な仮面をかぶせた。

マットはひるみ、ルーシーとバトンのほうへ行った。彼は赤ん坊の頬を親指でさっと撫でながらいった。「あんなやつら、怒鳴りつけちゃえよ、デーモン」

マットはルーシーの顔をじっと見下ろした。だがその悲嘆にゆがんだ表情を見て、ふれようとした手も止まった。ニーリーはごくりと唾を呑みこんで、顔をそむけた。「しっかり気を入れてやれよ。それから行儀よくしろ」

ルーシーは唇を噛み、そっぽを向いた。

マットは最後にニーリーのほうへ近づいたが、全員の視線が集まっており、もはやかける言葉もなかった。マットの瞳は暗く翳り、声はかすれていた。「幸せな人生を送ってくれ、ニーリー」

ニーリーは堅苦しくうなずいて、ルーシーのほうを向き、赤ん坊を抱いた。やがて知りすぎた世界へと戻っていった。

コーネリア・ケースは風邪から復帰したのである。

21

「ホリングスは議員になって十二年だぞ、コーネリア！　こんなばかげたまねを続けることは私が許さん」

ニーリーは疲れたように目をこすり、サテンウッド材の机からジェームズ・リッチフィールドを見上げた。彼女の書斎は、かつてデニスが、いまは彼女が所有するジョージ王朝風の屋敷の裏にある日当たりのいい部屋だ。屋敷はヴァージニア狩猟区の中心、ミドルバーグの二〇エーカーにも及ぶ森林地帯のなかに建っている。ワシントンを愛してやまぬデニスと違い、ニーリーはここが大好きで、ついに永遠の棲み家にしてしまった。

書斎はそのなかでもお気に入りの部屋のひとつだ。白亜に縁取られたクリーム色の壁。質のいいアンティークを寄せ集めた家具類、くつろげる暖炉。長い列をなす緑の樹木を見下ろす方形の窓には、丈の長い柔らかな花柄のカーテンがかかっている。樹々はやっと秋の色をまといはじめたばかりだ。

ニーリーはペンを置いた。

「ホリングスは無能だし、ヴァージニアの州民はもっといい議員を選ぶべきよ。小悪魔ちゃん、お口に何を入れたの？」

バトンは針編み刺繍の敷物の上で遊んでいた。その繊細なコケとバラの模様の上にはたくさんのおもちゃやボール紙のトイレット・ペーパーの芯やオートミールの空き箱、キッチンの計量カップなどがところ狭しと散らばっている。ニーリーの目を見返したその瞳は無垢《むく》だが、頬は密輸品でぷくりとふくれている。たぶん昨日あたりにバトンが自分で運んできたディナー・ロールのかけらだろう。

「その子の口から取り上げてくださらない、お父さま？」

リッチフィールドは赤ん坊を厳しい目で見た。「こちらへよこしなさい、ベアトリス」

「ナー！」

さいわいバトンが大きな声をあげたので、その拍子にひと口分のロール・パンが飛び出た。ポロの槌をひと払いするような優雅な身のこなしで、リッチフィールドはズボンのポケットから雪のように白いハンカチを出してべたつくかたまりを拾い、よちよち歩きの赤ん坊の手の届かない、ニーリーの食器棚の上に置かれたくずかごのなかに入れた。

「たしかにホリングスは最高の議員とはいえないかもしれないが、これまで党に対してはずっと忠誠を守ってきたから、ひどく動揺しているよ」

先月ニーリーがようやく上院選出馬の意志を固めて以来、その決断について父とは論争を続けてきた。椅子の背にもたれたニーリーは机の下で丸まって寝そべっているスキッドの上にストッキングの足を片方立てかけた。「だったら、彼には別の形で労に報いる方法を考え女騎馬隊、といったところか。「ただいま」

　書斎のドアが大きな音とともに開いて、ルーシーが駆けこんできた。救援に馳せ参じた少
「お父さま」ニーリーは極力優しい口調でいう。「お父さまの支持は必要ないわ」

「私の支持がなくては無理だ！」

て。だって私、予備選挙で彼の後任議席を狙うつもりなんですもの」


「お帰りなさい」ニーリーは頼りがいのある未来の娘に笑顔を向けた。

　ルーシーは、アカデミックでありながら特権階級臭がないという理由で、ニーリーとリッチフィールドがルーシーのために選んだ私立学校に通っており、いかにも十四歳の生徒らしい装いをしていた。ウェストをひもで締めるパンツ、短い焦げ茶のセーター、不格好な底の厚い靴、耳には多すぎるピアス。だがはつらつとした初々しい美しさは光り輝いていた。

　髪にはおしゃれな可愛いカットを施し、前髪は楕円形の小さなバレッタでうしろにまとめている。同じ年頃の少女たちを悩ませる肌のトラブルとは無縁で、きれいなやわ肌がかつてのように厚化粧に隠されるようなことも、さいわいいまはなくなっている。爪がとことん痛めつけられることもなくなり、ルーシーは新たに身につけた自信を味方にした。ニーリーの胸は誇らしさでいっぱいになった。

　ルーシーは努めてジェームズ・リッチフィールドを無視し、ニーリーのすぐ隣りに立った。

「じゃあさ……あたしの新しいCD聴きにくる？」

　ルーシーの新しいCDなら、ニーリーもすでに聴いている。その手には乗らない。「あと

でね。お父さまと私は私の政治家としての将来について話し合っているところなのよ」そして、てんてこ舞いの生活が始まる……「お父さまったらね、私がホリングスの議席を継ぐことについてまだ文句をつけてらっしゃるの」

「まったくのところ、コーネリア、まだまだルシールにこんな話を理解しろというほうが無理だよ。とても興味を持つとは思えないね」

「すごーく興味があるわよ」ルシールはいい返した。「選挙運動も手伝うつもりよ」

リッチフィールドは軽蔑するように鼻を鳴らした。「おまえに選挙運動の何がわかる」

「私の学校の上級生のなかにはもう十八歳になっている、つまり選挙権がある人もいるし、私と同い年の子たちの両親はみんな選挙権があるのよ。あたしとママは上院議員の任務についてのティーン・エージャー向けパンフレットにいま取り組んでいるところなの」

ニーリーはルーシーから「ネル」ではなく「ママ」と呼ばれることにまだ馴染めなかった。そう呼ばれだしてまだほんの数週間。ルーシーはそのことに触れるでもなく、許可を得ようともせず、ただいつのまにかそう呼びはじめたのだった。一方バトンはずっと「マー」と呼んでいる。たいていは声をかぎりに張り上げた金切り声なのだが。それが始まったのは三ヵ月前に全員でアイオワの家を出たときだった。

全員ではなかった、という思いがふと頭をもたげた。本物の家族ではない、一時しのぎの家族のひとりがあとに残ったのだ。

だが、ニーリーはひとりのとき以外はマットのことを考えないようにしていた。彼女はふたたび父とルーシーとのあいだで繰り広げられている才知《ウィット》の戦いに心を向けた。

「……だからあたしはロードバットに頼んだの……」

「ルーシー」ニーリーの声には警告するような響きがこもっていた。

「フィーガン先生に頼んでみたの。学校の集会にママが来て話をしてもいいかってね。選挙運動の話じゃないわよ。そんなばかみたいな見え見えの話じゃなくて、ファースト・レディたちの貢献について話すの。ママはたくさんいい話のたねを持ってるじゃない。たとえばウーマン・リブ活動家でもあったアビゲイル・アダムスの活動についてだの、ワシントンに桜の木を植えたネリー・タフトの話、ウードローが病に倒れたとき、全米を走りまわったエディス・ウィルソンの話とか」

「それは正確にいうと貢献ではなかったの」ニーリーは指摘した。「エディス・ウィルソンはもう少しでこの国を憲政の危機におとしいれるところだったのよ」

「それでもやっぱりかっこいいとあたしは思うけど」

「あなたならそう思うでしょうね」

ルーシーはニーリーの机に向かい合うように置かれたお気に入りの安楽椅子に座り、長年の経験を誇る選挙運動マネージャーのような落ち着いた口調で話した。「予備選ではホリングスを徹底的に——たたくのよ」

ジェームズ・リッチフィールドは目を細めた。しかし抜け目ない彼が面と向かってルーシーを叱責することはなかった。まず初めに、ニーリーは子どもたちを養女にすることは自分がすべて責任を持つから、と宣言した。父も彼女が本気であることをすばやく察知した。かつてなかったほどの速さでニーリーが子どもたちに対して率直な厳しさを見せるようになったからである。

気の毒なお父さま。ニーリーは現実的な意味で父に対して申し訳ない気持ちを抱きはじめていた。子どもたちのことは父にとっていわば呑みこみがたい苦い薬であったはずなのに、父はとにもかくにもそれを呑んでくれたのだ。同時に、彼女の失踪によって巻き起こった容赦ない報道にも否応なく対処するはめになった。

この三カ月間、ニーリーはタブロイド・タイプのマスコミの詮索の格好の対象となってきた。ふだんならドラッグで道を踏みはずした映画スターなどが餌食にされる記事の類いである。彼女の失踪中に偶然出会った人はことごとくインタビューを受けた。バーティスとチャーリーはニーリーが誇らしさを感じるような答え方をしてくれたし、ニコも心配したほどひどい話はしなかった。「有名人そっくりさんコンテスト」の主催者でさえ、たった十五分間の関わりだけで有名になった。マット以外の誰もがインタビューを受けた。マットは独自の方法で記事を発表し、これまでのところカメラの前に立つことを拒否している。

ニーリーは二度だけ公の場に登場した。一度は仕方なく受けたバーバラ・ウォルターズのテレビ・インタビュー。もうひとつは『ウーマンズ・デー』誌の記事で、子どもたちと一緒のくだけた感じの写真とともに掲載された。子どもたちを人目にさらすことはむずかしい決断だった。だがそうしておかなければ、結局パパラッチに嗅ぎつけられてしまう。それに

『ウーマンズ・デー』誌の記事は討論誌の記事としては完璧だったし、ルーシーも「かっこいい」と評価した。

こうしたもろもろの出来事の背後で、父は頑固に沈黙を守りとおした。歯をくいしばり、顎をひき締めつつも、ひたすら娘を見守りつづけたのだ。六週間前、ニーリーがついにファースト・レディの地位を退いたときも同じ態度を貫いた。

任務を引き継いだのはニーリーがみずから選んだ三人の女性である。ふたりの女性は議員の妻としての長年の経験を持ち、政界の事情にも明るい。三人目は大統領レスターの姪にあたる元気のよい二十一歳の女性で、アイビー・リーグ出らしく腹蔵ない意見を述べ、他のふたりの年長の女性たちや狭量な大統領とは明確な対比を見せている。この三人組に対してニーリーはいまも助言は与えつづけているが、三人はじょじょに任務に対する自信をつけてきている。そうしたこともあり、ここへきてようやく自分自身の将来について集中して取り組めるようになったのだ。

子どもたちのことは何にも増して優先した。上院選に出馬するとなればバトンを人に預けなくてはならないことは覚悟していた。だが適任者を見つけるのはそう簡単ではなかった。ニーリーはルーシーとともに十数回の面接を重ね、ようやくタマラという適任者を見いだした。鼻輪をつけた十九歳のシングル・マザーで、朗らかだが自分の教育修了までは頑張るという固い決意を持った女性だ。

タマラには六カ月になる息子のアンドレがおり、その子とともにいまはキッチンの向こうにある小さな部屋に住みこんでいる。バトンはニーリーとルーシーが嫉妬を覚えるほど早くタマラとアンドレになついた。だが子守りを人頼みにしていても、ニーリーはバトンが昼寝をしているあいだに大半の電話をかけなくてはならなかった。もろもろの計画や書類の作成は深夜にまわした。そうした生活に疲れれば疲れるほど、経済基盤を持たないシングル・マザーの救済をめざそうという意識がよりいっそう強くなった。

「おまえが本気だとはいまだに信じられない」と父はいった。

「ママは……なんていうか……絶対本気よ」

「おまえに訊いてはいない」

「まあ、あたしにだって意見はあるのよ」

「子どもにしては意見がありすぎる」

ルーシーは自分の部屋に追いやられるような無礼な受け答えをしないだけの抜け目なさは持ち合わせていた。ルーシーの顔に策略めいた笑みが浮かんだ。「四年もすればあたしも選挙権を持つし、友だちもみんなそうなるのよ」

「共和党は間違いなく生き残る」

「民主党だってそうよ」

なんて贅沢ななかめなのだろう。ニーリーはだんだんこのふたりのやりとりを楽しむ心境になってきた。

当初ニーリーは父が赤ん坊としてのバトンの魅力に惹かれるだろうと予想していたが、父はルーシーにより強い関心を示した。父は元来強力なライバルには一目置くたちで、そもそもふたりが会う前からルーシーが父の不倶戴天《ふぐたいてん》の敵、民主党支持を宣言したことが、競争意識を刺激したようだ。

最近ニーリーの心に、ふたりは親しい論争をけっして楽しみにしてはいないのではないかという疑問が芽生えてきた。ふたりには奇妙な類似点がいくつもある。それぞれ頑固で、悪知恵が働き、策を弄して人心を動かすのがじつにうまい。そしてニーリーに対する完璧な忠誠心を持っている。

ニーリーの足元でスキッドが身動ぎをした。「十日以内に公式発表を行なうつもりよ。テリーが記者会見の手はずを整えてくれているの」

出馬の計画を打ち明けてすぐ、テリーは広報担当者に任命してほしいとみずから願い出た。ニーリーはその気持ちに感動し歓喜した。

「お父さま、このことがお父さまをむずかしい立場に追いこむのは承知しているわ。だからお父さまはいっさい関知しないでいただきたいの。私の計画では……」

「関知しないだと?」彼は例のフィリップ殿下ばりの姿勢をとり、気品のある眉の下からニーリーをにらみつけた。「アメリカ合衆国の前ファースト・レディを務めた私の娘が上院選に出馬するのだぞ。それなのにこの私に関知するなというのか? そういうわけにはいくまいな。明日ジム・ミリントンからおまえに連絡させよう。アッカーマンは優秀だが、手助けが必要だ」

ニーリーは父の言葉が信じられなかった。あんな態度を続けたあとで、結局折れるなんて。ジム・ミリントンは選挙参謀としてはぴか一の人物なのだ。

ルーシーは態度を軟化させてよいものかどうか判断しかねていた。

「じゃあこれからはママの意見にけちをつけたりはしないってことね？」

「ルシール、これはおまえが口を出す問題ではないのだ。計画を思いとどまらせようと私も最善を尽くしたが、娘が聞く耳を持たない以上、選挙戦を支援する以外の選択肢はないのだよ」

ルーシーは破顔一笑した。「すごーい！」

ニーリーは微笑みながら立ち上がった。「お父さま、夕食を一緒に召し上がっていらしたら？　今日はピザよ」

彼の厳格な面立ちを限りなく失望に似たものがよぎった。「また今度にしよう。おまえの継母とアンバーソンでカクテルでも飲もうということになっているのだよ。彼女が日曜のブランチに全員招待してくれていることを忘れるなよ」

「お目当てはバトンよね？」ルーシーがぼそぼそといった。

ニーリーの継母はルーシーは苦手のようだが、バトンのことは可愛くて仕方がないらしい。

バトンはその継母が次つぎ買い与えてくれる高価な服を身につけるようになった。

「それはベアトリスが夕食のテーブルでけっして悪態などついたりしないからだよ」

「あれは、たまたまだって。それと、今度はダンキン・ドーナッツか何かを買っておいてくれるように頼んでくれない？」

父はルーシーをとんでもない有害物でも見るような目でにらんだ。「もし妻が買い忘れたら、私たちが自分たちで買うしかないだろうな」

「ほんとに？」

「一部の人間のように、他人と話すのにいちいち大騒ぎする習慣は私にはない」

ルーシーはにっと笑った。「かっこいい」

どうにかこうにか日曜日のブランチも無事に終わった。その夜、ニーリーはバトンを寝かしつけ、ルーシーの歴史の研究課題を手伝ってやった。十一時、家のなかがようやく静まると、自分の寝室に向かい、服を脱ぎローブに着替えた。

昼間は極力マットのことを考えまいとするのだが、夜はむずかしい。そのなかでも日曜の夜がもっともむずかしい。それはたぶん日曜日からまた彼のいない一週間が始まるからなのだろう。最初は忘れよう忘れようと自分にいい聞かせていたが、そうすればするほど悲しみを月曜にまで引きずってしまう。ニーリーも最後には、日曜の夜の憂鬱に身をゆだねるしかないと悟った。

アメリカのファースト・レディとの情熱の夜　　マット・ジョリック

私が最初にコーネリア・ケースに出会ったとき、彼女は欲求不満のかたまりだった。それもそのはず、彼女の元夫、アメリカ合衆国大統領は――驚くなかれ――なんと同性愛者だったのである。彼女の欲望は安っぽいランジェリーのように私を包みこんだ……

これはニーリーが想像した記事で、マットの書いたものはまるで違っていた。ニーリーは窓際の椅子に腰かけながら、初めて『シカゴ・スタンダード』を手にし、彼の独占記事を見たときの気持ちを思い出していた。

私が初めてコーネリア・ケースと話をしたのは、ペンシルヴェニア州マッコネルスバーグのはずれにあるトラック・サービス・エリアで、彼女が赤ん坊の命を助けようとしていたときだ。赤ん坊の救済は彼女が得意とする分野である。彼女はこれまでそのことに心血を注いできたといっても過言ではない。多くの場合そうなのだが、救済がうまくいかないと、彼女は必要以上に一個の人間としてその悔恨を背負ってしまう。さらに彼女の場合、悔恨はのちのちまで心に大きなしこりを残すのである。

そのときは彼女がコーネリア・ケースだとは気づかなかった。彼女は紺色のショート・パンツに安っぽい白のスニーカーを履き、アヒルが行進している模様が入った黄色のマタニティ・トップを着ていた。髪は短くカットされ、妊娠八カ月ぐらいには見えるおなかをしていた。

はルーシーにより強い関心を示した。父は元来強力なライバルには一目置くたちで、そもそもふたりが会う前からルーシーが父の不倶戴天《ふぐたいてん》の敵、民主党支持を宣言したことが、競争意識を刺激したようだ。

最近ニーリーの心に、ふたりは親しい論争をけっして楽しみにしてはいないのではないかという疑問が芽生えてきた。ふたりには奇妙な類似点がいくつもある。それぞれ頑固で、悪知恵が働き、策を弄して人心を動かすのがじつにうまい。そしてニーリーに対する完璧な忠誠心を持っている。

ニーリーの足元でスキッドが身動ぎをした。「十日以内に公式発表を行なうつもりよ。テリーが記者会見の手はずを整えてくれているの」

出馬の計画を打ち明けてすぐ、テリーは広報担当者に任命してほしいとみずから願い出た。ニーリーはその気持ちに感動し歓喜した。

「お父さま、このことがお父さまをむずかしい立場に追いこむのは承知しているわ。だからお父さまはいっさい関知しないでいただきたいの。私の計画では……」

「関知しないだと？」彼は例のフィリップ殿下ばりの姿勢をとり、気品のある眉の下からニーリーをにらみつけた。「アメリカ合衆国の前ファースト・レディを務めた私の娘が上院選に出馬するのだぞ。それなのにこの私に関知するなというのか？　そういうわけにはいくまいな。明日ジム・ミリントンからおまえに連絡させよう。アッカーマンは優秀だが、手助けが必要だ」

ニーリーは父の言葉が信じられなかった。あんな態度を続けたあとで、結局折れるなんて。ジム・ミリントンは選挙参謀としてはぴか一の人物なのだ。

ルーシーは態度を軟化させてよいものかどうか判断しかねていた。

「じゃあこれからはママの意見にけちをつけたりはしないってことね？」

「ルシール、これはおまえが口を出す問題ではないのだ。計画を思いとどまらせようと私も最善を尽くしたが、娘が聞く耳を持たない以上、選挙戦を支援する以外の選択肢はないのだよ」

ルーシーは破顔一笑した。「すごーい！」

ニーリーは微笑みながら立ち上がった。「お父さま、夕食を一緒に召し上がっていらしたら？　今日はピザよ」

彼の厳格な面立ちを限りなく失望に似たものがよぎった。「また今度にしよう。おまえの継母とアンバーソンでカクテルでも飲もうということになっているのだよ。彼女が日曜のブランチに全員招待してくれていることを忘れるなよ」

「お目当てはバトンよね？」ルーシーがぼそぼそといった。

ニーリーの継母はルーシーは苦手のようだが、バトンのことは可愛くて仕方がないらしい。バトンはその継母が次つぎ買い与えてくれる高価な服を身につけるようになった。

「それはベアトリスが夕食のテーブルでけっして悪態などついたりしないからだよ」

「あれは、たまたまだって。それと、今度はダンキン・ドーナッツか何かを買っておいてく

れるように頼んでくれない？」

父はルーシーをとんでもない有害物でも見るような目でにらんだ。「もし妻が買い忘れたら、私たちが自分たちで買うしかないだろうな」

「ほんとに？」

「一部の人間のように、他人と話すのにいちいち大騒ぎする習慣は私にはない」

ルーシーはにっと笑った。「かっこいい」

どうにかこうにか日曜日のブランチも無事に終わった。その夜、ニーリーはバトンを寝かしつけ、ルーシーの歴史の研究課題を手伝ってやった。十一時、家のなかがようやく静まると、自分の寝室に向かい、服を脱ぎローブに着替えた。

昼間は極力マットのことを考えまいとするのだが、夜はむずかしい。そのなかでも日曜の夜がもっともむずかしい。それはたぶん日曜日からまた彼のいない一週間が始まるからなのだろう。最初は忘れよう忘れようと自分にいい聞かせていたが、そうすればするほど悲しみを月曜にまで引きずってしまう。ニーリーも最後には、日曜の夜の憂鬱に身をゆだねるしかないと悟った。

アメリカのファースト・レディとの情熱の夜

マット・ジョリック

私が最初にコーネリア・ケースに出会ったとき、彼女は欲求不満のかたまりだった。それもそのはず、彼女の元夫、アメリカ合衆国大統領は――驚くなかれ――なんと同性愛者だったのである。彼女の欲望は安っぽいランジェリーのように私を包みこんだ……

これはニーリーが想像した記事で、マットの書いたものはまるで違っていた。ニーリーは窓際の椅子に腰かけながら、初めて『シカゴ・スタンダード』を手にし、彼の独占記事を見たときの気持ちを思い出していた。

私が初めてコーネリア・ケースと話をしたのは、ペンシルヴェニア州マッコネルスバーグのはずれにあるトラック・サービス・エリアで、彼女が赤ん坊の命を助けようとしていたときだ。赤ん坊の救済は彼女が得意とする分野である。彼女はこれまでそのことに心血を注いできたといっても過言ではない。多くの場合そうなのだが、救済がうまくいかないと、彼女は必要以上に一個の人間としてその悔恨を背負ってしまう。さらに彼女の場合、悔恨はのちのちまで心に大きなしこりを残すのである。

そのときは彼女がコーネリア・ケースだとは気づかなかった。彼女は紺色のショート・パンツに安っぽい白のスニーカーを履き、アヒルが行進している模様が入った黄色のマタニティ・トップを着ていた。髪は短くカットされ、妊娠八カ月ぐらいには見えるおなかをしていた。

彼女について書かれた記事のなかで、あのレディが短気だという事実に言及した記事は皆無であるが、私にいわせてもらえれば、彼女は短気である。あれほどの気品をそなえてはいても、ニーリー・ケースは気が動転すると人に食ってかかることがある。そして彼女は私のせいでひどく気が動転していた……。

『シカゴ・スタンダード』は六回に分けてマットの記事を掲載し、この記事は世界じゅうのあらゆる種類の報道媒体を通して引用され、分析された。記事のなかでマットはふたりの子どもたちの置かれた過酷な運命、どんなふうにニーリーが子どもたちの生活に関わるようになったかをくわしく書いている。さらに屋根付き橋での出来事や、「ペグおばさんの美味しいお店」での夕食、有名人そっくりさんコンテストなどのエピソードも紹介している。バーティスとチャーリーに出会ったこと、彼女の正体についてマットがニーリーに対峙したときのことについても触れている。記事の進展につれて、メイベルやスキッド、さらにはニコやアイオワの家についても生き生きと描かれている。

どの記事を見ても、何を明らかにし、何を伏せておくかについては彼の明確な判断がうかがえる。明らかにされているのは彼女の失踪について、ファースト・レディとしての苦悩、ピクニックやフリスビー、コンビニに夢中になったこと、母親を亡くした小さな女の子たちのことである。当初ニーリーは彼の記事のなかでふたりの女の子たちのことがあまりにくわしく述べられていることに驚愕したのだが、マットは大衆の好奇心を早々に鎮めることで猟

犬の追跡を断つことに成功している。結局彼はどんな大勢の警備員をつけるより強力に子どもたちのプライバシーを守ったのだ。

ほかに明かされたものは彼女の政治的な野心と、彼女が健康な赤ん坊をも忌避する傾向があったことであるが、マットも書いているとおり、どうやらノイローゼもいまや彼女の弱点ではない。

伏せられているのは、彼との性的な関係や、デニス・ケースについてだ。マットは信頼してほしいといったが、ニーリーとしてはどうしても信じる気になれなかった。いまとなっては、彼が強固な責任感の持ち主であるということをあの時点で思い出すべきだったし、性急に判断すべきではなかったと認めている。

マットは他のどんなジャーナリストより、彼女の私的な世界をつまびらかにしてはいるが、ニーリーを国民の崇拝の的から血の通った、呼吸する女性に変容させたのも事実なのだ。彼女の国民に対する気づかい、ありふれたことに感じる喜び、彼女の深遠な愛国心、政治への愛着についてもくわしく描いている。「純情な楽天主義者」のレッテルを貼られるのは不本意ではあるが。自分で思っている以上に傷つきやすいイメージは与えられたものの、国内外を問わず彼女があらゆる分野に深い見識を持っていることをマットが強調してくれたことについては感謝している。

ただふたりの関係についての表現は曖昧になっており、その点については彼女自身の手にゆだねられたことになる。そのあたりを掘りさげることに関しては、あのバーバラ・ウォル

ターズも苦心したらしい。

BW「ミセス・ケース、『シカゴ・スタンダード』のマット・ジョリック氏の一連の記事のなかであなたのふたりの女の子たちに対する思いを彼はそうとうくわしく述べていますが、彼とあなたとの関係についてはあまり触れていませんね。それについて何かおっしゃりたいことはありませんか？」

CC「マットは優れたジャーナリストです。彼は私にはまねができないほどあらゆる出来事をくわしく描写してくれています。彼がいい残したことはないと思いますよ」

BW「でもあなたならおふたりの関係についてどんなふうに表現しますか？」

CC「ふたりの女の子たちにとって何がもっともいい方法なのか必死に考えている頑固なふたりの大人、といったところでしょうか。『頑固な』を強調しておきます」

BW「マットはあなた方のいさかいについて触れていますが」

CC（笑って）「彼がそんなにひんぱんに間違ったことをいわなければ、いさかいなんて起きるはずがないですよ」

あの笑いは辛かった。なんでもないふりをして。

BW「いまでもおふたりは友人ですか？」

CC「あんな冒険をともにしたのに、友情がとぎれるはずはないでしょう。戦時中の戦友の話をお聞きなったことがあるでしょう。おたがいに会うことはなくなっても、特別の絆《きずな》はちゃんと残るそうですよ」

特別な、そして悲しい絆。

BB「あれからあなたとマットは話をしましたか？」
CC「いまの時点では彼は女の子たちの法律上の保護者になっています。私たちは養子縁組の手続きを進めている最中ですから、もちろん連絡は取り合っています」

いうまでもなく、連絡は弁護士を通じて取り合っている。

BW「誤解を正す意味でお訊きしますが、おふたりのあいだにロマンチックな関係はなかったんですね」
CC「ロマンチックな、ですか？　私たちが一緒にいたのはたった一週間ですよ。それに忘れていただきたくないのは、私たちには活発なふたりの付添人がいたということです。離れるのは至難の技です」

至難の技……でも不可能ではない。

ニーリーは薄いブルーのシルクのローブのサッシュを締め、寝室のカーペットの上を通り、ステレオ・コンポが置かれたサクラ材の戸棚のほうへ行き、CDプレーヤーのスイッチを入れた。いくつかのボタンを押し、自分だけが聞こえるていどに音量を下げた。悲恋の歌を歌うホイットニー・ヒューストンの豊かな歌声が波のように押し寄せてきて、熱い、自分を慰めるための、避けがたい涙が流れはじめた。

心にはいつもマットへの愛があったから……。

胸をみずからの腕で締めつけるように、彼女のいまの心境を歌うホイットニーの声に聞き入った。

甘く苦い思い出たち……。

ニーリーはクローゼットの下から箱を取り出し、ベッドまで運び、脚を組んだ。ローブは膝のあたりで開いていた。箱のなかには、彼女自身の甘く苦い思い出たちが入っていた。ペグおばさんの店の紙マッチ、屋根付きの橋の近くで拾った滑らかな川の石、小さなビーズのチョーカー、古い農家を探索した夜にマットが手折ったピンクのバラ。バラは手で触れるたびにもろくなっている。

ニーリーはバラを顔に近づけてみたが、もう香りはなくなっている。

マットは彼女が恋心を捧げた二番目の男性だった。彼女の愛に応えてくれなかった二番目の男性でもあった。

また同じ曲が流れてきた。

自分を慰める気持ちがあまりにメロドラマがかっていて、いつも自分を嘲笑したくなってしまう。そうはいっても、なぜか笑いきれない。

甘く苦い思い出たち……。

週に一度だけこの古い思い出がよみがえってくる。そんなにひどいことだろうか？　週に一度だからこそ、残りの日々を乗りきっていけるのだ。

マットはかつて望んだものをすべて手に入れた。金。尊敬。愛する仕事。そしてプライバシー。仕事から帰ってフランネルのシャツに手を伸ばせば、シャツは彼が置いたその場所にある。バスルームの戸棚を開けば、シェービング・クリームやデオドラント、バンドエイド、フット・パウダーがある。誰も彼のルートビアーに手をつけたりしないし、足で踏みつけるような場所にウォークマンを置きっ放しにしない。シカゴのリンカーン・パークで借りているタウン・ハウスのカーペットに誰も吐いたりしない。

自分にさえ責任を持てばそれでいいのだった。その場で計画を変更してもかまわないし、ベアーズの負け試合を誰にも邪魔されずに観ていられる。その気になればいつだって仲間に電話をかけ、バスケットのシュートを楽しめる。彼の生活は完璧だった。

それなのに、どうしてこうも詐欺にあったような気分がするのだろう。

マットはまだ目を通してもいない新聞を脇へやった。土曜日の朝はたいていフラートン・

ビーチまで車で行って、湖のまわりを走ることにしているのだが、今日はどうもそんな気になれない。何もやる気がしないのだ。来週のコラムの準備でも始めようか。

マットは大きな椅子と特に長いカウチが置かれたリビング・ルームを見渡し、彼女たちは今日どうしているのだろうかと考えた。ルーシーはニーリーに無理やり入学させられたあの豪勢な私立学校の友だちと一緒だろうか？　バトンはまた新しい言葉を覚えただろうか？おれのことを恋しがっているだろうか？　おれのことを考えることはあるんだろうか？

そしてニーリー……どうやら彼女はジャック・ホリングスの後任議席を狙って上院選に出馬するらしい。マットはそれを知って喜んだ。心の底から喜んだ。だから、デザイナーもののスーツを着てめかしこんだ彼女の写真を見て、なぜ心に裂けるような痛みを感じるのか理由がわからなかった。

ひとりで鬱々とした気分を抱えこんでいるのがいやになり、ランニング用のショート・パンツに着替えようと二階に上がろうとしたちょうどそのとき、玄関の呼び鈴が鳴って足をとめた。何がいやだといって、日曜の朝に人が訪ねてくるほどいやなものはないと思っている。足音を忍ばせ近づき、乱暴にドアを開ける。「いったいなんの――」

「驚いた？」

「びっくりした？」

「たまげたでしょ？」

七人そろっていた。驚きは七つあった。妹たちがどっとなだれこみ、彼の胸に飛びこんで

くる。

メアリー・マーガレット・ジョリック・デュブロフスキー……デボラ・ジョリック……ダニーズ・ジョリック……キャサリン・ジョリック・マシューズ……シャロン・ジョリック・ジェンキンズ・グロス……ジャクリーン・ジョリック・イームズ……シスター・アン・エリザベス・ジョリック。

ぽっちゃりしたのもいれば、やせっぽちもいる。器量がいいのもいれば十人並みのもいる。大学生もいれば専業主婦も、バリバリ仕事をしているのも、独身も、亭主持ちも、バツイチだっている。聖職者さえいる。その七人が彼の部屋を占領していた。

「お兄ちゃんたら、電話でしゃべったとき、妙に元気がなかったわよ……」

「……だからみんなで一緒にお兄ちゃんのところに行ってみようということになったの」

「元気づけに来てあげたのよ！」

「困ったな、トイレ行きたくなっちゃった」

「……お兄ちゃん、カフェインレスのコーヒーある？」

「あらいやだ、あたしってばひどい髪！　こんなになってるってなんで教えてくれなかったのよ……」

「……ベビーシッターに電話入れなきゃ。電話貸して」

「……ここ数カ月の報道で、お兄ちゃん、かなり辛かったんじゃない？」

「あらら！　洋服ひっかけちゃったじゃない……」

「……妹たちが何しにきたかって……」

「……誰か生理痛用の痛み止め持ってない？」

妹たちはドアから部屋に入るなり、マットを押し退けた。

「……キャシーのことが気がかりで。あの子って、また例の神経性食欲昂進とやらが始まったんじゃないのかなって思うの。それに……」

「ビザ・カード、限度額まで使っちゃってさ……」

「ドンのことでお兄ちゃんに話がしたかったのよ。あいつのこと、お兄ちゃんが嫌ってるのはわかってるんだけど……」

「……絶対あたし教授に嫌われてる……」

「……転職すべきかそれとも……」

「二歳児ってみんなに癇癪《かんしゃく》を起こすのよ……」

「対話ということもあるし、フランシス神父が奉献できる立場にあるのもわかる。でも……」

ほんの一時間くらいのあいだに妹たちは彼のTシャツに口紅をつけたり、お気に入りの椅子の位置を変えたり、開けられたくない引き出しをあさったり、五〇ドル貸してくれといったり、クラップス・コーヒーメーカーのガラスびんを割ったりした。

マットは妹たちの訪問を心から喜んでいた。

ふたりの妹たちはドレーク・ホテルに泊まり、他のふたりはオーク・パークにあるメアリ

ー・マーガレットの家に泊まり、ふたりは彼の家に泊まった。彼はどんな寝方をしても熟睡する質《たち》なので、妹たちに自分のキングサイズのベッドを使わせ、自分は客用寝室を使った。

いつものように寝ついて数時間後には目が覚め、なんとなく階下におりていった。結局リビング・ルームに入り、ちっぽけな中庭に散在する、動かぬ木の葉や枝に目をこらし、いつしかニーリーに思いを馳せていた。愛を交わしたときの彼女の髪の乱れ、紅潮した肌の色……。


「あたしたちってひどいわよね?」

振り向くとアンが階段をおりてくるところだった。身にまとった不格好なローブは修道院に置いてきた修道女の衣服とそっくりだった。ピンピンと跳ねる髪がまんまるなぽっちゃりした顔をいたずらっぽく囲んでいる。

「かなりひどい連中だよな」マットも同意した。

「教会の派閥問題のことなんて、お兄ちゃんに相談するのは筋違いなのはわかってるの。でもほかの修道女たちはあまりに頭が固くて、それに……」アンは苦笑した。「あたしたちっていつもこうなのよね。ジョリック家の女たちはみんな外では強くて自立しているのに、お兄ちゃんのところへくるとからきしだめね。みんな昔どおりの甘ったれに戻っちゃう」

「おれは気にしてないよ」

「気にしてるわ。気にして当然だし」

マットはアンに微笑みかけ、笑い声をあげた。子どもの頃のアンは手に負えないやんちゃ

娘だった。ルーシーそっくりに……ふとそのとき、心のなかを痛みが走った。

「何か悩みでもあるの、お兄ちゃん?」

「どうして悩みがあると思うんだい?」

「だってお兄ちゃん、いま最高の気分のはずなのに、そんな顔していないんだもの。お兄ちゃんは今年国民からもっとも注目された出来事に関わって、全国じゅうに名が知れ渡ったのよ。仕事にも復帰したし、名だたる大新聞や報道週刊誌からのオファーは引きも切らない。それにしてはお兄ちゃん、さえない顔をしているのよ」

「そんなことないさ。おれは満足してるよ。さあ、フランシス神父の話、おれにぶちまけてみろよ。神父のどこにいらつくのかいってみろよ」

アンが誘いに乗って自分の悩みを打ち明けはじめたので、マットは自分の苦しい本音を打ち明けるチャンスを逸してしまった。ようやく望みどおりの生活が手に入ったというのに、そんな生活がいやでたまらないという心の内を。

アイス・ホッケーをするよりピクニックに行きたかった。ユナイテッド・センターなんかに行くぐらいなら、赤ん坊を砂場に連れていって遊ばせたかったし、上の子とフリスビーに興じたかった。尻尾を振ってついてくる女性たちとのデートより、アメリカの空のような青い瞳を持つ、可愛くて頑固なファースト・レディを抱きしめていたかった。

おれの家族をかっさらって行った可愛い、頑固者のファースト・レディ!

アンはようやく話をやめた。「さあそろそろ気持ちの整理がついたでしょ。さっさと告白

しちゃいなさいよ。悩みは何？」

自己認識を無理やり閉じこめていたコルクがはじけた。「じつはおれ、とんでもないヘマやっちゃったのさ」苦い顔で妹をにらんではみたものの、心は腑抜け状態だった。「ニーリー・ケースに惚れちまったんだよ」

思うわ。ルーシー、おむつの入った袋を持ってちょうだい。さあ、出発よ！」

ニーリーは自分のバッグと持ち物いっさいが入った手提げかばんをつかみ、いまや平らになった腹部の前でしっかり握り、勢いよく廊下に出た。エレベーターのドアは閉まりかかっていたが、なんとかすべりこんだ。残りの三人は置いてきぼりを食らった形になった。彼女はロビーに着いても左右に目もくれず、腹部を隠したまま、駐車場に向かった。

古くさいオールズ・モービルに落ち着くと、手提げかばんに手を伸ばし、また腹に詰め物を当てようとしたが、気が変わった。マットは明らかにいやがっているし、人前でひと悶着起こすことだってありうる。短くした髪と安っぽい服装で、いまのニーリーはおしゃれなアメリカのファースト・レディとは似ても似つかない感じがする。マットを試すのはリスクが多いだろうか、それとも詰め物をはずしてうまくやれるだろうか？

ニーリーが心のなかで葛藤しているとき、マットが険悪な表情を浮かべてロビーのドアを出てきた。そのうしろからルーシーがバトンを抱いてついてくる。

マットが抱えている宅急便の袋を見て、ニーリーはまたしても庶民の日常生活から遊離している自分の感覚を思い知った。三年間ホワイト・ハウスの郵便室の効率性を享受するうちに、いつしか一般人の感覚とずれてしまったのだ。それでもこの郵便物は彼女にとって忘れてしまうには重要すぎるものだったし、常に個人的な郵便物を手渡してくれる秘書たちはもはや存在しないのだという事実をいやでも思い起こさずにはいられなかった。

毎日何千通と送られてくる公的書簡と大統領の家族あての個人的な手紙の類いを分別する

ためにホワイト・ハウスが採っているシステムはシンプルで効果的なものだ。大統領とその家族と親交のある人びとには数字コードが与えられ、それを宛先に書き加えればよいことになっている。ニーリーとデニスは一七七六という番号を選んだ。これで個人的な手紙はそれぞれのデスクに直行するわけだ。

マットはトラックのルーフに片手をあて、開けた車の窓越しにニーリーをじっと見た。「フロント係に呼び止められたんだ。宅急便が送られてくるはずだなんてひとこともいってなかったじゃないか」

「それで、何がいいたいの?」ニーリーは手を差し出したが、マットは封筒を手渡そうとはしない。

ルーシーは彼女の髪の毛をつかんだバトンの手を引き離した。「名字がマットと違うから、この宅急便は奥さん宛てのものだってフロント係が大袈裟《おおげさ》にいい張って、マットは頭にきちゃってるのよ」

ニーリーは封筒に目をやった。「みんなと同じようにあなたの名字を宛名に使ったほうがよかったんでしょうね」

マットの表情がこわばった。「どういう意味だよ、みんなと同じって?」

これはニーリーがワシントンでは絶対に冒すことのない失言の類いだった。「別に意味はないわ。さあ、そんな怖い顔しないで、車に乗ってよ」

ルーシーがくすくす笑った。マットはゆっくりとルーシーのほうを向いて、まじまじと顔

を見た。バトンの顔はしだいに笑顔に変わり、嬉しそうに喉を鳴らしたが、マットは無視した。「ネルはなんの話をしてるんだ？」

「私の名字がジョリックだから私が喜んでいると思ってるの？」ルーシーがいい返した。

「バトンも喜んでいるとでも？」

「つまりおまえの名字はジョリックだというのか？」

「どんな名字だと思ってたの？」

マットは片手で髪をこすった。「くそっ《シット》」

「シーット《おすわり》！」とバトンがおたけびをあげた。

「そのとおりよ！」ニーリーが叫んだ。「汚い言葉をいい合うのはやめなさい。バトンが最初のR指定幼児になっちゃうでしょ」

「シーット！」バトンは叫びながら手をたたいて悦に入っている。

今度はニーリーが怖い顔をする番だった。彼女は窓越しに手を突きだしながら、にらむようにいった。「それ、よこしなさい」

マットが封筒を見下ろした。「差出人はジョン・スミスだって？」

テリーはなぜもう少し想像力を働かせられないのだろうか？　昔のテリーならホーマー・シンプソンとか、ジェリー・ファルウェルとか書いていただろう。だがデニスの死がテリーから笑いを奪ってしまったのだ。「いとこなの」とニーリーはいった。

マットは宅急便の重さを確かめ、いぶかしげに彼女の顔を見てから、やっと包みを手渡し

た。中身が何なのかこちらからいうのをマットは期待していたのだとニーリーもわかってはいたが、亡き夫の男の愛人が何千ドルもの大金を貸してくれるのだと自分から進んで打ち明けても、彼の質問にピリオドが打てるとはなぜか思えなかったのだ。

ニーリーは封筒の端を腰に押しこんだ。「こんなことしてても時間の浪費よ。さあみんな、いざ出発」

あれほどモールに行きたいといい張ったくせに、いったんモールに着いてみるとルーシーはあまり気乗りしないようだった。どこへ行くでもなく、ぶらぶらと歩み去るルーシーのうしろ姿を見ながら、じつはルーシーは買い物よりアイオワへの到着を遅らせたいのではないかとニーリーは思った。

カモフラージュのためにバトンを抱き、トイレに入ったニーリーは宅急便の封筒を捨てて保管のために金をバッグのなかに入れた。トイレを出るとマットが待っていた。みんながいなくなったらおれはメキシコへ行くからな、などといっていたのだが。

「国境警備隊ともめたの?」とニーリーが訊いた。

「シャー!」バトンがはしゃいで金切り声をあげた。

「で、封筒の中身はなんだったの?」

「お金よ。これで洋服を買いに行けるわ。つきあってくれてもいいわよ」

「誰かに金を送ってもらったのかい?」

「マフィアが殺し屋に払う金額も最近じゃ目をむくほどの金額よ」

「ルーシーのそばにばかりいるからそんなことをいう」マットはニーリーと並んで歩きはじめた。「それで、所持金はいくらになった？」

「あなたに借りた分を返して、必要なものを買っても破産しないていどかな」ふたたび優しい微笑みを浮かべてひとこと。「たとえ些細なことでもあなたが私を苛立たせるなら、ひとりで出ていけるだけの額よ」

マットの表情は明らかに気取りを帯びてきた。「きみがいまの状態で満足してるなんて、おれが思うわけないだろ」

「あなたには関係ないことよ」

「そうかな。昨日の夜のキスから受けた感じは違っていたけどな」

「どんなキス？」

「きみが夢のなかで見たキスさ」

ニーリーは文字どおり鼻を鳴らした。

マットは顔をしかめた。「買い物は苦手だな。特に女性の買い物につきあうのはどうもね」

「じゃあ、ついて来なくていいわ」モールのどまんなかへ元気よく向かっていったニーリーが、急に足を止めた。彼女はいま本物のアメリカのショッピング・モールにいるのだ。しかも握手をしたり、一票を請い求める必要もないのだ。「素晴らしいわ！」

マットは、「こいつ、ちょっといかれてるんじゃないか」というような顔をして見ている。

「ここはへんぴな町の第三級のモールだぜ。それにどの店もチェーンの支店だし。きみって名門の出にしては簡単に満足するよな」

ニーリーは一直線にGAPに向かうのに夢中で、答えもしなかった。

マットは七人の妹たちの仕込みがよかったのか、ぼやいたわりには買い物のつきあいはじつにうまいことがわかった。ニーリーが衣類の山をじっくりと見ているあいだも、あまり文句もいわずにバトンを抱き、何を買うべきか、何を買うべきでないかおおむね抜け目ない意見をいってもくれる。幼い頃からファッションに対する鋭敏な目をはぐくんできたニーリーに人の意見は必要なかったが、他人の考えを訊くのも楽しいことだった。

自分のベーシックな衣類のほかに、ルーシーのために数枚のサンドレスを選び、バトンの衣類を買うために急いで回り道をしてベビーGAPへ行った。だが、マットがふたりの衣類の代金を払わせてくれず、楽しみが半減した。マットがレジで支払いをすませているあいだ、ニーリーは別のレジへまわってピンクのデニム製の小さくて粋なキャップ帽を買い求めた。

バトンの頭にかぶせると、マットはしばらくそれをながめてから、ひさしを後ろにまわした。「この恐るべき赤ん坊がおとなしくかぶっていると思うかい？」

「ごめんなさい」

赤ん坊はキャップ帽をすぐに脱いでしまうかとニーリーは思ったが、敬愛するマットがかぶり方を直してくれたので、脱がなかった。「あなたに買ってあげたのに。彼じゃなくて」

ニーリーはぶつぶついった。

バトンはマットの首に頭を押し当てて溜め息をついた。

誰も彼女に注意を払わないのがニーリーは信じられなかった。外見を変えたこと、ウェスト・ヴァージニアの小さなモールでコーネリア・ケースに出会うとは誰も予測していないという事実、マットやバトンと一緒にいるというカムフラージュがあいまって、目立たない存在でいられるのだ。

彼らはモールの中心ともいうべき大きなデパートへ入っていった。何十人もの人たちが買い物を手伝おうと躍起になったりせず、ゆっくり商品を見てまわれる珍しい経験がニーリーは嬉しくてたまらなかった。それに加えて、レジ待ちの列で他人の会話を盗み聞きするのが、また楽しかった。ニーリーは下着の売り場を見つけると、マットを追い払うことにした。

「今度は私がバトンを抱くわ。あなたは買い物の袋を車まで運んでくれない？」

「おれを追っ払うつもりだな」

「被害妄想だわ。あなた、買い物は苦手だっていったし、親切心からよ」

「ばかいうなよ。タンパックスだろうと下着だろうと買えばいいじゃないか」

これもまた妹たちのしつけなのか……「下着が買いたいの」ニーリーは仕方なく認めた。

「できればひとりで選びたいのよ」

「みんなで行動するほうがずっと楽しいよ」マットは下着売り場へ勢いよく入っていった。

バトンはマットの腕で楽しげに跳ねていた。つばがうしろを向いたピンクのキャップ帽をかぶったバトンは可愛かった。

ニーリーはマットについていくのに小走りで歩かなくてはならなかった。「ここにいる男の人はあなただけだわ。きっと恥ずかしくなるわよ」

「十三歳で下着売り場に男ひとりじゃ恥ずかしいさ。三十四にもなれば、そんなもの、どうってことないよ。実際、楽しみなくらいだよ」彼はほとんどシースルーに近い黒のレースのナイティのところへ直行した。「まずはこれがいいんじゃないの」

「いやよ」

「わかった。じゃあ、こういうのはどう？」マットは黒のビキニ・パンティのところへ近づいた。

「これはどうとか、いわないで」

マットは今度は黒の半カップのブラを持ち上げた。「これなら交渉の余地があるだろ？」

ニーリーは吹きだした。「あなたって黒の下着が好きなのね」

「白い肌の女性が着ると、いい感じなんだよ」

この言葉がニーリーの心に焦げつくような怒りを呼びさました。彼女は急いでジャンセンの綿下着の売り場へ行った。

「ひどく残酷な女だよ、きみは」

いったい自分はマットをどうするつもりなのだろう？　コーネリア・ケースはセックスに不安を抱いているから、どうすることもできない。でも、ネル・ケリーなら……ネルならチャンスを生かすだけの勇気があるはずだ。

22

惚れている！　マットは自分が口にした言葉で、ホッケーの半円盤が頭にたたきつけられたような衝撃を受けた。ニーリーを愛しているということに気づくのにこれほどの時間がかかったということは、これまで犯した愚かで自滅的な失敗のなかでも最悪の失敗だった。

恋をするにしても、なぜもっと普通の女性に恋しないのだ？　だがそれは彼には無理だ。彼のようなあまのじゃくは、簡単すぎる恋にはそそられない。それどころかアメリカじゅうでもっとも有名な女性に恋をしてしまったのだ。

午前中ずっとアンは哀れむようなまなざしを向けつつマットのそばを離れなかった。ときおり目に入るアンの口は動いており、妹が兄のために祈りを捧げてくれているのがわかった。本音をいえば、祈ってくれなくていいから、祈るなら自分のことだけにしてほしいといいたかった。仕方なくマットはそれに気づかないふりをした。

マットはお昼に市内でももっともおしゃれなクラーク・ストリートのビストロに妹たちを連れていった。そのあいだも、これから車や飛行機で帰路につこうとしている妹たちを引き止めたくなる衝動と闘わなくてはならなかった。妹たちはマットにキスをし、抱きしめ、また化粧で彼のシャツを汚して帰っていった。

その夜彼の家はいつも以上に寂しかった。悩みを打ち明けようと待っている妹たちはもういない。おむつを交換しなくてもいい、生意気なティーン・エージャーを監督してやることもない。最悪なのは微笑みかけてくれるあの愛国心にみちた青い目がないことだ。

なぜ気づかなかったのだろう？　出会った最初の瞬間から、熱いファッジがアイス・クリームに溶けるように、彼女に惹かれた。これまで一緒にいてあれほど楽しい女性はいなかった。あれほどセックス・アピールを感じる女性もいなかった。肉体的にだけではない。知性と感情もかき乱されるほどの魅力なのだ。いまこの瞬間に悪い精霊が現われて、もし性的に結ばれなくてもよければ、彼女をおまえのものにしてやろうといわれれば、彼はそれを受け入れるだろう。なんと強い思いなのだろうか。

狂おしいほどの思いだった。

ひとりで家に閉じこもっているのに我慢できなくなって、ジャケットをつかみ、外へ出てフォード・エクスプローラーに乗りこんだ。コンバーティブルのスポーツ・カーから買い替えたものだ。この車は繁華街の混んだ駐車場に駐車するにはひどく不向きだったが、高速道路での操作性の良さや体の大きさに合うという理由づけをして、この車を買った。本当はこの車によってよみがえる思い出が愛しいのだった。

リンカーン・パークの狭い道をあてどなく走りながら、これから何をすべきか考えた。ニーリーがどれほど自分を思ってくれているのか、自信はなかった。一緒にいて楽しそうだった。ベッドでの愛し方も文句なく気に入ってくれていたはずだった。しかし彼女に対して傲慢な態度もとったし、手荒なまねもした。それを考えると、彼女がこの腕に飛びこんでくることは期待できそうもなかった。まして……。

結婚してくれるはずはなかった。

もう少しで白のスバルに追突するところだった。アメリカの女王ともいうべき女性がスラブ系の粗野な大男との生活に同意すると自分は本気で思っているのか？

どれほど理不尽であろうと、その思いは本物だった。

マットは翌朝ラップトップのパソコンと携帯電話を持ち、スーツケースに何着かの衣類を放りこむと、すべてをエクスプローラーに積みこんだ。途中編集者に電話を入れて、追加の記事についてのあれこれこまごました指示を与え、水曜のコラムの記事は絶対まに合わせる約束をし、自動速度制御装置をセットした。彼はアメリカの前ファースト・レディと真剣な話し合いを行なう必要があるのだ。

ニーリーの弁護士は彼女の住所を教えることを拒んだので、ワシントンの記者協会のコネを利用した。翌日ヴァージニア州ミドルバーグに着いた。道路から屋敷は見えなかったが、まわりを囲っている八フィートもの高いフェンスと精巧な電動の門扉で、すぐにわかった。マットはエクスプローラーを車道に入れた。彼女は明日記者会見を控えている。その準備のために彼女が家にいてくれることをマットは祈った。

頭上でビデオ・カメラが彼に焦点を合わせていた。フェンスも帯電していて、何頭ものドーベルマンが放し飼いになっているのではないかと思った。彼女の警護について悪夢のような情景がいくつも頭をよぎった。

「何かご用ですか?」レンガに埋めこまれたパネルから男の声が聞こえてきた。

「マット・ジョリックです。ミセス・ケースにお目にかかりたいのですが」

「お約束なさっていますか?」

「ええ」とつい嘘が出た。

しばらくまがあった。「リストにお名前がありませんが」

「ここに到着する時間がはっきりしていなかったんですよ。ミセス・ケースに尋ねていただければ了承してくださるはずです」

「お待ちください」

実際の気持ちより自信ありげに見えればよいのだが、と思った。この門扉とその背後に広がる広い地所は、思いのうえでの彼女との隔たり以上に、物理的な距離を否応なく見せつける。マットはハンドルを小刻みにたたいた。なぜこうも時間がかかるのだろう?

「ジョリックさん」

「はい」

「申し訳ありませんが、ミセス・ケースはお会いになれません」

マットはハンドルを握りしめた。「今日あとでまた来てみます」

「だめなんです」

マットは待った。待てば待つほど不安に駆られた。「明日の朝ならどうでしょう？」

「だめです。ミセス・ケースはあなたとはいっさいお会いにならないそうです」

ニーリーの胃はよじれ、手は凍りつきそうなほど冷たかった。マットが来ている。門の外にいる。家から飛び出して、車道まで駆けて、彼の腕に飛びこみたかった……でもまた拒絶されるにきまっている。

マットが来た理由を推しはかるのに長い時間がかかった。子どもたちの近況を知らせてはあったものの、彼は自分の目で確かめたいのかもしれない。なにしろミスター責任感なのだから。弁護士に連絡をとろうと居間の電話に伸ばした手が震えた。ほんの気まぐれから子どもたちの生活にふらりと姿を現わしたり姿を消したりされては、たまったものではない。子どもたちのためにもならないし、私の気持ちだって翻弄《ほんろう》されてしまう。いまは選挙運動に気持ちを集中するべきなのだ。新たな生活を築くべきなのだ。

「マー！」バトンはニーリーが電話をかけているのが気に入らない。プラスチックのトラックをカーペットにたたきつけて、強情な顔でニーリーをにらんだ。そのようすがあまりにマットに似ていたので、ニーリーは泣きたくなった。

受話器を置き、読みかけていた記者会見の資料を脇へ押しやった。場所を変えて床に足を組んで座ると、バトンがトラックとアンドレの小さなスニーカーの片方を抱えてすぐ彼女の膝に乗った。

「マー、ちゅき」

ニーリーは自分の気持ちを慰めるためにバトンを抱き寄せた。「私もよ」

ニーリーはバトンの頬にキスをして、バトンの髪の束を手でもてあそんだ。バトンの髪は伸びてカールしはじめていた。「マットはどうしてこんなことするのかしらねえ?」

「ダー?」

アイオワを出て以来バトンがこの言葉を口にするのは初めてだった。赤ん坊は眉をひそめ、もう一度いった。「ダー?」息を大きく吸いこんでもう一度いう。「ダー!」

マットをなかに入れるわけにいかない。やっとの思いで悲しい夜を耐え忍んでいるのだ。またあの悲しみを一からやり直すなんてたまらない。重大な記者会見を明日に控えている今日はなおさらだ。

ニーリーはバトンの手にキスした。「ごめんなさいね。それは無理なのよ」

バトンは下唇を突きだし、両の目は大きな青の円を描いた。バトンはニーリーの胸に頬を寄せた。

ニーリーはバトンの髪を撫でながら、またあの四人で旅に出られれば、どんなにかいいだろうと思った。

マットは門扉の外で、学校から帰ってくるルーシーを途中でつかまえるという不完全な計画を練っていた。だが獅子っ鼻のシークレット・サービスがそうはさせてくれないだろう。

ここは天下の公道で、担当エージェントに面倒をかけるのは得策ではないとマットは判断した。その男は任務を遂行しているだけだ。そしてその任務はマットの家族の身を守ることなのだ。マットが置き去りにした家族の身を。

ホテルに向かう道すがら、マットは思いをめぐらせた。だが、心に浮かんでくるのは彼がニーリーに向かっていった無礼な言葉の数々や、不遜《ふそん》な命令の言葉、女に囲まれてはたまらないといった不満の言葉ばかりで、悔恨に打ちのめされるばかり。もっと自分のいいところを見せていたら、こんなに悔やまずにすんだはずだ。

悲嘆にくれるあまり、ホテルを行きすぎてしまった。そんな大事なものを簡単に棄てるなんて、おれはなんというばかなんだ。家族を棄てるなんて、なんというばか者なんだ。

車を転回させながら、生きているかぎりひたすら自分を責めつづけることもひとつの道であり、身の破滅におちいった行ないの埋め合わせをすることもまたひとつの道だという結論に達した。埋め合わせをするには、計画が必要だ。

ニーリーは憤激していた。「なによそれ。彼がCNNに出演するって？」彼女は携帯電話をぐいと握りしめ、リンカーン・タウン・カーの革製の内装に身を沈めた。

今夜運転手を務めるシークレット・サービスのスティーブ・クルーザックはバック・ミラー越しにニーリーのようすを一瞥し、助手席に座る相棒を見た。車はニーリーが今日発表を行なうアーリントン・ホテルに向けて東へ進んでいく。色つきの窓を通して、北ヴァージニアのうねるような丘陵地帯が朝日に輝いている。

「彼からの説明は何もありませんでした」ニーリーの弁護士が答えた。

電話に出るためはずしたシャネルの重いイヤリングが掌に食いこむ。通常ならアシスタントが同乗するのだが、あいにくインフルエンザでダウンしてしまった。ニーリーの新しい選挙参謀ジム・ミリントン、テリーとスタッフはすでに、彼女の到着を待ち受ける記者団とともにホテルで待機している。

過去三カ月間、マットはテレビのインタビューに答えることを拒否してきた。それなのに、よりによって彼女のキャリアのなかでももっとも重要な記者会見のその日に彼はとつじょ心変わりした。これは彼女に対するゆすりである。

「彼と話し合ったほうがいいかもしれませんね」弁護士はいう。

「いやよ」

「ニーリー、私は政治面でのアドバイザーではありませんが、あなたの選挙運動には全国民の注目が集まると思います。この男は何をいいだすかわからない厄介な存在です。何を考えているのか皆目見当もつかないんですから。彼の考えを打診しても害はありませんよ」

弁護士には想像もつかない害があるのだ。「問題外よ」

「私のほうで話をしてみます」

ニーリーはハンドバッグのかわりに持ってきた、茶のレザーのトート・バッグに電話を戻し、金のイヤリングをまた耳につけた。記者会見用に淡いベージュのウールのアルマーニのワンピースを着て、首にシルクのスカーフを巻いている。旅に出ているときのラフなヘア・カットは、長年つきあいのある美容師に手直ししてもらったので、あかぬけたいまふうのヘア・スタイルに仕上がっている。髪はこのまま短くしておこうと決めた。同様に髪の色も自然な色を保つつもりでいる。小さな変化ではあるが、彼女にとってはとても意味のあることなのだ。それぞれの変化は彼女がようやく人生を自分でコントロールできるようになったことの証しなのだ。だからこそ会いたいというマットからの一方的な申し出も蹴った。あとに残るのは深い悲しみだけだとわかっているからだ。

レザーのかばんを取り出し、ここ三カ月間集めてきた資料に目を通した。もはやこんなものはなんの意味もない。マットは彼女との話し合いを決意しているのに、なぜ明白な手段を行使しないのか？　彼女が会うことを拒んでも、養子縁組に待ったをかけないのはなぜなのか？

それは彼がそんな汚い手などけっして思いつかないからだ。

「到着しましたよ、ミセス・ケース」

気づくともうホテルに着いていた。資料をどけ、エージェントにドアを開けさせながら、胸のなかがますますざわつきはじめた。カメラマンたちがひとかたまりになって待ち受けていた。ジョージア生まれの気むずかしい政界の広報担当のプロ、深南部訛りのあるジム・ミリントンもそこにいた。「満席の盛況です」と彼はかばんを受け取りながらささやいた。「全米じゅうの記者が集まってますよ。心の準備はできてますか？」

「もちろんよ」

ジムはボール・ルームにニーリーを案内した。予備選の候補者のところに集まる記者の数としては桁外れの人数があふれ返っていた。ただの料理にすばやくむらがるのは記者連中の得意とするところで、料理の載ったテーブルは襲撃を受けたかのように荒らされていた。

スピーカーからヴァン・ヘイレンの「ライト・ナウ」が流れはじめたとき、テリーが近づいてきた。よじれるような痛みが心を疾《はし》った。これはデニスの選挙運動の曲で、今度は彼女が使うことになったのだ。これを使うに当たっては、テリーと討議を重ねたが、最後は、トリビュートにもなり、変化のシンボルにもなるということで意見の一致を見たのだ。

テリーはニーリーの腕をつかんだ。「落ち着いて」

「あの曲を聞くと……」

「わかるよ。ああ、きみのこんな姿を彼も見たがっただろうな」

ニーリーは丸まるした、しわのある友人の顔に微笑みかけた。彼はデニスの死以来いまが一番元気そうだ。この選挙運動は彼にきっとよい効果をもたらすだろう。テリーとジムを背後に従え、ニーリーは微笑んだり、手を振って人込みをかきわけながら、部屋の前面に位置するステージに向かった。父も党のリーダーたちと一緒にすでにそこにいた。そのなかのひとり、地元でも人気の高い議員がマイクに向かい、ニーリーを紹介した。

記者連中は行儀よく拍手し、選挙運動の運動員たちが声援を送った。ニーリーはマイクに近づき、感謝の言葉を述べた。やがて彼女はスピーチを始めた。

「みなさまは今日私がこのような記者会見を開く理由をすでにご存じのことと思います。議員候補者は政界に乗り出す決断を下すまで長い時間をかけ、思慮を重ねたと述べるのが普通ですが、私の決断は早いものでした。このことはかなり昔から私の胸のなかにあった希望ではあったのですが、その気持ちがこれほど強いものであると知ったのはごく最近のことなのです」ニーリーはヴァージニアの誇るべき歴史に簡単にふれ、新しいミレニアムを迎えるにあたって、さらに強力なリーダーが必要になっていると語った。最後に来るべき一月の予備選挙ではジャック・ホリングスと指名を競うつもりであると言明した。

「……そして今日私は正式に政界のレースにエントリー致しました。かくなるうえは、素晴らしいヴァージニア州民のみなさまよりご信任をいただき、私を次期上院議員にお選びいただけますよう切にお願いするしだいです」

カメラのフラッシュが次つぎと光り、喝采がやまないうちにテレビ局のレポーターたちはマイクに向かっててんでに話しはじめる。室内が完全に静まるのを待って、ニーリーは今後の選挙運動の進め方についてかいつまんだ説明を行ない、次に質問を受けるために胸を張った。これまでは筋書きどおりだった。ここからはその場で考えなくてはならない。

「『リッチモンド・タイムズ・デスパッチ』のキャリー・バーンズです。ミセス・ケース、政界への出馬を決意なさったことと失踪との関係はありますか？」

これは予想していた質問だった。読者たちが目下コーネリア・ケースの政見より個人的な生活により大きな関心を抱いているということは、レポーターもよくわかっているのだ。

「ホワイト・ハウスを離れたことは、自分自身を冷静に顧みるいい機会となりました……」

周到な準備が効を奏し、答えに窮することはなかった。

「『ロアノーク・タイムズ』のハリー・ジェンキンズです。あなたは常づね政治に対する不満を公然と口にしていらっしゃいましたね。それなのになぜ、苦労してまでそんな世界に戻ろうとなさるんです？」

「ファースト・レディとしての私には、変革に対する影響力はありませんでした……」

質問がもう一件あった。予期していたこととはいえ、やはりこの問題に対する質問がきわめて少ないことに、ニーリーは失望を禁じえなかった。

とつじょ他を圧するような深い声がとどろいた。「マット・ジョリック。『シカゴ・スタンダード』」

ニーリーは緊張した。誰もが声の主を探そうとして、部屋じゅうが水を打ったようにしんと静まった。舞踏室のうしろにある四角い柱の陰からマットは歩み出た。片手をスラックスのポケットに突っこみ、シャツの上に擦り切れた茶のレザーのボンバー・ジャケットをはおっている。大きな体、堂々とした声、そして不敵なたたずまい――離れたところから見ても彼の存在は際立っていた。

ありとあらゆるイメージがニーリーの脳裏を駆け抜けた。そんなイメージを振り払い気持ちを集中させようと、演壇の角をつかんだ指に力がこもる。ほとんど落ち着いた声が自分の口から発せられるのが耳に聞こえた。「こんにちは、マット」

会場がざわめいた。カメラのフラッシュが光った。彼の登場はそれ自体一大ニュースだった。

マットはうなずいた。そっけない、きわめて事務的な態度だった。「経済問題を焦点に選挙運動を進めるとおっしゃいましたが、もっとくわしく話していただけませんか？」

ニーリーは苦心して外交的な微笑みを浮かべた。「ヴァージニア州民にとって不可欠の重大性を持つ論題について話す機会を与えてくださってありがとうございます……」

マットの視線を受けながらも、ニーリーはなんとか準備していた所見を述べはじめた。だがようやく話し終えたとき、マットから追加の質問が向けられた。それに答え終わると、別の記者がバルカン諸国に関する質問を割りこませてきた。その後マットからの質問はなかったが、彼がその場を動くことはなかった。腕組みをし、片方の肩を柱にあて、ニーリーから目を離さなかった。

テリーがようやくなかに入り、質問時間の終了と、参加者への感謝の言葉を告げた。父がニーリーの片側に、もう一方にビル・ミリントンが付き添い、うしろにテリーが従った。ニーリーは目でマットを探したが、彼は姿を消していた。

次の会場までの移動に父親が付き添った。「考えてみればジョリックというやつが現われても不思議はないな。おまえのことを記事にするだけで出世まちがいなし、だろうから」

ニーリーはそう考えるだけで身震いした。

一時間半後の次のスピーチはバンケット・ホールの会議室で行なわれた。始まったばかりの頃、うしろのほうで彼女を見つめているマットの姿に気づいた。もう質問はしなかったが、彼の意図は間違いなく読めた。こちらが会見の場所と時間を設定するまで、彼は一歩も引かないかまえなのだ。

商工会議所の晩餐会でのスピーチが終了する夜九時半までには、心が決まっていた。彼女がいつまでもなぶり者にされているとマットが思っているとしたら、それはゆゆしき思い違いである。ニーリーはフォールス・チャーチ商工会議所の会員との握手から離れ、マットが姿を消す前に、彼に近づいた。ニーリーを追いつづけてきたカメラマンたちはふたりが一緒に納まる写真を撮ろうと、殺到した。

ニーリーは冷静な目で見つめた。「明朝十時に私の家でお目にかかりたいと思います」

マットは微笑んだ。「わかりました」

ニーリーはその夜ほとんど眠れなかった。その日の午後いっぱいいくつかの会議が予定されていたが、とても出席する気分ではなかった。ニーリーは午前中の昼寝のためにアンドレを寝かしつけたタマラに、バトンを連れて町まで用足しに行かせた。こうすればマットが帰るまでバトンを外に出しておける。ニーリーは時計の針が十時を指すまで待った。

インターコムから哀れっぽい赤ん坊の泣き声が聞こえ、スキッドが耳をそばだてた。アンドレはいつもは朝のうちにかなり長く眠るのだが、どうやら今日は少し早めに目を覚ますことにしたらしい。家政婦は昼まで来ないので、ニーリーは急いで赤ん坊を迎えにいき、スキッドがあとをついていった。

赤ん坊はベビー・ベッドのなかであお向けに寝ていた。くまのプーさんのパジャマを着たアンドレの褐色の目には涙があふれそうになっていたが、ニーリーの姿が目に入ると涙が止まった。あどけない顔を見下ろしながら、ニーリーは悩みを忘れていた。可愛らしい、個性にあふれたその魅力。

「おチビくん、どうしたの？　怖い夢でも見た？」温かな体の下に手を入れて、肩に抱き上げる。アンドレはミルク・チョコレートのような肌と未来の大器を感じさせる知的な風貌を持った美しい赤ん坊だ。

正門とつながるインターコムのブザーが二度鳴り、客の来訪を告げた。ニーリーはバトン・ジョリックのお気に入りの言葉を口にした。「シーット！」

赤ん坊を腕に抱き、玄関に向かう。「さあ、あなたと私とワンちゃんも一緒よ」ベルが鳴り、十を数えてからノブに手を伸ばした。

23

マットは戸口に立つ女性の姿を食い入るように見て、体のなかがすべて溶けてしまいそうな気がした。昨日カメラに囲まれたときは自制できたが、今日はカメラもなく、彼女はほんの一歩のところに立っている。

悲しいことに目の前に立っている女性はアイオワで別れてきたニーリーではなかった。このニーリーは優雅で堂々としていた。貴族的な頭部からコール・ハーンのローファーを履いた爪先まで、全身からWASPのオーラが立ちのぼっていた。メイ・フラワー号で海を渡ってきたものと思われる一連のパールのネックレスを首につけ、カシミアに違いないシンプルなセーターにグレーのフラノのスラックスをはいている。マットを見るなり飛びついてきた汚らしい犬と、腕に抱かれた可愛らしい褐色の肌の赤ん坊だけが、イメージにそぐわない感じがした。

彼女に再会できた感動がマットの心を満たした。彼女をここでひょいと抱き上げ、寝室へ連れていって彼女の富と地位を象徴するものを片っ端からはぎ取ってやりたい衝動に駆られたが、彼女に対しても車道のはずれからこちらを監視しているシークレット・サービスに対してもそれはあまり得策ではないと判断した。

胸のなかにいいたいことは山ほどあったが、ただひとこと「愛している」という言葉しか思いつかない。しかしそれはあまりに時期尚早な気がしたので、ただ犬にあいさつした。

「やあ、スキッド」

赤ん坊はマットの声に目をパチクリし、歯茎をにっと見せて笑った。

アメリカの女王はうしろに下がり、マットをなかに通した。マットの気持ちは沈んだ。彼に向けられたのは一度会ったきりの、記憶もさだかではない人物を見るようなまなざしだったからだ。

スミソニアン美術館といってもおかしくない廊下を彼女のあとからついて行き、あらたまった感じのリビング・ルームに入った。サクラ材の袖付き椅子が多く、壁にはこれまた多くの油絵がかかっている。彼が育った家は不釣合いな家具だらけだった。合成樹脂のテーブルに木製の十字架、その背後には乾かしたヤシの葉が飛び出していた。

ニーリーは細い脚のついた背の部分がキャメル色のふたり掛けのソファを身振りで指した。マットは座ったとたんに腰にバックルがかけられるのではないかとなかば本気で思いながら、注意深く腰をおろした。

マットに向けられる彼女の目はようやく自分の生き方をつかんだ女性の強い自信にあふれていた。「飲み物はお出ししますが、ちょうどルートビアーは切らしています」

いまならびんから注いだスコッチのストレートでもいい。ふと見るとあまりに強く抱きしめているので、赤ん坊が身をよじりはじめている。「またひとり増えた？」

「アンドレはバトンを世話してくれているタマラの子です」

「きみがバトンを見ているのかと思っていたよ！」その言葉のとがめるような響きに、彼はわれながらたじろいだ。

彼女は硬い表情で彼をにらんだが、それには答えもしなかった。

「すまない」彼の掌はじっとりと汗ばんでいた。

ニーリーは暖炉の近くの袖付き椅子を選んだ。たぶん合衆国憲法制定者たちがこの暖炉のまわりに集まって、憲法制定のための協議を開いたりしたのだろう。

赤ん坊がそわそわしはじめた。マットは彼女が赤ん坊をもう少し楽な位置に抱き直すのかと思い、待っていたが、そうではなかった。赤ん坊を抱いていることさえ忘れているような感じだった。それは彼女の気持ちが落ち着かないせいだと思いたかった。

表情を見るかぎり彼女は落ち着いていた。

マットがうしろにもたれ脚を伸ばすと、二人掛けのソファはきしみ、不吉な音をたてた。早く何かいわなければ、まるで木偶《でく》の坊だ。「どうしてる、あの子たちは？」

「それはお知らせしているでしょう。定期的に報告書を送っていますから」

赤ん坊がもがいた。バトンをどこに隠したのだろうと、マットは思った。あの子にまた会えるならどんなことでもする、とさえ思う。また、臭いおむつを替え、よだれを垂らされ、あの純粋な愛にあふれた笑顔を受けとめられたらどんなにいいだろう。「報告を読むより、この目で確かめたかった。あの子たちに会えなくて寂しかった」

「それはそうかもしれませんけど、だからといってあなたの気紛れであの子たちの生活に出たり入ったりしてもらうわけにはいきません。そういう約束になっているでしょう」

成り行きは彼の望まぬ方向へ向かっている。赤ん坊がぐずりはじめた。「それは理解しているけど……」ニーリーはあいかわらず痩せてはいるものの、初めて会ったときのようなやつれたようすはもうない。ほっとすると同時に失望が心をよぎる。彼を思ってやつれていてほしいという気持ちが心のどこかにあるのも確かなのだ。

ニーリー・ケースがひとりの男のためにやつれる、か。

なすべきことはたったひとつだった。だが体じゅうの男性ホルモンが働きかけようと、そんな思いは消え果てていた。マットは大きく息を吸いこんだ。「きみに会えなくて寂しかった」

ニーリーがこの言葉に心を動かされたようすはなかった。

マットは今度はまとめていった。「きみとあの子たちに会えなくて寂しかった」

青のパジャマからまた哀れな泣き声があがった。腕を自由に動かしたいのに、彼女があまりに強く握りしめているのだった。マットは見ていられなくて急に立ち上がった。「その子をこっちによこしなさい。そんなじゃいまに窒息死してしまう！」

「何を――」

マットは小さな赤ん坊をひょいと抱え上げると肩で抱いた。赤ん坊はたちまち落ち着いた。

赤ん坊はいい匂いがした。男の子らしい匂いがした。

ニーリーは目を細め、椅子の肘掛けの上で指をコッコッたたいた。「DNAテストの結果はどうしたの？　私の弁護士が何度もコピーを請求しているのに、まだ受け取っていないそうだけど」

ああ……愚か者め。ダヴェンポートの試験所から送られてきた封筒を開封もせず破り捨ててしまったのだ。「じつはぼくも受け取っていないんだ。試験所が宛先を間違えたんじゃないかと思う」

「宛先を間違えた？」

「その可能性もある」

ニーリーは首を傾げ彼の顔をまじまじと見た。「その書類があなたにとってどれほど重要かはわかっているわ。必要ならまたテストをしたほうがいいかもしれない」

「ばかいわないでくれ。またバトンをあんな目に遭わせるというのかい？　きみはあの場に居合わせなかったから簡単にそんなことを口にするんだよ。連中がどうやってあの子を押さえつけていたか、きみは見なかったんだから！」

ニーリーは「気でも狂ったの」というような目でマットを凝視した。じつのところ気が狂いそうな気分で、マットは彼女に背を向けて暖炉のほうへ向かった。

「あなたはここへ何しにきたの、マット？」

赤ん坊の頭が彼の顎に当たっていた。マットはニーリーをにらみつけた。「いいよ、本当のことをいおう。おれは大へまをやらかしたんだ。認めるよ。だからすべてを水に流してこれから先のことを考えよう」

「これから先?」それは暖房の入っていない教会の長老派信徒のように冷たい態度だった。「つまり、これから先のことが大切だといっているんだよ」この部屋が暑いのか? それとも暑いのは彼だけなのか?「未来を見つめ、過去は振り返らないようにしたいんだ」

彼に注がれる彼女の目には上流階級の侮蔑がこもっていた。彼はとつじょ自分がまっ赤なサテンのボウリング・シャツでも着てポーランドの燻製ソーセージをぱくついているかのような気分になった。そろそろ本題に入るべきときが来たのだ。

「いまぼくに対してどんな気持ちを持っているのか教えてほしい」

「それがこの話し合いの主旨なの?」

マットはうなずいた。赤ん坊は頭を彼の首にすり寄せている。もしニーリーの体のなかに棲みついた氷の女王が彼を追い出すとしたら、自分の未来はどんなに寒々としたものになるのだろう。そんな思いに直面せずにすむのなら、どんな代償を捧げてもいいから、腕に抱いたこの子をあやしつづけていたいと思う。

「そうね……あなたが自分の記事のなかで私を裏切らなかったことに対してはとても感謝しているわ」

「感謝している?」

「子どもたちのことで私を信任してくれたこともありがたいと思っているわ」

「ありがたい？」これは悪夢なんだ。マットは先祖伝来のカウチに身を沈めた。

「とてもね」

部屋の隅でグランドファーザー時計がチクタクと時を刻んでいる。沈黙が長引いてもニーリーは気にするようすはない。

「ほかには？」マットが訊く。

「べつにないいんじゃないかしら」

この言葉にマットは憤りさえ覚えた。絶対に彼女はそれ以上の感情を抱いたに違いないのだ。そうでなければあの熱い湿った部分に彼を近づけることさえなかったはず。

マットは腹を決めた。赤ん坊を反対側の肩に抱き替えながらいう。「もっとよく考えて」

ニーリーは片眉をつり上げた。指先で真珠にふれる。「何も思い浮かばないわ」

マットは椅子から立ち上がった。「ぼくの心にはある思いが湧きあがってきているんだ。悔しいけどぼくはきみを愛している。きみがそれをいやがるなら、もっと悔しいけどね！」

赤ん坊が不快そうな鼻声をあげた。ニーリーの目が大きく見開かれた。「私を愛しているる？」

マットはニーリーの口元が花のように微笑み、目元がやわらぐのを期待した。ところが彼女はレキシントンでのマスケット銃の銃撃戦の一発目に撃たれたかのような顔をしている。

おれはばかだ！　マットは赤ん坊を腕に抱き替えて、前へ進み出た。「ごめんよ。さっきのは正しくない。つまり——ここ、暑くない？　きっと暖炉の調子が悪いんだよ。見てあげてもいいけど」

いったいおれはどうしちまったんだろう。長年女たちと暮らしてきた。女たちの癖だって知りつくしている。一番しゃんとしなければいけないときに、なぜこうも動揺するのだろう？

彼女の顔をありとあらゆる感情がよぎったが、彼にはその感情が何であるのかどうしても見分けることはできなかった。彼女は椅子にもたれ、細い脚を組み、指で小さなプロテスタント教会の尖塔を作っていた。「この驚くべき――そして明らかにありがたくない意外な事実に思い当たったのはいつのことなの？」

「日曜だ」

ニーリーの鼻孔が広がった。「このあいだの日曜日？」質問ではなく非難だった。

「そうだ。それにありがたくないなんてことはない」赤ん坊の泣き声はますます大きくなっていく。マットは赤ん坊を小刻みに揺すった。

「二日前になってやっとそれがわかったというの？」

「だがそれは、これまでそんなことを感じていなかったという意味ではないよ」われながら弁明のせりふにしては弱いと思う。声がかすれてきた。「もうずっと長いあいだきみを愛している」

「あー……そうなの」ニーリーは立ち上がって彼に近づいた。だが彼が望んだように彼の膝に座るためではなく、赤ん坊を取り戻すためだった。小型のベネディクト・アーノルドはニーリーの肩に収まって嬉しそうだった。「あなた、そうなって厄介だという顔をしているわ」と彼女がいう。赤ん坊はメイ・フラワーのパールを手でつかみ、口のなかにいれようとしている。

「厄介なもんか、ぼくは幸せだよ！　有頂天なくらいさ！」

またニーリーの眉がつり上がった。

なんてことだ！　言葉を商売道具としているのに、どうしていまうまく言葉がでてこないのだろう？　不本意ではあるが、こうなったら泣き落とししかない。「ニーリー、きみを愛している。それを知るのに時間がかかりすぎてしまったのは申し訳ないが、この気持ちにいささかの偽りもない。取り返しのつかないぼくのへまのために、ぼくたちの恋を捨て去るのはあまりに惜しいと思う」

ニーリーは別段感動を受けたようすもない。「あなたの軟弱な気持ちを表現するのにCNNに出演したり、世間に私のことをしゃべるというのがあなたの考えなのね。そうでしょう？」

「こけおどしだったんだよ。電話にも出てくれなかったじゃないか。そうだろ？　きみの注意を引く必要があったんだ」

「私のミスよ。あなたはその新発見の気持ちについて何を企てているの？」

「結婚を申し込む。どう？」

「ああ」

赤ん坊は楽しげにパールを歯茎で噛んでいる。マットは自分も噛んでみたいと思った。彼女の下唇や耳たぶ……そして乳房を。マットはうめきそうになった。乳房やその他の魅惑的な部分に思いを馳せている場合では絶対ない。「それで？」

「それで何かしら？」

「結婚してくれるつもりはあるのかい？」

彼女の冷ややかな顔を見て、本当に実のある口論がしたいと思った。感情的にならず、理論的な口論がしたい。「きみがぼくとの結婚を身分違いだと考えていることはわかる。ぼくはきみのような貴族的な人間じゃないからね。だけどリッチフィールド家の遺伝子のよどみをそろそろ刷新してもいいんじゃないのかな。東欧の小作農の血をちょっぴり混ぜて」

「そして競馬の三冠レースに出馬する？」

マットは目を細めた。どうも話題がかみあわない。

マットがその大きくハンサムな顔を傾げ、まるで顕微鏡で標本でも見るように彼女の顔をのぞきこむようすをニーリーは見ていた。だが心は千々に乱れ、とても平静を保てそうもなかった。どう見ても不本意な愛の告白、こんなみじめな結婚の申し込み。こんなものを私が信じると彼は本気で思っているのだろうか？

子どもたちの生活からマットを切り離そうとしたことは間違いだったといまは思う。口に出さずとも、彼があの子たちをどんなに愛しているか、察知すべきだったのだ。だがあの子たちを連れ戻すのにこんな手を使うとは思ってもみなかった。結婚を口に出すほどせっぱ詰まっているとは想像もしなかったのだ。

なにもこんな手段に頼らずとも、子どもたちを取り戻すことはできるのに、マットにはそんな気はないらしい。いまのところ法律上は彼が子どもたちの保護者であり、養子縁組の手続きはまだ完了していない。気が変わった、とひとことといえばすむ問題なのだ。だがそれでは彼の道義心が許さないということなのだろう。

ニーリーは膝の力が抜けそうだった。子どもたちを取り戻すために、道義心だけで愛してもいない相手に結婚など申し込めるものなのか。

頭のなかで鼓動が大きく響きはじめた。もし彼の言葉が真実だとしたら？　本当に愛してくれているとしたら？　自分の深層心理に関してはことさらに不器用になってしまう彼のこれもまたひとつの例なのか？　それとも子どもたちへの愛情と、ともに暮らしたいという思いだけで、好感を抱《いだ》いているていどの相手との結婚さえいとわないということなのか？

ひとつだけ確かなことがある。何カ月ものあいだ彼のTシャツを抱きしめてホイットニー・ヒューストンの歌に涙しつづけはしたが、ニーリーはもはやデニス・ケースと結婚した頃のような感情の乏しい人間ではない。この一年で自分にはもっとましな生き方があるはずだという心境にたどりつき、異性の愛のなかにそれを求めようとは思わなくなっている。もしマット・ジョリックが本気で彼女のために身を焦がす恋をしているのなら、その炎を感じさせるためには、こんなやり方はやめるべきだ。

「ニーリー、これまでぼくはへまばかりしてきた……しかし」

「へまなんて言葉からは、いい話が期待できそうにないわね」ニーリーは腕時計をちらっと見て、椅子から立ち上がり、廊下に向かった。「ごめんなさい。時間切れだわ」

マットはあとに従うしかなかった。「今日車に同乗させてもらってもいいかな？　もう一発内ネタ記事ってのも悪くない」

ニーリーは記事にされるのはもうたくさんだったし、それはたがいに了解し合っていることだった。ドアから部屋の外に出た彼女に、彼も否応なく従った。「それは無理ね」

「電話番号を教えてもらえないか。もう一度話がしたい」

「努力で道は開けると思うわ」

ニーリーは止めるまもなくするりと部屋に戻り、ドアが閉まった。ニーリーは赤ん坊を抱きしめ、泣こうか叫ぼうか迷った。


マットにとっては手酷い痛手だった。あまりに長年妹たちと自分とのあいだにプライバシーを守るためのバリアを築いてきたので、肝心なときにバリアを下ろすことができなかったのだ。ハンドルの前に座り、エンジンもかけないままフロント・ガラス越しにぼんやりと外を見ていた。会った瞬間に彼女をこの腕にかき抱き、思いの丈を述べてさえいればこんなことにはならなかった。それなのに、わけのわからないことを口ごもりながらいうのがやっとだったのだ。

もはやこの手には何もない。会う約束もない。電話番号もない。文字どおりゼロだ。

自分自身に対する怒りで頭がいっぱいだったので、車を出しながらガレージのうしろの黄色いものがちらりと視界を横切ったのを危うく見落としそうになった。近づいてみるとそれは使い古されたウィネベーゴの後部だった。

信じがたいながめだった。アイオワを出るとすぐ、メイベルをディーラーに売り、その小切手は子どもたちに送るため、ニーリーの弁護士に託した。彼女はなぜそんな面倒なことをして買い戻したりしたのだろう？　マットはそのときかすかな希望の光を感じた。すがるべきよすがとはいいがたいものの、ほかには何もないのだ。

携帯電話のデータ・バンクからルーシーの学校の電話番号を引き出し、電話で行き方を尋ねる。到着すると自分の身分経歴、さらにルーシーとの関係を説明することで、校長の信任をとりつけ、空いた部屋に案内された。壁が自分に向かって迫ってくるような圧迫感を覚えそうになったとき、ドアが開きルーシーが立っていた。

自然と笑みが浮かんだ。あの売春婦のようなメイクと紫色の髪にかすかなノスタルジーを感じた。ルーシーはすっかりきれいになっていた。さっぱりと清潔感が漂い、美しく輝いていた。あのがさつさを排除したのはニーリーなのか、それともルーシー自身の気持ちの変化なのか。

ルーシーを腕に抱きしめたくてたまらなかったが、ルーシーの顔に矛盾するいくつかの感情が交錯するのが見え、ためらった。彼女を棄て、傷つけたこのおれをそう簡単に許してはくれないのだ。

「なんの用？」

マットはためらったが、もはや口ごもったりする余裕はなかった。「おれは家族を取り戻したいと思っている」

「家族？」ルーシーのしたたかさは健在だった。いぶかるような表情が怒りでゆがんだ。

「どういう意味？」

「おまえとバトンとニーリーだ」

ルーシーはあの見慣れた強情な顔を向けた。「あたしたちはあんたの家族じゃないわ」

「そうはいいきれないだろ」マットは一歩ルーシーに近づいたが、ルーシーがその分退くのを見るはめになった。「おれのことまだ怒ってるんだな？」

ルーシーは肩をすくめた。そしていかにもルーシーらしくマットの目を見据えた。「なんでここに来たの？」

マットは思いをめぐらせた。ニーリーを裏切ることなくルーシーにどこまで話せばいいのか？

もうどうでもいい。「おまえたち三人のいない生活に耐えられないことがわかってここまで来たんだ」

ルーシーは机の角にもたれかかっていた。その姿勢はぎこちなく不確かだった。「それで？」

「だからまたおまえたちの前に現われたんだ」

「一大事だね」

ルーシーが必死で隠そうとしていた心の痛みをマットは自分の心の痛みとして受けとめた。

「おれにとって一大事なんだよ、ほんとに。ずっと寂しかった。それに自分にとって何が一番大切なのか気づくのにえらく時間がかかったから、もうずっと自分で自分を責めつづけている」

ルーシーは親指を見下ろし、口のそばに持っていったがふと気づいて離した。「まあ、バトンのことは恋しくなったかもね」

ルーシーの不確かな心理がいまにも表われそうで、マットの胸は痛んだ。「チビはこのごろどうなの？」

「かなり成長してるよ。だいぶ言葉も増えたしね。スキッドの名前も呼べる」ルーシーは責めるような目でマットをにらんだ。「でももう『ダー』って言わない。あれ以来」

「あの子がすごく恋しいよ」マットは一瞬言葉を切り、一歩前に出た。「でもおまえに会えないのがもっと辛いんだ」

「ほんとに？」

マットはうなずいた。「バトンのことは愛してるけど、あいつはまだ赤ん坊だ。どういうことか、わかるだろ。おもしろい話を聞かせてやることもできないし、一緒にバスケット・ボールを楽しむこともできない。そんな驚いた顔するなよ。おれとおまえは会った瞬間から理解しあえたよな」マットは一瞬黙った。「心の友って言葉、聞いたことがあるだろ？」

ルーシーは疲れたようにうなずいた。

「おれたちふたりは心の友同士じゃないかと思うよ」

「そう思うの?」

「思わない?」

「思う。でもあんたがそう思ってるとは思ってなかった」

「おまえってほんと、はかだな」マットは微笑んだ。「おまえがすごいやつだっていうこと、いつになったらわかるんだよ」

食い入るようにマットを見つめるルーシーの顔がゆがんだ。「あんたがあたしたちにまた会いたがるなんて、夢にも思わなかった」

ルーシーが抱かれたがるかいやがるかなどもうどうでもよかった。マットはルーシーを引き寄せるときつく胸に抱いた。「ばかなのはおれのほうなんだよ。おまえに会いたかったよ、ルーシー。会いたくて、会いたくてたまらなかったよ」

片手がためらいながらマットの腰に巻きついた。マットはその手を撫で、目をしばたたかせた。この子たちをよくも置き去りにできたものだとつくづく思う。「おまえを愛してるよ、ルーシー。なかなか口にするのはむずかしいと思ってたけど、そうじゃなかった」事実、あまりにすんなりといえたので、繰り返していった。「おまえをすごく愛している」

ルーシーは彼のシャツに顔を埋めた。くぐもってはいたが、ルーシーの言葉は聞き取れた。

「あたしもすごく愛してる」

ふたりはしばらく抱きあったまま立っていた。たがいに照れながら、でも離れようとはしなかった。やっと体を離したとき、ルーシーの表情は弱々しく、怯《おび》えの色があった。「あたしたちを彼女から引き離したりはしないよね？」

「そんなことするはずがないよ、おかげさまでね」

ルーシーは安堵したように肩の力を抜いた。「それを確かめたかったの」

「そんな心配は無用だよ。じつはちょっと手助けしてほしい。頼れるのはおまえしかいないんだよ」

ルーシーは即座に反応した。「何をすればいいの？」

今度はマットが目をそらす番だった。「今朝ニーリーに会ったんだけど、緊張してすべてだいなしにしちまった」

「性懲りもなくね」

「もう意地悪いうなよ。とにかく彼女をますます怒らせちゃったんだ。いずれ会ってはくれるだろうけど、おれはとてもそれまで我慢できない。だからおまえに助けてほしいんだ」

マットは自分の希望を説明した。話し終えると、ルーシーは抜け目なさそうに口をゆがめて笑った。マットは自分の戦略のうまさに快哉を叫びたい気分だった。おせっかいを焼いてもらうなら、目端の利く女が一番だが、ルーシーは間違いなく目端のきく女の子だ。

床の上に座ってバトンを抱きしめ、ルーシーが話してくれる今日一日の出来事に耳を傾けているうちに、ニーリーの心の緊張もほぐれていった。ロースト・チキンとガーリックの匂いがキッチンから漂ってきて、朝食以来何も口にしていないことを思い出した。

今日はひどい一日だった。会議には集中できないまま、マットのことが頭から離れず、彼の意図がつかめなくて思いをめぐらせてばかりいた。

家政婦が居間に入ってきた。「まだ手を洗ってない人は、洗ってください。あと五分で夕食の支度ができますから」

「ありがとう、ティナ」

ドア・ベルが鳴り、ルーシーがぱっと立ち上がった。「あたしが出る！　クリフにオーケー出しておいたの」

クリフは門番だ。インターコムが鳴らなかったのはあらかじめルーシーの指示があったからなのだ。

ルーシーは玄関に向かって駆け出した。「夕食に友だちを招いたの。ティナもいいっていってくれたし」

ニーリーは不思議そうにルーシーを見た。ルーシーが人を招いたのはこれが初めてではないが、いつもなら前もって知らせてくれる。しかしルーシーが新しい友だちを作るのはとてもよいことだと思っていたので、反対はしなかった。ニーリーはバトンの薄紫のジーンズの袖を直した。「散らかしやさん、お夕飯の前に少しおもちゃを片づけましょうね」

「やあ、ルーシー」

マットの声が玄関から聞こえ、ニーリーはぎょっとした。

バトンは目を大きく見開き、持っていたプラスチックのカメを落とした。「ダー!」ぽっちゃりした脚をできるかぎり速く動かしながら、バトンは聞き慣れた声のするほうへ慌てて走っていく。

玄関ではマットが今日二回目の抱擁をルーシーと交わしていた。そのときバトンの黄色い歓声とともに、小さなスニーカーの足音が聞こえた。目を上げると彼の縮小サイズのビューティ・クィーンがよたよたと角をまわってこちらへやってくるところだった。

「ダー!」

バトンの歓声にマットも駆け寄り、ひょいと持ち上げて腕に抱き、バラ色の小さなほっぺたにキスの雨を降らせた。背が伸びたな、とマットは思った。髪も伸び、もうタンポポの綿毛のようではなかった。リボンを結んだ頭のてっぺんの髪の一房が、小さな泉のように上に向かってはねている。紫色のスニーカーを履き、薄紫のジーンズ、特ダネと書かれた明るい赤のTシャツを着ている。

バトンがまだ自分を忘れていなかったということに感動し、今日三度目に目頭が熱くなった。バトンは身をよじり、スニーカーを履いた片足でマットの腹を蹴った。だが、何も気にならなかった。バトンはシャンプーとオレンジ・ジュースとニーリーの匂いがした。

「ダー!」バトンは頭をそらせ、口をすぼめ、あの見慣れた強情そうな表情を向けた。これは新しい癖だったがマットは即座に理解し、バラのつぼみのような唇のどまんなかにキスをした。「こら、おむつが臭いぞ」

「くちゃい、くちゃい」

「そうだな」片方の腕で赤ん坊を抱き、もう片方の腕でルーシーを抱きながら、やっと三分の二まで来ましたと心のなかで神に感謝した。あとの三分の一が廊下のうしろに姿を現わした。美しい目のなかにある非難の色が、いまだ目標が遠いことを告げていた。

「ここで何をしているの？」

「あたしが呼んだの」ルーシーが声を張り上げた。「ママはきっといやがらないと思ったのよ」

ニーリーはマットのほうを向いた。「どこでルーシーに会ったの？」

ルーシーが彼に答えるチャンスを与えなかった。「今日学校に来たの」

伝説的な自制心をもってしても、許可なくルーシーに近づかないでほしいという気持ちは隠しきれなかったが、ニーリーは子どもたちの前で彼を攻撃するつもりはなかった。

彼女の自制は彼の立場がどれほど脆弱《ぜいじゃく》かはからずも彼に知らしめることとなった。マットはニーリーへの愛を伝えるために最善の努力を払うつもりではいたが、子どもたちを傷つけるくらいなら残りの人生を独りで生きていく覚悟はついていた。

「校長に身分と関係を明かしたら、ルーシーと話をする時間をくれたんだ」

「そうだったの」ニーリーの言葉から冷ややかさが抜けた。

「外の車にみんなへのプレゼントがあるんだ」マットは急いでいった。「でもシークレット・サービスが、チェックするって持ってった」マットはニーリーの目を見つめた。「どんな色のバラが好きか知らなかったから、各色取り混ぜたものにしたよ」朱色から先端が薄桃色の白まで各色とりまぜた六十本のバラ。ドアを入ったときの楽しみに使うつもりだったのだが、シークレット・サービスのおかげで計画がだいなしになってしまった。

ニーリーの唇はかろうじて動いた。「なんてご親切な」

四十代くらいの赤毛の女性が部屋の隅から顔をのぞかせた。「夕食のご用意、できましたよ」女性はマットをもの珍しそうに見た。

「今夜食事を一緒にしたいって私がいった友だちはこの人よ」ルーシーがいった。

女性はにっこり笑った。「最近の高校生はどんどん体格がよくなってるわね」

マットも微笑みを返した。「ご迷惑でなければいいんですけど」

彼女は赤面した。「いいえ……いいえ。全然そんなことありません。みなさんどうぞ。チキンが冷める前に」

ルーシーはマットの手をつかみ、ニーリーの前を通りすぎて、ぐいぐい引っ張っていく。

「ティナのチキン食べるの楽しみにしててよ。すごくいっぱいガーリックを使って焼くの」

「ガーリックは大好きだよ」

「あたしもよ」

「ハラペーニョって極辛とうがらし、食べたことある？」

「そのまんまで？」

「うん、そのままで。なんだい、けっこうおまえ弱虫なんじゃないの?」

マットが娘たちふたりに腕をまわし、居間を出ていきながら、おしゃべりに興じるようすをニーリーは聞いていた。子どもたちはふたりとも月や星でも見せてもらえるような顔でマットを見上げている。ニーリーは自分が震えていることに気づき、深く息を吸いこむとキッチンに向かった。

キッチンに入ると、マットがバトンをハイ・チェアに座らせているところだった。マットは居心地のいいキッチンですっかりくつろいでいた。サクラ材のキャビネット、輝く銅の調理器具、カウンターの上には明るいオレンジ色のカボチャのコレクション。丸テーブルは柱と柱のあいだに置かれ、座ると屋敷の脇に広がる庭園を見下ろせる。テーブルの上には陶器の皿、ずんぐりした緑色のゴブレット、そしてバトンには特別に不思議の国のアリスの皿が用意されている。

「ここに座って、マット!」ルーシーが自分の椅子を指した。そこはニーリーのすぐ右隣りの席だ。「いつもならタマラとアンドレも一緒に食事するんだけど、アンドレは今日の午後注射を打たれて機嫌が悪いの。それにタマラは数学のテストがあるから勉強で忙しいし」

「アンドレのためにホッケーのスティックを買って車に入れてある」とマットがいった。

「それにスケート靴も」

ニーリーはマットの顔をまじまじと見た。生後六カ月の子にホッケーの道具を買った?

ルーシーは反対側にこぼれてもはねが来ないだけの距離を置いて、バトンのハイ・チェアの隣りに座った。「バトンがすごく散らかすから、大事なお客さまが来ないときはダイニング・ルームで食事はしないの」ルーシーはしかめっつらをしてみせた。「誰のことかわかるでしょ？」

「わからないよ」

ルーシーは目玉をぐるりとまわした。「リッチフィールドのお祖父さまよ。お祖父さまって、あたしのことルシールと呼ぶのよ。いけてない呼び名でしょ？　バトンのことはベアトリスだって。あの子はいやがってるけどね。一回バトンが吐いちゃったことがあってさ。そりゃ大騒ぎだったわよね、ママ？」

ルーシーが「ママ」と口にするのを聞いてマットの表情が変わるのをニーリーはじっと見つめていた。だがその表情がどんなものなのかははっきりとはわからなかった。「あれはたしかにバトンにとって楽しい体験だったでしょう」ニーリーはかろうじて答えた。

マットは椅子の背にもたれ、ニーリーの顔に見入った。これはまるで家族のようだとマットは感じているのだろうか？

「今日の会議はどうだったの？　金持ち企業から小銭を少しは引き出せたのかい？」

「少しは」マットと気楽な会話を続けることができないので、バトンのほうを向いた。「ポテトはおいしい？」

赤ん坊は食べ物で汚れた手を口から出し、姉を指さした。「ウース！」

ルーシーはくすくす笑った。「あたしのことそう呼ぶの。ウースって。ほんの何週間か前にいいはじめたばかり」

「マー！」

ニーリーは微笑んだ。「すっかり覚えちゃったのよね、バトン？」

「ダー！」

マットは赤ん坊ではなくニーリーのほうを向いた。「これもうまくいえるよ」

ニーリーは許せない気持ちだった。マットが子どもたちへの自分の思いをようやく悟ったからといって、じわじわとこの子たちの生活に入りこませるわけにはいかない。ときどき会わせるのは仕方がないとしても、さも意味ありげに彼が投げてよこす、残り物のような生半可な感情を受け入れることはできない。

ニーリーはナプキンをたたみ、皿の横に置き、立ち上がった。「気分がよくないの。失礼させていただくわ……ティナ、バトンの食事が終わったら二階へ連れてきてくださる？」

「いいですよ」

マットは立ち上がった。「ニーリー……」

「さようなら、マット。あとはルーシーと楽しくやってください」ニーリーはそこにいる全員に背を向けてキッチンをあとにした。

24

ニーリーはひとりベッド・ルームに閉じこもり、ブリーフィングの資料とラップトップのパソコンでの作業を続けた。ティナがバトンを連れて上がってきたとき、本を読んでやり、寝かしつけるあいだだけ仕事を中断した。部屋に戻るとき、階下でマットがルーシーに話す声が聞こえた。低く強い彼の声を聞き、聞き耳を立てたくなったが、部屋へ急いで入り、ショパンをかけ、音量を上げた。

一時間してルーシーが入ってきた。興奮で目がキラキラしていたが、マットに再会できた喜びを口にしてもニーリーが快く思わないのを知ってか、荒々しいおやすみの抱擁のあと、出ていった。

マットが去って、ますます気が滅入った。ニーリーはお気に入りの明るいブルーのフランネルのパジャマに着替えた。ふわふわした雲の模様が入り、洗濯ソフターの匂いがする。また仕事に戻ろうとしたが、さしこむような空腹感で気が散って仕方がない。十一時近くになるのに、今日一日ほとんど何も食べていないのだ。ニーリーはラップトップを脇に置き、裸足でそっと下におりていった。

ティナは帰る前にレンジ台の明かりを点けていく。アンドレもタマラも夜が更けて落ち着いたようだ。ニーリーは食料貯蔵室に入り、前にかがみ、棚からシリアルの箱を引き抜いた。体を伸ばしたとき、人の手が彼女の口を覆った。

ニーリーは目を見開いた。心臓が早鐘のように鳴っている。

筋骨たくましい腕がニーリーの腰に巻きつき、堅い、懐かしい胸に引き寄せた。「おれが国家の敵だというふりをしてごらん」彼がささやいた。「そして誘拐されたと思ってごらん」

裏のドアに向かって引きずられながら、マットは本気なのだと悟った。

ニーリーの裸足の足がむこうずねを蹴っても、マットはびくともしなかった。下におりてくるとき、どうして靴を履いてこなかったのだろう？

マットは裏の扉を巧みなやり方で開けた。首にかかる彼の息が温かい。「きみと話をするにはこの家から連れ出すしかないからね。叫びたければ叫んでもいいけど、きみの大好きなシークレット・サービスが飛んできて、尋問するより先に発砲する。さあ、おれが死んだほうがいい？」

人の気も知らないで、よくもそんなことを！

ニーリーはマットの拳に噛みつこうとしたが、歯を食いこませることができない。

「いいんだよ。好きなだけ抵抗すればいい。ただ、あんまり大きな音はたてないで。きみの護衛隊はいつだって真剣だからさ」

マットはニーリーの口を手でしっかり塞いだまま、彼女の体をなかば抱え、なかば引きずるようにしてテラスを通り芝生を抜けていく。落ち葉の上に彼女の片足がわだちを残していく。有無をいわせぬ彼の力強さに、彼女はやり場のない苛立ちで自制心を失いそうになっていた。声を発することは可能だが、試すだけの勇気はなかった。悔しくて、いっそ彼が残忍なむごたらしい死に方をすればいいとは思うものの、他人の手に任せるつもりはない。むきだしのこの足でもう一度彼を蹴ってやろうかとも思うが、その痛手で彼が叫び声でもあげたら、という不安からそれもできない。なんと腹が立つ、破廉恥な、下劣な男なのか！

ニーリーは音をたてないように、体をよじり、力いっぱい抵抗した。やがて懐かしい黄色の形が目の前に現われた。メイベルだ！ 彼は私をメイベルに連れこもうとしているのだ！ それなら結構。たいへん結構。メイベルは彼女自身が鍵をかけたのだし、その鍵は――。

マットはメイベルの鍵を開けた。

ルーシー！ あの悪質な縁結び怪獣！ ルーシーは鍵のありかを知っている。あの子がマットに鍵を渡したのだ。

マットはニーリーをカビくさい車内に連れこみ、後部へ進み、バスルームのドアを開け、そのなかに押しこんだ。

ニーリーは罵倒しようと口を開いた。「こんなまねをして――」

「あとにしてくれ」目の前でドアが閉まった。

ノブに飛びついたが、彼はドアに何かを押しこんだらしくびくともしない。まもなくエンジンの回転する音、やがて始動する音が聞こえてきた。

ない。

ニーリーは笑い声をあげそうになった。マットも自信たっぷりのわりには知恵がまわらないようだ。電動の門をすんなり通り抜けられるとでも思っているのだろうか？　特殊なリモコンがなければ、監視員しか門を開けることができないのだということを彼は明らかに知らない。

ニーリーはあやうくシャワー・ドアにぶつかりそうになった。いうまでもなくマットはリモコンを手に入れたのだ。ティーン・エージャーの売国奴が彼に味方しているのだから。ルーシーは何よりも家庭をほしがっている。公用車からリモコンをくすねてマットに手渡すことなど、造作もないことだったに違いない。

マットは本気で実行するつもりなのだとニーリーは実感した。アメリカの前ファースト・レディがこのままでは誘拐されてしまう。だが、なすすべはない。

モーター・ホームが前進し、ニーリーは義務感に駆られるように羽目板をたたいた。だが、そんなことをしても無駄なのは承知のうえだった。門扉のビデオ監視カメラのほかにもマイクが設置されてはいるが、ドンドンとたたいても、メイベルのたてるエンジン音にかき消されてマイクには届かないだろう。それでもかまわずドンドンとたたきつづける。平和的に同行するわけではないのだということは伝えておかなくてはならない。

モーター・ホームがしばらく停車した。マットは何食わぬ顔でカメラに手を振っているのだろう。ルーシーが前もって係員に話した言葉が耳に聞こえるようだ。「ママはマットにウィネベーゴを何日か貸すつもりなんだって」

ニーリーはさらに強く壁をたたいたが、モーター・ホームが門を出たので、あきらめた。ニーリーはぐったりと便座に腰をおろした。手は冷たくパジャマの袖口は濡れている。なぜ普通の男に恋しなかったのだろう？　月明りの下で誘拐などせず、月明りの下で夕食に誘い、エスコートしてくれるような、彼女に付随するものではなく彼女自身を愛してくれる素敵なアイビー・リーガーに恋すればよかったのだ。ひたすら怒りに集中したので、ドアが開いたらいつでも食ってかかれる状態だった。

ミドルバーグは名士の馬の飼育場や大きな私有地が点在する田園地帯である。マットは難なく、ふたりの対決の場に人通りのないさびれた場所を見つけた。車が舗装道路から砂利道に入ってもニーリーには少しも意外ではなかった。道路はだんだん起伏が多くなり、メイベルの走行につれてニーリーも洗面台のへりにつかまらなくてはならなかった。車は小刻みに揺れたのち、やっと停まった。

ニーリーは口を厳しく結び、胸を張ってドアが開くのを待った。それほど時間はかからなかった。

ニーリーはすばやく立ち上がった。「いっておきますけど、もしあなたが――」

マットは彼女をひょいと抱き上げ、唇に強くキスをするとバスルームから引っ張りだした。

「いいたいことは山とあるだろうが、ぼくもあれやこれや申し訳ない気持ちでいっぱいなんだ。でもこのやり方については謝る気はないよ。きみが指を鳴らすだけで、お屋敷の護衛がぼくを放り出すんだよ。ほかにどんな方法があるっていうんだい？」

「それならほかの方法だって――」

マットはニーリーをカウチに座らせるとその前にひざまずいた。「できればもっとロマンチックな道具だてにしたかったんだが、ぼくらのそもそものなれそめはメイベルだから、仲直りもメイベルのなかがいいと思うんだ」ニーリーの冷えきった足を手で包みながら彼はいう。「きみにぜひ伝えなければならないことがある。黙って聞いてほしい、いいね？」

その表情は得意満面どころか苦悩の色があった。彼の手の温かさが染みこんでいく。「選択の余地はなさそうね？」

「ないよ」親指が彼女の足の甲をマッサージする。「ぼくはきみを愛している、ニーリー・ケース。魂の奥底からきみを愛している」マットは深く息を吸いこんだ。「心だけじゃない。わかるかい、魂できみを愛しているんだ」

ニーリーの爪先がマットの掌のなかで丸くなった。「じつはずっと、きみはぼくを愛していないんじゃないかという恐ろしい考えに取り憑《つ》かれているんだが、たとえそうであってもきみに対する思いに変わりはないし、その真実はいささかも損なわれはしない。きみから永遠に拒絶されたとしても、きみがぼくにとってもっとも大切な人でありつづけることを知ってほしい」

マットの声はささやきに変わり、彼の心がまるで手にふれるように伝わってくる。「きみはぼくにとって大気であり、糧《かて》であり、渇きをいやす水だ。きみはぼくにとっての隠れ家であり避難所でもある。きみはぼくのエネルギー、インスピレーションであり、ぼくの野心でありえないほどの喜びに満たされた。マットは微笑んだ。「きみを見るだけでぼくの命の一瞬一瞬が輝く。きみを知る前のぼくは生命を生きていなかった。自分の望みを知っているつもりで、じつは何もわかってはいなかった。きみはぼくの世界にとつじょ姿を現わして、永遠にすべてを変えてしまった。ぼくはきみを愛し、崇拝し、熱望し、敬慕している……」

彼の言葉――愛の詩、熱愛の狂詩曲が彼女を包みこんでいく。女性との距離を置くことに必死だった無愛想なこの男は、じつは女性の理想とする男性だったのだ。

「きみのおかげでぼくは世界を見る目が変わった。きみは朝目覚めてぼくの心が最初に感じるものであり、眠りにつく前に最後にぼくの心が思い浮かべるものでもある」

マットは彼女の足を離し、彼女の片手を両手で包んだ。「ときどきぼくは空想にふけるんだ。こうしてきみの手を握っている夢を。ただそれだけを。きみの手を握ることだけを。ぼくたちふたりがそんなふうに生きていく夢を描くのさ。手を取り合ってね。さらにはぼくらがこうやったまま途方もない口論をしている姿さえ思い描くことがある。ただカウチに座っている姿も。そして――」主張を重ねながら、かすかに口調が強くなった。

「古くさいかもしれないが、かまわないよ。いい古された揺り椅子の話をしたい」自分は弱虫ではないと知らせようと、マットは目を細めた。「大きな玄関ポーチがあってその横に大きな揺り椅子がふたつ並んでいる。そして歳をとってしわだらけになったきみとぼくがいるんだ」マットの声はまた柔らかくなった。「子どもたちは成長して巣立っていき、残されたのはぼくときみだけ。ぼくはきみの顔に刻まれたしわにくちづけ、ただそこで座り揺り椅子を揺らしていたい」

ニーリーの頭のなかは渦が巻いていた。心は歌っていた。マットは親指で彼女の掌に円を描いた。

「そして、きみと愛を交わす喜びの大きさはどう表現しても表現しつくせない。きみがどんな驚くべき声を発するか自分で知ってるかい？　きみはこの世でぼくしかいないみたいにしがみついてくるし、そんなときぼくは神にでもなったような気持ちになるんだ」

頬を撫でながら、マットはニーリーと視線をからませ合った。「きみのなかに憩いながらきみの顔に手をふれて、目を開け本当にきみと結ばれているんだと実感する瞬間が好きなんだ」

ニーリーの体に震えが走った。

「そしてすべてが終わっても、ぼくは熱に浮かされたように、いつかきみのなかで自分自身を残しておける日を夢見るんだ。あのなかに……きみのなかに……きみの体の一部に残るためなら、なんでもする」

ニーリーの肌は燃えるように熱かった。マットは親指でニーリーの唇をこすった。彼の声はかすれ、魅惑的だった。「ぼくは歩きまわるきみの姿を思い浮かべる。聴衆に話しかけるきみ、せっせと仕事に精を出すきみの姿を思う。そして、きみのなかにぼくがいることを知っているのはきみとぼくだけなんだ」

ニーリーの心は燃え上がった。

「ぼくはやっと理解できるようになったよ。ふたりの人間がひとつになる、信じられないくらいの美しさがね。だってそれこそがぼくの願いなんだから。ふたりがひとつに結ばれることが」

マットの目が涙できらめいた。彼女自身の目にも涙があふれ、頬を伝って流れた。

マットの声が鋭く、生々しくなった。「このぼくほどきみを愛する男はこれから先永遠に現われないだろう。ぼくは、きみがこれまで受けてきたどんな堅固な警備よりも確実にきみを守る――きみ自身からも守ってやる。そしてきみが最高のきみでいるかぎり、ぼくはいつでもそばを離れないよ。なぜなら、きみのそばにいればぼくも最高の自分でいられるから」

ニーリーはしゃくり上げた。

「そしてきみが持ち歩く赤と白と青の星の飾りがついた荷物と生活するのはちっともかまわない。それどころかきみらしくて大好きなくらいだよ。きみはこれまでぼくが知りえた最高の女性、これからぼくが愛する唯一の女性なんだから」

マットはようやく話すのをやめ、じっとニーリーの目を見つめた。まるですべての言葉が尽き、生々しい感情だけが残されたような感じだった。

ニーリーはマットの顔を指先でふれ、頬骨の上の固く引き締まった美しい皮膚の涙の跡を指でなぞり、彼の言葉の真実を拭き取った。そう、これこそ彼女が胸に思い描きながらもけっして実現するはずがないと信じてきた夢の実現なのだ。

ニーリーは何かいおうとしたが、ひとつだけしか言葉が思い浮かばなかった。「お願いだからもう一度最初から繰り返してちょうだい」

マットはかすれた笑い声をあげ、彼女を腕に抱き、まさしく想像していたとおりのやり方で愛を捧げた。

エピローグ

一月のある日、日の光に髪を輝かせながら合衆国連邦議会議事堂の前に立つニーリーの姿はマットにとってこれまでのどんなときよりも美しく見えた。ウールのコートの襟のまわりにふわりと巻いた赤白青のスカーフが風を受けてうしろになびき、また素晴らしいショットとしてカメラにおさめられていく。

家族も全員参列している。バトンは両脇にふたりの妹を連れている。九歳になっても赤ん坊の頃の強い意志は健在である。バトンはこの名前を家族だけに、しかもごく内々にしか呼ばせない。家庭の外では本名のベアトリスを彼女らしく変え、トレーシーと呼ばせている。バトンは長い金髪を風になびかせながら四歳の妹ホリーに抜け目ない目を注いでいる。大勢人の集まる場所でとつじょ予測のつかない行動に出ることがあるからだ。六歳のシャーロットがもう一方の側に寄り添っている。いまのところもったいぶった姿勢を保ってはいるが、それが長続きしないことはマットにはよくわかっている。ふたりの幼い娘たちは父の黒髪と母の青い目を引き継いでいる。

三人の娘たちの憧れである長女のルーシーはバトンたちのすぐうしろでバーティスとチャ

ーリー、マットの妹たち、気取った翁のような祖父と手をつないで並んでいる。二十一歳になったこの娘は今年大学で新たに社会福祉の学位を取り、社会で能力を生かしたいと熱望している。水を向けても笑って取り合わなかったが、ルーシーが母に続いて政界に進出するのは時間の問題ではないかと父は見ている。マットはわが家族に対し、言葉には尽くせないほどの誇りを抱いている。

ニーリーと目が合ったマットはその心の内がほぼ読み取れた。「あなた、また新しい冒険が始まるのよ。覚悟はついてる?」

マットはその瞬間が待ち遠しかった。ふたりはともに多くの冒険をくぐり抜けてきた。過ぎ去ったこの八年間。喜びと笑いがあった。厳しい仕事と、長時間にわたる熱い論議があった。そしてそれ以上に時間をかけたのは熱い性愛だった。この八年間、本当に幸せだった。辛いことがまったくなかったわけではけっしてない。もっとも辛かったのは愛する乳母のタマラが悪性の肺炎で逝ってしまったことだ。だがそんな不幸ものちに喜びをもたらしてくれた。たったひとりの息子アンドレを見つめる父の胸は誇らしさでいっぱいになる。

普通、家族は精子と卵子の結合によって作られる。だが彼の家族はそうしたありきたりの過程を経ず、赤と青と黒の血で作られていった。もし家族にそれぞれ血統書があるとしたら、彼の家族はさしずめアメリカの雑種に分類されるだろう。

そろそろ自分の出番がまわってきたとマットは自覚し、誇りを胸に、使い古されたジョリック家の聖書を掲げた。ニーリーの手はその上にしっかりと載せられ、いままさに国家という船の新たな船出に際し、舵をとろうとしている。

厳粛な場面であるにもかかわらず、ニーリーが宣誓の言葉を口にすると、マットは笑みを浮かべずにはいられなかった。

「私、コーネリア・リッチフィールド・ケース・ジョリックは……」

これほど月日がたってもニーリーが彼の姓を名乗ってくれたことがいまだに信じられない。

「……厳粛に誓います……」

マットは息をこらす。

「……私は誠実に実行致します……」

彼女なら絶対に実行するとも。

「……アメリカ合衆国大統領としての職務を……」

アメリカ合衆国大統領。妻は生まれながらにして就くべき任務にようやく就いたのだ。

彼女が就任したことはこの国にとっても幸いなことだ。高い知性、洞察力、経験、高潔さを備え、我欲のなさはあっぱれなほど。議員時代には、積年の政敵に対してさえ類いまれな統率力を発揮した。彼女はどういうわけか、あらゆる人間の能力を最大限に引き出してしまうのだが、それは誰もが彼女を失望させる気になれないからかもしれない。また、自分に正直でありながら公人としての境涯をもまっとうするすべを体得したことによって、いまでは晴朗なまでの落ち着きを身につけている。

「……そして全力を傾ける覚悟で……」

彼はこの国始まって以来の「ファースト・ハズバンド」という新たな地位についていろいろと考えてみた。いまでは自分なりにこの役をパワフルにこなしてみようと思っている。今後あとに続く者にとって彼は見習うべき先例となるのであり、何が最重要かは彼も理解している。

ニーリーの幸福は彼の五人の子どもたちにも幸福をもたらした。選挙後のコラム・シリーズのなかでマットは、大妻の子どもたちも例に違わず、可愛いらしさと、小憎らしさとを兼ね備えた普通の子どもたちであり、大統領には国民に対する責任があるが、子どもたちにはないという点を強調してきた。それに異論のある方はどうか次の選挙では別の人物に投票し、その結果を甘受してほしいともいい添えている。

「……アメリカ合衆国憲法を保護し擁護し防護致します」

妻が国家のもっとも重要な文書を守る地位に就くと思うと、畏怖の念さえ覚える。万が一妻がその責任を一瞬でも忘れることがあるとすれば、それを思い出させることこそ自分の任務であると彼は思っている。一流のジャーナリストが歴史の内情を知る立場につくことになったのだ。一市民マシアスとしては国民のためにお目付け役を務めることこそ、ファースト・ハズバンドとしての崇高な役目だと心に誓っている。

その後の数時間は瞬くまに過ぎ、最後の就任パレードを残すだけになった。マットとニーリーはそのルートを歩いてまわることにして、手と手をとりあい、子どもたちを従えながら出発した。だがやがてアンドレとシャーロットが小ぜりあいを始め、引き離さなくてはならなくなった。ホリーは年齢的に見てもこれほどの距離を歩くのは無理があり、抱いてもらいたがった。するとシャーロットも抱っこをせがみだしたので、マットはホリーをルーシーに抱かせた。

アンドレはすっかり大衆を魅了してはいたが、アメリカ合衆国大統領の歴史上初のアフリカ系アメリカ人の子どもであるということを、意識させすぎたかなという気がしないでもなかった。八歳の息子がふたたび群衆に向かって褐色の拳を振り上げたとき、マットとニーリーは楽しげに目を交わしあった。

ルーシーの腕がしびれてきたので、マットはホリーをうしろからついてきていたリムジンに乗せた。車中ではジェーソン・ウィリアムズとトニ・デルッカがこの名誉ある護衛の任務についている。やがてシャーロットも乗りたがり、アンドレはほとんど最後まで頑張ったが、拳は大統領のリムジンの窓から上げたほうが堂々として見えると思い直した。一瞬のまに妹たちが反対側の窓を占拠したので、はからずもこのふたりもアフリカ系アメリカ人の社会との連帯感を表明する形となった。

最後は八年前と同じように四人だけになった。わずかに前を行くニーリーは群衆に向かって手を振りながら、一生忘れえないほどの感動に胸を震わせていた。マットの横にルーシーが並び、反対側にバトンが並んだ。彼はふたりの肩に腕をまわしながら、家族を持つことに対して意固地なほど背を向けていた頃を思い出し、微笑んだ。その彼がいまでは世界で一番家庭を大切にする男性として有名になってしまったのだから、世のなか皮肉なものだ。

美人の長女が父を抱きしめていった。「不思議な長い旅だったわね、パパ?」

「パパにとっては、何にもかえがたい宝物さ」

「私もよ、パパ」つかのまバトンを胸に抱きしめながら、マットは心のなかで、家族という彼の悪夢が現実になったことに感謝の祈りを捧げた。そして妻と並んで歩くため、ふたりの娘たちから離れた。

夫を見上げる最高指揮官の目が輝いた。「この私があらゆる危険を顧みず、ホワイト・ハウスから逃れようとしたことがあったなんてね」

「あれはこれまでのきみの決断のなかでは二番目に賢明な決断だったよ。ぼくとの結婚を決意した次にね」

ニーリーは微笑んだ。「私、あなたにちゃんと愛しているっていったかしら?」

「いったよ」そういうとマットはペンシルヴェニア・アベニューのまんなかで、全世界の目が注がれるなか、アメリカ合衆国大統領の唇に長々とキスをした。

訳者あとがき

この本の著者スーザン・エリザベス・フィリップスは、ここ数年でいっきにロマンス小説界の頂点を極めた感のある新しいスター作家である。一九九八年に“Dream A Little Dream”という作品が大ヒットして以来、『ニューヨーク・タイムズ』のベスト・セラー・リストの常連となっている。また同作品は全米ロマンス作家協会の「トップ・テン・フェイバリット・ブック・オブ・ザ・イアー」（本年度もっとも人気を博した本トップテン）で一位を獲得、またロマンス小説界の栄《は》えある賞、ＲＩＴＡ賞（全米ロマンス作家協会賞）をも受賞している。その後も、“Lady Be Good”で一九九九年度の「トップ・テン・フェイバリット・ブック・オブ・ザ・イアー」でまたまた一位を獲得（二度の受賞者は史上初めて）、本書『ファースト・レディ』でも二〇〇一年度のＲＩＴＡ賞を獲得した。

彼女のデビューは意外に古く、一九八三年に友人と共著の歴史ロマンスでデビューを飾っている。そのデビューはそれこそ「事実は小説よりも奇なり」を地で行くものだった。ただの本好きだった近所の主婦同士の、読んでいるばかりではつまらない、いっそ自分たちで何か書いてみようか、という思いつきがきっかけだった。ふたりで育児や家事の合間にプロットを練り、おおよそのストーリーを考えついた段階である出版社に電話をした。

「私たち、こんな話を小説にしようと思っているんですけど、どうでしょう?」などと無知なるゆえの無鉄砲さでいきなり切り出してみると、なんと編集者は興味を示したのだという。「まずはシノプシスを送ってみてください」といわれ、シノプシスのなんたるかさえ知らぬふたりの主婦は四苦八苦して大まかなストーリーを書き上げ、件《くだん》の出版社に送ったそうだ。まもなく出版社から「気にいりました。出版しますので小説を書き上げてください」との返事がきた。なんという幸運なのだろう。フィリップス自身も「時代がよかった。市場はホットで出版界も新しい作品を求めていた」と述懐している。その後相棒の主婦は小説から手を引き、自身の本来の夢である法律家になる夢に邁進し、いまでは弁護士になっているという。

一方ひとりで小説を書きはじめたフィリップス。最初は暗中模索だったようだが、やはり才能があったのだろう。一九九〇年代に入ってロマンス小説の分野でじょじょに頭角を現わしはじめた。最初にふれたように昨今の活躍には目覚しいものがある『ファースト・レディ』はそんなスーパーなロマンス小説家の本邦デビュー作でる。

本書は若くして未亡人になったファースト・レディが心の安らぎを求めてホワイト・ハウスを抜け出し、放浪の旅路で少女と赤ん坊を連れた魅力的な男性と恋に落ちる『ローマの休日』風のストーリーだが、この作家の持ち味である「ユーモアとペソース」が利いた素敵な作品に仕上がっている。

国民の前で完璧なレディを演じつづけることに閉塞感を覚え、悩みつづけていたニーリーは、ある日セキュリティをあざむくようにしてホワイト・ハウスから脱出した。いずれ見つかって連れ戻されることは承知の上だった。ほんの数日間別の人物になることでしばしの解放感さえ得られればそれでよかったのだ。しかし世事に疎《うと》い彼女はちょっとしたミスで旅を続けられない状況におちいってしまう。

一方ジャーナリストのマットはこれまで順調に築いてきたキャリアの危機という悩みを抱えていたが、そこへある災難がとつじょ身に降りかかってきた。そんな状況から脱却するために、彼は生意気なティーン・エージャーのルーシーと赤ん坊を連れてアイオワをめざしていた。そんな三人とニーリーがサービス・エリアで出会い、ともに西への旅をすることになる。たがいにみずからの身分を偽り、秘密を抱えたままの旅だ。

四人を乗せたおんぼろモーター・ホームは、アメリカ中部の美しい豊かな景色を車窓に映しながら西へ西へと走りひなびた小さな町や村を訪れ、そこで小さな思い出や小さなエピソードを残していく。一日、二日とともに過ごすうちにニーリーとマットは惹かれ合うようになるが、たがいの秘密や、アイオワに着けばもう二度と会うことはないという思いが芽生えかけた恋心のじゃまをする。一方反抗的なルーシーは孤独で愛に飢えてはいたがじつは心の優しい賢い少女だった。そのルーシーにもある重大な秘密があった――。

こうした登場人物のキャラクターの描き方や会話のリズムには独特のセンスがあり、それぞれのシーンが映画のように鮮やかに脳裏に浮かび、優しいタッチの描写でありながら読者の心をぐいぐいと引きこんでいく。このあたりの実力が批評家をして「読者の心をつかんで離さない最高の作家」と絶賛させるゆえんであろう。

最後にこの作品の翻訳にあたって多くの貴重なアドバイスを頂戴した方々にここで深く感謝申し上げたいと思う。

ザ・ミステリ・コレクション

ファースト・レディ

［著　者］スーザン・エリザベス・フィリップス
［訳　者］宮崎《みやざき》 槙《まき》

［発行所］株式会社 二見書房
東京都千代田区神田神保町1－5－10
電話 03（3219）2311［営業］
03（3219）2315［編集］
振替 00170－4－2639

［印　刷］株式会社 堀内印刷所
［製　本］真明社

落丁・乱丁本はお取り替えいたします。
定価は、カバーに表示してあります。

ISBN4－576－03018－3
http://www.futami.co.jp/